老舍小说经典

中国现代文学经典名著

我这一辈子

老 舍/著

U0735225

21 二十一世纪出版社集团
21st Century Publishing Group
全国百佳出版社

图书在版编目（CIP）数据

我这一辈子：老舍小说经典 / 老舍著 . -- 南昌：
二十一世纪出版社 , 2014.9
（中国现代文学经典名著）

ISBN 978-7-5391-9083-9

Ⅰ . ①我… Ⅱ . ①老… Ⅲ . ①小说集－中国－现代
Ⅳ . ① I246

中国版本图书馆 CIP 数据核字 (2013) 第 224293 号

我这一辈子：老舍小说经典　　　　　　　　　　老舍 / 著

策　　划	张　明	
责任编辑	刘　刚	
出版发行	二十一世纪出版社集团	
	（江西省南昌市子安路75号　　330025）	
	www.21cccc.com　cc21@163.net	
出 版 人	张秋林	
经　　销	新华书店	
印　　刷	北京永顺兴望印刷厂	
版　　次	2014年10月第1版　2017年12月第2次印刷	
开　　本	720mm×1000mm　1/16	
印　　张	21	
字　　数	268千	
书　　号	ISBN 978-7-5391-9083-9	
定　　价	35.00元	

赣版权登字—04—2013—675

如发现印装质量问题，请寄本社图书发行公司调换 0791-86524997

目 录

导　论

苏　奎

　　老舍，原名舒庆春，字舍予，满族，祖籍北京。老舍是他最常用的笔名。

　　1899 年，老舍出生于北京一个贫苦旗人家庭。1918 年毕业于北京师范学校，担任过小学校长等职。1924 年，老舍赴英国伦敦大学东方学院讲授汉语和中国文学，在讲学期间他开始了小说创作。1930 年回国。同年，到齐鲁大学任教。1932 年以后，老舍开始写作中短篇小说，大多收入《赶集》、《樱海集》《蛤藻集》。1934 年，任山东大学教授。1936 年，老舍发表小说代表作《骆驼祥子》。1937 年，老舍又回齐鲁大学任教。抗日战争爆发后，老舍奔赴武汉。1938 年，参加中华全国文艺界抗敌协会，出任总务部主任，成为这个团体实际上的主要负责人。抗战八年中，老舍对文艺界的团结抗日多有贡献。为了配合抗日宣传的需要，他努力用各种文艺形式进行创作，除小说之外，还有杂文、鼓词、戏剧、民歌、话剧、新诗等。1939 年，老舍参加全国慰劳总会北路慰劳团，慰问抗战军民，近半年之中，行程近两万里。1944 年初，老舍开始创作长篇小说《四世同堂》。1946 年，老舍应美国国务院邀请赴美讲学。

　　1949 年，老舍由美回国。1951 年初创作的话剧《龙须沟》上演，获得巨大成功，老舍因此获得人民艺术家的荣誉称号。五六十年代，老舍在文艺、政治、社会、对外文化交流等方面担任多种职务，但仍然勤奋创作。1957 年创作完成的话剧《茶馆》，为老舍赢得国际声誉。老舍在“文化大革命”初期遭受迫害，不堪其辱，于 1966 年 8 月 24 日自溺于北京太平湖。

　　在现代文学史上，老舍的名字总是与市民题材密切联系在一起的，他所关注的是北京市民社会的多样人物与纷繁变化的人情世态。老舍成功地表现了社会底层人物的生活与命运，为现代文学提供了新的审美对象和关注领域。老舍并非一味地展现城市贫民的悲惨境遇，而是着重叙述他们身上所承袭的保守落后观念，以及他们在中国社会转型过程中表现出来的困惑、犹疑与进退两难的心理。老舍否定老派市民的保守、顽固与虚伪，更否定那些处在中西文化夹缝中的自私、颓废、无责任感的新派市民，他理想中的人物是那些既保持了传统的道德、苦干精神，又具备现代思维的新人。民族的积贫积弱不仅是由于西方武力与资本的入侵，而且更是因为人的落后，而民族的复兴最终要靠新人来完成。在这个意义上，老舍对市民的塑造，接续了鲁迅关于"国民性"问题的思考。民族真正之复兴"其首在立人，人立而后凡事举"，"沙聚之邦"才能"转成人国"。老舍总是用对比的方式来处理文本中的观念对立的人物形象，在体貌特征、言谈举止、行为方式等方面的差异性叙述之中，明确地体现自己的褒扬与贬斥、肯定与否定的价值取向。老舍不遗余力地在市民身上下工夫，一方面是他对这一群体的熟悉，更为重要的是，中国人的国民性在市民阶层中体现得相当充分与全面，而且市民这一群体的态度与分化最能体现社会转型所带来的冲击与影响，而他们的反应也是社会整体思想状态的表征。老舍有着英国生活的体验，他会不自觉地以西方现代文明的眼光来重新打量自己的民族，中国人在西方文明对比之下，自然会是顽固保守、愚昧落后的。对还处于前现代的中国社会的批判，与民族迈向现代化的期冀，构成了老舍文学创作的内在动力。

老舍文学上所表现出来的幽默在现代文学中是相当突出的，这与他的成长环境和所受影响有关，也是他的自觉追求。北京平民社会市井生活与英国作家狄更斯等人的影响，使他的文学创作之初就带上了幽默的风格。同时，幽默也为他的文化批判找到了一种最为恰当的方式。老舍说："文字要生动有趣，必须利用幽默。假若干燥，晦涩，无趣，是文艺的致命伤。"他有意识地追求文学幽默化的效果，并善于以机智与讽刺的形式来表现。老舍把幽默看成是一种"心态"，嬉皮笑脸并不是幽默，心平气和，心宽气朗才是幽默。作家如果神经过敏有失平和，那么就会使作品"含着强烈的刺激性或牢骚或伤感"，这样的文学是无益的；幽默的作者却能从世事中"看出可笑之点而技巧地写出来，他自己看出人间的缺欠，也愿使别人看到，不仅是看到他还承认人类的缺欠"。老舍把幽默作为营造文学世界的重要手段，追求一种心态平和而意味无穷的文学效果。老舍的幽默风格稳定，表现形式多样化，既有温厚的同情、滑稽的展示，又有严峻的讽刺。

老舍多用夸张变形的描写，以在幽默中批判。对于不同对象，运用幽默的方式也有所不同，但总能产生让人读后有所思的效果，体现了幽默的艺术魅力。从 20 世纪 20 年代的长篇小说到五六十年代的喜剧，幽默化的表达一直贯穿于老舍文学创作的始终，不仅形成了稳定的风格，而且也产生了广泛的影响。

老舍是京味文学的代表作家，他的创作奠定了京味文学在中国文学中的地位，也对京味文学的发展起到了至关重要的作用。老舍文学的京味，主要体现在两个方面，一方面是对北京市民社会和市井情态的展现。北京城市特有的大杂院、四合院、胡同等凡俗的生活场景，底层社会的贩夫走卒、三教九流等各式人物，都走进了老舍的文学世界，向我们展现了一个关于城市社会的丰富的人物谱系。在现代作家中很少有像老舍这样执著地描写城与人之间的关系，他以文学化的方式构筑了市民世界，几乎包罗了现代市民阶层生活的所有方面。其中的人物不管是老派市民、新派市民，还是老舍理想中的新人，以及车夫、妓女、巡警等卑微生存者，在老舍笔下，无一不是北京文化的体现者。在老舍的叙事中，人物的社会地位并不重要，重要的是要揭示文化对于人性的影响。老舍通过对他们的叙述，展现了一个独特的地域文化样态。另一方面是文学语言上对北京口语的独特运用。老舍采用的是经过加工提炼了的北京口语，这种语言能够准确传神地刻画北京底层民众的行为心理，使人物显得真切而自然，在叙述上也能明快自然。同时，老舍善于用北京土语，增加语言的地方风味。老舍成功地把语言的通俗性与文学性统一起来，探索了现代白话文学语言的发展道路。我们看到，老舍那些最具特色，也最具代表性的作品，都与北京这座城市有关。从文学创作之初的《老张的哲学》，30 年代的《骆驼祥子》，40 年代的《四世同堂》，到 50 年代的《茶馆》，这些作品的叙述对象都是充满北京文化特点的人物。沉浸在北京文化中的老舍，用文学的手段展现了京城文化的独特性，这与其他现代作家的地域化写作一起，构成现代文学的丰富的审美内涵。所谓"京味"文学，老舍颇具典范意义。在"京味"文学的不断传承中老舍所体现的源头意味非常明显。

在创作上，老舍涉足的领域是广阔的，能够自如地运用各种文体，突破了单一文体的写作束缚。无论是小说、戏剧、散文、诗歌，还是鼓词、相声这样的通俗艺术，老舍都进行过尝试，而且都有所建树，特别是在小说和戏剧方面，有着辉煌的成就。老舍的小说创作在中国现代文学发展中具有非常突出的地位，与茅盾、巴金的长篇创作一起，构成现代长篇小说艺术的三大高峰。老舍的小说创作在从中国古典小说和民间文学中汲取营养的同时，又注重学习西方近代小说的技巧与方法，在人物描写上，既借鉴了西方小说的心理表现，又保持了中国传统的白描手法。老舍融合中西的努力，扩展了小说的文本容量，推动了中国现代小说的发展。老舍以《茶馆》为代表的戏剧作品，不仅为中国文学赢得了世界性的荣誉，而且戏剧建构的技巧、戏剧充溢着的地域色彩以及其"京味"特色，也为中国当代戏剧的创作提供了宝贵的经验。

从现实意义的角度来看，老舍的文学在当下并没有过时，他的文学创作方式方法、地域特色、幽默风格，依然值得我们去研究、借鉴；更为重要的是，老舍关于国民性的思考，对于中国文化烂透一面的批判，仍然是我们绕不过去的问题。没有反思，就无法得出正确的认识，就不可能取得进步。对于一个民族来说，只有认清自身，才能在现代化的道路上摆正方向，不至于走向迷失。

老舍以其独特的文学创作确立了他在中国现代文学史中的地位。老舍是现代长篇小说的开拓者，在新文学开创时代，他就以自己的艺术实践推动了这种文学样式迅速走向成熟。老舍率先把市民阶层的心理、情感引入新文学，建构起了丰富而独特的市民形象画廊，对北京市民文化与风土人情的逼真叙述使他的创作成为"京味小说"的典范。老舍也是一位语言艺术的大师，他的语言既具有鲜明的民族色彩、地域特色，又表现出独特的幽默风格，成功地把语言的通俗性与文学性统一起来，产生了雅俗共赏的效果。老舍的艺术实践不仅为我们提供了丰富而有价值的作品，而且在题材内容、艺术手法、人文关怀等方面也对后世的文学产生了深远的影响。老舍在文学中所探索的一些问题具有历史性价值，比如"国民性"、文化的守成与创新等，对于当下来讲，依然没有过时。

大悲寺外

黄先生已死去二十多年了。这些年中，只要我在北平，我总忘不了去祭他的墓。自然我不能永远在北平；别处的秋风使我倍加悲苦：祭黄先生的时节是重阳的前后，他是那时候死的。去祭他是我自己加在身上的责任；他是我最钦佩敬爱的一位老师，虽然他待我未必与待别的同学有什么分别；他爱我们全体的学生。可是，我年年愿看看他的矮墓，在一株红叶的枫树下，离大悲寺不远。

已经三年没去了，生命不由自主的东奔西走，三年中的北平只在我的梦中！

去年，也不记得为了什么事，我跑回去一次，只住了三天。虽然才过了中秋，可是我不能不上西山去；谁知道什么时候才再有机会回去呢。自然上西山是专为看黄先生的墓。为这件事，旁的事都可以搁在一边；说真的，谁在北平三天能不想办一万样事呢。

这种祭墓是极简单的：只是我自己到了那里而已，没有纸钱，也没有香与酒。黄先生不是个迷信的人，我也没见他饮过酒。

从城里到山上的途中，黄先生的一切显现在我的心上。在我有口气的时候，他是永生的。真的，停在我心中，他是在死里活着，每逢遇上个穿灰布大褂，胖胖的人，我总要细细看一眼。是的，胖胖的而穿灰布大衫，因黄先生而成了对我个人的一种什么象征。甚至于有的时候与同学们聚餐，"黄先生呢？"常在我的舌尖上；我总以为他是还活着。还不是这么说，我应当说：我总以为他不会死，不应该死，即使我知道他确是死了。

他为什么作学监呢？胖胖的，老穿着灰布大衫！他作什么不比当学监强呢？可是，他竟自作了我们的学监；似乎是天命，不作学监他怎能在四十多岁便死了呢！

胖胖的，脑后折着三道肉印；我常想，理发师一定要费不少的事，才能把那三道弯上的短发推净。脸像个大肉葫芦，就是我这样敬爱他，也没法否认他的脸不是招笑的。可是，那双眼！上眼皮受着"胖"的影响，松松的下垂，把原是一对大眼睛变成了俩螳螂卵包似的，留个极小的缝儿射出无限度的黑亮。好像这两道黑光，假如你单单的看着它们，把"胖"的一切注脚全勾销了。那是一个胖人射给一个活动、灵敏、快乐的世界的两道神光。他看着你的时候，这一点点黑珠就像是钉在你的心灵上，而后把你像条上了钩的小白鱼，钓起在他自己发射出的慈祥宽厚光朗的空气中。然后他笑了，极天真的一笑，你落在他的怀中，失去了你自己。那件松松裹着胖黄先生的灰布大衫，在这时节，变成了一件仙衣。在你没看见这双眼之前，假如你看他从远处来了，他不过是团蠕蠕而动的灰色什么东西。

无论是哪个同学想出去玩玩，而造个不十二分有伤于诚实的谎，去到黄先生那里请假，黄先生先那么一笑，不等你说完你的谎——好像唯恐你自己说漏了似的——便极用心的用苏字给填好"准假证"。但是，你必须去请假。私自离校是绝对不行的。凡关乎人情的，以人情的办法办；凡关乎校规的，校规是校规；这个胖胖的学监！

他没有什么学问，虽然他每晚必和学生们一同在自修室读书；他读的都是大本的书，他的笔记本也是庞大的，大概他的胖手指是不肯甘心伤损小巧精致的书页。他读起书来，无论冬夏，头上永远冒着热汗，他决不是聪明人。有时我偷眼看看他，他的眉、眼、嘴，好像都被书的神秘给迷住；看得出，他的牙是咬得很紧，因为他的腮上与太阳穴全微微的动弹，微微的，可是紧张。忽然，他那么天真的一笑，叹一口气，用块像小床单似的白手绢抹抹头上的汗。

先不用说别的，就是这人情的不苟且与傻用功已足使我敬爱他——多数的同学也因此爱他。稍有些心与脑的人，即使是个十五六岁的学生，像那时候的我与我的学友们，还能看不出：他的温和诚恳是出于天性的纯厚，而同时又能丝毫不苟的负责是足以表示他是温厚，不是懦弱？还觉不出他是"我们"中的一个，不是"先生"们中的一个；因为他那种努力读书，为读书而着急，而出汗，而叹气，还不是正和我们一样？

到了我们有了什么学生们的小困难——在我们看是大而不易解决的——黄先生是第一个来安慰我们，假如他不帮助我们；自然，他能帮忙的地方便在来安慰之前已经自动的做了。二十多年前的中学学监也不过是挣六十块钱，他每月是拿出三分之一来，预备着帮助同学，即使我们都没有经济上的困难，他这三分之一的薪水也不会剩下。假如我们生了病，黄先生不但是殷勤的看顾，而且必拿来些水果，点心，或是小说，几乎是偷偷的放在病学生的床上。

但是，这位困苦中的天使也是平安中的君王——他管束我们。宿舍不清洁，课后不去运动……都要挨他的雷，虽然他的雷是伴着以泪作的雨点。

世界上，不，就说一个学校吧，哪能都是明白人呢。我们的同学里很有些个厌恶黄先生的。这并不因为他的爱心不普遍也不是被谁看出他是不真诚，而是伟大与藐小的相触，结果总是伟大的失败，好似不如此不足以成其伟大。这些同学们一样的受过他的好处，知道他的伟大，但是他们不能爱他。他们受了他十样的好处后而被他申斥了一阵，黄先生便变成顶可恶的。我一点也没有因此而轻视他们的意思，我不过是说世上确有许多这样的人。他们并不是不晓得好歹，而是他们的爱只限于爱自己；爱自己是溺爱，他们不肯受任何的责备。设若你救了他的命，而同时责劝了他几句，他从此便永远记着你的责备——为是恨你——而忘了救命的恩惠。黄先生的大错处是根本不应来作学监，不负责的学监是有的，可是黄先生与不负责永远不能联结在一处。不论他怎样真诚，怎样厚道，管束。

他初来到学校，差不多没有一个人不喜爱他，因为他与别位先生是那样的不同。别位先生们至多不过是比书本多着张嘴的，我们佩服他们和佩服书籍差不多。即使他们是活泼有趣的，在我们眼中也是另一种世界的活泼有趣，与我们并没有多么大的关系。黄先生是个"人"，他与别位先生几乎完全不相同。他与我们在一处吃，一处睡，一处读书。

半年之后，已经有些同学对他不满意了，其中有的，受了他的规戒，有的是出于立异——人家说好，自己就偏说坏，表示自己有头脑，别人是顺竿儿爬的笨货。

经过一次小风潮，爱他的与厌恶他的已各一半了。风潮的起始，与他完全无关。学生要在上课的时间开会了，他才出来劝止，而落了个无理的干涉。他是个天真的人——自信心居然使他要求投票表决，是否该在上课时间开会！幸而投与他意见相同的票的多着三张！风潮虽然不久便平静无事了，可是他的威信已减了一半。

因此，要顶他的人看出时机已到：再有一次风潮，他管保得滚。谋着以教师兼学监的人至少有三位。其中最活动的是我们的手工教师，一个用嘴与舌活着的人，除了也是胖子，他和黄先生是人中的南北极。在教室上他曾说过，有人给他每月八百圆，就是提夜壶也是美差。有许多学生喜欢他，因为上他的课时就是睡觉也能得八十几分。他要是作学监，大家岂不是入了天国！每天晚上，自从那次小风潮后，他的屋中有小的会议。不久，在这小会议中种的子粒便开了花。校长处有人控告黄先生，黑板上常见"胖牛"，"老山药蛋"……

同时，有的学生也向黄先生报告这些消息。忽然黄先生请了一天的假。可是那天晚上自修的时候，校长来了，对大家训话，说黄先生向他辞职，但是没有准他。末后，校长说，"有不喜欢这位好学监的，请退学；大家都不喜欢他呢，我与他一同辞职。"大家谁也没说什么。可是校长前脚出去，后脚一群同学便到手工教员室中去开紧急会议。

第三天上黄先生又照常办事了，脸上可是好像瘦减了一圈。在下午课后他召集全体学生训话，到会的也就是半数。他好像是要说许多许多的话似的，及至到了台上，他第一个微笑就没笑出来，愣了半天，他极低细的说了一句："咱们彼此原谅吧！"没说第二句。

暑假后，废除月考的运动一天扩大一天。在重阳前，炸弹爆发了。英文教员要考，学生们不考；教员下了班，后面追随着极不好听的话。及至事情闹到校长那里去，问题便由罢考改为撤换英文教员，因为校长无论如何也要维持月考的制度。虽然有几位主张连校长一齐推倒的，可是多数人愿意先由撤换教员作起。既不向校长作战，自然罢考须暂放在一边。这个时节，已经有人警告了黄先生："别往自己身上拢！"

可是谁叫黄先生是学监呢？他必得维持学校的秩序。

况且，有人设法使风潮往他身上转来呢。

校长不答应撤换教员。有人传出来，在职教员会议时，黄先生主张严办学生，黄先生劝告教员合作以便抵抗学生，黄学监……

风潮又转了方向，黄学监，已经不是英文教员，是炮火的目标。

黄先生还终日与学生们来往，劝告，解说，笑与泪交替的揭露着天真与诚意。有什么用呢？

学生中不反对月考的不敢发言。依违两可的是与其说和平的话不如说激烈的，以便得同学的欢心与赞扬。这样，就是敬爱黄先生的连暗中警告他也不敢了：风潮像个魔咒捆住了全校。

我在街上遇见了他。

"黄先生，请你小心点。"我说。

"当然的。"他那么一笑。

"你知道风潮已转了方向？"

他点了点头，又那么一笑，"我是学监！"

"今天晚上大概又开全体大会，先生最好不用去。"

"可是，我是学监！"

"他们也许动武呢！"

"打'我'？"他的颜色变了。

我看得出，他没想到学生要打他；他的自信力太大。可是同时他并不是不怕危险。他是个"人"，不是铁石作的英雄——因此我爱他。

"为什么呢？"他好似是诘问着他自己的良心呢。

"有人在后面指挥。"

"呕！"可是他并没有明白我的意思，据我看；他紧跟着问："假如我去劝告他们，也打我？"

我的泪几乎落下来。他问得那么天真，几乎是儿气的；始终以为善意待人是不会错的。他想不到世界上会有手工教员那样的人。

"顶好是不到会场去，无论怎样！"

"可是，我是学监！我去劝告他们就是了；劝告是惹不出事来的。谢谢你！"

我愣在那儿了。眼看着一个人因责任而牺牲，可是一点也没觉到他是去牺牲——一听见"打"字便变了颜色，而仍然不退缩！我看得出，此刻他决不想辞职了，因为他不能在学校正极紊乱时候抽身一走。"我是学监！"我至今忘不了这一句话，和那四个字的声调。

果然晚间开了大会。我与四五个最敬爱黄先生的同学，故意坐在离讲台最近的地方，我们计议好：真要是打起来，我们可以设法保护他。

开会五分钟后，黄先生推门进来了。屋中连个大气也听不见了。主席正在报告由手工教员传来的消息——就是宣布学监的罪案——学监进来了！我知道我的呼吸是停止了一会儿。

黄先生的眼好似被灯光照得一时不能睁开了，他低着头，像盲人似的轻轻关好了门。他的眼睁开了，用那对慈善与宽厚作成的黑眼珠看着大众。他的面色是，也许因为灯光太强，有些灰白。他向讲台那边挪了两步，一脚登着台沿，微笑了一下。

"诸位同学，我是以一个朋友，不是学监的地位，来和大家说几句话！"

"假冒为善！"

"汉奸！"

后边有人喊。

黄先生的头低下去，他万也想不到被人这样骂他。他决不是恨这样骂他的人，而是怀疑了自己，自己到底是不真诚，不然……

这一低头要了他的命。

他一进来的时候，大家居然能那样静寂，我心里说，到底大家还是敬畏他；他没危险了。这一低头，完了，大家以为他是被骂对了，羞愧了。

"打他！"这是一个与手工教员最亲近的学友喊的，我记得。跟着，"打！""打！"后面的全立起来。我们四五个人彼此按了按膝，"不要动"的暗号；我们一动，可就全乱了。我喊了一句：

"出去！"故意的喊得很难听，其实是个善意的暗示。

他要是出去——他离门只有两三步远——管保没有事了，因为我们四五个人至少可以把后面的人堵住一会儿。

可是黄先生没动！好像蓄足了力量，他猛然抬起头来。他的眼神极可怕了。可是不到半分钟，他又低下头去，似乎用极大的忏悔，矫正他的要发脾气。他是个"人"，可是要拿人力把自己提到超人的地步。我明白他那心中的变动：冷不防的被人骂了，自己怀疑自己是否正道；他的心告诉他——无愧；在这个时节，后面喊"打！"：他怒了；不应发怒，他们是些青年的学生——又低下头去。

随着他第二次低头，"打！"成了一片暴雨。

假如他真怒起来，谁也不敢先下手；可是他又低下头去——就是这么着，也还只听见喊打，而并没有人向前。这倒不是大家不勇敢，实在是因为多数——大多数——人心中有一句："凭什么打这个老实人呢？"自然，主席的报告是足以使些人相信的，可是究竟大家不能忘了黄先生以前的一切；况且还有些人知道报告是由一派人造出来的。

我又喊了声，"出去！"我知道"滚"是更合适的，在这种场面上，但怎忍得出口呢！

黄先生还是没动。他的头又抬起来：脸上有点笑意，眼中微湿，就像个忠厚的小儿看着一个老虎，又爱又有点怕忧。

忽然由窗外飞进一块砖，带着碎玻璃碴儿，像颗横飞的彗星，打在他的太阳穴上。登时见了血。他一手扶住了讲桌。后面的人全往外跑。我们几个搀住了他。

"不要紧，不要紧。"他还勉强的笑着，血已几乎盖满他的脸。

找校长，不在；找校医，不在；找教务长，不在；我们决定送他到医院去。

"到我屋里去！"他的嘴已经似乎不得力了。

我们都是没经验的，听他说到屋中去，我们就搀扶着他走。到了屋中，他摆了两摆，似乎要到洗脸盆处去，可是一头倒在床上；血还一劲的流。

老校役张福进来看了一眼，跟我们说，"扶起先生来，我接校医去。"

校医来了，给他洗干净，绑好了布，叫他上医院。他喝了口白兰地，心中似乎有了点力量，闭着眼叹了口气。校医说，他如不上医院，便有极大的危险。他笑了。低声的说：

"死，死在这里；我是学监！我怎能走呢——校长们都没在这里！"

老张福自荐伴着"先生"过夜。我们虽然极愿守着他，可是我们知道门外有许多人用轻鄙的眼神看着我们；少年是最怕被人说"苟事"的——同情与见义勇为往往被人解释作"苟事"，或是"狗事"；有许多青年的血是能极热，同时又极冷的。我们只好离开他。连这样，当我们出来的时候还听见了："美呀！黄牛的干儿子！"

第二天早晨，老张福告诉我们，"先生"已经说胡话了。

校长来了，不管黄先生依不依，决定把他送到医院去。

可是这时候，他清醒过来。我们都在门外听着呢。那位手工教员也在那里，看着学监室的白牌子微笑，可是对我们皱着眉，好像他是最关心黄先生的苦痛的。我们听见了黄先生说：

"好吧，上医院；可是，容我见学生一面。"

"在哪儿？"校长问。

"礼堂；只说两句话。不然，我不走！"

钟响了。几乎全体学生都到了。

老张福与校长搀着黄先生。血已透过绷布，像一条毒花蛇在头上盘着。他的脸完全不像他的了。刚一进礼堂门，他便不走了，从绷布下设法睁开他的眼，好像是寻找自己的儿女，把我们全看到了。他低下头去，似乎已支持不住，就是那么低着头，他低声——可是很清楚的——说：

"无论是谁打我来着，我决不，决不计较！"

他出去了，学生没有一个动弹的。大概有两分钟吧。忽然大家全往外跑，追上他，看他上了车。

过了三天，他死在医院。

谁打死他的呢？

丁庚。

可是在那时节，谁也不知道丁庚扔砖头来着。在平日他是"小姐"，没人想到"小姐"敢飞砖头。

那时的丁庚，也不过是十七岁。老穿着小蓝布衫，脸上长着小红疙瘩，眼睛永远有点水锈，像敷着些眼药。老实，不好说话，有时候跟他好，有时候又跟你好，有时候自动的收拾宿室，有时候一天不洗脸。所以是小姐——有点忽东忽西的小性。

风潮过去了，手工教员兼任了学监。校长因为黄先生已死，也就没深究谁扔的那块砖。说真的，确是没人知道。

可是，不到半年的工夫，大家猜出谁了——丁庚变成另一个人，完全不是"小姐"了。他也爱说话了，而且永远是不好听的话。他永远与那些不用功的同学在一起了，吸上了香烟——自然也因为学监不干涉——每晚上必出去，有时候嘴里喷着酒味。他还作了学生会的主席。

由"那"一晚上，黄先生死去，丁庚变了样。没人能想到"小姐"会打人。可是现在他已不是"小姐"了，自然大家能想到他是会打人的。变动的快出乎意料之外，那么，什么事都是可能的了；所以是"他"！

过了半年，他自己承认了——多半是出于自夸，因为他已经变成个"刺儿头"。最怕这位"刺儿头"的是手工兼学监那位先生。学监既变成他的部下，他承认了什么也当然是没危险的。自从黄先生离开了学监室，我们的学校已经不是学校。

为什么扔那块砖？据丁庚自己说，差不多有五六十个理由，他自己也不知道哪一个最好，自然也没人能断定哪个最可靠。

据我看，真正的原因是"小姐"忽然犯了"小姐性"。他最初是在大家开会的时候，连进去也不敢，而在外面看风势。忽然他的那个劲儿来了，也许是黄先生责备过他，也许是他看黄先生的胖脸好玩而试试打得破与否，也许……不论怎么着吧，一个十七岁的孩子，天性本来是变鬼变神的，加以脸上正发红泡儿的那股忽人忽兽的郁闷，他满可以做出些无意做而做了的事。从多方面看，他确是那样的人。在黄先生活着的时候，他便是千变万化的，有时候很喜欢人叫他"黛玉"。黄先生死后，他便不知道他是怎回事了。有时候，他听了几句好话，能老实一天，趴在桌上写小楷，写得非常秀润。第二天，一天不上课！

这种观察还不只限于学生时代，我与他毕业后恰巧在一块做了半年的事，拿这半年中的情形看，他确是我刚说过的那样的人。拿一件事说吧。我与他全做了小学教师，在一个学校里，我教初四。已教过两个月，他忽然想换班，唯一的原因是我比他少着三个学生。可是他和校长并没这样说——为少看三本卷子似乎不大好出口。他说，四年级级任比三年级的地位高，他不甘居人下。这虽然不很像一句话，可究竟是更精神一些的争执。他也告诉校长：他在读书时是做学生会主席的，主席当然是大众的领袖，所以他教书时也得教第一班。

校长与我谈论这件事，我是无可无不可，全凭校长调动。校长反倒以为已经教了快半个学期，不便于变动。这件事便这么过去了。到了快放年假的时候，校长有要事须请两个礼拜的假，他打算求我代理几天。丁庚又答应了。可是这次他直接的向我发作了，因为他亲自请求校长叫他代理是不好意思的。我不记得我的话了，可是大意是我应着去代他向校长说说：我根本不愿意代理。

及至我已经和校长说了，他又不愿意，而且忽然的辞职，连维持到年假都不干。校长还没走，他卷铺盖走了。谁劝也无用，非走不可。

从此我们俩没再会过面。

看见了黄先生的坟，也想起自己在过去二十年中的苦痛。坟头更矮了些，那么些土上还长着点野花，"美"使悲酸的味儿更强烈了些。太阳已斜挂在大悲寺的竹林上，我只想不起动身。深愿黄先生，胖胖的，穿着灰布大衫，来与我谈一谈。

远处来了个人。没戴着帽，头发很长，穿着青短衣，还看不出他的模样来，过路的，我想；也没大注意。可是他没顺着小路走去，而是舍了小道朝我来了。又一个上坟的？

他好像走到坟前才看见我，猛然的站住了。或者从远处是不容易看见我的，我是倚着那株枫树坐着呢。

"你，"他叫着我的名字。

我愣住了，想不起他是谁。

"不记得我了？丁——"

没等他说完我想起来了，丁庚。除了他还保存着点"小姐"气——说不清是在他身上哪处——他绝对不是二十年前的丁庚了。头发很长，而且很乱。脸上乌黑，眼睛上的水锈很厚，眼窝深陷进去，眼珠上许多血丝。牙已半黑，我不由的看了看他的手，左右手的食指与中指全黄了一半。他一边看着我，一边从袋里摸出一盒"大长城"来。

不知道为什么我觉得一阵悲惨。我与他是没有什么感情的，可是幼时的同学……我过去握住他的手；他的手颤得很厉害。我们彼此看了一眼，眼中全湿了；然后不约而同的看着那个矮矮的墓。

"你也来上坟？"这话已到我的唇边，被我压回去了。他点一枝烟，向蓝天吹了一口，看看我，看看坟，笑了。

"我也来看他，可笑，是不是？"他随说随坐在地上。

我不晓得说什么好，只好顺口搭音的笑了声，也坐下了。

他半天没言语，低着头吸他的烟，似乎是思想什么呢。烟已烧去半截，他抬起头来，极有姿式的弹着烟灰。先笑了笑，然后说：

"二十多年了！他还没饶了我呢！"

"谁？"

他用烟卷指了指坟头："他！"

"怎么？"我觉得不大得劲，深怕他是有点疯魔。

"你记得他最后的那句？决——不——计——较，是不是？"

我点点头。

"你也记得咱们在小学教书的时候，我忽然不干了？我找你去叫你不要代理校长？好，记得你说的是什么？"

"我不记得。"

"决不计较！你说的。那回我要和你换班次，你也是给了我这么一句。你或者出于无意，可是对于我，这句话是种报复，惩罚。它的颜色是红的一条布，像条毒蛇；它确是有颜色的。它使我把生命变成一阵颤抖；志愿，事业，全随颤抖化为——秋风中的落叶。像这棵枫树的叶子。你大概也知道，我那次要代理校长的原因？我已运动好久，叫他不能回任。可是你说了那么一句——"

"无心中说的。"我表示歉意。

"我知道。离开小学，我在河务局谋了个差事。很清闲，钱也不少。半年之后，出了个较好的缺。我和一个姓李的争这个地位。我运动，他也运动，力量差不多是相等，所以命令多日没能下来。在这个期间，我们俩有一次在局长家里遇上了，一块打了几圈牌。局长，在打牌的时候，露出点我们俩竞争很使他为难的口话。我没说什么，可是姓李的一边打出一个红中，一边说：'红的！我让了，决不计较！'红的！不计较！黄学监又立在我眼前，头上围着那条用血浸透的红布！我用尽力量打完了那圈牌，我的汗湿透了全身。我不能再见那个姓李的，他是黄学监第二，他用杀人不见血的咒诅在我魂灵上作祟：假如世上真有妖术邪法，这个便是其中的一种。我不干了。不干了！"他的头上出了汗。

"或者是你身体不大好，精神有点过敏。"我的话一半是为安慰他，一半是不信这种见神见鬼的故事。

"我起誓，我一点病没有。黄学监确是跟着我呢。他是假冒为善的人，所以他会说假冒为善的恶咒。还是用事实说明吧。我从河务局出来不久便成婚，"这一句还没说全，他的眼神变得像失了雏儿的恶鹰似的，瞪着地上一棵半黄的鸡爪草，半天，他好像神不附体了。我轻嗽了声，他一哆嗦，抹了抹头上的汗，说，"很美，她很美。可是——不贞。在第一夜，洞房便变成地狱，可是没有血，你明白我的意思？没有血的洞房是地狱，自然这是老思想，可是我的婚是老式的，当然感情也是老式的。她都说了，只求我，央告我，叫我饶恕她。按说，美是可以博得一切赦免的。可是我那时铁了心；我下了不戴绿帽的决心。她越哭，我越狠，说真的，折磨她给我一些愉快。末后，她的泪已干，她的话已尽，她说出最后的一句：'请用我心中的血代替吧，'她打开了胸，'给这儿一刀吧；你有一切的理由，我死，决不计较你！'我完了，黄学监在洞房门口笑我呢。我连动一动也不能了。第二天，我离开了家，变成一个有家室的漂流者，家中放着一个没有血的女人，和一个带着血的鬼！但是我不能自杀，我跟他干到底，他劫去我一切的快乐，不能再叫他夺去这条命！"

"丁：我还以为你是不健康。你看，当年你打死他，实在不是有意的。况且黄先生的死也一半是因为耽误了，假如他登时上医院去，一定不会有性命的危险。"我这样劝解；我准知道，设若我说黄先生是好人，决不能死后作祟，丁庚一定更要发怒的。

"不错。我是出于无心，可是他是故意的对我发出假慈悲的原谅，而其实是种恶毒的诅咒。不然，一个人死在眼前，为什么还到礼堂上去说那个呢？好吧，我还是说事实吧。我既是个没家的人，自然可以随意的去玩了。我大概走了至少也有十二三省。最后，我在广东加入了革命军。打到南京，我已是团长。设若我继续工作，现在来至少也作了军长。可是，在清党的时节，我又不干了。是这么回事，一个好朋友姓王，他是左倾的。他比我职分高。设若我能推倒他，我登时便能取得他的地位。陷害他，是极容易的事，我有许多对他不利的证据，但是我不忍下手。我们俩出死入生的在一处已一年多，一同入医院就有两次。可是我又不能抛弃这个机会；志愿使英雄无论如何也得辣些。我不是个十足的英雄，所以我想个不太激进的办法来。我托了一个人向他去说，他的危险怎样的大，不如及早逃走，把一切事务交给我，我自会代他筹画将来的安全。他不听。我火了。不能不下毒手。我正在想主意，这个不知死的鬼找我来了，没带着一个人。有些人是这样：至死总假装宽厚大方，一点不为自己的命想一想，好像死是最便宜的事，可笑。这个人也是这样，还在和我嘻嘻哈哈。我不等想好主意了，反正他的命是在我手心里，我对他直接的说了——我的手摸着手枪。他，他听完了，向我笑了笑。'要是你愿杀我，'他说，还是笑着，'请，我决不计较。'这能是他说的吗？怎能那么巧呢？我知道，我早就知道了，凡是我要成功的时候，'他'老借着个笑脸来报仇，假冒为善的鬼会拿柔软的方法来毁人。我的手连抬也抬不起来了，不要说还要拿枪打人。姓王的笑着，笑着，走了。他走了，能有我的好处吗？他的地位比我高。拿证据去告发他恐怕已来不及了，他能不马上想对待我的法子吗？结果，我得跑！到现在，我手下的小卒都有作团长的了，我呢？我只是个有妻室而没家，不当和尚而住在庙里的——我也说不清我是什么！"

乘他喘气，我问了一句："哪个庙里？"

"眼前的大悲寺！为是离着他近。"他指着坟头。

看我没往下问，他自动的说明：

"离他近，我好天天来诅咒他！"

不记得我又和他说了什么，还是什么也没说，无论怎样吧！我是踏着金黄的秋色下了山，斜阳在我的背后。我没敢回头，我怕那株枫树，叶子不知怎么红得似血！

导读

老舍在《大悲寺外》用对比的方式主要刻画了两个人物，宽厚、仁爱的黄先生，和心灵痛苦、希望得到救赎的丁庚。与带着宽恕逝去的黄先生相比，活着的丁庚则承受了更多的灵魂挣扎，一块砖头不仅使黄先生失去生命，而且更使丁庚的精神世界永远失去了安宁。

小说描写的是师生之间发生的故事，对于有过教师体验的作家来说，对这个领域是相当熟知的，所以不论是对黄先生、丁庚，还是其他教师、学生的描写都能切近现实，尤其展现了细致入微的人物心理。黄先生是小说的主角，即使在他逝去之后依然还能产生影响；黄先生也是作家推崇的人，是标杆性教师形象。作家对黄先生的外貌描写抓住了特点，虽然胖得"招笑"，但是并不会让人觉得讨厌，反而心生亲近之感，"那是一个胖人射给一个活动、灵敏、快乐的世界的两道神光。他看着你的时候，这一点点黑珠就像是钉在你的心灵上，而后把你像条上了钩的小白鱼，钓起在他自己发射出的慈祥宽厚光朗的空气中"。这种神情态度注定了他会成为一个好的学监，而正像他的容貌态度没有矫饰一样，他对学生的严格与宽厚、监督与勉励、管束与安慰，也完全出于自然本心。所以他才能得到最广泛的认可，"他是我最钦佩敬爱的一位老师，……他爱我们全体的学生"。用小说中的话来说，这个人物已上升为"一种什么象征"。于是，小说的叙述者"我"对黄先生的祭奠便有了朝圣的味道，黄先生具有了圣徒的品格，牺牲自己成就他人，他和学生一起看书学习，把自己薪水的三分之一都拿出来"预备着帮助同学"，或是照顾生病的学生；他批评做错事的学生，却是"伴着以泪作的雨点"；学生控告他、污蔑他，他"极低细地说了一句：'咱们彼此原谅吧！'没说第二句"。甚至流血之后，他依然能怀着仁爱之心宽恕击打自己的肇事者，"无论是谁打我来着，我决不，决不计较！"

黄先生的悲剧命运不仅有人为的因素，而且也是时代造成的。一个"有人给他每月八百圆，就是提夜壶也是美差"的唯利是图的手工教师，对教学毫不用心，却把所有精力都用在了谋求职位、追逐金钱上。正是在手工教师的鼓动下，学生开始污蔑并到校长那里无中生有地控告黄先生，以致后来谩骂、围攻他。在黄先生的高大身影下，手工教师显得猥琐而渺小。然而，历史总在重复小人战胜君子的故事，所以作者在小说中说，"伟大与藐小的相触，结果总是伟大的失败，好似不如此不足以成其伟大"。较之手工教师的人性卑劣给黄先生带来了相当大的麻烦，甚至使他失去了生命来说，社会时代是更为根本的原因。五四时期是中国社会的转型时期，社会的动荡直接影响到了教育，校园里充满了浮躁气息，师生关系往往处于紧张状态。在这样的情况下，一心为学生未来着想的黄先生对于学生来说，显得很不合时宜，于是黄先生成了学生反对的对象，而从丁庚手里飞来的砖头，正体现了那个年代青年学生情绪的极端性特征。时代和环境决定了黄先生似乎只有像圣徒那样去殉难，才能在彼岸世界得以解脱。

逝去对于黄先生来说可以看做是解脱，否则还有更多的嘲讽、辱骂，甚至砖头在等待着这个仁爱的学监。然而，致黄先生于非命的丁庚却背负上沉重的心理负担，不断袭上心头的罪恶感使他疲惫不堪，他说："二十多年了！他还没饶了我呢！"在丁庚毕业后的二十多年的人生历程中，他一直活在这件事情的阴影之下，他不断逃离、不停回避，但是终究无法彻底地解脱。在强烈的内疚与不安的心理状态下，他总能从同学、同事、妻子、战友的话语中捕捉到黄先生的影子，"我决不计较"成了一个魔咒，逼迫他一直奔跑在逃避的道路上。他因此放弃了自己的事业和家庭，似乎成了一个被诅咒的人，永远失去了融入这个世界的可能。其实，并不如他所说黄先生"阴魂不散"，宽厚的黄先生亦不会如此，而是丁庚自己无法宽恕自己，因为在用砖头击打黄先生之前，他并不是一个坏学生，打死黄先生也只是偶然失手，绝对没有预谋与动机。虽然之后在校园内变成了刺头，但其本心依然还保持着良善，而也只有这样的人才能时时有罪恶感。丁庚最终搬到了离黄先生坟墓最近的大悲寺居住，这样可以每天来向黄先生忏悔，而不像他自己所说的，"离他近，我好天天来诅咒他！"丁庚二十多年始终在逃避，试图以遗忘来寻求解脱，但是最终他明白了，只有真诚的忏悔才能寻找到心灵的安宁。

马裤先生

　　火车在北平东站还没开，同屋那位睡上铺的穿马裤，戴平光的眼镜，青缎子洋服上身，胸袋插着小楷羊毫，足登青绒快靴的先生发了问："你也是从北平上车？"很和气的。

　　我倒有点迷了头，火车还没动呢，不从北平上车，难道由——由哪儿呢？我只好反攻了："你从哪儿上车？"很和气的我希望他说是由汉口或绥远上车，因为果然如此，那么中国火车一定已经是无轨的，可以随便走走；那多么自由！

　　他没言语。看了看铺位，用尽全身——假如不是全生——的力气喊了声，"茶房！"

　　茶房正忙着给客人搬东西，找铺位。可是听见这么紧急的一声喊，就是有天大的事也得放下，茶房跑来了。

　　"拿毯子！"马裤先生喊。

　　"请少待一会儿，先生，"茶房很和气的说，"一开车，马上就给您铺好。"

　　马裤先生用食指挖了鼻孔一下，别无动作。

　　茶房刚走开两步。

　　"茶房！"这次连火车好似都震得直动。

　　茶房像旋风似的转过身来。

　　"拿枕头，"马裤先生大概是已经承认毯子可以迟一下，可是枕头总该先拿来。

　　"先生，请等一等，您等我忙过这会儿去，毯子和枕头就一齐全到。"茶房说的很快，可依然是很和气。

　　茶房看马裤客人没任何表示，刚转过身去要走，这次火车确是哗啦了半天，"茶房！"

　　茶房差点吓了个跟头，赶紧转回身来。

　　"拿茶！"

"先生请略微等一等，一开车茶水就来。"

马裤先生没任何的表示。茶房故意地笑了笑，表示歉意。然后搭讪着慢慢地转身，以免快转又吓个跟头。转好了身，腿刚预备好要走，背后打了个霹雳，"茶房！"

茶房不是假装没听见，便是耳朵已经震聋，竟自没回头，一直地快步走开。

"茶房！茶房！茶房！"马裤先生连喊，一声比一声高：站台上送客的跑过一群来，以为车上失了火，要不然便是出了人命。茶房始终没回头。马裤先生又挖了鼻孔一下，坐在我的床上。刚坐下，"茶房！"茶房还是没来。看着自己的磕膝，脸往下沉，沉到最长的限度，手指一挖鼻孔，脸好似刷的一下又纵回去了。然后，"你坐二等？"这是问我呢。我又毛了，我确是买的二等，难道上错了车？

"你呢？"我问。

"二等。这是二等。二等有卧铺。快开车了吧？茶房！"

我拿起报纸来。

他站起来，数他自己的行李，一共八件，全堆在另一卧铺上——两个上铺都被他占了。数了两次，又说了话，"你的行李呢？"

我没言语。原来我误会了：他是善意，因为他跟着说，"可恶的茶房，怎么不给你搬行李？"

我非说话不可了："我没有行李。"

"呕？！"他确是吓了一跳，好像坐车不带行李是大逆不道似的。"早知道，我那四只皮箱也可以不打行李票了！"

这回该轮着我了，"呕？！"我心里说，"幸而是如此，不然的话，把四只皮箱也搬进来，还有睡觉的地方啊？！"

我对面的铺位也来了客人，他也没有行李，除了手中提着个扁皮夹。

"呕？！"马裤先生又出了声，"早知道你们都没行李，那口棺材也可以不另起票了！"

我决定了。下次旅行一定带行李；真要陪着棺材睡一夜，谁受得了！

茶房从门前走过。

"茶房！拿毛巾把！"

"等等。"茶房似乎下了抵抗的决心。

马裤先生把领带解开，摘下领子来，分别挂在铁钩上：所有的钩子都被占了，他的帽子，大衣，已占了两个。

车开了，他顿时想起买报，"茶房！"

茶房没有来。我把我的报赠给他；我的耳鼓出的主意。

他爬上了上铺，在我的头上脱靴子，并且击打靴底上的土。枕着个手提箱，用我的报纸盖上脸，车还没到永定门，他睡着了。

我心中安坦了许多。

到了丰台，车还没站住，上面出了声，"茶房！"

没等茶房答应，他又睡着了；大概这次是梦话。

过了丰台，茶房拿来两壶热茶。我和对面的客人———一位四十来岁平平无奇的人，脸上的肉还可观——吃茶闲扯。大概还没到廊坊，上面又打了雷，"茶房！"

茶房来了，眉毛拧得好像要把谁吃了才痛快。

"干吗？先——生——"

"拿茶！"上面的雷声响亮。

"这不是两壶？"茶房指着小桌说。

"上边另要一壶！"

"好吧！"茶房退出去。

"茶房！"

茶房的眉毛拧得直往下落毛。

"不要茶，要一壶开水！"

"好啦！"

"茶房！"

我直怕茶房的眉毛脱净！

"拿毯子，拿枕头，打手巾把，拿——"似乎没想起拿什么好。

"先生，您等一等。天津还上客人呢；过了天津我们一总收拾，也耽误不了您睡觉！"茶房一气说完，扭头就走，好像永远不再想回来。

待了会儿，开水到了，马裤先生又入了梦乡，呼声只比"茶房"小一点。可是匀调，继续不断，有时呼声稍低一点。用咬牙来补上。

"开水，先生！"

"茶房！"

"就在这儿；开水！"

"拿手纸！"

"厕所里有。"

"茶房！厕所在哪边？"

"哪边都有。"

"茶房！"

"回头见。"

"茶房！茶房！！茶房！！"

没有应声。

"呼——呼呼——呼"又睡了。

有趣！

到了天津。又上来些旅客。马裤先生醒了，对着壶嘴喝了一气水。又在我头上击打靴底。穿上靴子，溜下来，食指挖了鼻孔一下，看了看外面。"茶房！"

恰巧茶房在门前经过。

"拿毯子！"

"毯子就来。"

马裤先生出去，呆呆地立在走廊中间，专为阻碍来往的旅客与脚夫。忽然用力挖了鼻孔一下，走了。下了车，看看梨，没买；看看报，没买；看看脚行的号衣，更没作用。又上来了，向我招呼了声，"天津，唉？"我没言语。他向自己说，"问问茶房，"紧跟着一个雷，"茶房！"我后悔了，赶紧的说，"是天津，没错儿。"

"总得问问茶房；茶房！"

我笑了，没法再忍住。

车好容易又从天津开走。

刚一开车，茶房给马裤先生拿来头一份毯子枕头和手巾把。马裤先生用手巾把耳鼻孔全钻得到家，这一把手巾擦了至少有一刻钟，最后用手巾擦了擦手提箱上的土。

我给他数着，从老站到总站的十来分钟之间，他又喊了四五十声茶房。茶房只来了一次，他的问题是火车向哪面走呢？茶房的回答是不知道；于是又引起他的建议，车上总该有人知道，茶房应当负责去问。茶房说，连驶车的也不晓得东西南北。于是他几乎变了颜色，万一车走迷了路？！茶房没再回答，可是又掉了几根眉毛。

他又睡了，这次是在头上摔了摔袜子，可是一口痰并没往下唾，而是照顾了车顶。

我睡不着是当然的，我早已看清，除非有一对"避呼耳套"当然不能睡着。可怜的是别屋的人，他们并没预备来熬夜，可是在这种带钩的呼声下，还只好是白瞪眼一夜。

我的目的地是德州，天将亮就到了。谢天谢地！

车在此处停半点钟，我雇好车，进了城，还清清楚楚地听见"茶房！"

一个多礼拜了，我还惦记着茶房的眉毛呢。

导读

鲁迅先生说："悲剧就是把人生有价值的东西毁灭给人看，喜剧就是把无价值的东西展示给人看。"老舍在小说中经常展现这些无价值的人或事，在无价值中发现深层意义。老舍擅长以喜剧的方式来对社会、时代、某个特定的人群进行讽刺批判，让读者笑过之后能有严肃的思考，这也暗合了思想启蒙的时代诉求。

《马裤先生》就是这样一部作品，老舍的幽默、夸张、讽刺在这里都用到了极致。小说情节相当简单，简单到没有情节，而只有人物之间的对话，甚至就连对话也简约到了极点。然而，这种简单的文字叙述，却极其生动地展现了马裤先生的恶俗的情态与粗鄙的灵魂。马裤先生"穿马裤，戴平光的眼镜，青缎子洋服上身，胸袋插着小楷羊毫，足登青绒快靴"，这身洋气的打扮使他看上去很像一个文明人，但是他所做的俨然都与"文明"二字背道而驰，这种反差出来的效果是老舍着意制造的。首先，在与"我"的对话中，马裤先生表现得缺乏礼貌，不仅问的问题让人犯晕，而且竟然忽略"我"对他的反问，转而去喊茶房了。其次，马裤先生所带的东西太多了，"他站起来，数他自己的行李，一共八件，全堆在另一卧铺上——两个上铺都被他占了"。不仅如此，当听到

"我"和另外一个乘客没带行李的时候，他表现得后悔不迭，因为早知道如此，他的四只皮箱和一口棺材就可以不用买票另放了。完全的以自我为中心，似乎整个火车都是为他一个人服务的。

最能体现马裤先生恶俗的是他对茶房的态度，不停地高声喊着茶房，是这篇小说让人印象深刻的地方。他一路上喊了几十声的"茶房"，而且作家在每个"茶房"后面加上的感叹号，活灵活现地展示了马裤先生对茶房的轻蔑。马裤先生一直在喊茶房拿毯子、拿枕头、拿茶、拿毛巾、拿开水、拿手纸……他不断地给茶房制造这样或那样的麻烦，茶房虽然小心伺候，但是却不堪其扰，心生厌烦，"眉毛拧得好像要把谁吃了才痛快"，甚至把茶房都逼到忍无可忍而不去理他的地步。然而，马裤先生一点都不以为意，因为他觉得这样支使茶房，不仅能使自己的车票钱不白花，而且也能在同车旅客面前挣足面子，从而显得官派十足，有了仆人，自己也就顺理成章地是主子了。

老舍对这个无价值人物的揭示相当彻底，连一些生活上恶俗细节都不放过。小说中列举了诸如他在别人面前挖鼻孔，站在车箱的过道里堵着来往的旅客和脚夫，在别人的头顶上摔打自己鞋上的土，用手巾把擦完自己的箱子，甚至把一口痰吐到车顶上等恶习，而且他的呼噜声使得整个车厢的人都没睡着，瞪眼睛熬了一夜。

小说在"我"的侥幸下车逃离中结束了，但作者还不忘夸张地表达对马裤先生的恶感，"我雇好车，进了城，还清清楚楚地听见'茶房！'"这个声音尖锐而高亢，停留在了每个读者的耳边，并且促人深思：我们是不是在某些方面也有点马裤先生的特征呢？

微　神

　　清明已过了，大概是。海棠花不是都快开齐了吗？今年的节气自然是晚了一些，蝴蝶们还很弱；蜂儿可是一出世就那么挺拔，好像世界确是甜蜜可喜的。天上只有三四块不大也不笨重的白云，燕儿们给白云上钉小黑丁字玩呢。没有什么风，可是柳枝似乎故意地轻摆，像逗弄着四外的绿意。田中的清绿轻轻地上了小山，因为娇弱怕累得慌，似乎是，越高绿色越浅了些；山顶上还是些黄多于绿的纹缕呢。山腰中的树，就是不绿的也显出柔嫩来，山后的蓝天也是暖和的，不然，大雁们为何唱着向那边排着队去呢？石凹藏着些怪害羞的三月兰，叶儿还赶不上花朵大。

　　小山的香味只能闭着眼吸取，省得劳神去找香气的来源，你看，连去年的落叶都怪好闻的。那边有几只小白山羊，叫的声儿恰巧使欣喜不至过度，因为有些悲意。偶尔走过一只来，没长犄角就留下须的小动物，向一块大石发了会儿愣，又颠颠着俏式的小尾巴跑了。

　　我在山坡上晒太阳，一点思念也没有，可是自然而然地从心中滴下些诗的珠子，滴在胸中的绿海上，没有声响，只有些波纹走不到腮上便散了的微笑；可是始终也没成功一整句。一个诗的宇宙里，连我自己好似只是诗的什么地方的一个小符号。

　　越晒越轻松，我体会出蝶翅是怎样的欢欣。我搂着膝，和柳枝同一律动前后左右的微动，柳枝上每一黄绿的小叶都是听着春声的小耳勺儿。有时看看天空，啊，谢谢那块白云，它的边上还有个小燕呢，小得已经快和蓝天化在一处了，像万顷蓝光中的一粒黑痣，我的心灵像要往那儿飞似的。

　　远处山坡的小道，像地图上绿的省分里一条黄线。往下看，一大片麦田，地势越来越低，似乎是由山坡上往那边流动呢，直到一片暗绿的松树把它截住，很希望松林那边是个海湾。及至我立起来，往更高处走了几步，看看，不是；那边是些看不甚清的树，树中有些低矮的村舍；一阵小风吹来极细的一声鸡叫。

春晴的远处鸡声有些悲惨，使我不晓得眼前一切是真还是虚，它是梦与真实中间的一道用声音作的金线；我顿时似乎看见了个血红的鸡冠：在心中，村舍中，或是哪儿，有只——希望是雪白的——公鸡。

我又坐下了；不，随便的躺下了。眼留着个小缝收取天上的蓝光，越看越深，越高；同时也往下落着光暖的蓝点，落在我那离心不远的眼睛上。不大一会儿，我便闭上了眼，看着心内的晴空与笑意。

我没睡去，我知道已离梦境不远，但是还听得清清楚楚小鸟的相唤与轻歌。说也奇怪，每逢到似睡非睡的时候，我才看见那块地方——不晓得一定是哪里，可是在入梦以前它老是那个样儿浮在眼前。就管它叫作梦的前方吧。

这块地方并没有多大，没有山，没有海。像一个花园，可又没有清楚的界限。差不多是个不甚规则的三角，三个尖端浸在流动的黑暗里。一角上——我永远先看见它——是一片金黄与大红的花，密密层层；没有阳光，一片红黄的后面便全是黑暗，可是黑的背景使红黄更加深厚，就好像大黑瓶上画着红牡丹，深厚得至于使美中有一点点恐怖。黑暗的背景，我明白了，使红黄的一片抱住了自己的彩色，不向四外走射一点；况且没有阳光，彩色不飞入空中，而完全贴染在地上。我老先看见这块，一看见它，其余的便不看也会知道的，正好像一看见香山，准知道碧云寺在哪儿藏着呢。

其余的两角，左边是一个斜长的土坡，满盖着灰紫的野花，在不漂亮中有些深厚的力量，或者月光能使那灰的部分多一些银色，显出点诗的灵空；但是我不记得在哪儿有个小月亮。无论怎样，我也不厌恶它。不，我爱这个似乎被霜弄暗了的紫色，像年轻的母亲穿着暗紫长袍。右边的一角是最漂亮的，一处小草房，门前有一架细蔓的月季，满开着单纯的花，全是浅粉的。

设若我的眼由左向右转，灰紫、红黄、浅粉，像是由秋看到初春，时节倒流；生命不但不是由盛而衰，反倒是以玫瑰作香色双艳的结束。

三角的中间是一片绿草，深绿、软厚、微湿；每一短叶都向上挺着，似乎是听着远处的雨声。没有一点风，没有一个飞动的小虫；一个鬼艳的小世界，活着的只有颜色。

在真实的经验中，我没见过这么个境界。可是它永远存在，在我的梦前。

英格兰的深绿，苏格兰的紫草小山，德国黑林的幽晦，或者是它的祖先们，但是谁准知道呢。从赤道附近的浓艳中减去阳光，也有点像它，但是它又没有虹样的蛇与五彩的禽，算了吧，反正我认识它。

我看见它多少多少次了。它和"山高月小，水落石出"，是我心中的一对画屏。可是我没到那个小房里去过。我不是被那些颜色吸引得不动一动，便是由它的草地上恍惚的走入另种色彩的梦境。它是我常遇到的朋友，彼此连姓名都晓得，只是没细细谈过心。我不晓得它的中心是什么颜色的，是含着一点什么神秘的音乐——真希望有点响动！

这次我决定了去探险。

一想就到了月季花下，也许因为怕听我自己的足音？月季花对于我是有些端阳前后的暗示，我希望在哪儿贴着张深黄纸，印着个珠红的判官，在两束香艾的中间。没有。只在我心中听见了声"樱桃"的吆喝。这个地方是太静了。

小房子的门闭着，窗上门上都挡着牙白的帘儿，并没有花影，因为阳光不足。里边什么动静也没有，好像它是寂寞的发源地。轻轻地推开门，静寂与整洁双双地欢迎我进去，是欢迎我；室中的一切是"人"的，假如外面景物是"鬼"的——希望我没用上过于强烈的字。

一大间，用幔帐截成一大一小的两间。幔帐也是牙白的，上面绣着些小蝴蝶。外间只有一条长案，一个小椭圆桌儿，一把椅子，全是暗草色的，没有油饰过。椅上的小垫是浅绿的，桌上有几本书。案上有一盆小松，两方古铜镜，锈色比小松浅些。内间有一个小床，罩着一块快垂到地上的绿毯。床首悬着一个小篮，有些快干的茉莉花。地上铺着一块长方的蒲垫，垫的旁边放着一双绣白花的小绿拖鞋。

我的心跳起来了！我决不是入了复杂而光灿的诗境；平淡朴美是此处的音调，也不是幻景，因为我认识那只绣着白花的小绿拖鞋。

爱情的故事往往是平凡的，正如春雨秋霜那样平凡。可是平凡的人们偏爱在这些平凡的事中找些诗意；那么，想必是世界上多数的事物是更缺乏色彩的；可怜的人们！希望我的故事也有些应有的趣味吧。

没有像那一回那么美的了。我说"那一回"，因为在那一天那一会儿的一切都是美的。她家中的那株海棠花正开成一个大粉白的雪球，沿墙的细竹刚拔出新笋，天上一片娇晴，她的父母都没在家，大白猫在花下酣睡。听见我来了，她像燕儿似的从帘下飞出来；没顾得换鞋，脚下一双小绿拖鞋像两片嫩绿的叶儿。她喜欢得像清早的阳光，腮上的两片苹果比往常红着许多倍，似乎有两颗香红的心在脸上开了两个小井，溢着红润的胭脂泉。那时她还梳着长黑辫。

　　她父母在家的时候，她只能隔着窗儿望我一望，或是设法在我走去的时节，和我笑一笑。这一次，她就像一个小猫遇上了个好玩的伴儿；我一向不晓得她"能"这样的活泼。在一同往屋中走的工夫，她的肩挨上了我的。我们都才十七岁。我们都没说什么，可是四只眼彼此告诉我们是欣喜到万分。我最爱看她家壁上那张工笔百鸟朝凤；这次，我的眼匀不出工夫来。我看着那双小绿拖鞋；她往后收了收脚，连耳根儿都有点红了；可是仍然笑着。我想问她的功课，没问；想问新生的小猫有全白的没有，没问；心中的问题多了，只是口被一种什么力量给封起来，我知道她也是如此，因为看见她的白润的脖儿直微微地动，似乎要将些不相干的言语咽下去，而真值得一说的又不好意思说。

　　她在临窗的一个小红木凳上坐着，海棠花影在她半个脸上微动。有时候她微向窗外看看，大概是怕有人进来。及至看清了没人，她脸上的花影都被欢悦给浸渍得红艳了。她的两手交换着轻轻地摸小凳的沿，显着个耐烦，可是欢喜的不耐烦。最后，她深深地看了我一眼，极不愿意而又不得不说地说，"走吧！"我自己已忘了自己，只看见，不是听见，两个什么字由她的口中出来？可是在心的深处猜对那两个字的意思，因为我也有点那样的关切。我的心不愿动，我的脑知道非走不可。我的眼盯住了她的。她要低头，还没低下去，便又勇敢地抬起来，故意地，不怕地，羞而不肯羞地，迎着我的眼。直到不约而同地垂下头去，又不约而同地抬起来，又那么看。心似乎已碰着心。

　　我走，极慢的，她送我到帘外，眼上蒙了一层露水。我走到二门，回了回头，她已赶到海棠花下。我像一个羽毛似的飘荡出去。

　　以后，再没有这种机会。

　　有一次，她家中落了，并不使人十分悲伤的丧事。在灯光下我和她说了两句话。她穿着一身孝衣。手放在胸前，摆弄着孝衣的扣带。站得离我很近，几乎能彼此听得见脸上热力的激射，像雨后的和穀 [1] 那样带着声儿生长。可是，只说了两句极没有意思的话——口与舌的一些动作：我们的心并没管它们。

我们都二十二岁了，可是五四运动还没降生呢。男女的交际还不是普通的事。我毕业后便作了小学的校长，平生最大的光荣，因为她给了我一封贺信。信笺的末尾——印着一枝梅花——她注了一行：不要回信。我也就没敢写回信。可是我好像心中燃着一束火把，无所不尽其极地整顿学校。我拿办好了学校作为给她的回信；她也在我的梦中给我鼓着得胜的掌——那一对连腕也是玉的手！

提婚是不能想的事。许多许多无意识而有力量的阻碍，像个专以力气自雄的恶虎，站在我们中间。

有一件足以自慰的，我那系在心上的耳朵始终没听到她的定婚消息。还有件比这更好的事，我兼任了一个平民学校的校长，她担任着一点功课。我只希望能时时见到她，不求别的。她呢，她知道怎么躲避我——已经是个二十多岁的大姑娘。她失去了十七八岁时的天真与活泼，可是增加了女子的尊严与神秘。

又过了二年，我上了南洋。到她家辞行的那天，她恰巧没在家。

在外国的几年中，我无从打听她的消息。直接通信是不可能的。间接探问，又不好意思。只好在梦里相会了。说也奇怪，我在梦中的女性永远是"她"。梦境的不同使我有时悲泣，有时狂喜；恋的幻境里也自有一种味道。她，在我的心中，还是十七岁时的样子：小圆脸，眉眼清秀中带着一点媚意。身量不高，处处都那么柔软，走路非常的轻巧。那一条长黑的发辫，造成最动心的一个背影。我也记得她梳起头来的样儿，但是我总梦见那带辫的背影。

回国后，自然先探听她的一切。一切消息都像谣言，她已作了暗娼！

就是这种刺心的消息，也没减少我的热情；不，我反倒更想见她，更想帮助她。我到她家去。已不在那里住，我只由墙外看见那株海棠树的一部分。房子早已卖掉了。

到底我找到她了。她已剪了发，向后梳拢着，在项部有个大绿梳子。穿着一件粉红长袍，袖子仅到肘部，那双臂，已不是那么活软的了。脸上的粉很厚，脑门和眼角都有些褶子。可是她还笑得很好看，虽然一点活泼的气象也没有了。设若把粉和油都去掉，她大概最好也只像个产后的病妇。她始终没正眼看我一次，虽然脸上并没有羞傀的样子，她也说也笑，只是心没在话与笑中，好像完全应酬我。我试着探问她些问题与经济状况，她不大愿意回答。她点着一支香烟，烟很灵通地从鼻孔出来，她把左膝放在右膝上，仰着头看烟的升降变化，极无聊而又显着刚强。我的眼湿了，她不会看不见我的泪，可是她没有任何表示。她不住地看自己的手指甲，又轻轻地向后按头发，似乎她只是为它们活着呢。提到家中的人，她什么也没告诉我。我只好走吧。临出来的时候，我把住址告诉给她——深愿她求我，或是命令我，作点事。她似乎根本没往心里听，一笑，眼看看别处，没有往外送我的意思。她以为我是出去了，其实我是立在门口没动，这么着，她一回头，我们对了眼光。只是那么一擦似的她转过头去。

初恋是青春的第一朵花，不能随便掷弃。我托人给她送了点钱去。留下了，并没有回话。

朋友们看出我的悲苦来，眉头是最会出卖人的。他们善意的给我介绍女友，惨笑地摇首是我的回答。我得等着她。初恋像幼年的宝贝永远是最甜蜜的，不管那个宝贝是一个小布人，还是几块小石子。慢慢的，我开始和几个最知己的朋友谈论她，他们看在我的面上没说她什么，可是假装闹着玩似的暗刺我，他们看我太愚，也就是说她不配一恋。他们越这样，我越顽固。是她打开了我的爱的园门，我得和她走到山穷水尽。怜比爱少着些味道，可是更多着些人情。不久，我托友人向她说明，我愿意娶她。我自己没胆量去。友人回来，带回来她的几声狂笑。她没说别的，只狂笑了一阵。她是笑谁？笑我的愚，很好，多情的人不是每每有些傻气吗？这足以使人得意。笑她自己，那只是因为不好意思哭，过度的悲郁使人狂笑。

愚痴给我些力量，我决定自己去见她，要说的话都详细的编制好，演习了许多次，我告诉自己——只许胜，不许败。她没在家。又去了两次，都没见着。第四次去，屋门里停着小小的一口薄棺材，装着她。她是因打胎而死。

一篮最鲜的玫瑰，瓣上带着我心上的泪，放在她的灵前，结束了我的初恋，开始终生的虚空。为什么她落到这般光景？我不愿再打听。反正她在我心中永远不死。

我正呆看着那小绿拖鞋，我觉得背后的幔帐动了一动。一回头，帐子上绣的小蝴蝶在她的头上飞动呢。她还是十七八岁时的模样，还是那么轻巧，像仙女飞降下来还没十分立稳那样立着。我往后退了一步，似乎是怕一往前凑就能把她吓跑。这一退的工夫，她变了，变成二十多岁的样子。她也往后退了，随退随着脸上加着皱纹。她狂笑起来。我坐在那个小床上。刚坐下，我又起来了，扑过她去，极快；她在这极短的时间内，又变回十七岁时的样子。在一秒钟里我看见她半生的变化，她像是不受时间的拘束。我坐在椅子上，她坐在我的怀中。我自己也恢复了十五六年前脸上的红色，我觉得出。我们就这样坐着，听着彼此心血的潮荡。不知有多么久。最后，我找到声音，唇贴着她的耳边，问：

"你独自住在这里？"

"我不住在这里；我住在这儿。"她指着我的心说。

"始终你没忘了我，那么？"我握紧了她的手。

"被别人吻的时候，我心中看着你！"

"可是你许别人吻你？"我并没有一点妒意。

"爱在心里，唇不会闲着；谁教你不来吻我呢？"

"我不是怕得罪你的父母吗？不是我上了南洋吗？"

她点了点头，可是"惧怕使你失去一切，隔离使爱的心慌了"。

她告诉了我，她死前的光景。在我出国的那一年，她的母亲死去。她比较得自由了一些。出墙的花枝自会招来蜂蝶，有人便追求她。她还想念着我，可是肉体往往比爱少些忍耐力，爱的花不都是梅花。她接受了一个青年的爱，因为他长得像我。他非常地爱她，可是她还忘不了我，肉体的获得不是爱的满足，相似的容貌不能代替爱的真形。他疑心了，她承认了她的心是在南洋。他们俩断绝了关系。这时候，她父亲的财产全丢了。她非嫁人不可。她把自己卖给一个阔家公子，为是供给她的父亲。

"你不会去教学挣钱？"我问。

"我只能教小学，那点薪水还不够父亲买烟吃的！"

我们俩都愣起来。我是想：假使我那时候回来，以我的经济能力说，能供给得起她的父亲吗？我还不是大睁白眼地看着她卖身？

"我把爱藏在心中，"她说，"拿肉体挣来的茶饭营养着它。我深恐肉体死了，爱便不存在，其实我是错了；先不用说这个吧。他非常的妒忌，永远跟着我，无论我是干什么。上哪儿去，他老随着我。他找不出我的破绽来，可是觉得出我是不爱他。慢慢的，他由讨厌变为公开地辱骂我，甚至于打我，他逼得我没法不承认我的心是另有所寄。忍无可忍也就顾不及饭碗问题了。他把我赶出来，连一件长衫也没给我留。我呢，父亲照样和我要钱，我自己得吃得穿，而且我一向吃好的穿好的惯了。为满足肉体，还得利用肉体，身体是现成的本钱。凡给我钱的便买去我点筋肉的笑。我很会笑：我照着镜子练习那迷人的笑。环境的不同使人作退一步想，这样零卖，倒是比终日叫那一个阔公子管着强一些。在街上，有多少人指着我的后影叹气，可是我到底是自由的，有时候我与些打扮得不漂亮的女子遇上，我也有些得意。我一共打过四次胎，但是创痛过去便又笑了。

"最初，我颇有一些名气，因为我既是作过富宅的玩物，又能识几个字，新派旧派的人都愿来照顾我。我没工夫去思想，甚至于不想积蓄一点钱，我完全为我的服装香粉活着。今天的漂亮是今天的生活，明天自有明天管照着自己，身体的疲倦，只管眼前的刺激，不顾将来。不久，这种生活也不能维持了。父亲的烟是无底的深坑。打胎需要化许多费用。以前不想剩钱；钱自然不会自己剩下。我连一点无聊的傲气也不敢存了。我得极下贱地去找钱了，有时是明抢。有人指着我的后影叹气，我也回头向他笑一笑了。打一次胎增加两三岁。镜子是不欺人的，我已老丑了。疯狂足以补足衰老。我尽着肉体的所能伺候人们，不然，我没有生意。我敞着门睡着，我是大家的，不是我自己的。一天二十四小时，什么时间也可以买我的身体。我消失在欲海里。在清醒的世界中我并不存在。我的手指算计着钱数。我不思想，只是盘算——怎能多进五毛钱。我不哭，哭不好看。只为钱着急，不管我自己。"

她休息了一会儿，我的泪已滴湿她的衣襟。

"你回来了！"她继续着说："你也三十多了；我记得你是十七岁的小学生。你的眼已不是那年——多少年了？——看我那双绿拖鞋的眼。可是，你，多少还是你自己，我，早已死了。你可以继续作那初恋的梦，我已无梦可作。我始终一点也不怀疑，我知道你要是回来，必定要我。及至见着你，我自己已找不到我自己，拿什么给你呢？你没回来的时候，我永远不拒绝，不论是对谁说，我是爱你；你回来了，我只好狂笑。单等我落到这样，你才回来，这不是有意戏弄人？假如你永远不回来，我老有个南洋作我的梦景，你老有个我在你的心中，岂不很美？你偏偏回来了，而且回来这样迟——"

"可是来迟了并不就是来不及了。"我插了一句。

"晚了就是来不及了。我杀了自己。"

"什么？"

"我杀了我自己。我命定的只能住在你心中，生存在一首诗里，生死有什么区别？在打胎的时候我自己下了手。有你在我左右，我没法子再笑。不笑，我怎么挣钱？只有一条路，名字叫死。你回来迟了，我别再死迟了：我再晚死一会儿，我便连住在你心中的希望也没有了。我住在这里，这里便是你的心。这里没有阳光，没有声响，只有一些颜色。颜色是更持久的，颜色画成咱们的记忆。看那双小鞋，绿的，是点颜色，你我永远认识它们。"

"但是我也记得那双脚。许我看看吗？"

她笑了，摇摇头。

我很坚决，我握住她的脚，扯下她的袜，露出没有肉的一支白脚骨。

"去吧！"她推了我一把。"从此你我无缘再见了！我愿住在你的心中，现在不行了；我愿在你心中永远是青春。"

太阳已往西斜去；风大了些，也凉了些，东方有些黑云。春光在一个梦中惨淡了许多。我立起来，又看见那片暗绿的松树。立了不知有多久。远处来了些蠕动的小人，随着一些听不甚真的音乐。越来越近了，田中惊起许多白翅的鸟，哀鸣着向山这边飞。我看清了，一群人们匆匆地走，带起一些灰土。三五鼓手在前，几个白衣人在后，最后是一口棺材。春天也要埋人的。撒起一把纸钱，蝴蝶似的落在麦田上。东方的黑云更厚了，柳条的绿色加深了许多，绿得有些凄惨。心中茫然，只想起那双小绿拖鞋，像两片树叶在永生的树上作着春梦。

注释

1.榖（gǔ）：同谷。

导读

《微神》是老舍唯一一篇以爱情为题材的小说，从中我们可以看到作者对于美好爱情的期待渴望，以及对于爱情悲剧结局的无奈与哀悼。与鲁迅的《伤逝》相比，虽然两者都以女主人公逝去而结束，但是《微神》对爱情的表现更为朦胧，也更让人为之痛惜。在文学文本当中，社会转型时期的爱情似乎都必然以悲剧而告终，《微神》所展示的爱情悲剧具有时代的普遍性。

《微神》的开头并没有直接进入爱情叙事，而是做了比较繁复的景物描写，这衬托了主人公轻松愉悦的心情，也从反面烘托未来的悲剧结局，使这份爱情带有更浓烈的悲剧味道。男女主人公正是在优美的景物与愉悦的心情中走进爱情的，"我"在海棠花的树下，遇见了人生最美好的时刻，"她像燕儿似的从帘下飞出来；没顾得换鞋，脚下一双小绿拖鞋像两片嫩绿的叶儿。她喜欢得像清早的阳光，腮上的两片苹果比往常红着许多倍，似乎有两颗香红的心在脸上开了两个小井，溢着红润的胭脂泉"。男主人公沉醉在爱情之中，整个世界涂上一层无比可爱的色彩，"没有那一回那么美的了。我说'那一回'，因为在那一天那一会儿的一切都是美的"。两个情窦初开的十七岁少年，在朦胧、青涩、甜蜜的爱情中，体验着两情相悦的美好。然而，因爱情美好而虚幻的世界毕竟不能掩盖现实中的问题与困扰，他们两个所处时代毕竟不是《伤逝》里子君和涓生可以自由追求爱情、婚姻的时代，社会风气尚未开化，男女交往还受到舆论的反对，而至于提婚论嫁更是连想都不能想的事情，"许多许多无意识而有力量的阻碍，像个专以力气自雄的恶虎，站在我们中间"。另外，随着年龄增长，逐渐社会化的他们，也开始顾及男女之间的距离，所以在他眼中，她失去了"天真活泼"，而他又何尝不是呢。单纯而美好的爱恋，到这里基本上已经画上了句号，他们刚开始绽放的生命，却在生活的摧残下迅速凋零。

"我"远下南洋，心中充满了对她的牵挂，以致梦中的女性都是十七岁的她，初恋竟是如此让人难以释怀。"我"归国之后，几年的时间内，世事变迁，物是人非，那个可爱的她，竟然为生活先是嫁人后来被迫成了暗娼。这几年，她并没有因为"我"的退缩而心生怨恨、移情别恋，她虽嫁人，但一颗心却被"我"

带往南洋。"我"并没有嫌弃她，而是想把她从悲惨的境遇中拯救出来，希望能够度尽劫波之后，重新开始两个人新的生活。在他看来，"初恋是青春的第一朵花，不能随便掷弃"。于是"我"决定娶她，当她听到这句话的时候，只是狂笑了一阵，而无其他任何表示。她终于等来了"我"的提婚，但是一切都已经太晚了，时光不能倒流，生活不可能重来，她只能充满着悲郁地狂笑；另一方面，这狂笑中也多少包含着一丝欣喜，自己对初恋的情感付出得到了理想的回报。她的逝去成就了这份纯洁的情感，不被世俗允许、不可能的婚姻也随之烟消云散。他们是不幸的，没能有情人终成眷属；但他们又是幸运的，避免了子君与涓生一样的婚姻悲剧。作家在小说的结尾设置了虚幻的场景，抛开了第一人称叙述的局限，展示了几年来女人的心路历程，她比"我"爱得更深刻，更彻底，"我"的掺杂着懦弱的爱，不仅扼杀了她的青春，而且扼杀了她的生命。

　　小说虽以悲剧收场，但整篇作品抒情篇幅多于写实文字，充满了沾满泪滴的诗情，如一句话所说："爱情的故事往往是平凡的，正如春雨秋霜那样平凡。可是平凡的人们偏爱在这些平凡的事中找些诗意。"在虚实、生死、悲喜之间挣扎的爱情，使整个故事显得异常的凄美。

开市大吉

　　我，老王，和老邱，凑了点钱，开了个小医院。老王的夫人作护士主任，她本是由看护而高升为医生太太的。老邱的岳父是庶务兼会计。我和老王是这么打算好，假如老丈人报花账或是携款潜逃的话，我们俩就揍老邱；合着老邱是老丈人的保证金。我和老王是一党，老邱是我们后约的，我们俩总得防备他一下。办什么事，不拘多少人，总得分个党派，留个心眼。不然，看着便不大像回事儿。加上王太太，我们是三个打一个，假如必须打老邱的话。老丈人自然是帮助老邱喽，可是他年岁大了，有王太太一个人就可把他的胡子扯净了。老邱的本事可真是不错，不说屈心的话。他是专门割痔疮，手术非常的漂亮，所以请他合作。不过他要是找揍的话，我们也不便太厚道了。

　　我治内科，老王花柳，老邱专门痔漏兼外科，王太太是看护士主任兼产科，合着我们一共有四科。我们内科，老老实实的讲，是地道二五八。一分钱一分货，我们的内科收费可少呢。要敲是敲花柳与痔疮，老王和老邱是我们的希望。我和王太太不过是配搭，她就根本不是大夫，对于生产的经验她有一些，因为她自己生过两个小孩。至于接生的手术，反正我有太太决不叫她接生。可是我们得设产科，产科是最有利的。只要顺顺当当的产下来，至少也得住十天半月的；稀粥烂饭的对付着，住一天拿一天的钱。要是不顺顺当当的生产呢，那看事作事，临时再想主意。活人还能叫尿憋死？

　　我们开了张。"大众医院"四个字在大小报纸已登了一个半月。名字起的好——办什么赚钱的事儿，在这个年月，就是别忘了"大众"。不赚大众的钱，赚谁的？这不是真情实理吗？自然在广告上我们没这么说，因为大众不爱听实话的；我们说的是："为大众而牺牲，为同胞谋幸福。一切科学化，一切平民化，沟通中西医术，打破阶级思想。"真花了不少广告费，本钱是得下一些的。把大众招来以后，再慢慢收拾他们。专就广告上看，谁也不知道我们的医院有多么大。院图是三层大楼，那是借用近邻转运公司的相片，我们一共只有六间平房。

我们开张了。门诊施诊一个星期，人来的不少，还真是"大众"，我挑着那稍像点样子的都给了点各色的苏打水，不管害的是什么病。这样，延迟过一星期好正式收费呀；那真正老号的大众就干脆连苏打水也不给，我告诉他们回家洗洗脸再来，一脸的滋泥，吃药也是白搭。

忙了一天，晚上我们开了紧急会议，专替大众不行啊，得设法找"二众"。我们都后悔了，不该叫"大众医院"。有大众而没贵族，由哪儿发财去？医院不是煤油公司啊，早知道还不如干脆叫"贵族医院"呢。老邱把刀子沾了多少回消毒水，一个割痔疮的也没来！长痔疮的阔佬谁能上"大众医院"来割？

老王出了主意：明天包一辆能驶的汽车，我们轮流的跑几趟，把二姥姥接来也好，把三舅母装来也行。一到门口看护赶紧往里搀，接上这么三四十趟，四邻的人们当然得佩服我们。

我们都很佩服老王。

"再赁几辆不能驶的。"老王接着说。

"干吗？"我问。

"和汽车行商量借给咱们几辆正在修理的车，在医院门口放一天。一会儿叫咕嘟一阵。上咱们这儿看病的人老听外面咕嘟咕嘟的响，不知道咱们又来了多少坐汽车的。外面的人呢，老看着咱们的门口有一队汽车，还不唬住？"

我们照计而行，第二天把亲戚们接了来，给他们碗茶喝，又给送走。两个女看护是见一个搀一个，出来进去，一天没住脚。那几辆不能活动而能咕嘟的车由一天亮就运来了，五分钟一阵，轮流的咕嘟，刚一出太阳就围上一群小孩。我们给汽车队照了个相，托人给登晚报。老邱的丈人作了篇八股，形容汽车往来的盛况。当天晚上我们都没能吃饭，车咕嘟得太厉害了，大家都有点头晕。

不能不佩服老王，第三天刚一开门，汽车，进来位军官。

老王急于出去迎接，忘了屋门是那么矮，头上碰了个大包。花柳；老王顾不得头上的包了，脸笑得一朵玫瑰似的，似乎再碰它七八个包也没大关系。三言五语，卖了一针六〇六。我们的两位女看护给军官解开制服，然后四只白手扶着他的胳臂，王太太过来先用小胖食指在针穴轻轻点了两下，然后老王才给用针。军官不知道东西南北了，看着看护一个劲儿说："得劲！得劲！得劲！"我在旁边说了话，再给他一针。老邱也是福至心灵，早预备好了——香片茶加了点盐。老王叫看护扶着军官的胳臂，王太太又过来用小胖食指点了点，一针香片下去了。军官还说得劲，老王这回是自动的又给了他一针龙井。我们的医院里吃茶是讲究的，老是香片龙井两着沏。两针茶，一针六〇六，我们收了他二十五块钱。本来应当是十元一针，因为三针，减收五元。我们告诉他还得接着来，有十次管保除根。反正我们有的是茶，我心里说。

把钱交了，军官还舍不得走，老王和我开始跟他瞎扯，我就夸奖他的不瞒着病——有花柳，赶快治，到我们这里来治，准保没危险。花柳是伟人病，正大光明，有病就治，几针六〇六，完了，什么事也没有。就怕像铺子里的小伙计，或是中学的学生，得了病藏藏掩掩，偷偷的去找老虎大夫，或是袖口来袖口去买私药——广告专贴在公共厕所里，非糟不可。军官非常赞同我的话，告诉我他已上过二十多次医院。不过哪一回也没有这一回舒服。我没往下接碴儿。

老王接过去，花柳根本就不算病，自要勤扎点六〇六。军官非常赞同老王的话，并且有事实为证——他老是不等完全好了便又接着去逛；反正再扎几针就是了。老王非常赞同军官的话，并且愿拉个主顾，军官要是长期扎的话，他愿减收一半药费：五块钱一针。包月也行，一月一百块钱，不论扎多少针。军官非常赞同这个主意，可是每次得照着今天的样子办，我们都没言语，可是笑着点了点头。

军官汽车刚开走，迎头来了一辆，四个丫环搀下一位太太来。一下车，五张嘴一齐问：有特别房没有？我推开一个丫环，轻轻的托住太太的手腕，搀到小院中。我指着转运公司的楼房说，"那边的特别室都住满了。您还算得凑巧，这里——我指着我们的几间小房说——还有两间头等房，您暂时将就一下吧。其实这两间比楼上还舒服，省得楼上楼下的跑，是不是，老太太？"

老太太的第一句话就叫我心中开了一朵花，"唉，这还像个大夫——

病人不为舒服，上医院来干吗？东生医院那群大夫，简直的不是人！"

"老太太，您上过东生医院？"我非常惊异的问。

"刚由那里来，那群王八羔子！"

乘着她骂东生医院——凭良心说，这是我们这里最大最好的医院——我把她挽到小屋里，我知道，我要是不引着她骂东生医院，她决不会住这间小屋，"您在那儿住了几天？"我问。

"两天；两天就差点要了我的命！"老太太坐在小床上。

我直用腿顶着床沿，我们的病床都好，就是上了点年纪，爱倒。"怎么上那儿去了呢？"我的嘴不敢闲着，不然，老太太一定会注意到我的腿的。

"别提了！一提就气我个倒仰——。你看，大夫，我害的是胃病，他们不给我东西吃！"老太太的泪直要落下来。

"不给您东西吃？"我的眼都瞪圆了。"有胃病不给东西吃？蒙古大夫！就凭您这个年纪？老太太您有八十了吧？"

老太太的泪立刻收回去许多，微微的笑着："还小呢。刚五十八岁。"

"和我的母亲同岁，她也是有时候害胃口疼！"我抹了抹眼睛。"老太太，您就在这儿住吧，我准把那点病治好了。这个病全仗着好保养，想吃什么就吃：吃下去，心里一舒服，病就减去几分，是不是，老太太？"

老太太的泪又回来了，这回是因为感激我。"大夫，你看，我专爱吃点硬的，他们偏叫我喝粥，这不是故意气我吗？"

"您的牙口好，正应当吃口硬的呀！"我郑重的说。

"我是一会儿一饿，他们非到时候不准我吃！"

"糊涂东西们！"

"半夜里我刚睡好，他们把小玻璃棍放在我嘴里，试什么度。"

"不知好歹！"

"我要便盆，那些看护说，等一等，大夫就来，等大夫查过病去再说！"

"该死的玩艺儿！"

"我刚挣扎着坐起来，看护说，躺下。"

"讨厌的东西！"

我和老太太越说越投缘，就是我们的屋子再小一点，大概她也不走了。爽性我也不再用腿顶着床了，即使床倒了，她也能原谅。

"你们这里也有看护呀？"老太太问。

"有，可是没关系，"我笑着说。"您不是带来四个丫环吗？叫她们也都住院就结了。您自己的人当然伺候的周到；我干脆不叫看护们过来，好不好？"

"那敢情好啦，有地方呀？"老太太好像有点过意不去了。

"有地方，您干脆包了这个小院吧。四个丫环之外，不妨再叫个厨子来，您爱吃什么吃什么。我只算您一个人的钱，丫环厨子都白住，就算您五十块钱一天。"

老太太叹了口气："钱多少的没有关系，就这么办吧。春香，你回家去把厨子叫来，告诉他就手儿带两只鸭子来。"

我后悔了：怎么才要五十块钱呢？真想抽自己一顿嘴巴！幸而我没说药费在内；好吧，在药费上找齐儿就是了；反正看这个来派，这位老太太至少有一个儿子当过师长。况且，她要是天天吃火烧夹烤鸭，大概不会三五天就出院，事情也得往长里看。

医院很有个样子了：四个丫环穿梭似的跑出跑入，厨师傅在院中墙根砌起一座炉灶，好像是要办喜事似的。我们也不客气，老太太的果子随便拿起就尝，全鸭子也吃它几块。始终就没人想起给她看病，因为注意力全用在看她买来什么好吃食。

老王和我总算开了张，老邱可有点挂不住了。他手里老拿着刀子。我都直躲他，恐怕他拿我试试手。老王直劝他不要着急，可是他太好胜，非也给医院弄个几十块不甘心。我佩服他这种精神。

吃过午饭，来了！割痔疮的！四十多岁，胖胖的，肚子很大。王太太以为他是来生小孩，后来看清他是男性，才把他让给老邱。老邱的眼睛都红了。三言五语，老邱的刀子便下去了。四十多岁的小胖子疼得直叫唤，央告老邱用点麻药。老邱可有了话：

"咱们没讲下用麻药哇！用也行，外加十块钱。用不用？快着！"

小胖子连头也没敢摇。老邱给他上了麻药。又是一刀，又停住了："我说，你这可有管子，刚才咱们可没讲下割管子。还往下割不割？往下割的话，外加三十块钱。不的话，这就算完了。"

我在一旁，暗伸大指，真有老邱的！拿住了往下敲，是个办法！

　　四十多岁的小胖子没有驳回，我算计着他也不能驳回。老邱的手术漂亮，话也说得脆，一边割管子一边宣传："我告诉你，这点事儿值得你二百块钱；不过，我们不敲人；治好了只求你给传传名。赶明天你有工夫的时候，不妨来看看。我这些家伙用四万五千倍的显微镜照，照不出半点微生物！"

　　胖子一声也没出，也许是气糊涂了。

　　老邱又弄了五十块。当天晚上我们打了点酒，托老太太的厨子给作了几样菜。菜的材料多一半是利用老太太的。一边吃一边讨论我们的事业，我们决定添设打胎和戒烟。老王主张暗中宣传检查身体，凡是要考学校或保寿险的，哪怕已经作下寿衣，预备下棺材，我们也把体格表填写得好好的；只要交五元的检查费就行。这一案也没费事就通过了。老邱的老丈人最后建议，我们匀出几块钱，自己挂块匾。老人出老办法。可是总算有心爱护我们的医院，我们也就没反对。老丈人已把匾文拟好——仁心仁术。陈腐一点，不过也还恰当。我们议决，第二天早晨由老丈人上早市去找块旧匾。王太太说，把匾油饰好，等门口有过娶妇的，借着人家的乐队吹打的时候，我们就挂匾。到底妇女的心细，老王特别显着骄傲。

导读

　　老舍在小说《开市大吉》中，把幽默的才华发挥到了极致，同时也将讽刺的矛磨得更为锋利，对社会中见利忘义的乱象揭示得入木三分。

　　"大众医院"是由四个人凑钱开的，他们不仅是投资的股东，而且也是行医治病的医生。然而，这四个人基本不懂得医术，"我们内科，老老实实地讲，是地道二五八"。王太太则"根本不是大夫，对于生产的经验她有一些，因为她自己生过两个小孩。至于接生的手术，反正我有太太决不叫她接生"。连起码的医学知识和医护技能都没有，更别提什么医德了。对于他们来说，悬壶济世、治病救人是不重要的，重要的是如何将患者腰包里的钱转移到自己手中。所以，即使王太太根本不懂接生也没关系，而产科是必须要设置的，因为产科是最赚钱的，"只要顺顺当当的产下来，至少也得住十天半月的；稀粥烂饭的对付着，住一天拿一天的钱"。与其说他们是医生，不如直接称呼他们为骗子。他们的实际行为的本质就是一个"骗",比如他们的广告词,"为大众而牺牲,为同胞谋幸福。一切科学化,一切平民化,沟通中西医术,打破阶级思想",比如他们为吸引患者上门而故意的造势,给人以巨大的假象,他们的精力都用在了如何行骗上,而对本来就含糊的医术根本不去深究。这样一群骗子简直是拿人的生命在开玩笑,他们比那些直接骗人钱财的骗子更要卑劣。

在我们看来,几个没有医学本领的人开设这样的医院,定然不会有患者就诊,但是作者却有意展现了"大众医院"的红火景象,因为他们因人而异地拿出不同的"治疗"方法来对付不同病人。对患上花柳病的军官,他们投其所好,在打针的时候让"两位女看护给军官解开制服,然后四只白手扶着他的胳臂",使得军官连呼"得劲!得劲!得劲!"于是,老王在注射完六〇六后,又趁机给军官注射了一针香片,一针龙井,虽无益无害,但他们却可借机收费。老王在军官高兴之际,又以贬损江湖医生的方式,隆重地推销了自己,军官在老王"花柳根本就不算病"的启发下,老是花柳缠身,他们的生意就有人照顾了。对付患胃病、不愿意接受节食治疗的有钱老太太,他们则完全昧了良心,完全不顾老太太死活地去满足她的食欲,让她高兴,"我"告诉她,"想吃什么就吃"。老太太相当满意,于是他们的账上又有了很大一笔的收入。对付来挖痔疮的患者,老王的做法简直就是在敲诈,在患者痛得受不了的时候卖麻药,在手术进行中又提出不另交钱不往下割管子。一个痔疮手术,本来十块钱的费用,患者却拿出了五倍的价钱。小说的结尾,"医生"们商量如何扩大生意,如何"赚"来更多的钱,而且还恬不知耻地要为自己的医院挂上"仁心仁术"的匾额。到这里作家对讽刺的运用到了极致,而贯穿全文的夸张性表达也达到了极致。

《开市大吉》虽然篇幅较小,但是小说中每个人物都跃然纸上,活灵活现,尤其是对几个骗子的展示,最为使人印象深刻。故事虽然是虚构的,但在当时充满乱象的社会中,这种道德沦丧、见利忘义的事情屡见不鲜,老舍用这个充满戏剧性的叙述对社会进行批判,在幽默叙述的背后,有老舍的深意存焉。

歪毛儿

　　小的时候，我们俩——我和白仁禄——下了学总到小茶馆去听评书。我俩每天的点心钱不完全花在点心上，留下一部分给书钱。虽然茶馆掌柜孙二大爷并不一定要我们的钱，可是我俩不肯白听。其实，我俩真不够听书的派儿：我那时脑后梳着个小坠根，结着红绳儿；仁禄梳俩大歪毛。孙二大爷用小笸箩打钱的时候，一到我俩面前便低声的说，"歪毛子！"把钱接过去，他马上笑着给我们抓一大把煮毛豆角，或是花生米来："吃吧，歪毛子！"他不大爱叫我小坠根，我未免有点不高兴。可是说真的，仁禄是比我体面的多。他的脸正像年画上的白娃娃的，虽然没有那么胖。单眼皮，小圆鼻子，清秀好看。一跑，俩歪毛左右开弓的敲着脸蛋，像个拨浪鼓儿。青嫩头皮，剃头之后，谁也想轻敲他三下——剃头打三光。就是稍打重了些，他也不急。

　　他不淘气，可是也有背不上书来的时候。歪毛仁禄背不过书来本可以不挨打，师娘不准老师打他，他是师娘的歪毛宝贝：上街给她买一缕白棉花线，或是打俩小钱的醋，都是仁禄的事儿。可是他自己找打。每逢背不上书来，他比老师的脾气还大。他把小脸憋红，鼻子皱起一块儿，对先生说："不背！不背！"不等老师发作，他又添上："就是不背，看你怎样！"老师磨不开脸了，只好拿板子吧。仁禄不擦磨手心，也不迟宕，单眼皮眨巴的特别快，摇着俩歪毛，过去领受平板。打完，眼泪在眼眶里转，转好大半天，像水花打旋而渗不下去的样儿。始终他不许泪落下来。过了一会儿，他的脾气消散了，手心搓着膝盖，低着头念书，没有声音，小嘴像热天的鱼，动得很快很紧。

　　奇怪，这么清秀的小孩，脾气这么硬。

　　到了入中学的年纪，他更好看了。还不甚胖，眉眼可是开展了。我们脸上都起了小红脓泡，他还是那么白净。后一入中学，上一班的学生便有一个挤了他一膀子，然后说："对不起，姑娘！"仁禄一声没出，只把这位学友的脸打成酸面包子。他不是打架呢，是拼命，连劝架的都受了点窜[1]误伤。第二天，他没来上课。他又考入别的学校。

一直有十几年的工夫，我们俩没见面。听说，他在大学毕了业，到外边去做事。

去年旧历年前的末一次集，天很冷。千佛山上盖着些厚而阴寒的黑云。尖溜溜的小风，鬼似的掏人鼻子与耳唇。我没事，住的又离山水沟不远，想到集上看看。集上往往也有几本好书什么的。

我以为天寒人必少，其实集上并不冷静；无论怎冷，年总是要过的。我转了一圈，没看见什么对我的路子的东西——大堆的海带菜，财神的纸像，冻得铁硬的猪肉片子，都与我没有多少缘分。本想不再绕，可是极南边有个地摊，摆着几本书，引起我的注意，这个摊子离别的买卖有两三丈远，而且地点是游人不大来到的。设若不是我已走到南边，设若不是我注意书籍，我决不想过去。我走过去，翻了翻那几本书——都是旧英文教科书，我心里说，大年底下的谁买旧读本？看书的时候，我看见卖书人的脚，一双极旧的棉鞋，可是缎子的；袜子还是夏季的单线袜。别人都跺着脚，天是真冷；这双脚好像冻在地上，不动。把书合上我便走开了。

大概谁也有那个时候：一件极不相干的事，比如看见一群蚁擒住一个绿虫，或是一个癞狗被打，能使我们不痛快半天。那个挣扎的虫或是那条癞狗好似贴在我们心上，像块病似的。这双破缎子鞋就是这样贴在我的心上。走了几步，我不由的回了头。卖书的正弯身摆那几本书呢。其实我并没给弄乱：只那么几本，也无从乱起。我看出来，他不是久干这个的。逢集必赶的卖零碎的不这样细心。他穿着件旧灰色棉袍，很单薄，头上戴着顶没人要的老式帽头。由他的身上，我看到南圩子墙，千佛山，山上的黑云，结成一片清冷。我好似被他吸引住了。决定回去，虽然觉得不好意思的。我知道，走到他跟前，我未必敢端详他。他身上有那么一股高傲劲儿，像破庙似的，虽然破烂而仍令人心中起敬。我说不上来那几步是怎样走回去的，无论怎说吧，我又立在他面前。

我认得那两只眼，单眼皮儿。其余的地方我一时不敢相认，最清楚的记忆也不敢反抗时间，我俩已十几年没见了。他看了我一眼，赶快把眼转向千佛山去：一定是他了，我又认出这个神气来。

"是不是仁禄哥？"我大着胆问。

他又扫了我一眼，又去看山，可是极快的又转回来。他的瘦脸上没有任何表示，只是腮上微微的动了动，傲气使他不愿与我过话，可是"仁禄哥"三个字打动了他的心。他没说一个字，拉住我的手。手冰硬。脸朝着山，他无声的笑了笑。

"走吧，我住的离这儿不远。"我一手拉着他，一手拾起那几本书。

他叫了我一声。然后待了一会儿，"我不去！"

我抬起头来，他的泪在眼内转呢。我松开他的手，把几本书夹起来，假装笑着，"你走也得走，不走也得走！"

"待一会儿我找你去好了。"他还是不动。

"你不用！"我还是故意打哈哈似的说，"待一会儿？管保再也找不到你了？"

他似乎要急，又不好意思；多么高傲的人也不能不原谅梳着小辫时候的同学。一走路，我才看出他的肩往前探了许多。他跟我来了。

没有五分钟便到了家。一路上，我直怕他和我转了影壁。他坐在屋中了，我才放心，仿佛一件宝贝确实落在手中。可是我没法说话了。问他什么呢？怎么问呢？他的神气显然的是很不安，我不肯把他吓跑了。

想起来了，还有瓶白葡萄酒呢。找到了酒，又发现了几个金丝枣。好吧，就拿这些待客吧。反正比这么僵坐着强。他拿起酒杯，手有点颤。喝下半杯去，他的眼中湿了一点，湿得像小孩冬天下学来喝着热粥时那样。

"几时来到这里的？"我试着步说。

"我？有几天了吧？"他看着杯沿上一小片木塞的碎屑，好像是和这片小东西商议呢。

"不知道我在这里？"

"不知道。"他看了我一眼，似乎表示有许多话不便说，也不希望我再问。

我问定了。讨厌，但我俩是幼年的同学。"在哪儿住呢？"他笑了，"还在哪儿住？凭我这个样？"还笑着，笑得极无聊。

"那好了，这儿就是你的家，不用走了。咱们一块儿听鼓书去。趵突泉有三四处唱大鼓的呢：《老残游记》，嗳？"我想把他哄喜欢了。"记得小时候一同去听《施公案》？"

我的话没得到预期的效果，他没言语。但是我不失望。劝他酒，酒会打开人的口。还好，他对酒倒不甚拒绝，他的俩脸渐渐有了红色。我的主意又来了：

"说，吃什么？面条？饺子？饼？说，我好去预备。"

"不吃，还得卖那几本书去呢！"

"不吃？你走不了！"

待了老大半天，他点了点头，"你还是这么活泼！"

"我？我也不是咱们梳着小辫时的样子了！光阴多么快，不知不觉的三十多了，想不到的事！"

"三十多也就该死了。一个狗才活十来年。"

"我还不那么悲观，"我知道已把他引上了路。

"人生还就不是个好玩艺！"他叹了口气。

随着这个往下说，一定越说越远：我要知道的是他的遭遇。我改变了战略，开始告诉他我这些年的经过，好歹的把人生与悲观扯在里面，好不显着生硬。费了许多周折，我才用上了这个公式——"我说完了，该听你的了。"

其实他早已明白我的意思，始终他就没留心听我的话。要不然，我在引用公式以前还得多绕几个弯儿呢。他的眼神把我的话删短了好多。我说完，他好似没法子了，问了句：

"你叫我说什么吧？"

这真使我有点难堪。律师不是常常逼得犯人这样问么？可是我扯长了脸，反正我俩是有交情的。爽性直说了吧，这或者倒合他的脾气：

"你怎么落到这样？"

他半天没回答出。不是难以出口，他是思索呢。生命是没有什么条理的，老朋友见面不是常常相对无言么？

"从哪里说起呢？"他好像是和生命中那些小岔路商议呢。"你记得咱们小的时候，我也不短挨打？"

"记得，都是你那点怪脾气。"

"还不都在乎脾气，"他微微摇着头。"那时候咱俩还都是小孩子，所以我没对你说过；说真的那时节我自己也还没觉出来是怎回事。后来我才明白了，是我这两只眼睛作怪。"

"不是一双好好的眼睛吗？"我说。

"平日是好好的一对眼；不过，有时候犯病。"

"怎样犯病？"我开始怀疑莫非他有点精神病。

"并不是害眼什么的那种肉体上的病，是种没法治的毛病。有时候忽然来了，我能看见些——我叫不出名儿来。"

"幻象？"我想帮他的忙。

"不是幻象，我并没看见什么绿脸红舌头的。是些形象。也还不是形象；是一股神气。举个例说，你就明白了，你记得咱们小时候那位老师？很好的一个人，是不是？可是我一犯病，他就非常的可恶，我所以跟他横着来了。过了一会儿，我的病犯过去，他还是他，我白挨一顿打。只是一股神气，可恶的神气。"

我没等他说完就问："你有时候你也看见我有那股神气吧？"

他微笑了一下："大概是，我记不甚清了。反正咱俩吵过架，总有一回是因为我看你可恶。万幸，我们一入中学就不在一处了。不然……你知道，我的病越来越深。小的时候，我还没觉出这个来，看见那股神气只闹一阵气就完了；后来，我管不住自己了，一旦看出谁可恶来，就是不打架，也不能再和他交往，连一句话也不肯过。现在，在我的记忆中只有幼年的一切是甜蜜的，因为那时病还不深。过了二十，凡是可恶的都记在心里！我的记忆是一堆丑恶像片！"他愣起来了。

"人人都可恶？"我问。

"在我犯病的时节，没有例外。父母兄弟全可恶。要是敷衍，得敷衍一切，生命那才难堪。要打算不敷衍，得见一个打一个，办不到。慢慢的，我成了个无家无小没有一个朋友的人。干吗再交朋友呢？怎能交朋友呢？明知有朝一日便看出他可恶！"

我插了一句："你所谓的可恶或者应当改为软弱，人人有个弱点，不见得就可恶。"

"不是弱点。弱点足以使人生厌，可也能使人怜悯。譬如对一个爱喝醉了的人，我看见的不是这个。其实不用我这对眼也能看出点来，你不信这么试试，你也能看出一些，不过不如我的眼那么强就是了。你不用看人脸的全部，而单看他的眼，鼻子，或是嘴，你就看出点可恶来。特别是眼与嘴，有时一个人正和你讲道德说仁义，你能看见他的眼中有张活的春画正在动。那嘴，露着牙喷粪的时节单要笑一笑！越是上等人越可恶。没受过教育的好些，也可恶，可是可恶得明显一些；上等人会遮掩。假如我没有这么一对眼，生命岂不是个大骗局？还举个例说吧，有一回我去看戏，旁边来了个三十多岁的人，很体面，穿得也讲究。我的眼一斜，看出来，他可恶。我的心中冒了火。不干我的事，诚然；可是，为什么可恶的人单要一张体面的脸呢？这是人生的羞耻与错处。正在这么个当儿，查票了。这位先生没有票，瞪圆了眼向查票员说：“我姓王，没买过票，就是日本人查票，我姓王的还是不买！”我没法管束自己了。我并不是要惩罚他，是要把他的原形真面目打出来。我给了他一个顶有力的嘴巴。你猜他怎样？他嘴里嚷着，走了。要不怎说他可恶呢。这不是弱点，是故意的找打——只可惜没人常打他。他的原形是追着叫化子乱咬的母狗。幸而我那时节犯了病，不然，他在我眼中也是个体面的雄狗了。”

“那么你很愿意犯病！”我故意的问。

他似乎没听见，我又重了一句，他又微笑了笑。“我不能说我以这个为一种享受；不过，不犯病的时候更难堪——明知人们可恶而看不出，明知是梦而醒不了。病来了，无论怎样吧，我不至于无聊。你看，说打就打，多少有点意思。最有趣的是打完了人，人们还不敢当面说我什么，只在背后低声的说，这是个疯子。我没遇上一个可恶而硬正的人；都是些虚伪的软蛋。有一回我指着个军人的脸说他可恶，他急了，把枪掏出来，我很喜欢。我问他：你干什么？哼，他把枪收回去了，走出老远才敢回头看我一眼；可恶而没骨头的东西！”他又愣了一会儿。“当初，我是怕犯病。一犯病就吵架，事情怎会作得长远？久而久之，我怕不犯病了。不犯病就得找事去作，闲着是难堪的事。可是有事便有人，有人就可恶。一来二去，我立在了十字路口：长期的抵抗呢？还是敷衍一下？不能决定。病犯了不由的便惹是非，可是也有一月两月不犯的时候。我能专等着犯病，什么也不干？不能！刚要干点什么，病又来了。生命仿佛是拉锯玩呢。有一回，半年多没犯病。好了，我心里说，再找回人生的旧辙吧；既然不愿放火，烟还是由烟筒出去好。我回了家，老老实实去作孝子贤孙。脸也常刮一刮，表示出诚意的敷衍。既然看不见人中的狗脸，我假装看见狗中的人脸，对小猫小狗都很和气，闲着也给小猫梳梳毛，带着狗去溜个圈。我与世界复合了。人家世界本是热热闹闹的混，咱干吗非硬拐硬碰不可呢。这时候，我的文章作多了。第一，我想组织家庭，把油盐柴米的责任加在身上也许会治好了病。况且，我对妇人的印象比较的好。在我的病眼中经过的多数是男人。虽然这也许是机会不平的关系，可是我硬认定女子比男子好一些。作文章吗？人们大概都很会替生命作文章。我想，自要找到个理想的女子，大概能马马虎虎的混几十年。文章还不尽于此，原先我不是以眼的经验断定人人可恶吗，现在改了。我这么想了：人人可恶是个推论，我并没亲眼看见人人可恶呀。也许人人可恶，而我不永远是犯着病，所以看不出。可也许世上确有好人，完全人，就是立在我的病眼前面，我也看不出他可恶来。我并不晓得哪时犯病；看见面前的人变了样，我才晓得我是犯了病？焉知没有我已犯病而看不出人家可恶的时候呢？假如那是个根本不可恶的人。这么一作文章，我的希望更大了。我决定不再硬了，结婚，组织家庭，生胖小子；人家都快活的过日子，我干吗放着熟葡萄不吃，单捡酸的吃呢？文章作得不错。"

他休息了一会儿，我没敢催促他。给他满上了酒。

"还记得我的表妹？"他突然的问："咱们小时候和她一块儿玩耍过。"

"小名叫招弟儿？"我想起来，那时候她耳上戴着俩小绿玉艾叶儿。

"就是。她比我小两岁，还没出嫁；等着我呢，好像是。想作文章就有材料，你看她等着我呢。我对她说了一切，她愿意跟我。我俩定了婚。"他又半天没言语，连喝了两三口酒。"有一天，我去找她，在路上我又犯了病。一个七八岁小女孩，拿着个粗碗，正在路中走。来了辆汽车。听见喇叭响，她本想往前跑，可是跑了一步，她又退回来了。车到了跟前，她蹲下了。车幸而猛的收住。在这个工夫，我看见车夫的脸，非常的可恶。在事实上他停住了车；心里很愿意把那个小女孩轧死，轧，来回的轧，轧碎了。作文章才无聊呢。我不能再找表妹去了。我的世界是个丑恶的，我不能把她也拉进来。我又跑了出来；给她一封极简短的信——不必再等我了。有过希望以后，我硬不起来了。我忽然的觉到，焉知我自己不可恶呢，不更可恶呢？这一疑虑，把硬气都跑了。以前，我见着可恶的便打，至少是瞪他那么一眼，使他哆嗦半天。我虽不因此得意，可是非常的自信——

信我比别人强。及至一想结婚，与世界共同敷衍，坏了；我原来不比别人强，不过只多着双病眼罢了。我再没有勇气去打人了，只能消极的看谁可恶就躲开他。很希望别人指着脸子说我可恶，可是没人肯那么办。"他又愣了一会儿。"生命的真文章比人作的更周到？你看，我是刚从狱里出来。是这么回事，我和土匪们一块混来着。我既是也可恶，跟谁在一块不可以呢。我们的首领总算可恶得到家，接了赎款还把票儿撕了。绑来票砌在炕洞里。我没打他，我把他卖了，前几天他被枪毙了。在公堂上，我把他的罪恶都抖出来。他呢，一句也没扳我，反倒替我解脱。所以我只住了几天狱，没定罪。顶可恶的人原来也有点好心：撕票儿的恶魔不卖朋友！我以前没想到过这个。耶稣为仇人，为土匪祷告：他是个人物。他的眼或者就和我这对一样，可是他能始终是硬的，因为他始终是软的。普通人只能软，不能硬，所以世界没有骨气。我只能硬，不能软，现在没法安置我自己。人生真不是个好玩艺。"

他把酒喝净，立起来。

"饭就好，"我也立起来。

"不吃！"他很坚决。

"你走不了，仁禄！"我有点急了。"这儿就是你的家！"

"我改天再来，一定来！"他过去拿那儿本书。"一定得走？连饭也不吃？"我紧跟着问。

"一定得走！我的世界没有友谊。我既不认识自己，又好管教别人。我不能享受有秩序的一个家庭，像你这个样。只有瞎走乱撞还舒服一些。"

我知道，无须再留他了。愣了一会儿，我掏出点钱来。

"我不要！"他笑了笑："饿不死。饿死也不坏。"

"送你件衣裳横是行了吧？"我真没法儿了。

他愣了会儿。"好吧，谁叫咱们是幼时同学呢。你准是以为我很奇怪，其实我已经不硬了。对别人不硬了。对自己是没法不硬的，你看那个最可恶的土匪也还有点骨气。好吧，给我件你自己身上穿着的吧。那件毛衣便好。有你身上的一些热气便不完全像礼物了。我太好作文章！"

我把毛衣脱给他。他穿在棉袍外边，没顾得扣上钮子。

空中飞着些雪片，天已遮满了黑云。我送他出去，谁也没说什么，一个阴惨的世界，好像只有我们俩的脚步声儿。到了门口，他连头也没回，探着点身在雪花中走去。

注释

1. 罣（guà）：同挂。

导读

　　老舍在《我怎样写短篇小说》一文中说，"《歪毛儿》是摹仿 J.D.Beresford 的 *The Hermit*。因为给学生讲小说，我把这篇奇幻的故事翻译出来，讲给他们听。经过好久，我老忘不了它，也老想写这样的一篇。可是我始终想不出旁的路儿来，结果是照样摹了一篇；虽然材料是我自己的，但在意思上全是抄袭的。"已有研究者指出，老舍所模仿的是法国作家贝尔斯弗德的《恨世者》。小说讲的是一个离群索居的隐者自幼患上了一种奇怪的病，总是能够看见人脸背后的恶欲与缺点。在他受够了那么多邪恶的灵魂之后，不堪其扰的他，只能逃离那个群体，成为一个隐者。《歪毛儿》中的仁禄正是这样的人，虽然他最后没有逃离社会，但还是以出世者的心态"苟活"在世间。

　　仁禄儿时受到了几乎所有人的喜爱，不论是茶馆掌柜孙二大爷，还是老师、师娘，都对他关爱有加。"我"虽然与仁禄在一起时往往因仁禄过于出彩而受到冷落，但也承认"仁禄是比我体面的多"。除此之外，仁禄与其他孩童最大的不同是，虽然年纪小，但是脾气却硬得很。他背不上书来，还理直气壮，最后只能挨了一顿板子，但即使是这样，也不会看见仁禄掉下眼泪来。仁禄的这种硬脾气主要出自于他的恨世心理，他能在别人的表面之下看出丑恶来，于是态度也就不可能不极端了。孩童时代面对先生，他还没有主动攻击的能力，只能消极对抗，而从中学时代拼命似的把学友的脸打成酸面包子之后，仁禄的"恨世"就演变成暴力抗"恶"，于此一发而不可收。

　　小说中的"我"，不仅是叙述者，而且也承担着重要的功能，离群索居的仁禄对这个世界是拒绝的，所以正是因为"我"与仁禄是儿时的同学、好友，才能有机会从仁禄口中问出他这些年的经历体验和心路历程。

　　仁禄也知道自己常常处于病态，"平日是好好的一对眼；不过，有时候犯病"。而当犯病的时候，他能从身边人身上看出恶来，即使平时再要好的人，比如"我"，甚至自己的家人，却在犯病的时候，"没有例外。父母兄弟全可恶"。在仁禄的眼中，他所看出来的恶，并不是我们所谓的人的弱点，而是与表面形成强烈反差的可恶实质。仁禄就是要撕破那些卑劣的遮羞布，把他们的恶暴露出来，所以他打了一个穿着体面而不买票的人；指责了一个内心软弱的军人。处在这样一个病态当中，仁禄既不想让生命难堪而敷衍了事，又没有精力见一个打一个，最终仁禄成了"无家无小没有一个朋友的人"。久而久之，仁禄习惯了自己处在"病"的状态，因为这样他才能够揭开生活的巨大骗局，才能享受一种"真实"的生活。当然，仁禄并不讨厌正常的生活，享受与家人、朋友相处带来的乐趣。但是，他并不能控制自己不发病，也就是说，偶然而至的"犯病"把一切计划好的正常生活弄得支离破碎。

仁禄否定的不是个别人，而是人类的整体，就连自己也包括在内了，"焉知我自己不可恶呢，不更可恶呢？"认识到这一点后，仁禄再也没有勇气去打人了，因为他觉得自己已经没有那个资格了，于是开始自暴自弃，成为一个真正的恶人——按着自己不遮掩的逻辑，顺着恶的惯性来行事。仁禄成了土匪中的一员，并出卖了匪首，而匪首在公堂上替他开脱，又使他忽然明白，"顶可恶的人原来也有点好心"。仁禄由对抗外在世界转而对抗自己，"我已经不硬了。对别人不硬了。对自己是没法不硬的"。困顿的生活，可能就是仁禄所选择的对自己"硬"的方式。

柳家大院

这两天我们的大院里又透着热闹，出了人命。

事情可不能由这儿说起，得打头儿来。先交代我自己吧，我是个算命的先生。我也卖过酸枣、落花生什么的，那可是先前的事了。现在我在街上摆卦摊，好了呢，一天也抓弄个三毛五毛的。老伴儿早死了，儿子拉洋车。我们爷儿俩住着柳家大院的一间北房。

除了我这间北房，大院里还有二十多间房呢。一共住着多少家子？谁记得清！住两间房的就不多，又搭上今天搬来，明天又搬走，我没有那么好记性。大家见面招呼声"吃了吗"，透着和气；不说呢，也没什么。大家一天到晚为嘴奔命，没有工夫扯闲话儿。爱说话的自然也有啊，可是也得先吃饱了。

还就是我们爷儿俩和王家可以算作老住户，都住了一年多了。早就想搬家，可是我这间屋子下雨还算不十分漏；这个世界哪去找不十分漏水的屋子？不漏的自然有哇，也得住得起呀！再说，一搬家又得花三份儿房钱，莫如忍着吧。晚报上常说什么"平等"，铜子儿不平等，什么也不用说。这是实话。就拿媳妇们说吧，娘家要是不使彩礼，她们一定少挨点揍，是不是？

王家是住两间房。老王和我算是柳家大院里最"文明"的人了。"文明"是三孙子，话先说在头里。我是算命的先生，眼前的字儿颇念一气。天天我看俩大子的晚报。"文明"人，就凭看篇晚报，别装孙子啦！老王是给一家洋人当花匠，总算混着洋事。其实他会种花不会，他自己晓得；若是不会的话，大概他也不肯说。给洋人院里剪草皮的也许叫作花匠；无论怎说吧，老王有点好吹。有什么意思？剪草皮又怎么低下呢？老王想不开这一层。要不怎么我们这种穷人没起色呢，穷不是，还好吹两句！大院里这样的人多了，老跟"文明"人学；好像"文明"人的吹胡子瞪眼睛是应当应分。反正他挣钱不多，花匠也罢，草匠也罢。

　　老王的儿子是个石匠，脑袋还没石头顺溜呢，没见过这么死巴的人。他可是好石匠，不说屈心话。小王娶了媳妇，比他小着十岁，长得像搁陈了的窝窝头，一脑袋黄毛，永远不乐，一挨揍就哭，还是不短挨揍。老王还有个女儿，大概也有十四五岁了，又贼又坏。他们四口住两间房。

　　除了我们两家，就得算张二是老住户了；已经在这儿住了六个多月。虽然欠下俩月的房钱，可是还对付着没叫房东给撵出去。张二的媳妇嘴真甜甘，会说话；这或者就是还没叫撵出去的原因。自然她只是在要房租来的时候嘴甜甘；房东一转身，你听她那个骂。谁能不骂房东呢；就凭那么一间狗窝，一月也要一块半钱？！可是谁也没有她骂得那么到家，那么解气。连我这老头子都有点爱上她了，不是为别的，她真会骂。可是，任凭怎么骂，一间狗窝还是一块半钱。这么一想，我又不爱她了。没有真力量，骂骂算得了什么呢。

　　张二和我的儿子同行，拉车。他的嘴也不善，喝俩铜子的"猫尿"能把全院的人说晕了；穷嚼！我就讨厌穷嚼，虽然张二不是坏心肠的人。张二有三个小孩，大的捡煤核，二的滚车辙，三的满院爬。

　　提起孩子来了，简直的说不上来他们都叫什么。院子里的孩子足够一混成旅，怎能记得清楚呢？男女倒好分，反正能光眼子就光着。在院子里走道总得小心点；一慌，不定踩在谁的身上呢。踩了谁也得闹一场气。大人全别着一肚子委屈，可不就抓个碴儿吵一阵吧。越穷，孩子越多，难道穷人就不该养孩子？不过，穷人也真得想个办法。这群小光眼子将来都干什么去呢？又跟我的儿子一样，拉洋车？我倒不是说拉洋车就低贱，我是说人就不应当拉车；人嘛，当牛马？可是，好些个还活不到能拉车的年纪呢。今年春天闹瘟疹，死了一大批。最爱打孩子的爸爸也咧着大嘴哭，自己的孩子哪有不心疼的？可是哭完也就完了，小席头一卷，夹出城去；死了就死了，省吃是真的。腰里没钱心似铁，我常这么说。这不像一句话，总得想个办法！

　　除了我们三家子，人家还多着呢。可是我只提这三家子就够了。我不是说柳家大院出了人命吗？死的就是王家那个小媳妇。我说过她像窝窝头，这可不是拿死人打哈哈。我也不是说她"的确"像窝窝头。我是替她难受，替和她差不多的姑娘媳妇们难受。我就常思索，凭什么好好的一个姑娘，养成像窝窝头呢？从小儿不得吃，不得喝，还能油光水滑的吗？是，不错，可是凭什么呢？

少说闲话吧；是这么回事：老王第一个不是东西。我不是说他好吹吗？是，事事他老学那些"文明"人。娶了儿媳妇，喝，他不知道怎么好了。一天到晚对儿媳妇挑鼻子弄眼睛，派头大了。为三个钱的油，两个大的醋，他能闹得翻江倒海。我知道，穷人肝气旺，爱吵架。老王可是有点存心找毛病；他闹气，不为别的，专为学学"文明"人的派头。他是公公；妈的，公公几个铜子儿一个！我真不明白，为什么穷小子单要充"文明"，这是哪一股儿毒气呢？早晨，他起得早，总得也把小媳妇叫起来，其实有什么事呢？他要立这个规矩，穷酸！她稍微晚起来一点，听吧，这一顿揍！

我知道，小媳妇的娘家使了一百块的彩礼。他们爷儿俩大概再有一年也还不清这笔亏空，所以老拿小媳妇出气。可是要专为这一百块钱闹气，也倒罢了，虽然小媳妇已经够冤枉的。他不是专为这点钱。他是学"文明"人呢，他要作足了当公公的气派。他的老伴不是死了吗，他想把婆婆给儿媳妇的折磨也由他承办。他变着方儿挑她的毛病。她呢，一个十七岁的孩子可懂得什么？跟她要排场？我知道他那些排场是打哪儿学来的：在茶馆里听那些"文明"人说的。他就是这么个人——和"文明"人要是过两句话，替别人吹几句，脸上立刻能红堂堂的。在洋人家里剪草皮的时候，洋人要是跟他过一句半句的话，他能把尾巴摆动三天三夜。他确是有尾巴。可是他摆一辈子的尾巴了，还是他妈的住破大院啃窝窝头。我真不明白！

老王上工去的时候，把磨折儿媳妇的办法交给女儿替他办。那个贼丫头！我一点也没有看不起穷人家的姑娘的意思；她们给人家作丫环去呀，作二房去呀，是常有的事（不是应该的事），那能怨她们吗？不能！可是我讨厌王家这个二妞，她和她爸爸一样的讨人嫌，能钻天觅缝地给她嫂子小鞋穿，能大睁白眼地乱造谣言给嫂子使坏。我知道她为什么这么坏，她是由那个洋人供给着在一个学校念书，她一万多个看不上她的嫂子。她也穿一双整鞋[1]，头发上也戴着一把梳子，瞧她那个美！我就这么琢磨这回事：世界上不应当有穷有富。可是穷人要是狗着[2]有钱的，往高处爬，比什么也坏。老王和二妞就是好例子。她嫂子要是作一双青布新鞋，她变着方儿给踩上泥，然后叫她爸爸骂儿媳妇。我没工夫细说这些事儿，反正这个小媳妇没有一天得着好气；有的时候还吃不饱。

　　小王呢，石厂子在城外，不住在家里。十天半月地回来一趟，一定揍媳妇一顿。在我们的柳家大院，揍儿媳妇是家常便饭。谁叫老婆吃着男子汉呢，谁叫娘家使了彩礼呢，挨揍是该当的。可是小王本来可以不揍媳妇，因为他轻易不家来，还愿意回回闹气吗？哼，有老王和二妞在旁边挑拨啊。老王罚儿媳妇挨饿，跪着；到底不能亲自下手打，他是自居为"文明"人的，哪能落个公公打儿媳妇呢？所以挑唆儿子去打；他知道儿子是石匠，打一回胜似别人打五回的。儿子打完了媳妇，他对儿子和气极了。二妞呢，虽然常拧嫂子的胳臂，可也究竟是不过瘾，恨不能看着哥哥把嫂子当作石头，一下子捶碎才痛快。我告诉你，一个女人要是看不起另一个女人的，那就是活对头。二妞自居女学生；嫂子不过是花一百块钱买来的一个活窝窝头。

　　王家的小媳妇没有活路。心里越难受，对人也越不和气；全院里没有爱她的人。她连说话都忘了怎么说了。也有痛快的时候，见神见鬼地闹撞客[3]。总是在小王揍完她走了以后，她又哭又说，一个人闹欢了。我的差事来了，老王和我借宪书，抽她的嘴巴。他怕鬼，叫我去抽。等我进了她的屋子，把她安慰得不哭了——我没抽过她，她要的是安慰，几句好话——他进来了，掐她的人中，用草纸熏；其实他知道她已缓醒过来，故意的惩治她。每逢到这个节骨眼，我和老王吵一架。平日他们吵闹我不管；管又有什么用呢？我要是管，一定是向着小媳妇；这岂不更给她添毒？所以我不管。不过，每逢一闹撞客，我们俩非吵不可了，因为我是在那儿，眼看着，还能一语不发？奇怪的是这个，我们俩吵架，院里的人总说我不对；妇女们也这么说。他们以为她该挨揍。他们也说我多事。男的该打女的，公公该管教儿媳妇，小姑子该给嫂子气受，他们这群男女信这个！怎么会信这个呢？谁教给他们的呢？哪个王八蛋三孙子！"文明"可笑，又可哭，肚子饿得像两层皮的臭虫，还信"文明"呢？！

　　前两天，石匠又回来了。老王不知怎么一时心顺，没叫儿子揍媳妇，小媳妇一见大家欢天喜地，当然是喜欢，脸上居然有点像要笑的意思。二妞看见了这个，仿佛是看见天上出了两个太阳。一定有事！她嫂子正在院子里作饭，她到嫂子屋里去搜开了。一定是石匠哥哥给嫂子买来了贴己的东西，要不然她不会脸上有笑意。翻了半天，什么也没翻出来。我说"半天"，意思是翻得很详细；小媳妇屋里的东西还多得了吗？我们的大院里一共也没有两张整桌子来，要不怎么不闹贼呢。我们要是有钱票，是放在袜筒儿里。

二妞的气大了。嫂子脸上敢有笑容？不管查得出私弊查不出，反正得惩治她！

小媳妇正端着锅饭澄米汤，二妞给了她一脚。她的一锅饭出了手。"米饭"！不是丈夫回来，谁敢出主意吃"饭"！她的命好像随着饭锅一同出去了。米汤还没澄干，稀粥似的白饭摊在地上。她拼命用手去捧，滚烫，顾不得手；她自己还不如那锅饭值钱呢。实在太热，她捧了几把，疼到了心上，米汁把手糊住。她不敢出声，咬上牙，扎着两只手，疼得直打转。

"爸！瞧她把饭全洒在地上啦！"二妞喊。

爷儿俩全出来了。老王一眼看见饭在地上冒热气，登时就疯了。他只看了小王那么一眼，已然是说明白了："你是要媳妇，还是要爸爸？"

小王的脸当时就涨紫了，过去揪住小媳妇的头发，拉倒在地。小媳妇没出一声，就人事不知了。

"打！往死里打！打！"老王在一旁嚷，脚踢起许多土来。

二妞怕嫂子是装死，过去拧她的大腿。

院子里的人都出来看热闹，男人不过来劝解，女的自然不敢出声；男人就是喜欢看别人揍媳妇——给自己的那个老婆一个榜样。

我不能不出头了。老王很有揍我一顿的意思。可是我一出头，别的男人也蹭过来。好说歹说，算是劝开了。

第二天一清早，小王老王全去工作。二妞没上学，为是继续给嫂子气受。

张二嫂动了善心，过来看看小媳妇。因为张二嫂自信会说话，所以一安慰小媳妇，可就得罪了二妞。她们俩抬起来了。当然二妞不行，她还说得过张二嫂！"你这个丫头要不下窑子，我不姓张！"一句话就把二妞骂闷过去了，"三秃子给你俩大子，你就叫他亲嘴；你当我没看见呢？有这么回事没有？有没有？"二嫂的嘴就堵着二妞的耳朵眼，二妞直往后退，还说不出话来。

这一场过去，二妞搭讪着上了街，不好意思再和嫂子闹了。

小媳妇一个人在屋里，工夫可就大啦。张二嫂又过来看一眼，小媳妇在炕上躺着呢，可是穿着出嫁时候的那件红袄。张二嫂问了她两句，她也没回答，只扭过脸去。张家的小二，正在这么工夫跟个孩子打起来，张二嫂忙着跑去解围，因为小二被敌人给按在底下了。

二妞直到快吃饭的时候才回来，一直奔了嫂子的屋子去，看看她作好了饭没有。二妞向来不动手作饭，女学生嘛！一开屋门，她失了魂似的喊了一声，嫂子在房梁上吊着呢！一院子的人全吓惊了，没人想起把她摘下来，谁肯往人命事儿里搀合呢？

二妞捂着眼吓成孙子了。"还不找你爸爸去？！"不知道谁说了这么一句，她扭头就跑，仿佛鬼在后头追她呢。

老王回来也傻了。小媳妇是没有救儿了；这倒不算什么，脏了房，人家房东能饶得了他吗？再娶一个，只要有钱，可是上次的债还没归清呢！这些个事叫他越想越气，真想咬吊死鬼儿几块肉才解气！

娘家来了人，虽然大嚷大闹，老王并不怕。他早有了预备，早问明白了二妞，小媳妇是受张二嫂的挑唆才想上吊；王家没逼她死，王家没给她气受。你看，老王学"文明"人真学得到家，能瞪着眼扯谎。

张二嫂可抓了瞎，任凭怎么能说会道，也禁不住贼咬一口，入骨三分！人命，就是自己能分辩，丈夫回来也得闹一阵。打官司自然是不会打的，柳家大院的人还敢打官司？可是老王和二妞要是一口咬定，小媳妇的娘家要是跟她要人呢，这可不好办！柳家大院的人是有眼睛的，不过，人命关天，大家不见得敢帮助她吧？果然，张二一回来就听说了，自己的媳妇惹了祸。谁还管青红皂白，先揍完再说，反正打媳妇是理所当然的事。张二嫂挨了顿好的，全大院都觉得十分的痛快。

小媳妇的娘家不打官司；要钱；没钱再说厉害的。老王怕什么偏有什么；前者娶儿媳妇的钱还没还清，现在又来了一档子！可是，无论怎样，也得答应着拿钱，要不然屋里放着吊死鬼，才不像句话。

小王也回来了，十分的像个石头人，可是我看得出，他的心里很难过，谁也没把死了的小媳妇放在心上，只有小王进到屋中，在尸首旁边坐了半天。要不是他的爸爸"文明"，我想他决不会常打她。可是，爸爸"文明"，儿子也自然是要孝顺了，打吧！一打，他可就忘了他的胳臂本是砸石头的。他一声没出，在屋里坐了好大半天，而且把一条新裤子——就是没补钉呀——给媳妇穿上。他的爸爸跟他说什么，他好像没听见。他一个劲儿地吸蝙蝠牌的烟，眼睛不错眼珠地看着点什么——别人都看不见的一点什么。

娘家要一百块钱——五十是发送小媳妇的，五十归娘家人用。小王还是一语不发。老王答应了拿钱。他第一个先找了张二去。"你的媳妇惹的祸，没什么说的，你拿五十，我拿五十；要不然我把吊死鬼搬到你屋里来。"老王说得温和，可又硬张。

张二刚喝了四个大子的猫尿，眼珠子红着。他也来得不善："好王大爷的话，五十？我拿！看见没有？屋里有什么你拿什么好了。要不然我把这两个大孩子卖给你，还不值五十块钱？小三的妈！把两个大的送到王大爷屋里去！会跑会吃，决不费事，你又没个孙子，正好嘛！"

老王碰了个软的。张二屋里的陈设大概一共值不了几个铜子儿！俩孩子？叫张二留着吧。可是，不能这么轻轻地便宜了张二；拿不出五十呀，三十行不行？张二唱开了《打牙牌》[4]，好像很高兴似的。"三十干吗？还是五十好了，先写在账上，多喒我叫电车轧死，多喒还你。"

老王想叫儿子揍张二一顿。可是张二也挺壮，不一定能揍得了他。张二嫂始终没敢说话，这时候看出一步棋来，乘机会自己找找脸："姓王的，你等着好了，我要不上你屋里去上吊，我不算好老婆，你等着吧！"

老王是"文明"人，不能和张二嫂斗嘴皮子。而且他也看出来，这种野娘们什么也干得出来，真要再来个吊死鬼，可得更吃不了兜着走了。老王算是没敲上张二，张二由《打牙牌》改成了《刀劈三关》。

其实老王早有了"文明"主意，跟张二这一场不过是虚晃一刀。他上洋人家里去，洋大人没在家，他给洋太太跪下了，要一百块钱。洋太太给了他，可是其中的五十是要由老王的工钱扣的，不要利钱。

老王拿着回来了，鼻子朝着天。

开张殃榜就使了八块；阴阳生要不开这张玩艺，麻烦还小得了吗。这笔钱不能不花。

小媳妇总算死得"值"。一身新红洋缎的衣裤，新鞋新袜子，一头银白铜的首饰。十二块钱的棺材。还有五个和尚念了个光头三[5]。娘家弄了四十多块去；老王无论如何不能照着五十的数给。

事情算是过去了，二妞可遭了报，不敢进屋子。无论干什么，她老看见嫂子在房梁上挂着呢。老王得搬家。可是，脏房谁来住呢？自己住着，房东也许马马虎虎不究真儿；搬家，不叫赔房才怪呢。可是二妞不敢进屋睡觉也是个事儿。况且儿媳妇已经死了，何必再住两间房？让出那一间去，谁肯住呢？这倒难办了。

老王又有了高招儿，儿媳妇一死，他更看不起女人了。四五十块花在死鬼身上，还叫她娘家拿走四十多，真堵得慌。因此，连二妞的身份也落下来了。干脆把她打发了，进点彩礼，然后赶紧再给儿子续上一房。二妞不敢进屋子呀，正好，去她的。卖个三百二百的除给儿子续娶之外，自己也得留点棺材本儿。

他搭讪着跟我说这个事。我以为要把二妞给我的儿子呢；不是，他是托我给留点神，有对事的外乡人肯出三百二百的就行。我没说什么。

正在这个时候，有人来给小王提亲，十八岁的大姑娘，能洗能作，才要一百二十块钱的彩礼。老王更急了，好像立刻把二妞铲出去才痛快。

房东来了，因为上吊的事吹到他耳朵里。老王把他唬回去了：房脏了，我现在还住着呢！这个事怨不上来我呀，我一天到晚不在家；还能给儿媳妇气受？架不住有坏街坊，要不是张二的娘们，我的儿媳妇能想得起上吊？上吊也倒没什么，我呢，现在又给儿子张罗着，反正混着洋事，自己没钱呀，还能和洋人说句话，接济一步。就凭这回事说吧，洋人送了我一百块钱！

房东叫他给唬住了，跟旁人一打听，的的确确是由洋人那儿拿来的钱。房东没再对老王说什么，不便于得罪混洋事的。可是张二这个家伙不是好调货，欠下两个月的房租，还由着娘们拉舌头扯簸箕，撺他搬家！张二嫂无论怎么会说，也得补上俩月的房钱，赶快滚蛋！

张二搬走了，搬走的那天，他又喝得醉猫似的。张二嫂臭骂了房东一大阵。

等着看吧。看二妞能卖多少钱，看小王又娶个什么样的媳妇。什么事呢！"文明"是三孙子，还是那句！

注释

1. 整鞋：意思是从来穿破烂的鞋，现在才穿上不破的鞋。

2. 狗着：巴结的意思。

3. 撞客：神志昏迷、哭闹、说胡话，迷信的人认作是撞见鬼了。

4. 打牙牌：娼妓中流行的黄色小调、小曲。

5. 光头三：死了人，在第三天上念经超度亡魂。

导读

　　老舍在《柳家大院》中，展现了他所熟悉的北京大杂院的生活。在这个故事中，作者着重表现的是一个被侮辱与被损害的年轻女性，一个倍受折磨的卑微灵魂。

　　老王给一家洋人做花匠，儿子在城外当石匠，生活与其他大杂院的住户一样接近赤贫状态，但是，老王喜欢吹牛，整日以"文明"人自居。在提及"文明"人的时候，"我"就这个虚伪身份进行了解构，"'文明'人……别装孙子啦！"然而，好吹牛而没有底气的老王要证明自己就是"文明"人，他的证明方式是在儿媳妇面前耍"文明"人的派头。在老王看来，儿媳妇不是一个人，而是可以用来出气的物件，因为她是用一百块钱买来的，而这笔钱他们爷俩再有一年也未必能还清。于是，凡是在生活中遇到不如意之事便拿她来出气，也就天经地义了。处在社会底层的老王想必不顺心之事多如牛毛，儿媳妇挨打受骂频率就相当高了。加之，老王只有在儿媳妇面前能够摆出"文明"人的架势来，所以，这个买来的女人便被不时地疯狂折磨。"他是学'文明'人呢，他要作足了当公公的气派。他的老伴不是死了吗，他想把婆婆给儿媳妇的折磨也由他承办。他变着方儿挑她的毛病"。最为歹毒的是，老王碍于自己"文明"人的身份，从来不亲自动手打儿媳妇，而是挑唆儿子去打，"他知道儿子是石匠，打一回胜似别人打五回的"。看到儿子打媳妇，老王的施虐心理便得到了十分的满足，"儿子打完了媳妇，他对儿子和气极了"。与老王一样，老王的小女儿二妞一样折磨自己的嫂子。她以女学生自居，十分鄙视那个"不过是花一百块钱买来的一个活窝窝头"。欺负侮辱嫂子，成了二妞最为乐意做的事情，她"能钻天觅缝地给她嫂子小鞋穿，能大睁白眼地乱造谣言给嫂子使坏"。作者历数老王和二妞对小媳妇的欺辱，用了一句总结性的话，"我没工夫细说这些事儿，反正这个小媳妇没有一天得着好气"，大有罄竹难书之势，也体现了小媳妇受难的苦重。小王虽然并没有老王、二妞那样恶毒，但是在父命难违的情势下，还是狠狠地殴打小媳妇。在三对一的情况下，小媳妇似乎只有死路一条了，不是上吊自杀，也早晚有一天被活活饿死或被打死。

　　王家打媳妇，往往会将"我"牵扯进其中，虽然我往往旁观，但小媳妇被虐发疯的时候，"我"总会给小媳妇讨个公道，与老王吵一吵。然而，在"我"看来这个天经地义的举动，会惹来其他邻居们的非议，因为他们觉得王家打媳妇的事情也是天经地义的，"我们俩吵架，院里的人总说我不对；妇女们也这么说。他们以为她该挨揍。他们也说我多事。男的该打女的，公公该管教儿媳妇，小姑子该给嫂子气受，他们这群男女信这个！"根深蒂固的传统观念与人人平等的现代思想是完全对立的，依旧停留在前现代伦理之中的人，也成了谋杀小媳妇的帮凶。所以，"我"悲愤地诅咒旧的道德传统，"哪个王八蛋三孙子"的"文明"！

　　小媳妇不堪欺辱自杀了，"文明"人老王在抵赖无望的情况下，还是筹措到了钱赔给了娘家人。小媳妇死后却享受到了生前根本没有用过的东西，新衣新裤新鞋新袜，还有首饰，还有和尚来念经，"小媳妇总算死得'值'"。这一个"值"字又包含着多少悲愤与讽刺呢，算下来，小媳妇这辈子也总共才"值"两百块钱而已。被老王以三百二百卖出去的二妞，在这样的社会时代背景下，极有可能会重复小媳妇的道路。当然，这并不是作者在阐述善恶有报的观念，而是写出了旧时代中国妇女的普遍性生存状态。她们不仅以婚姻的形式被买卖，还会被置于非人的地位而遭受辱骂、殴打，然后悄无声息地死去。虽然小说也有像张二嫂那样能说会道的女性，但她依然逃离不了丈夫随时而来的殴打。

　　关注底层的老舍，更加关注处在底层的妇女，从她们身上看到旧时代的不合理性，以及旧时代必将被取代的历史必然性。

抱　孙

　　难怪王老太太盼孙子呀；不为抱孙子，娶儿媳妇干吗？也不能怪儿媳妇成天着急；本来吗，不是不努力生养呀，可是生下来不活，或是不活着生下来，有什么法儿呢！就拿头一胎说吧：自从一有孕，王老太太就禁止儿媳妇有任何操作，夜里睡觉都不许翻身。难道这还算不小心？哪里知道，到了五个多月，儿媳妇大概是因为多眨巴了两次眼睛，小产了！还是个男胎；活该就结了！再说第二胎吧，儿媳妇连眨巴眼都拿着尺寸；打哈欠的时候有两个丫环在左右扶着。果然小心谨慎没错处，生了个大白胖小子。可是没活了五天，小孩不知为了什么，竟自一声没出，神不知鬼不觉的与世长辞了。那是十一月天气，产房里大小放着四个火炉，窗户连个针尖大的窟窿也没有，不要说是风，就是风神，想进来是怪不容易的。况且小孩还盖着四床被，五条毛毯，按说够温暖的了吧？哼，他竟自死了。命该如此！

　　现在，王少奶奶又有了喜，肚子大得惊人，看着颇像轧马路的石碾。看着这个肚子，王老太太心里仿佛长出两只小手，成天抓弄得自己怪要发笑的。这么丰满体面的肚子，要不是双胎才怪呢！子孙娘娘有灵，赏给一对白胖小子吧！王老太太可不只是祷告烧香呀，儿媳妇要吃活人脑子，老太太也不驳回。半夜三更还给儿媳妇送肘子汤，鸡丝挂面……儿媳妇也真作脸，越躺着越饿，点心点心就能吃二斤翻毛月饼：吃得顺着枕头往下流油，被窝的深处能扫出一大碗什锦[1]来。孕妇不多吃怎么生胖小子呢？婆婆儿媳对于此点完全同意。婆婆这样，娘家妈也不能落后啊。她是七趟八趟来"催生"，每次至少带来八个食盒。两亲家，按着哲学上说，永远应当是对仇人。娘家妈带来的东西越多，婆婆越觉得这是有意羞辱人；婆婆越加紧张罗吃食，娘家妈越觉得女儿的嘴亏。这样一竞争，少奶奶可得其所哉，连嘴犄角都吃烂了。

　　收生婆已经守了七天七夜，压根儿生不下来。偏方儿，丸药，子孙娘娘的香灰，吃多了；全不灵验。到第八天头上，少奶奶连鸡汤都顾不得喝了，疼得满地打滚。王老太太急得给子孙娘娘跪了一股香，娘家妈把天仙庵的尼姑接来念催生咒；还是不中用。一直闹到半夜，小孩算是露出头发来。收生婆施展了绝技，除了把少奶奶的下部全抓破了别无成绩。小孩一定不肯出来。长似一年的一分钟，竟自过了五六十来分，还是只见头发不见孩子。有人说，少奶奶得上医院。上医院？王老太太不能这么办。好吗，上医院去开肠破肚不自自然然的产出来，硬由肚子里往外掏！洋鬼子，二毛子，能那么办；王家要"养"下来的孙子，不要"掏"出来的。娘家妈也发了言，养小孩还能快了吗？小鸡生个蛋也得到了时候呀！况且催生咒还没念完，忙什么？不敬尼姑就是看不起神仙！

又耗了一点钟，孩子依然很固执。少奶奶直翻白眼。王老太太眼中含着老泪，心中打定了主意：保小的不保大人。媳妇死了，再娶一个；孩子更要紧。她翻白眼呀，正好一狠心把孩子拉出来。找奶妈养着一样的好，假如媳妇死了的话。告诉了收生婆，拉！娘家妈可不干了呢，眼看着女儿翻了两点钟的白眼！孙子算老几，女儿是女儿。上医院吧，别等念完催生咒了；谁知道尼姑们念的是什么呢，假如不是催生咒，岂不坏了事？把尼姑打发了。婆婆还是不答应；"掏"，行不开！婆婆不赞成，娘家妈还真没主意。嫁出的女儿泼出的水，活是王家的人，死是王家的鬼呀。两亲家彼此瞪着，恨不能咬下谁一块肉才解气。

又过了半点多钟，孩子依然不动声色，干脆就是不肯出来。收生婆见事不好，抓了一个空儿溜了。她一溜，王老太太有点拿不住劲儿了。娘家妈的话立刻增加了许多分量："收生婆都跑了，不上医院还等什么呢？等小孩死在胎里哪！"

"死"和"小孩"并举，打动了王太太的心。可是"掏"到底是行不开的。

"上医院去生产的多了，不是个个都掏。"娘家妈力争，虽然不一定信自己的话。

王老太太当然不信这个；上医院没有不掏的。

幸而娘家爹也赶到了。娘家妈的声势立刻浩大起来。娘家爹也主张上医院。他既然也这样说，只好去吧。无论怎说，他到底是个男人。虽然生小孩是女人的事，可是在这生死关头，男人的主意多少有些力量。

两亲家，王少奶奶，和只露着头发的孙子，一同坐汽车上了医院。刚露了头发就坐汽车，真可怜的慌，两亲家不住的落泪。

一到医院，王老太太就炸了烟[2]。怎么，还得挂号？什么叫挂号呀？生小孩子来了，又不是买官米打粥，按哪门子号头呀？王老太太气坏了，孙子可以不要了，不能挂这个号。可是继而一看，若是不挂号，人家大有不叫进去的意思。这口气难咽，可是还得咽；为孙子什么也得忍受。设若自己的老爷还活着，不立刻把医院拆个土平才怪；寡妇不行，有钱也得受人家的欺侮。没工夫细想心中的委屈，赶快把孙子请出来要紧。挂了号，人家要预收五十块钱。王老太太可抓住了："五十？五百也行，老太太有钱！干脆要钱就结了，挂哪门子浪号，你当我的孙子是封信呢！"

医生来了。一见面，王老太太就炸了烟，男大夫？男医生当收生婆？我的儿媳妇不能叫男子大汉给接生。这一阵还没炸完，又出来两个大汉，抬起儿媳妇就往床上放。老太太连耳朵都哆嗦开了！这是要造反呀，人家一个年青青的孕妇，怎么一群大汉来动手脚的？"放下，你们这儿有懂人事的没有？要是有的话，叫几个女的来！不然，我们走！"

恰巧遇上个顶和气的医生，他发了话："放下，叫她们走吧！"

王老太太咽了口凉气，咽下去砸得心中怪热的，要不是为孙子，至少得打大夫几个最响的嘴巴！现官不如现管，谁叫孙子故意闹脾气呢。抬吧，不用说废话。两个大汉刚把儿媳妇放在帆布床上，看！大夫用两只手在她肚子上这一阵按！王老太太闭上了眼，心中骂亲家母：你的女儿，叫男子这么按，你连一声也不发，德行！刚要骂出来，想起孙子；十来个月的没受过一点委屈，现在被大夫用手乱杵，嫩皮嫩骨的，受得住吗？她睁开了眼，想警告大夫。哪知道大夫反倒先问下来了："孕妇净吃什么来着？这么大的肚子！你们这些人没办法，什么也给孕妇吃，吃得小孩这么肥大。平日也不来检验，产不下来才找我们！"他没等王老太太回答，向两个大汉说，"抬走！"

王老太太一辈子没受过这个。"老太太"到哪儿不是圣人，今天竟自听了一顿教训！这还不提，话总得说得近情近理呀；孕妇不多吃点滋养品，怎能生小孩呢，小孩怎会生长呢？难道大夫在胎里的时候专喝西北风？西医全是二毛子！不便和二毛子辩驳；拿娘家妈杀气吧，瞪着她！娘家妈没有意思挨瞪，跟着女儿就往里走。王老太太一看，也忙赶上前去。那位和气生财的大夫转过身来："这儿等着！"

两亲家的眼都红了。怎么着，不叫进去看看？我们知道你把儿媳妇抬到哪儿去啊？是杀了，还是剐了啊？大夫走了。王老太太把一肚子邪气全照顾了娘家妈："你说不掏，看，连进去看看都不行！掏？还许大切八块呢！宰了你的女儿活该！万一要把我的孙子——我的老命不要了。跟你拼了吧！"

娘家妈心中打了鼓，真要把女儿切了，可怎办？大切八块不是没有的事呀，那回医学堂开会不是大玻璃箱里装着人腿人腔子吗？没办法！事已至此，跟女儿的婆婆干吧！"你倒怨我？是谁一天到晚填我的女儿来着？没听大夫说吗？老叫儿媳妇的嘴不闲着，吃出毛病来没有？我见人见多了，就没看见一个像你这样的婆婆！"

"我给她吃？她在你们家的时候吃过饱饭吗？"王太太反攻。

"在我们家里没吃过饱饭，所以每次看女儿去得带八个食盒！"

"可是呀，八个食盒，我填她，你没有？"

两亲家混战一番，全不示弱，骂得也很具风格。

大夫又回来了。果不出王老太太所料，得用手术。手术二字虽听着耳生，可是猜也猜着了，手要是竖起来，还不是开刀问斩？大夫说：用手术，大人小孩或者都能保全。不然，全有生命的危险。小孩已经误了三小时，而且决不能产下来，孩子太大。不过，要施手术，得有亲族的签字。

王老太太一个字没听见。掏是行不开的。

"怎样？快决定！"大夫十分的着急。

"掏是行不开的！"

"愿意签字不？快着！"大夫又紧了一板。

"我的孙子得养出来！"

娘家妈急了："我签字行不行？"

王老太太对亲家母的话似乎特别的注意："我的儿媳妇！你算哪道？"

大夫真急了，在王老太太的耳根子上扯开脖子喊："这可是两条人命的关系！"

"掏是不行的！"

"那么你不要孙子了？"大夫想用孙子打动她。

果然有效，她半天没言语。她的眼前来了许多鬼影，全似乎是向她说："我们要个接续香烟的，掏出来的也行！"

她投降了。祖宗当然是愿要孙子；掏吧！"可有一样，掏出来得是活的！"她既是听了祖宗的话，允许大夫给掏孙子，当然得说明了——要活的。掏出个死的来干吗用？只要掏出活孙子来，儿媳妇就是死了也没大关系。

娘家妈可是不放心女儿："准能保大小都活着吗？"

"少说话！"王老太太教训亲家太太。

"我相信没危险，"大夫急得直流汗，"可是小孩已经耽误了半天，难保没个意外；要不然请你签字干吗？"

"不保准呀？乘早不用费这道手！"老太太对祖宗非常的负责任；好吗，掏了半天都再不会活着，对得起谁！

"好吧，"大夫都气晕了，"请把她拉回去吧！你可记住了，两条人命！"

"两条三条吧，你又不保准，这不是瞎扯！"

大夫一声没出，抹头就走。

王老太太想起来了，试试也好。要不是大夫要走，她决想不起这一招儿来。"大夫，大夫！你回来呀，试试吧！"

大夫气得不知是哭好还是笑好。把单子念给她听，她画了个十字儿。

两亲家等了不晓得多么大的时候，眼看就天亮了，才掏了出来，好大的孙子，足分量十三磅！王老太太不晓得怎么笑好了，拉住亲家母的手一边笑一边刷刷的落泪。亲家母已不是仇人了，变成了老姐姐。大夫也不是二毛子了，是王家的恩人，马上赏给他一百块钱才合适。假如不是这一掏，叫这么胖的大孙子生生的憋死，怎对祖宗呀？恨不能跪下就磕一阵头，可惜医院里没供着子孙娘娘。

胖孙子已被洗好，放在小儿室内。两位老太太要进去看看。不只是看看，要用一夜没洗过的老手指去摸摸孙子的胖脸蛋。看护不准两亲家进去，只能隔着玻璃窗看着。眼看着自己的孙子在里面，自己的孙子，连摸摸都不准！娘家妈摸出个红封套来——本是预备赏给收生婆的——递给看护；给点运动费，还不准进去？事情都来得邪，看护居然不收。王老太太揉了揉眼，细端详了看护一番，心里说："不像洋鬼子妞呀，怎么给赏钱都不接着呢？也许是面生，不好意思的？有了，先跟她闲扯几句，打开了生脸就好办了。"

指着屋里的一排小篮说："这些孩子都是掏出来的吧？"

"只是你们这个，其余的都是好好养下来的。"

"没那个事，"王老太太心里说，"上医院来的都得掏。"

"给孕妇大油大肉吃才掏呢。"看护有点爱说话。

"不吃，孩子怎能长这么大呢！"娘家妈已和王老太太立在同一战线上。

"掏出来的胖宝贝总比养下来的瘦猴儿强！"王老太太有点觉得不掏出来的孩子没有住医院的资格。"上医院来'养'，脱了裤子放屁，费什么两道手！"

无论怎说，两亲家干瞪眼进不去。

王老太太有了主意，"丫环，"她叫那个看护，"把孩子给我，我们家去。还得赶紧去预备洗三请客呢！"

"我既不是丫环，也不能把小孩给你。"看护也够和气的。

"我的孙子，你敢不给我吗？医院里能请客办事吗？"

"用手术取出来的，大人一时不能给小孩奶吃，我们得给他奶吃。"

"你会，我们不会？我这快六十的人了，生过儿养过女，不比你懂得多；你养过小孩吗？"老太太也说不清看护是姑娘，还是媳妇，谁知道这头戴小白盔的是什么呢。

"没大夫的话，反正小孩不能交给你！"

"去把大夫叫来好了，我跟他说；还不愿意跟你费话呢！"

"大夫还没完事呢，割开肚子还得缝上呢。"

看护说到这里，娘家妈想起来女儿。王老太太似乎还想不起儿媳妇是谁。孙子没生下来的时候，一想起孙子便也想到媳妇；孙子生下来了，似乎把媳妇忘了也没什么。娘家妈可是要看看女儿，谁知道女儿的肚子上开了多大一个洞呢？割病室不许闲人进去，没法，只好陪着王老太太瞭望着胖小子吧。

好容易看见大夫出来了。王老太太赶紧去交涉。

"用手术取小孩，顶好在院里住一个月。"大夫说。

"那么三天满月怎么办呢？"王老太太问。

"是命要紧，还是办三天要紧呢？产妇的肚子没长上，怎能去应酬客人呢？"大夫反问。

王老太太确是以为办三天比人命要紧，可是不便于说出来，因为娘家妈在旁边听着呢。至于肚子没长好，怎能招待客人，那有办法："叫她躺着招待，不必起来就是了。"

大夫还是不答应。王老太太悟出一条理来："住院不是为要钱吗？好，我给你钱，叫我们娘们走吧，这还不行？"

"你自己看看去，她能走不能？"大夫说。

两亲家反都不敢去了。万一儿媳妇肚子上还有个盆大的洞，多么吓人？还是娘家妈爱女儿的心重，大着胆子想去看看。王老太太也不好意思不跟着。

到了病房，儿媳妇在床上放着的一张卧椅上躺着呢，脸就像一张白纸。娘家妈哭得放了声，不知道女儿是活还是死。王老太太到底心硬，只落了一半个泪，紧跟着炸了烟："怎么不叫她平平正正的躺下呢？这是受什么洋刑罚呢？"

"直着呀，肚子上缝的线就绷了，明白没有？"大夫说。

"那么不会用胶粘上点吗？"王老太太总觉得大夫没有什么高明主意。

娘家妈想和女儿说几句话，大夫也不允许。两亲家似乎看出来，大夫不定使了什么坏招儿，把产妇弄成这个样。无论怎说吧，大概一时是不能出院。好吧。先把孙子抱走，回家好办三天呀。

大夫也不答应，王老太太急了。"医院里洗三不洗？要是洗的话，我把亲友全请到这儿来；要是不洗的话，再叫我抱走；头大的孙子，洗三不请客办事，还有什么脸得活着？"

"谁给小孩奶吃呢？"大夫问。

"雇奶妈子！"王老太太完全胜利。

到底把孙子抱出来了。王老太太抱着孙子上了汽车，一上车就打嚏喷，一直打到家，每个嚏喷都是照准了孙子的脸射去的。到了家，赶紧派人去找奶妈子，孙子还在怀中抱着，以便接收嚏喷。不错，王老太太知道自己是着了凉；可是至死也不能放下孙子。到了晌午，孙子接至少有二百多个嚏喷，身上慢慢的热起来。王老太太更不肯撒手了。到了下午三点来钟，孙子烧得像块火炭了。到了夜里，奶妈子已雇妥了两个，可是孙子死了，一口奶也没有吃。

王老太太只哭了一大阵；哭完了，她的老眼瞪圆了："掏出来的！掏出来的能活吗？跟医院打官司！那么沉重的孙子会只活了一天，哪有的事？全是医院的坏，二毛子们！"

王老太太约上亲家母，上医院去闹。娘家妈也想把女儿赶紧接出来，医院是靠不住的！

把儿媳妇接出来了；不接出来怎好打官司呢？接出来不久，儿媳妇的肚子裂了缝，贴上"产后回春膏"也没什么用，她也不言不语的死了。好吧，两案归一，王老太太把医院告了下来。老命不要了，不能不给孙子和媳妇报仇！

注释

1. 什锦：多种原料制成或多种花样拼成的食品。
2. 炸了烟：大发脾气的意思。

导读

小说《抱孙》全篇充满了幽默的叙述，夸张性的表达虽然使得故事更生动、有趣，但是也存在人物过于符号化的问题。老舍在自传中曾说："这时候我还有点看不起短篇，以为短篇不值得一写，所以就写了《抱孙》等笑话。随便写些笑话就是短篇，我心里这么想。"《抱孙》可以看做是老舍短篇小说的试做，尚未达到成熟的阶段。然而，从整体上来说，小说在讽刺的运用上还是比较突出的，满脑子旧观念旧思想的王老太太这个形象具有十分普遍的代表性。

作家将王老太太放置在抱孙的整个过程中来描写，全面地展示了这个老一代的保守心态。小说首先展示的是王老太太强烈的盼望抱孙的心理，不仅自己要生个儿子，而且希望儿媳妇也生个儿子，"不为抱孙子，娶儿媳妇干吗？"只有生下男孩子，才能完成女性光荣的传宗接代的使命。这是"不孝有三，无后为大"的传统观念支配下的价值取向，生儿子也成了以王老太太为代表的中国人的集体意识。所以小说中王老太太不仅祷告烧香，而且还把许多好吃的东西都填到了儿媳妇的肚子里，她可不管孕妇是否存在营养过剩的问题，她只知道不能把媳妇肚子里的孙子饿着。娘家妈与王老太太一样，搬来了所有好吃的供给女儿。孕妇自然也是盼儿心切，所以不会放过那些美食，于是"连嘴犄角都吃烂了"，而结果却是因肥胖而难产。

在生育的过程中，王老太太和娘家妈对待难产的媳妇，请的不是医生，而是天仙庵的尼姑，试图以念催生咒的方式来帮助孙子来到世间，显然这条路根本行不通。王老太太不愿意到医院去，让洋鬼子把王家的孩子掏出来，理由只是王家要"养"下来的孙子，不要"掏"出来的。孕妇过于劳累，翻了白眼，王老太太考虑的依然不是去医院，而是想以损失儿媳妇的方式保住孙子，企图强行把孙子拉出来。在娘家妈的坚持下，她才没有这么做，不得不去了医院。王老太太不理解新事物，不懂得医院的规矩，对于"挂号"这样的手续相当排斥；对于由男医生来接生更不能接受，而且即使进了医院，她也不允许把孙子"掏"出来，反复跟医生说，"掏是行不得的"。同时，在孕妇母子危急的时候，她还与娘家妈争来吵去，让人感到好笑，也替她们着急。最后，在抱孙的欲望下，她同意了医生"掏"出孙子来，而且要医生承诺要活的孙子，至于媳妇死活她是不管的。媳妇只不过是她的生孙子的工具而已，正如当年她也曾被婆母当过工具一样。

孙子产下来后，王老太太一心想抱孙子，而置儿媳妇于不顾，当见到刚缝合完刀口的儿媳妇时，王老太太只落了一两滴泪，就马上无知地指责看护应该让媳妇平躺着；至于刀口，她认为完全可以用胶粘上。王老太太经过与医生、看护的争吵，终于抱到孙子了，终于可以回家做"洗三"了，似乎做"洗三"要比婴儿的健康还重要，因为那关系她的脸面问题，她终于可以在亲朋好友面前扬眉吐气，有了可骄傲的资本。然而，孙子在遭受王老太太的感冒传染之后，不到一天便夭折了。她可没从自身找原因，而是将矛头自然地指向了医院——"掏出来的！掏出来的能活吗？""全是医院的坏，二毛子们！"于是儿媳妇顺带成了牺牲品，王老太太下了决心，"老命不要了，不能不给孙子和媳妇报仇！"

围绕"抱孙"，老舍展现了一个身处现代社会却无知无识的老中国妇女形象，她不仅"亲手"杀害了孙子、媳妇，而且她的顽固观念也在阻碍着社会的进步。

黑白李

爱情不是他们兄弟俩这档子事的中心，可是我得由这儿说起。

黑李是哥，白李是弟，哥哥比弟弟大着五岁。俩人都是我的同学，虽然白李一入中学，黑李和我就毕业了。黑李是我的好友；因为常到他家去，所以对白李的事儿我也略知一二。五年是个长距离，在这个时代。这哥儿俩的不同正如他们的外号——黑，白。黑李要是"古人"，白李是现代的。他们俩并不因此打架吵嘴，可是对任何事的看法也不一致。黑李并不黑；只是在左眉上有个大黑痣。因此他是"黑李"；弟弟没有那么个记号，所以是"白李"；这在给他们送外号的中学生们看，是很逻辑的。其实他俩的脸都很白，而且长得极相似。

他俩都追她——恕不道出姓名了——她说不清到底该爱谁，又不肯说谁也不爱。于是大家替他们弟兄捏着把汗。明知他俩不肯吵架，可是爱情这玩艺是不讲交情的。

可是，黑李让了。

我还记得清清楚楚：正是个初夏的晚间，落着点小雨，我去找他闲谈，他独自在屋里坐着呢，面前摆着四个红鱼细磁茶碗。我们俩是用不着客气的，我坐下吸烟，他摆弄那四个碗。转转这个，转转那个，把红鱼要一点不差的朝着他。摆好，身子往后仰一仰，像画家设完一层色那么退后看看。然后，又逐一的转开，把另一面的鱼们摆齐。又往后仰身端详了一番，回过头来向我笑了笑，笑得非常天真。

他爱弄这些小把戏。对什么也不精通，可是什么也爱动一动。他并不假充行家，只信这可以养性。不错，他确是个好脾性的人。有点小玩艺，比如黏补旧书等等，他就平安的销磨半日。

叫了我一声，他又笑了笑，"我把她让给老四了，"按着大排行，白李是四爷，他们的伯父屋中还有弟兄呢。"不能因为个女子失了兄弟们的和气。"

"所以你不是现代人，"我打着哈哈说。

"不是；老狗熊学不会新玩艺儿。三角恋爱，不得劲儿。我和她说了，不管她是爱谁，我从此不再和她来往。觉得很痛快！"

"没看见过这么讲恋爱的。"

"你没看见过？我还不讲了呢。干她的去，反正别和老四闹翻了。将来咱俩要来这么一出的话，希望不是你收兵，就是我让了。"

"于是天下就太平了？"

我们笑开了。

过了有十天吧，黑李找我来了。我会看，每逢他的脑门发暗，必定是有心事。每逢有心事，我俩必喝上半斤莲花白。我赶紧把酒预备好，因为他的脑门不大亮嘛。

喝到第二盅上，他的手有点哆嗦。这个人的心里存不住事。遇上点事，他极想镇定，可是脸上还泄露出来。他太厚道。

"我刚从她那儿来，"他笑着，笑得无聊；可还是真的笑，因为要对个好友道出胸中的闷气。这个人若没有好朋友，是一天也活不了的。

我并不催促他；我俩说话用不着忙，感情都在话中间那些空子里流露出来呢。彼此对看着，一齐微笑，神气和默默中的领悟，都比言语更有分量。要不怎么白李一见我俩喝酒就叫我们"一对糟蛋"呢。

"老四跟我好闹了一场，"他说，我明白这个"好"字——第一他不愿说兄弟间吵了架，第二不愿只说弟弟不对，即使弟弟真是不对。这个字带出不愿说而又不能不说的曲折。"因为她。我不好，太不明白女子心理。那天不是告诉你，我让了吗？我是居心无愧，她可出了花样。她以为我是特意羞辱她。你说对了，我不是现代人，我把恋爱看成该怎样就怎样的事，敢情人家女子愿意'大家'在后面追随着。她恨上了我。这么报复一下——我放弃了她，她断绝了老四。老四当然跟我闹了。所以今天又找她去,请罪。她骂我一顿，出出气，或者还能和老四言归于好。我这么希望。哼，她没骂我。她还叫我和老四都作她的朋友。这个，我不能干，我并没这么明对她讲，我上这儿跟你说说。我不干，她自然也不再理老四。老四就得再跟我闹。"

"没办法！"我替他补上这一小句。过了一会儿，"我找老四一趟，解释一下？"

"也好。"他端着酒盅愣了会儿，"也许没用。反正我不再和她来往。老四再跟我闹呢，我不言语就是了。"

我们俩又谈了些别的，他说这几天正研究宗教。我知道他的读书全凭兴之所至，我决不会因为谈到宗教而想他有点厌世，或是精神上有什么大的变动。

哥哥走后，弟弟来了。白李不常上我这儿来，这大概是有事。他在大学还没毕业，可是看起来比黑李精明着许多。他这个人，叫你一看，你就觉得他应当到处作领袖。每一句话，他不是领导着你走上他所指的路子，便是把你绑在断头台上。他没有客气话，和他哥哥正相反。

我对他也不便太客气了，省得他说我是糟蛋。

"老二当然来过了？"他问；黑李是大排行行二。"也当然跟你谈到我们的事？"我自然不便急于回答，因为有两个"当然"在这里。果然，没等我回答，他说了下去："你知道，我是借题发挥？"

我不知道。

"你以为我真要那个女玩艺？"他笑了，笑得和他哥哥一样，只是黑李的笑向来不带着这不屑于对我笑的劲儿。"我专为和老二捣乱，才和她来往；不然，谁有工夫招呼她？男与女的关系，从根儿上说，还不是兽欲的关系？为这个，我何必非她不行？老二以为这个兽欲的关系应当叫作神圣的，所以他郑重地向她磕头，及至磕了一鼻子灰，又以为我也应当去磕，对不起，我没那个瘾！"他哈哈的笑起来。

我没笑，也不敢插嘴。我很留心听他的话，更注意看他的脸。脸上处处像他哥哥，可是那股神气又完全不像他的哥哥。这个，使我忽而觉得是和一个顶熟识的人说话，忽而又像和个生人对坐着。我有点不舒坦——看着个熟识的面貌，而找不到那点看惯了的神气。

"你看，我不磕头；得机会就吻她一下。她喜欢这个，至少比受几个头更过瘾。不过，这不是正笔。正文是这个，你想我应当老和二爷在一块儿吗？"

我当时回答不出。

他又笑了笑——大概心中是叫我糟蛋呢。"我有我的志愿，我的计划；他有他的。顶好是各走各的路，是不是？"

"是；你有什么计划？"我好容易想起这么一句；不然便太僵得慌了。

"计划，先不告诉你。得先分家，以后你就明白我的计划了。"

"因为要分居，所以和老二吵；借题发挥？"我觉得自己很聪明似的。

他笑着点了头，没说什么，好像准知道我还有一句呢。我确是有一句："为什么不明说，而要吵呢？"

"他能明白我吗？你能和他一答一和的说，我不行。我一说分家，他立刻就得落泪。然后，又是那一套——母亲去世的时候，说什么来着？不是说咱俩老得和美吗？他必定说这一套，好像活人得叫死人管着似的。还有一层，一听说分家，他管保不肯，而愿把家产都给了我，我不想占便宜，他老拿我当作'弟弟'，老拿自己的感情限定住别人的行动，老假装他明白我，其实他是个时代落伍者。这个时代是我的，用不着他来操心管我。"他的脸上忽然的很严肃了。

看着他的脸，我心中慢慢地起了变化——白李不仅是看不起"俩糟蛋"的狂傲少年了，他确是要树立住自己。我也明白过来，他要是和黑李慢慢地商量，必定要费许多动感情的话，要讲许多弟兄间的情义；即使他不讲，黑李总要讲的。与其这样，还不如吵，省得拖泥带水；他要一刀两断，各自奔前程。再说，慢慢地商议，老二决不肯干脆地答应。老四先吵嚷出来，老二若还不干，便是显着要霸占弟弟的财产了。猜到这里，我心中忽然一亮：

"你是不是叫我对老二去说？"

"一点不错。省得再吵。"他又笑了。"不愿叫老二太难堪了，究竟是弟兄。"似乎他很不喜欢说这末后的两个字——弟兄。

我答应了给他办。

"把话说得越坚决越好。二十年内，我俩不能作弟兄。"他停了一会儿，嘴角上挤出点笑来。"也给老二想了，顶好赶快结婚，生个胖娃娃就容易把弟弟忘了。二十年后，我当然也落伍了，那时候，假如还活着的话，好回家作叔叔。不过，告诉他，讲恋爱的时候要多吻，少磕头，要死迫，别死跪着。"他立起来，又想了想，"谢谢你呀。"他叫我明明的觉出来，这一句是特意为我说的，他并不负要说的责任。

　　为这件事，我天天找黑李去。天天他给我预备好莲花白。吃完喝完说完，无结果而散。至少有半个月的工夫是这样。我说的，他都明白，而且愿意老四去创练创练。可是临完的一句老是"舍不得老四呀！"

　　"老四的计划？计划？"他走过来，正过去，这么念道。眉上的黑痣夹陷在脑门的皱纹里，看着好似缩小了些。"什么计划呢？你问问他，问明白我就放心了。"

　　"他不说。"我已经这么回答过五十多次了。

　　"不说便是有危险性！我只有这么一个弟弟！叫他跟我吵吧，吵也是好的。从前他不这样，就是近来才和我吵。大概还是为那个女的！劝我结婚？没结婚就闹成这样，还结婚！什么计划呢？真！分家？他爱要什么拿什么好了。大概是我得罪了他，我虽不跟他吵，我知道我也有我的主张。什么计划呢？他要怎样就怎样好了，何必分家……"

　　这样来回磨，一磨就是一点多钟。他的小玩艺也一天比一天增多：占课、打卦、测字、研究宗教……什么也没能帮助他推测出老四的计划，只添了不少的小恐怖。这可并不是说，他显着怎样的慌张。不，他依旧是那么婆婆妈妈的。他的举止动作好像老追不上他的感情，无论心中怎样着急，他的动作是慢的，慢得仿佛是拿生命当作玩艺儿似的逗弄着。

　　我说老四的计划是指着将来的事业而言，不是现在有什么具体的办法。他摇头。

　　就这么耽延着，差不多又过了一个多月。

　　"你看，"我抓住了点理，"老四也不催我，显然他说的是长久之计，不是马上要干什么。"

　　他还是摇头。

　　时间越长，他的故事越多。有一个礼拜天的早晨，我看见他进了礼拜堂。也许是看朋友，我想。在外面等了他一会儿。他没出来。不便再等了，我一边走一边想：老李必是受了大的刺激——失恋，弟兄不和，或者还有别的。只就我知道的这两件事说，大概他已经支持不下去了。他的动作仿佛是拿生命当作小玩艺，那正是因他对任何小事都要慎重地考虑。茶碗上的花纹摆不齐都觉得不舒服。哪一件小事也得在他心中摆好，摆得使良心上舒服。上礼拜堂去祷告，为是坚定良心。良心是古圣先贤给他制备好了的，可是他又不愿将一切新事新精神一笔抹杀。结果，他"想"怎样，老不如"已是"怎样来得现成，他不知怎样才好。他大概是真爱她，可是为了弟弟，不能不放弃她，而且失恋是说不出口的。他常对我说，"咱们也坐一回飞机。"说完，他一笑，不是他笑呢，是"身体发肤，受之父母"笑呢。

过了晌午，我去找他。按说一见面就得谈老四，在过去的一个多月都是这样。这次他变了花样，眼睛很亮，脸上有点极静适的笑意，好像是又买着一册善本的旧书。

"看见你了。"我先发了言。

他点了点头，又笑了一下，"也很有意思！"

什么老事情被他头次遇上，他总是说这句。对他讲个闹鬼的笑话，也是"很有意思！"他不和人家辩论鬼的有无，他信那个故事，"说不定世上还有比这更奇怪的事"。据他看，什么事都是可能的。因此，他接受的容易，可就没有什么精到的见解。他不是不想多明白些，但是每每在该用脑筋的时候，他用了感情。

"道理都是一样的，"他说，"总是劝人为别人牺牲。"

"你不是已经牺牲了个爱人？"我愿多说些事实。

"那不算，那是消极的割舍，并非由自己身上拿出点什么来。这十来天，我已经读完'四福音书'。我也想好了，我应当分担老四的事，不应当只是不准他离开我。你想想吧，设若真是专为分家产，为什么不来跟我明说？"

"他怕你不干。"我回答。

"不是！这几天我用心想过了，他必是真有个计划，而且是有危险性的。所以他要一刀两断，以免连累了我。你以为他年青，一冲子性？他正是利用这个骗咱们；他实在是体谅我，不肯使我受屈。把我放在安全的地方，他好独作独当地去干。必定是这样！我不能撒手他，我得为他牺牲，母亲临去世的时候——"他没往下说，因为知道我已听熟了那一套。

我真没想到这一层。可是还不深信他的话；焉知他不是受了点宗教的刺激而要充分地发泄感情呢？

我决定去找白李，万一黑李猜得不错呢！是，我不深信他的话，可也不敢要玄虚。

　　怎样找也找不到白李。学校、宿舍、图书馆、网球场、小饭铺，都看到了，没有他的影儿。和人们打听，都说好几天没见着他。这又是白李之所以为白李；黑李要是离家几天，连好朋友们他也要通知一声。白李就这么人不知鬼不觉地不见了。我急出一个主意来——上"她"那里打听打听。

　　她也认识我，因为我常和黑李在一块儿。她也好几天没见着白李。她似乎很不满意李家兄弟，特别是对黑李。我和她打听白李，她偏跟我谈论黑李。我看出来，她确是注意——假如不是爱——黑李。大概她是要圈住黑李，作个标本。有比他强的呢，就把他免了职；始终找不到比他高明的呢，最后也许就跟了他。这么一想，虽然只是一想，我就没乘这个机会给他和她再撮合一下；按理说应当这么办，可是我太爱老李，总觉得他值得娶个天上的仙女。

　　从她那里出来，我心中打开了鼓。白李上哪儿去了呢？不能告诉黑李！一叫他知道了，他能立刻登报找弟弟，而且要在半夜里起来占课测字。可是，不说吧，我心中又痒痒。干脆不找他去？也不行。

　　走到他的书房外边，听见他在里面哼唧呢。他非高兴的时候不哼唧着玩。可是他平日哼唧，不是诗便是那句代表一切歌曲的"深闺内，端的是玉无瑕"，这次的哼唧不是这些。我细听了听，他是练习圣诗呢。他没有音乐的耳朵，无论什么，到他耳中都是一个调儿。他唱出的时候，自然也还是一个调儿。无论怎样吧，反正我知道他现在是很高兴。为什么事高兴呢？

　　我进到屋中，他赶紧放下手中的圣诗集，非常的快活："来得正好，正想找你去呢！老四刚走。跟我要了一千块钱去。没提分家的事，没提！"

　　显然他是没问过弟弟，那笔钱是干什么用的。要不然他不能这么痛快。他必是只求弟弟和他同居，不再管弟弟的行动；好像即使弟弟有带危险性的计划，只要不分家，便也没什么可怕的了。我看明白了这点。

　　"祷告确是有效，"他郑重地说。"这几天我天天祷告，果然老四就不提那回事了。即使他把钱都扔了，反正我还落下个弟弟！"

　　我提议喝我们照例的一壶莲花白。他笑着摇摇头："你喝吧，我陪着吃菜，我戒了酒。"

我也就没喝，也没敢告诉他，我怎么各处去找老四。老四既然回来了，何必再说？可是我又提起"她"来。他连接碴儿也没接，只笑了笑。

对于老四和"她"，似乎全没有什么可说的了。他给我讲了些《圣经》上的故事。我一面听着，一面心中嘀咕——老李对弟弟与爱人所取的态度似乎有点不大对；可是我说不出所以然来。我心中不十分安定，一直到回在家中还是这样。

又过了四五天，这点事还在我心中悬着。有一天晚上，王五来了。他是在李家拉车，已经有四年了。

王五是个诚实可靠的人，三十多岁，头上有块疤——据说是小时候被驴给啃了一口。除了有时候爱喝口酒，他没有别的毛病。

他又喝多了点，头上的疤都有点发红。

"干吗来了，王五？"我和他的交情不错，每逢我由李家回来得晚些，他总张罗把我拉回来，我自然也老给他点"酒钱"。

"来看看你。"说着便坐下了。

我知道他是来告诉我点什么。"刚沏上的茶，来碗？"

"那敢情好；我自己倒；还真有点渴。"

我给了他支烟卷，给他提了个头儿："有什么事吧？"

"哼，又喝了两壶，心里痒痒，本来是不应当说的事！"他用力吸了口烟。

"要是李家的事，你对我说了准保没错。"

"我也这么想，"他又停顿了会儿，可是被酒气催着，似乎不能不说："我在李家四年零三十五天了！现在叫我很为难。二爷待我不错，四爷呢，简直是我的朋友。所以不好办。四爷的事，不准告诉二爷；二爷又是那么傻好的人。对二爷说吧，又对不起四爷——我的朋友。心里别提多么为难了！论理说呢，我应当向着四爷。二爷是个好人，不错；可究竟是个主人。多么好的主人也还是主人，不能肩膀齐为弟兄。他真待我不错，比如说吧，在这老热天，我拉二爷出去，他总设法在半道上耽搁会儿，什么买包洋火呀，什么看看书摊呀，为什么？为是叫我歇歇，喘喘气。要不，怎说他是好主人呢。他好，咱也得敬重他，这叫作以好换好。久在街上混，还能不懂这个？"

我又让了他碗茶，显出我不是不懂"外面"的人。他喝完，用烟卷指着胸口说："这儿，咱这儿可是爱四爷。怎么呢？四爷年青，不拿我当个拉车的看。他们哥儿俩的劲儿——心里的劲儿——不一样。二爷吧，一看天气热就多叫我歇会儿，四爷就不管这一套，多么热的天也得拉着他飞跑。可是四爷和我聊起来的时候，他就说，凭什么人应当拉着人呢？他是为我们拉车的——天下的拉车的都算在一块儿——抱不平。二爷对'我'不错，可想不到大家伙儿。所以你看，二爷来的小，四爷来的大。四爷不管我的腿，可是管我的心；二爷是家长里短，可怜我的腿，可不管这儿。"他又指了指心口。

我晓得他还有话呢，直怕他的酒气教酽[1]茶给解去，所以又紧了他一板："往下说呀，王五！都说了吧，反正我还能拉老婆舌头？"

他摸了摸头上的疤，低头想了会儿。然后把椅子往前拉了拉，声音放得很低："你知道，电车道快修完了？电车一开，我们拉车的全玩完！这可不是为我自个儿发愁，是为大家伙儿。"他看了我一眼。

我点了点头。

"四爷明白这个；要不怎么我俩是朋友呢。四爷说：王五，想个办法呀！我说：四爷，我就有一个主意，揍！四爷说：王五，这就对了！揍！一来二去，我们可就商量好了。这我不能告诉你。我要说的是这个，"他把声音放得更低了，"我看见了，侦探跟上了四爷！未必是为这件事，可是叫侦探跟着总不妥当。这就来到难办的地方了：我要告诉二爷吧？对不起四爷；不告诉吧？又怕把二爷也饶在里面。简直的没法儿！"

把王五支走，我自己琢磨开了。

黑李猜的不错，白李确是有个带危险性的计划。计划大概不一定就是打电车，他必定还有厉害的呢。所以要分家，省得把哥哥拉扯在内。他当然是不怕牺牲，也不怕别人牺牲，可是还不肯一声不发的牺牲了哥哥——把黑李牺牲了并无济于事。现在，电车的事来到眼前，连哥哥也顾不得了。

我怎办呢？警告黑李是适足以激起他的爱弟弟的热情。劝白李，不但没用，而且把王五搁在里边。

事情越来越紧了，电车公司已宣布出开车的日子。我不能再耗着了，得告诉黑李去。

他没在家，可是王五没出去。

"二爷呢？"

"出去了。"

"没坐车？"

"好几天了，天天出去不坐车！"

由王五的神气，我猜着了："王五，你告诉了他？"

王五头上的疤都紫了："又多喝了两盅，不由的就说了。"

"他呢？"

"他直要落泪。"

"说什么来着？"

"问了我一句——老五，你怎样？我说，王五听四爷的。他说了声，好。别的没说，天天出去，也不坐车。"

我足足的等了三点钟，天已大黑，他才回来。

"怎样？"我用这两个字问到了一切。

他笑了笑，"不怎样。"

决没想到他这么回答我。我无须再问了，他已决定了办法。我觉得非喝点酒不可，但是独自喝有什么味呢。我只好走吧。临别的时候，我提了句："跟我出去玩几天，好不好？"

"过两天再说吧。"他没说别的。

感情到了最热的时候是会最冷的。想不到他会这样对待我。

电车开车的头天晚上，我又去看他。他没在家，直等到半夜，他还没回来。大概是故意地躲我。

王五回来了，向我笑了笑，"明天！"

"二爷呢？"

"不知道。那天你走后，他用了不知什么东西，把眉毛上的黑痦子烧去了，对着镜子直出神。"

完了，没了黑痦，便是没有了黑李，不必再等他了。

我已经走出大门，王五把我叫住："明天我要是——"他摸了摸头上的疤，"你可照应着点我的老娘！"

约摸五点多钟吧，王五跑进来，跑得连裤子都湿了。"全——揍了！"他再也说不出话来。直喘了不知有多少工夫，他才缓过气来，抄起茶壶对着嘴喝了一气。"啊！全揍了！马队冲下来，我们才散。小马六叫他们拿去了，看得真真的。我们吃亏没有家伙，专仗着砖头哪行！小马六要玩完。"

"四爷呢？"我问。

"没看见，"他咬着嘴唇想了想。"哼，事闹得不小！要是拿的话呀，准保是拿四爷，他是头目。可也别说，四爷并不傻，别看他年青。小马六要玩完，四爷也许不能。"

"也没看见二爷？"

"他昨天就没回家。"他又想了想，"我得在这儿藏两天。"

"那行。"

第二天早晨，报纸上登出——砸车暴徒首领李——当场被获，一同被获的还有一个学生，五个车夫。

王五看着纸上那些字，只认得一个"李"字，"四爷玩完了！四爷玩完了！"低着头假装抓那块疤，泪落在报上。

消息传遍了全城，枪毙李——和小马六，游街示众。

毒花花的太阳，把路上的石子晒得烫脚，街上可是还挤满了人。一辆敞车上坐着两个人，手在背后捆着。土黄制服的巡警，灰色制服的兵，前后押着，刀光在阳光下发着冷气。车越走越近了，两个白招子随着车轻轻地颤动。前面坐着的那个，闭着眼，额上有点汗，嘴唇微动，像是祷告呢。车离我不远，他在我面前坐着摆动过去。我的泪迷住了我的心。等车过去半天，我才醒了过来，一直跟着车走到行刑场。他一路上连头也没抬一次。

他的眉皱着点，嘴微张着，胸上汪着血，好像死的时候正在祷告。我收了他的尸。

过了两个月，我在上海遇见了白李，要不是我招呼他，他一定就跑过去了。

"老四！"我喊了他一声。

"啊？"他似乎受了一惊。"呕，你？我当是老二复活了呢。"

大概我叫得很像黑李的声调，并非有意的，或者是在我心中活着的黑李替我叫了一声。

白李显着老了一些，更像他的哥哥了。我们俩并没说多少话，他好似不大愿意和我多谈。只记得他的这么两句：

"老二大概是进了天堂，他在那里顶合适了；我还在这儿砸地狱的门呢。"

注释

1.酽（yàn）:（汁液）浓，味厚。

导读

老舍在《黑白李》中塑造了两个人物——哥哥黑李与弟弟白李。作家用黑、白这样截然相反的颜色来标示李氏兄弟，其实从称呼上就已经暗含了两兄弟对立的性格特征。"其实他俩的脸都很白，而且长得极相似"，面相上唯一的区别，就是黑李左眉上有个大黑痣，所以黑李、白李这样的外号与其说是从容貌上得来的，不如说是作者为了凸显两兄弟性格的两极差别而特意赋予的，黑与白，无疑是最能体现差别的颜色——他们俩"任何事的看法也不一致"。

黑李是个深受传统孝悌观念以及宗教思想影响，很重视家庭的老式人物，作家称之为"古人"。他受母亲遗命，极力地维护兄弟之间的和谐关系，不管什么事情都让着弟弟，只要能保全兄弟之谊，保障兄弟的平安，无论什么他都能够也愿意付出。白李却是现代的，他受社会新思潮影响，思想开化，敢于走出家庭去追求体验新事物。作品首先从感情问题上来表现黑李与白李的差别，两兄弟爱上了一个女人，而这个"新潮"女人竟然谁也不想放弃，很享受被"大家"一起追求。当黑李知道白李也爱上了这个女人之后，为了不伤害弟弟的感情，很自然地退出了这场"三角恋"；女人因为黑李退出，而愤怒地要与白李分手，黑李为给其弟弟挽回女子竟然向她道歉请罪，甚至给她下跪磕头。白李对兄长的做法很鄙夷，他对女人决不奉行黑李磕头感化那一套，"非礼勿动"对于白李这个现代人来说，是不合适的。作家设置了这样一个"三角恋"，巧妙而直接地展示出了两兄弟的性格差异。关于李氏兄弟感情问题的故事，其作用也仅限于此，接下来的叙述才真正进入"正题"。

　　1929 年 10 月，北平洋车夫在工会领导下，全城同时罢工，砸毁电车数十辆，当即遭到国民党军警镇压，工会被解散，工会领导悉数被捕，拘押洋车夫千余，审判后驱逐八百余人，处决四人。《黑白李》就是以这个社会事件为题材创作的小说，白李口中所谓"我的计划"，就是串连车夫去砸电车。白李虽然与黑李价值取向差别甚大，但毕竟他们是一母同胞的兄弟，所以白李想在举事之前撇清与黑李之间的关系，不想自己的行为危及兄长。然而，白李分家的提议在黑李那里是万难通过的，即使"我"软磨硬泡了半个月，他依然用那句"舍不得老四呀"作为答复。黑李逐渐琢磨出了白李的"计划"，而且从白李的言行上也基本看清了"计划"的危险性，"他必是真有个计划，而且是有危险性的"。既然无法劝说弟弟改变初衷，那么出于保护白李的最高目的，也只能将计就计地以牺牲自己的方式挽救弟弟，"我不能撒手他，我得为他牺牲"。当黑李准备好为白李担当、为白李牺牲之后，反而彻底放松了，不再有满世界找白李时的紧张与不安。他"不再管弟弟的行动；好像即使弟弟有带危险性的计划，只要不分家，便也没什么可怕的了"。在黑李的平静世界中，已经积蓄好了力量，他在静静等待兄弟与危机遭遇的那一刻。由此观之，黑李虽然性格偏软，但绝对不是懦弱之人。

　　小说中的车夫王五是劳工阶级的代表，他从有别于"我"的另外一个角度来看李氏兄弟的差别。"二爷待我不错，四爷呢，简直是我的朋友"，"四爷不管我的腿，可是管我的心；二爷是家长里短，可怜我的腿，可不管这儿"。白李作为革命的发动者，真正深入劳工阶级，使王五这样的车夫把他看成自己的朋友，他所代表的革命正迎合了车夫们的心理。虽然老舍有意把自己的文学向革命文学靠拢，但是这种以砸毁电车为手段的革命，却并不是真正意义的革命，带有盲目的破坏的色彩，这也为当时左翼文学所诟病。相对黑李、白李性格相异的叙事，革命叙事是小说的另外一条线索，如果说前一个是明线的话，那么后一个则属于暗线。然而两条线最终有一个交点，那就是黑李代替白李被枪毙。白李的最后两句话让人感触良久，"老二大概是进了天堂，他在那里顶合适了；我还在这儿砸地狱的门呢"。在他心中，祈祷着自己信仰宗教的哥哥进入天堂，温良恭俭让的兄长最应该在那里栖息，而砸地狱之门，则表达了革命到底的取向。

　　作品选择了第一人称的叙述手法，"我"不仅是单纯的叙述者，也是故事的参与者。"我"最大的职责是倾听，黑李的声音、白李的声音、女子的声音，还有车夫王五的声音，都是通过"我"这个媒介传达出来的。这样的设置不仅使故事显得生动真实，而且也使叙述更为自然流畅。

铁牛和病鸭

王明远的乳名叫"铁柱子"。在学校里他是"铁牛"。好像他总离不开铁。这个家伙也真是有点"铁"。大概他是不大爱吃石头罢了；真要吃上几块的话，那一定也会照常的消化。

他的浑身上下，看哪儿有哪儿，整像匹名马。他可比名马还泼辣一些，既不娇贵，又没脾气。一年到头，他老笑着。两排牙，齐整洁白，像个小孩儿的。可是由他说话的时候看，他的嘴动得那么有力量，你会承认这两排牙，看着那么白嫩好玩，实在能啃碎石头子儿。

认识他的人们都知道这么一句——老王也得咧嘴。这是形容一件最累人的事。王铁牛几乎不懂什么叫累得慌。他要是咧了嘴，别人就不用想干了。

铁牛不念《红楼梦》——"受不了那套妞儿气！"他永远不闹小脾气，真的。"看看这个，"他把袖子搂到肘部，敲着筋粗肉满的胳臂。"这么粗的小棒锤，还闹小性，羞不羞？"顺势砸自己的胸口两拳，咚咚的响。

他有个志愿，要和和平平的做点大事。他的意思大概是说，做点对别人有益的事，而且要自自然然做成，既不锣鼓喧天，也不杀人流血。

由他的谈吐举动上看，谁也看不出他曾留过洋，念过整本的洋书，他说话的时候永不夹杂着洋字。他看见洋餐就挠头，虽然请他吃，他也吃得不比别人少。不服洋服，不会跳舞，不因为街上脏而堵上鼻子，不必一定吃美国橘子。总而言之，他既不闹中国脾气，也不闹外国脾气。比如看电影，《火烧红莲寺》和《三剑客》，对他，并没有多少分别。除了"妞儿气"的片子，都"不坏"。

他是学农的。这与他那个"和和平平的做点大事"颇有关系。他的态度大致是这样：无论政治上怎样革命，人反正得吃饭。农业改良是件大事。他不对人们用农学上的专名词；他研究的是农业，所以心中想的是农民，他的感情把研究室的工作与农民的生活联成一气。他不自居为学者。遇上好转文的人，他有句善意的玩笑话："好不好由武松打虎说起？"《水浒传》

是他的"文学"。

自从留学回来，他就在一个官办的农场做选种的研究与试验。这个农场的成立，本是由几个开明官儿偶然灵机一动，想要关心民瘼，所以经费永远没有一定的着落。场长呢，是照例每七八个月换一位，好像场长的来去与气候有关系似的。这些来来往往的场长们，人物不同，可是风格极相似，颇似秀才们作的八股儿。他们都是咧着嘴来，咧着嘴去，设若不是"场长"二字在履历上有点作用，他们似乎还应当痛哭一番。场长既是来熬资格，自然还有愿在他们手下熬更小一些资格的人。所以农场虽成立多年，农场试验可并没有做过。要是有的话，就是铁牛自己那点事儿。

为他，这个农场在用人上开了个官界所不许的例子——场长到任，照例不撤换铁牛。这已有五六年的样子了。

铁牛不大记得场长们的姓名，可是他知道怎样央告场长。在他心中，场长，不管姓甚名谁，是必须央告的。"我的试验需要长的时间。我爱我的工作。能不撤换我，是感激不尽的！请看看我的工作来，请来看看！"场长当然是不去看的；提到经费的困难；铁牛请场长放心，"减薪我也乐意干，我爱这个工作！"场长手下的人怎么安置呢？铁牛也有办法："只要准我在这儿工作，名义倒不拘。"薪水真减了，他照常的工作，而且做得颇高兴。

可有一回，他几乎落了泪。场长无论如何非撤他不可。可是头天免了职，第二天他照常去作试验，并且拉着场长去看他的工作："场长，这是我的命！再有些日子，我必能得到好成绩；这不是一天半天能做成的。请准我上这里做试验好了，什么我也不要。到别处去，我得从头另做，前功尽弃。况且我和这个地方有了感情，这里的一切是我的手，我的脚。我永不对它们发脾气，它们也老爱我。这些标本，这些仪器，都是我的好朋友！"他笑着，眼角里有个泪珠。耶稣收税吏作门徒[1]必是真事，要不然场长怎会心一软，又留下了铁牛呢？从此以后，他的地位稳固多了，虽然每次减薪，他还是跑不了。"你就是把钱都减了去，反正你减不去铁牛！"他对知己的朋友总这样说。

他虽不记得场长们的姓名，他们可是记住了他的。在他们天良偶尔发现的时候，他们便想起铁牛。因此，很有几位场长在高升了之后，偶尔凭良心做某件事，便不由的想"借重"铁牛一下，向他打个招呼。铁牛对这种"抬爱"老回答这么一句："谢谢善意，可是我爱我的工作，这是我的命！"他不能离开那个农场，正像小孩离不开母亲。

为维持农场的存在，总得作点什么给人们瞧瞧，所以每年必开一次农品展览会。职员们在开会以前，对铁牛特别的和气。"王先生，多偏劳！开完会请你吃饭！"吃饭不吃饭，铁牛倒不在乎；这是和农民与社会接触的好机会。他忙开了：征集，编制，陈列，讲演，招待，全是他，累得"四脖子汗流"。有的职员在旁边看着，有点不大好意思。所以过来指摘出点毛病，以便表示他们虽没动手，可是眼睛没闲着。铁牛一边擦汗一边道歉："幸亏你告诉我！幸亏你告诉我！"对于来参观的农民，他只恨长着一张嘴，没法儿给人人掰开揉碎的讲。

有长官们坐在中间，好像兔儿爷摊子的开会纪念像片里，十回有九回没铁牛。他顾不得照像。这一点，有些职员实在是佩服了他。所以会开完了，总有几位过来招呼一声："你可真累了，这两天！"铁牛笑得像小姑娘穿新鞋似的："不累，一年才开一次会，还能说累？"

因此，好朋友有时候对他说，"你也太好脾性了，老王！"

他笑着，似乎是要害羞："左不是多卖点力气，好在身体棒。"他又搂起袖子来，展览他的胳臂。他决听不出朋友那句话是有不满而故意欺侮他的意思。他自己的话永远是从正面说，所以想不到别人会说偏锋话。有的时候招得朋友不能不给他解释一下，他这才听明白。可是"谁有工夫想那么些个弯子！我告诉你，我的头一放在枕头上，就睡得像个球；要是心中老绕弯儿，怎能睡得着？人就仗着身体棒；身体棒，睁开眼就唱。"他笑开了。

铁牛的同学李文也是个学农的。李文的腿很短，嘴很长，脸很瘦，心眼很多。被同学们封为"病鸭"。病鸭是牢骚的结晶，袋中老带着点"补丸"之类的小药，未曾吃饭先叹口气。他很热心的研究农学，而且深信改良农事是最要紧的。可是他始终没有成绩。他倒不愁得不到地位，而是事事人人总跟他闹别扭。就了一个事，至多半年就得散伙。即使事事人人都很顺心，他所坐的椅子，或头上戴的帽子，或做试验用的器具，总会跟他捣乱；于是他不能继续工作。世界上好像没有给他预备下一个可爱的东西，一个顺眼的地方，一个可以交往的人；他只看他自己好，而人人事事和样样东西都跟他过不去。不是他做不出成绩来，是到处受人们的排挤，没法子再作下去。比如他刚要动手做工，旁边有位先生说了句："天很冷啊！"于是他的脑中转开了螺丝：什么意思呢，这句话？是不是说我刚才没有把门关严呢？他没法安心工作下去。受了欺侮是不能再作工的。早晚他要报复这个，可是马上就得想办法，他和这位说天气太冷的先生势不两立。

他有时候也能交下一两位朋友，可是交过了三个月，他开始怀疑，然后更进一步去试探，结果是看出许多破绽，连朋友那天穿了件蓝大衫都有作用。三几个月的交情于是吵散。一来二去，他不再想交友。他慢慢把人分成三等，一等是比他位分高的，一等是比他矮的，一等是和他一样儿高的。他也决定了，他可以成功，假如他能只交比他高的人，不理和他肩膀齐的，管辖着奴使着比他矮的。"人"既选定，对"事"便也有了办法。"拿过来"成了他的口号。非自己拿到一种或多种事业，终身便一无所成。拿过来自己办，才能不受别人的气。拿过来自己办，椅子要是成心捣乱，砸碎了兔崽子！非这样不可，他是热心于改良农事的；不能因受闲气而抛弃了一生的事业；打算不受闲气，自己得站在高处。

有志者事竟成，几年的工夫他成了个重要的人物，"拿过来"不少的事业。原先本是想拿过来便去由自己作，可是既拿过来一样，还觉得不稳固。还有斜眼看他的人呢！于是再去拿。越拿越多，越多越复杂，各处的椅子不同，一种椅子有一种气人的办法。他要统一椅子都得费许多时间。因此，每拿过来一个地方，他先把椅子都漆白了，为是省得有污点不易看见。椅子倒是都漆白了，别的呢？他不能太累了，虽然小药老在袋中，到底应当珍惜自己；世界上就是这样，除了你自己爱你自己，别人不会关心。

他和铁牛有好几年没见了。

正赶上开农业学会年会。堂中坐满了农业专家。台上正当中坐着病鸭，头发挺长，脸色灰绿，长嘴放在胸前，眼睛时开时闭，活像个半睡的鸭子。他自己当然不承认是个鸭子；时开时闭的眼，大有不屑于多看台下那群人的意思。他明知道他们的学问比他强，可是他坐在台上，他们坐在台下；无论怎说，他是个人物，学问不学问的，他们不过是些小兵小将。他是主席，到底他是主人。他不能不觉着得意，可是还要露出有涵养，所以眼睛不能老睁着，好像天下最不要紧的事就是作主席。可是，眼睛也不能老闭着，也得留神下边有斜眼看他的人没有。假如有的话，得设法收拾他。就是在这么一睁眼的工夫，他看见了铁牛。

铁牛仿佛不是来赴会，而是料理自家的丧事或喜事呢。出来进去，好似世上就忙了他一个人了。

有人在台上宣读论文。病鸭的眼闭死了，每隔一分多钟点一次头，他表示对论文的欣赏，其实他是琢磨铁牛呢。他不愿承认他和铁牛同过学，他在台上闭目养神，铁牛在台下当"碎催"，好像他们不能做过学友；现在距离这么远，原先也似乎相离不应当那么近。他又不能不承认铁牛确是他的同学，这使他很难堪：是可怜铁牛好呢，还是夸奖自己好呢？铁牛是不是看见了他而故意的躲着他？或者也许铁牛自惭形秽不敢上前？是不是他应当显着大度包容而先招呼铁牛？他不能决定，而越发觉得"同学"是件别扭事。

台下一阵掌声，主席睁开了眼。到了休息的时间。

病鸭走到会场的门口，迎面碰上了铁牛。病鸭刚看见他，便赶紧拿着尺寸一低头，理铁牛不理呢？得想一想。可是他还没想出主意，就觉出右手像掩在门缝里那么疼了一阵。一抽手的工夫，他听见了："老李！还是这么瘦？老李——"

病鸭把手藏在衣袋里，去暗中舒展舒展；翻眼看了铁牛一下，铁牛脸上的笑意像个开花弹似的，从脸上射到空中。病鸭一时找不到相当的话说。他觉得铁牛有点过于亲热。可又觉得他或者没有什么恶意——"还是这么瘦"打动了自怜的心，急于找话说，往往就说了不负责任的话。"老王，跟我吃饭去吧？"说完很后悔，只希望对方客气一下。可是铁牛点了头。病鸭脸上的绿色加深了些。"几年没有见了，咱们得谈一谈！"铁牛这个家伙是赏不得脸的。

两个老同学一块儿吃饭，在铁牛看，是最有意思的。病鸭可不这样看——两个人吵起来才没法下台呢！他并不希望吵，可是朋友到一块儿，有时候不由的不吵。脑子里一转弯，不能不吵；谁还能禁止得住脑子转弯？

铁牛是看见什么吃什么，病鸭要了不少的菜。病鸭自己可是不吃，他的筷子只偶尔的夹起一小块锅贴豆腐。"我只能吃点豆腐。"他说。他把"豆腐"两个字说得不像国音，也不像任何方音，听着怪像是外国字。他有好些字这么说出来。表示他是走南闯北，自己另制了一份儿"国语"。

"哎？"铁牛听不懂这两个字。继而一看他夹的是豆腐，才明白过来："咱可不行；豆腐要是加上点牛肉或者还沉重点儿。我说，老李，你得注意身体呀。那么瘦还行？"

太过火了！提一回正足以打动自怜的情感。紧自说人家瘦，这是看不起人！病鸭的脑子里皱上了眉。不便往下接着说，换换题目吧：

"老王，这几年净在哪儿呢？"

"——农场，不坏的小地方。"

"场长是谁？"

幸而铁牛这回没忘了——"赵次江。"

病鸭微微点了点头，唯恐怕伤了气。"他呀？待你怎样？"

"无所谓，他干他的，我干我的；只希望他别撤换我。"铁牛为是显着和气。也动了一块豆腐。

"拿过来好了。"病鸭觉得说了这半天，只有这一句还痛快些。"老王，你干吧！"

"我当然是干哪，我就怕干不下去，前功尽弃。咱们这种工作要是没有长时间，是等于把钱打了水漂儿。"

"我是让你干场长。现成的事，为什么不拿过来？拿过来，你爱怎办怎办；赵次江是什么玩艺！"

"我当场长，"铁牛好像听见了一件奇事。"等过个半年来的，好被别人顶了？"

有点给脸不兜着！病鸭心里默演对话："你这小子还不晓得李老爷有多大势力？轻看我？你不放心哪，我给你一手儿看看。"他略微一笑，说出声来，"你不干也好，反正咱们把它拿过来好了。咱们有的是人。你帮忙好了。你看看，我说不叫赵次江干，他就干不了！这话可不用对别人说。"

铁牛莫名其妙。

病鸭又补上一句："你想好了，愿意干呢，我还是把场长给你。"

"我只求能继续做我的试验；别的我不管。"铁牛想不出别的话。

"好吧，"病鸭又"那么"说了这两个字，好像德国人在梦里练习华语呢。

直到年会开完，他们俩没再坐在一块谈什么。从铁牛那面儿说，他觉得病鸭是拿着一点精神病作事呢。"身体弱，见了喜神也不乐。"编好了这么句唱儿，就把病鸭忘了。

铁牛回到农场不久，场长果然换了。新场长对他很客气，头一天到任便请他去谈话：

"王先生，李先生的老同学。请多帮忙，我们得合作。老实不客气的讲，兄弟对于农学是一窍不通。不过呢，和李先生的关系还那个。王先生帮忙就是了，合作，我们合作。"

铁牛想不出，他怎能和个不懂农学的人合作。"精神病！"他想到这么三个字，就顺口说出来。

新场长好像很明白这三个字的意思，脸沉下去："兄弟老实不客气的讲，王先生，这路话以后请少说为是。这倒与我没关系，是为你好。你看，李先生打发我到这儿来的时候，跟我谈了几句那天你怎么与他一同吃饭，说了什么。李先生露出一点意思，好像是说你有不合作的表示。不过他决不因为这个便想——啊，同学的面子总得顾到。请原谅我这样太不客气！据我看呢，大家既是朋友，总得合作。我们对于李先生呢，也理当拥护。自然我们不拥护他，那也没什么。不过是我们——不是李先生——先吃亏罢了。"

铁牛莫名其妙。

新场长到任后第一件事是撤换人，第二件事是把椅子都漆白了。第一件与铁牛无关，因为他没被撤职。第二件可不这样，场长派他办理油饰椅子，因这是李先生视为最重要的事，所以选派铁牛，以表示合作的精神。

铁牛既没那个工夫，又看不出漆刷椅子的重要，所以不管。

新场长告诉了他："我接收你的战书；不过，你既是李先生的同学，我还得留个面子，请李先生自己处置这回事。李先生要是——什么呢，那我可也就爱莫能助了！"

"老李——"铁牛刚一张嘴，被场长给截住：

"你说的是李先生？原谅我这样爽直，李先生大概不甚喜欢你这个'老李'。"

"好吧，李先生知道我的工作，他也是学农的。场长就是告诉他，我不管这回事，他自然会晓得我什么不管。假如他真不晓得，他那才真是精神病呢。"铁牛似乎说高了兴，"我一见他的面，就看出来，他的脸是绿的。他不是坏人，我知道他；同学好几年，还能不知道这个？假如他现在变了的话，那一定是因为身体不好。我看见不是一位了，因为身体弱常闹小性。我一见面就劝了他一顿，身体弱，脑子就爱转弯。看我，身体棒，睁开眼就唱。"他哈哈的笑起来。

场长一声没出。

过了一个星期，铁牛被撤了差。

他以为这一定不能是病鸭的主意，因此他并不着慌。他计划好：援据前例，第二天还照常来工作；场长真禁止他进去呢，再找老李——老李当然要维持老同学的。

可是，他临出来的时候，有人来告诉他："场长交派下来，你要明天是——的话，可别说用巡警抓你。"

他要求见场长，不见。

他又回到试验室，呆呆的坐了半天，几年的心血……

不能，不能是老李的主意，老李也是学农的，还能不明白我的工作的重要？他必定能原谅咱铁牛，即使真得罪了他。什么地方得罪了他呢？想不出来。除非他真是精神病。不能，他那天不是还请我吃饭来着？不论怎着吧，找老李去，他必定能原谅我。

铁牛越这样想越心宽，一见到病鸭，必能回职继续工作。他看着试验室内东西，心中想象着将来的成功——再有一二年，把试验的结果拿到农村去实地应用，该收一个粮的便收两个……和和平平的作了件大事！他到农场去绕了一圈，地里的每一棵谷每一个小木牌，都是他的儿女。回到屋内，给老李写了封顶知己的信，告诉他在某天去见他。把信发了，他觉得已经是一天云雾散。

按着信上规定的时间去见病鸭，病鸭没在家。可是铁牛不肯走，等一等好了。

等到第四个钟头上，来了个仆人："请不用等我们老爷了，刚才来了电话，中途上暴病，入了医院。"

铁牛顾不得去吃饭，一直跑到医院去。

病人不能接见客人。

"什么病呢？"铁牛和门上的人打听。

"没病，我们这儿的病人都没病。"门上的人倒还和气。

"没病干吗住院？"

"那咱们就不晓得了，也别说，他们也多少有点病。"

铁牛托那个人送进张名片。

待了一会，那个人把名片拿回来，上面有几个铅笔写的字："不用再来，咱们不合作。"

"和和平平的做件大事！"铁牛一边走一面低声的念道。

注释

1.耶稣收税吏作门徒，见《新约·马太福音》第九章第九节至十三节。

导读

鲁迅先生说："我们从古以来，就有埋头苦干的人，有拼命硬干的人，有为民请命的人，有舍身求法的人……这就是中国的脊梁。"《铁牛和病鸭》中的"铁牛"王明远就属于"脊梁"式的人物，而"病鸭"李文则与他形成鲜明对照。在对比的叙述中，作者完成了对"人情社会"、"关系至上"等庸俗价值观的批判。

"铁牛"王明远与"病鸭"李文是同学，都是学农的，然而两个人无论在相貌、性格、为人处世，还是在价值取向上都有着巨大差异，甚至显得格格不入。王明远乳名叫"铁柱子"，在学校里他是"铁牛"，从这些称呼上就能感觉到其旺盛的生命力，"他的浑身上下，看哪儿有哪儿，整像匹名马"。王明远做人做事都相当低调，这不是有意为之，而是本性使然。他出洋留过学，但别人根本不会从他的言行举止上看得出来，他既不张扬也不炫耀，只求踏踏实实地把事情做好。王明远的志愿是想做些对别人有益的事情，这一点从他所从事的专业上可以看出来。在他看来，"无论政治上怎样革命，人反正得吃饭。农业改良是件大事"。在实际的工作中，"他不对人们用农学上的专名词；他研究的是农业，所以心中想的是农民，他的感情把研究室的工作与农民的生活联成一气。他不自居为学者"。为了能够真正地从事农业研究，即使"减薪我也乐意干，我爱这个工作"，"到别处去，我得从头另做，前功尽弃"。王明远不是在作秀给别人看，也不是借此升官发财，他只想"和和平平的作点大事"。他不仅把研究当做自己的事业，而且更是看成与生命一样重要的东西，"这是我的命"。作家显然带着赞赏的态度在描述这个"民族脊梁"，从他身上我们看到了中国的希望。

"病鸭"李文则是另外一副样貌，他"腿很短，嘴很长，脸很瘦，心眼很多"。他没有王明远那么好的脾性，也没有王明远那么单纯的心地，他把所有精力都用在了研究周围人的心思上，用在了处理人际关系上，至于是否能做出点有益别人的事情来，并不在他考虑的范围之内。他有自己的处世哲学，"只交比他高的人，不理和他肩膀齐的，管辖着奴使着比他矮的"。与王明远不断被减薪、工作环境越来越恶劣相反，李文则混得顺风顺水，没有几年的工夫就成了重要的人物。

铁牛与病鸭终于相遇了，在农业学会年会上，埋头苦干的王明远坐在台下，善于"拿"过来的李文坐在台上正中，在世俗意义上，李文的"关系"研究取得了对王明远科学研究的绝对胜利。绝大多数人都有着病鸭一样的心理，他们心里清楚地知道铁牛的学问强，也务实，可是在判断个人成功上，他们依然会用地位和财富来衡量。所以在病鸭眼里，"他坐在台上，他们坐在台下；无论怎说，他是个人物，学问不学问的，他们不过是些小兵小将"。病鸭的"成功"和铁牛的"失败"，其实并不单单是个人原因造成的，社会整体的氛围和价值取向是最为根本性的因素。

老舍并没有就此停止两种价值取向的对比，而是创设情境让铁牛与病鸭直接面对。病鸭出于本能，启发铁牛应该按照自己的方式先把场长的位子拿过来。这在铁牛看来无异于一件奇事，因为他从来就没有动过这心思，况且那种耗人精力的官位会影响农业研究的，所以铁牛毫不犹豫地就拒绝了病鸭。在病鸭的操控之下场长易人之后，由于铁牛的"不合作"，最终被撤了差，连农场也不许进入了。至此，铁牛都没有悟到正是同样学农出身的病鸭禁止了他有益的农业研究，心思单纯的他认为，懂得农业的病鸭一定能了解自己工作的重要性。然而，他最终还是失去了一切，没有了岗位，没有了研究空间，社会彻底地拒绝了他。

一面是失去工作，一面是荒淫无耻。作家用两个截然对立的人物的命运出路，批判了旧有社会体制的腐朽，这是一个只认可关系的社会，只有私欲没有公心。

也是三角

从前线上溃退下来，马得胜和孙占元发了五百多块钱的财。两支快枪，几对镯子，几个表……都出了手，就发了那笔财。在城里关帝庙租了一间房，两人享受着手里老觉着痒痒的生活。一人作了一身洋缎的衣裤，一件天蓝的大夹袄，城里城外任意的逛着，脸都洗得发光，都留下平头。不到两个月的工夫，钱已出去快一半。回乡下是万不肯的；作买卖又没经验，而且资本也似乎太少。钱花光再去当兵好像是唯一的，而且并非完全不好的途径。两个人都看出这一步。可是，再一想，生活也许能换个样，假如别等钱都花完，而给自己一个大的变动。从前，身子是和军衣刺刀长在一块，没事的时候便在操场上摔脚，有了事便朝着枪弹走。性命似乎一向不由自己管着，老随着口令活动。什么是大变动？安稳的活几天，比夜间住关帝庙，白天逛大街，还得安稳些。得安份儿家！有了家，也许生活自自然然的就起了变化。因此而永不再当兵也未可知，虽然在行伍里不完全是件坏事。两人也都想到这一步，他们不能不想到这一步，为人要没成过家，总是一辈子的大缺点。成家的事儿还得赶快的办，因为钱的出手仿佛比军队出发还快。钱出手不能不快，弟兄们是热心肠的，见着朋友，遇上叫化子多央告几句，钱便不由的出了手。婚事要办得马上就办，别等到袋里只剩了铜子的时候。两个人也都想到这一步，可是没法儿彼此商议。论交情，二人是盟兄弟，一块儿上过阵，一块儿入过伤兵医院，一块儿吃过睡过抢过，现在一块儿住着关帝庙。衣裳袜子可以不分；只是这件事没法商议。衣裳吃喝越不分彼此，越显着义气。可是两人不能娶一个老婆，无论怎说。钱，就是那一些；一人娶一房是办不到的。还不能口袋底朝上，把洋钱都办了喜事。刚入了洞房就白瞪眼，耍空拳头玩，不像句话。那么，只好一个娶妻，一个照旧打光棍。叫谁打光棍呢，可是？论岁数，都三十多了；谁也不是小孩子。论交情，过得着命；谁肯自己成了家，叫朋友愣着翻白眼？把钱平分了，各自为政；谁也不能这么说。十几年的朋友，一旦忽然散伙，连想也不能这么想。简直的没办法。越没办法越都常想到：三十多了；钱快完了；也该另换点事作了，当兵不是坏事，可是早晚准碰上一两个枪弹。逛窑子还不能哥儿俩挑一个"人儿"呢，何况是娶老婆？俩人都喝上四两白干，把什么知心话都说了，就是"这个"不能出口。

马得胜——新印的名片，字国藩，算命先生给起的——是哥，头像个木瓜，脸皮并不很粗，只是七棱八瓣的不整庄。孙占元是弟，肥头大耳朵的，是猪肉铺的标准美男子。马大哥要发善心的时候先把眉毛立起来，有时候想起死去的老母就一边落泪一边骂街。孙老弟永远很和气，穿着便衣问路的时节也给人行举手礼。为"那件事"，马大哥的眉毛已经立了三天，孙老弟越发的和气，谁也不肯先开口。

马得胜躺在床上，手托着自己那个木瓜，怎么也琢磨不透"国藩"到底是什么意思。其实心里本不想琢磨这个。孙占元就着煤油灯念《大八义》，遇上有女字旁的字，眼前就来了一顶红轿子，轿子过去了，他也忘了念到哪一行。赌气子不念了，把背后贴着金玉兰像片的小圆镜拿起来，细看自己的牙。牙很齐，很白，很没劲，翻过来看金玉兰，也没劲，胖娘们一个。不知怎么想起来："大哥，小洋风的《玉堂春》妈的才没劲！"

"野娘们都妈的没劲！"大哥的眉毛立起来，表示同情于盟弟。

盟弟又翻过镜子看牙，这回是专看两个上门牙，大而白亮亮的不顺眼。

俩人全不再言语，全想着野娘们没劲，全想起和野娘们完全不同的一种女的——沏茶灌水的，洗衣裳作饭，老跟着自己，生儿养女，死了埋在一块。由这个又想到不好意思想的事，野娘们没劲，还是有个正经的老婆。马大哥的木瓜有点发痒，孙老弟有点要坐不住。更进一步的想到，哪怕是合伙娶一个呢。不行，不能这么想。可是全都这么想了，而且想到一些更不好意思想的光景。虽然不好意思，但也有趣。虽然有趣，究竟是不好意思。马大哥打了个很勉强的哈欠，孙老弟陪了一个更勉强的。关帝庙里住的卖猪头肉的回来了。孙占元出去买了个压筐的猪舌头。两个弟兄，一人点心了一半猪舌头，一饭碗开水，还是没劲。

他们二位是庙里的财主。这倒不是说庙里都是穷人。以猪头肉作坊的老板说，炕里头就埋着七八百油腻很厚的洋钱。可是老板的钱老在炕里埋着。以后殿的张先生说，人家曾作过县知事，手里有过十来万。可是知事全把钱抽了烟，姨太太也跟人跑了。谁也比不上这兄弟俩，有钱肯花，而且不抽大烟。猪头肉作坊卖得着他们的钱，而且永远不驳价儿，该多少给多少，并不因为同住在关老爷面前而想打点折扣。庙里的人没有不爱他们的。

最爱他们哥俩的是李永和先生。李先生大概自幼就长得像汉奸，要不怎么，谁一看见他就马上想起"汉奸"这两个字来呢。细高身量，尖脑袋，脖子像棵葱，老穿着通天扯地的瘦长大衫。脚上穿着缎子鞋，走道儿没一点响声。他老穿着长衣服，而且是瘦长。据说，他也有时候手里很紧，正像庙里的别人一样。可是不论怎么困难，他老穿着长衣服；没有法子的时候，他能把贴身的衣袄当了或是卖了，但是总保存着外边的那件。所以他的长衣服很瘦，大概是为穿空心大袄的时候，好不太显着里边空空如也，而且实际上也可以保存些暖气。这种办法与他的职业大有关系。他必须穿长袍和缎子鞋。说媒拉纤，介绍典房卖地倒铺底，他要不穿长袍便没法博得人家信仰。他的自己的信仰是成三破四的"佣钱"，长袍是他的招牌与水印。

自从二位财主一搬进庙来，李永和把他们看透了。他的眼看人看房看地看货全没多少分别，不管人的鼻子有无，他看你值多少钱，然后算计好"佣钱"的比例数。他与人们的交情止于佣钱到手那一天——他准知道人们不再用他。他不大答理庙里的住户们，因为他们差不多都曾用过他，而不敢再领教。就是张知事照顾他的次数多些，抽烟的人是愣吃亏也不愿起来的。可是近来连张知事都不大招呼他了，因为他太不客气。有一次他把张知事的紫羔皮袍拿出去，而只带回几粒戒烟丸来。"顶好是把烟断了，"他教训张知事，"省得叫我拿羊皮皮袄满街去丢人；现在没人穿羊皮，连狐腿都没人屑于穿！"张知事自然不会一赌气子上街去看看，于是躺在床上差点没瘾死过去。

李永和已经吃过二位弟兄好几顿饭。第一顿吃完，他已把二位的脉都诊过了。假装给他们设计想个生意，二位的钱数已在他的心中登记备了案。他继续着白吃他们，几盅酒的工夫把二位的心事全看得和写出来那么清楚。他知道他们是萤火虫的屁股，亮儿不大，再说当兵不比张知事，他们急了会开打。所以他并不勒紧了他们，好在先白吃几顿也不坏。等到他们找上门来的时候，再勒他们一下，虽然是一对萤火虫，到底亮儿是个亮儿；多吧少吧，哪怕只闹新缎子鞋穿呢，也不能得罪财神爷——他每到新年必上财神庙去借个头号的纸元宝。

二位弟兄不好意思彼此商议那件事，所以都偷偷的向李先生谈论过。李先生一张嘴就使他们觉到天下的事还有许多他们不晓得的呢。

"上阵打仗，立正预备放的事儿，你们弟兄是内行；行伍出身，那不是瞎说的！"李先生说，然后把声音放低了些，"至于娶妻成家的事儿，我姓李的说句大话，这里边的深沉你们大概还差点经验。"

这一来，马孙二位更觉非经验一下不可了。这必是件极有味道，极重要，极其"妈的"的事。必定和立正开步走完全不同。一个人要没尝这个味儿，就是打过一百回胜仗也是瞎掰！

得多少钱呢，那么？

谈到了这个，李先生自自然然的成了圣人。一句话就把他们问住了："要什么样的人呢？"

他们无言答对，李先生才正好拿出心里那部"三国志"。原来女人也有三六九等，价钱自然不都一样。比如李先生给陈团长说的那位，专说放定时候用的喜果就是一千二百包，每包三毛五分大洋。三毛五；十包三块五；一百包三十五；一千包三百五；一共四百二十块大洋，专说喜果！此外，还有"小香水"、"金刚钻"的金刚钻戒指，四个！此外……

二位兄弟心中几乎完全凉了。幸而李先生转了个大弯：咱们弟兄自然是图个会洗衣裳作饭的，不挑吃不挑喝的，不拉舌头扯簸箕的，不偷不摸的，不叫咱们戴绿帽子的，家贫志气高的大姑娘。

这样大姑娘得多少钱一个呢？

也得三四百，岳父还得是拉洋车的。

老丈人拉洋车或是赶驴倒没大要紧；"三四百"有点噎得慌。二弟兄全觉得噎得慌，也都勾起那个"合伙娶"。

李先生——穿着长袍缎子鞋——要是不笑话这个办法，也许这个办法根本就不错。李先生不但没摇头，而且拿出几个证据，这并不是他们的新发明。就是阔人们也有这么办的，不过手续上略有不同而已。比如丁督办的太太常上方将军家里去住着，虽然方将军府并不是她的娘家。

况且李先生还有更动人的道理：咱们弟兄不能不往远处想，可也不能太往远处想。该办的也就得办，谁知道今儿个脱了鞋，明天还穿不穿！生儿养女，谁不想生儿养女？可是那是后话，目下先乐下子是真的。

二位全想起枪弹满天飞的光景。先前没死，活该；以后谁敢保不死？死了不也是活该？合伙娶不也是活该？难处自然不少，比如生了儿子算谁的？可是也不能"太往远处想"，李先生是圣人，配作个师部的参谋长！

有肯这么干的姑娘没有呢？

这比当窑姐[1]强不强？李先生又问住了他们。就手儿二位不约而同的——他俩这种讨教本是单独的举动——把全权交给李先生。管他舅子的，先这么干了再说吧。他们无须当面商量，自有李先生给从中斡旋与传达意见。

事实越来越像真的了，二位弟兄没法再彼此用眼神交换意见；娶妻，即使是用有限公司的办法，多少得预备一下。二位费了不少的汗才打破这个羞脸，可是既经打破，原来并不过火的难堪，反倒觉得弟兄的交情更厚了——没想到的事！二位决定只花一百二十块的彩礼，多一个也不行。其次，庙里的房别辞退，再在外边租一间，以便轮流入洞房的时候，好让换下班来的有地方驻扎。至于谁先上前线，孙老弟无条件的让给马大哥。马大哥极力主张抓阄决定，孙老弟无论如何也不服从命令。

吉期是十月初二。弟兄们全作了件天蓝大棉袍，和青缎子马褂。

李先生除接了十元的酬金之外，从一百二十元的彩礼内又留下七十。

老林四不是卖女儿的人。可是两个儿子都不孝顺，一个住小店，一个不知下落，老头子还说得上来不自己去拉车？女儿也已经二十了。老林四并不是不想给她提人家，可是看要把女儿再撒了手，自己还混个什么劲？这不纯是自私，因为一个车夫的女儿还能嫁个阔人？跟着自己呢，好吧歹吧，究竟是跟着父亲；嫁个拉车的小伙子，还未必赶上在家里好呢。自然这个想法究竟不算顶高明，可是事儿不办，光阴便会走得很快，一晃儿姑娘已经二十了。

他最恨李先生，每逢他有点病不能去拉车，李先生必定来递嘻和[2]。他知道李先生的眼睛是看着姑娘。老林四的价值，在李先生眼中：就在乎他有个女儿。老林四有一回把李先生一个嘴巴打出门外。李先生也没着急，也没生气，反倒更和气了，而且似乎下了决心，林姑娘的婚事必须由他给办。

林老头子病了。李先生来看他好几趟。李先生自动的借给老林四钱，叫老林四给扔在当地。

病到七天头上，林姑娘已经两天没有吃什么。当没的当，卖没的卖，借没地方去借。老林四只求一死，可是知道即使死了也不会安心——扔下个已经两天没吃饭的女儿。不死，病好了也不能马上就拉车去，吃什么呢？

李先生又来了，五十块现洋放在老林四的头前："你有了棺材本，姑娘有了吃饭的地方——明媒正娶。要你一句干脆话。行，钱是你的。"他把洋钱往前推一推。"不行，吹！"

老林四说不出话来，他看着女儿，嘴动了动——你为什么生在我家里呢？他似乎是说。

"死，爸爸，咱们死在一块儿！"她看着那些洋钱说，恨不能把那些银块子都看碎了，看到底谁——人还是钱——更有力量。

老林四闭上了眼。

李先生微笑着，一块一块的慢慢往起拿那些洋钱，微微的有点铮铮的响声。

他拿到十块钱上，老林四忽然睁开眼了，不知什么地方来的力量，"拿来！"他的两只手按在钱上。"拿来！"他要李先生手中的那十块。

老林四就那么趴着，好像死了过去。待了好久，他抬起点头来："姑娘，你找活路吧，只当你没有过这个爸爸。"

"你卖了女儿？"她问。连半个眼泪也没有。

老林四没作声。

"好吧，我都听爸爸的。"

"我不是你爸爸。"老林四还按着那些钱。

李先生非常的痛快，颇想夸奖他们父女一顿，可是只说了一句："十月初二娶。"

林姑娘并不觉得有什么可羞的，早晚也得这个样，不要卖给人贩子就是好事。她看不出面前有什么光明，只觉得性命像更钉死了些；好歹，命是钉在了个不可知的地方。那里必是黑洞洞的，和家里一样，可是已经被那五十块白花花的洋钱给钉在那里，也就无法。那些洋钱是父亲的棺材与自己将来的黑洞。

马大哥在关帝庙附近的大杂院里租定了一间小北屋，门上贴了喜字。打发了一顶红轿把林姑娘运了来。

林姑娘没有可落泪的，也没有可兴奋的。她坐在炕上，看见个木瓜脑袋的人。她知道她变成木瓜太太，她的命钉在了木瓜上。她不喜欢这个木瓜，也说不上讨厌他来，她的命本来不是她自己的，她与父亲的棺材一共才值五十块钱。

木瓜的口里有很大的酒味。她忍受着；男人都喝酒，她知道。她记得父亲喝醉了曾打过妈妈。木瓜的眉毛立着，她不怕；木瓜并不十分厉害，她也不喜欢。她只知道这个天上掉下来的木瓜和她有些关系，也许是好，也许是歹。她承认了这点关系，不大愿想关系的好歹。她在固定的关系上觉得生命的渺茫。

马大哥可是觉得很有劲。扛了十几年的枪杆，现在才抓到一件比枪杆还活软可爱的东西。枪弹满天飞的光景，和这间小屋里的暖气，绝对的不同。木瓜旁边有个会呼吸的，会服从他的，活东西。他不再想和盟弟共享这个福气，这必须是个人的，不然便丢失了一切。他不能把生命刚放在肥美的土里，又拔出来；种豆子也不能这么办！

第二天早晨，他不想起来，不愿再见孙老弟。他盘算着以前不会想到的事。他要把终身的事画出一条线来，这条线是与她那一条并行的。因为并行，这两条线的前进有许多复杂的交叉与变化，好像打秋操时摆阵式那样。他是头道防线，她是第二道，将来会有第三道，营垒必定一天比一天稳固。不能再见盟弟。

但是他不能不上关帝庙去，虽然极难堪。由北小屋到庙里去，是由打秋操改成游戏，是由高唱军歌改成打哈哈凑趣，已经画好了的线，一到关帝庙便涂抹净尽。然而不能不去，朋友们的话不能说了不算。这样的话根本不应当说，后悔似乎是太晚了。或者还不太晚，假如盟弟能让步呢？

盟弟没有让步的表示！孙老弟的态度还是拿这事当个笑话看。既然是笑话似的约定好，怎能翻脸不承认呢？是谁更要紧呢，朋友还是那个娘们？不能决定。眼前什么也没有了。只剩下晚上得睡在关帝庙，叫盟弟去住那间小北屋。这不是换防，是退却，是把营地让给敌人！马大哥在庙里懊睡了一下半天。

晚上，孙占元朝着有喜字的小屋去了。

屋门快到了，他身上的轻松劲儿不知怎的自己销灭了。他站住了，觉得不舒服。这不同逛窑子一样。天下没有这样的事。他想起马大哥，马大哥昨天夜里成了亲。她应当是马大嫂。他不能进去！

他不能不进去，怎知道事情就必定难堪呢？他进去了。

林姑娘呢——或者马大嫂合适些——在炕沿上对着小煤油灯发愣呢。

他说什么呢？

他能强奸她吗？不能。这不是在前线上；现在他很清醒。他木在那里。

把实话告诉她？他头上出了汗。

可是他始终想不起磨回头 [3] 就走，她到底"也"是他的，那一百二十块钱有他的一半。

他坐下了。

她以为他是木瓜的朋友，说了句："他还没回来呢。"

她一出声，他立刻觉出她应该是他的。她不甚好看，可是到底是个女的。他有点恨马大哥。像马大哥那样的朋友，军营里有的是；女的，妻，这是头一回。他不能退让。他知道他比马大哥长得漂亮，比马大哥会说话。成家立业应该是他的事，不是马大哥的。他有心问问她到底爱谁，不好意思出口，他就那么坐着，没话可说。

坐得工夫很大了，她起了疑。

他越看她，越舍不得走。甚至于有时候想过去硬搂她一下；打破了羞脸，大概就容易办了。可是他坐着没动。

不，不要她，她已经是破货。还是得走。不，不能走；不能把便宜全让给马得胜；马得胜已经占了不小的便宜！

她看他老坐着不动，而且一个劲儿的看着她，她不由的脸上红了。他确是比那个木瓜好看，体面，而且相当的规矩。同时，她也有点怕他，或者因为他好看。

她的脸红了。他凑过来。他不能再思想，不能再管束自己。他的眼中冒了火。她是女的，女的，女的，没工夫想别的了。他把事情全放在一边，只剩下男与女；男与女，不管什么夫与妻，不管什么朋友与朋友。没有将来，只有现在，现在他要施展出男子的威势。她的脸红得可爱！

她往炕里边退，脸白了。她对于木瓜，完全听其自然，因为婚事本是为解决自己的三顿饭与爸爸的一口棺材；木瓜也好，铁梨也好，她没有自由。可是她没预备下更进一步的随遇而安。这个男的确是比木瓜顺眼，但是她已经变成木瓜太太！

见她一躲，他痛快了。她设若坐着不动，他似乎没法儿进攻。她动了，他好像抓着了点儿什么，好像她有些该被人追击的错处。当军队乘胜追迫的时候，谁也不拿前面溃败着的兵当作人看，孙占元又尝着了这个滋味。她已不是任何人，也不和任何人有什么关系。她是使人心里痒痒的一个东西，追！他也张开了口，这是个习惯，跑步的时候得喊一二三——四，追敌人得不干不净的卷着。一进攻，嘴自自然然的张开了："不用躲，我也是——"说到这儿，他忽然的站定了，好像得了什么暴病，眼看着棚。

他后悔了。为什么事前不计议一下呢！？比如说，事前计议好：马大哥缠她一天，到晚间九点来钟吹了灯，假装出去撒尿，乘机把我换进来，何必费这些事，为这些难呢？马大哥大概不会没想到这一层，哼，想到了可是不明告诉我，故意来叫我碰钉子。她既是成了马大嫂，难道还能承认她是马大嫂外兼孙大嫂？

她乘他这么发愣的当儿，又凑到炕沿，想抽冷子跑出去。可是她没法能脱身而不碰他一下。她既不敢碰他，又不敢老那么不动。她正想主意，他忽然又醒过来，好像是。

"不用怕，我走。"他笑了。"你是我们俩娶的，我上了当。我走。"

她万也没想到这个。他真走了。她怎么办呢？他不会就这么完了，木瓜也当然不肯撒手。假如他们俩全来了呢？去和父亲要主意，他病病歪歪的还能有主意？找李先生去，有什么凭据？她愣一会子，又在屋里转几个小圈。离开这间小屋，上哪里去？在这儿，他们俩要一同回来呢？转了几个圈，又在炕沿上愣着。

约摸着有十点多钟了，院中住的卖柿子的已经回来了。

她更怕起来，他们不来便罢，要是来必定是一对儿！

她想出来：他们谁也不能退让，谁也不能因此拼命。他们必会说好了。和和气气的，一齐来打破了羞脸，然后……

她想到这里，顾不得拿点什么，站起就往外走，找爸爸去。她刚推开门，门口立着一对，一个头像木瓜，一个肥头大耳朵的，都露着白牙向她笑，笑出很大的酒味。

注释

1. 窑姐：妓女。
2. 递嘻和：装和气，讨好于人。
3. 磨回头：转过头来，也作抹回头。

导读

《茶馆》的第二幕中两个逃兵老林和老陈，向人贩子刘麻子提出兄弟俩要合娶一个老婆，两个人对此事的态度很坚决："当了十几年兵，连半个媳妇都娶不上！他妈的！"然而，由于刘麻子被抓走而无果而终。虽然这两个逃兵在戏剧中话语不多，但是却深刻反映出军阀混战带来的荒唐世态。《茶馆》中的两个逃兵合娶一个老婆的情节，其实正是老舍 1934 年创作的小说《也是三角》的主题。

逃兵马得胜和孙占元卖了枪和抢来的镯子、手表，发了一笔财。他们首先想到的并不是拿这笔钱回乡种田，或者去作点生意，而是马上享受生活，租房子、做衣服、满城闲逛，似乎在补偿自己因当兵损失的闲适生活。等钱花到只剩一半的时候，两个逃兵开始忧虑未来，他们同时想到了要成家，"为人要没成过家，总是一辈子的大缺点"，这是中国人的传统观念，他们俩也不例外。然而，他们的钱财并不足以娶妻，或者说买两个女人回来，只能满足一个人成家，而另外一个依然打光棍。钱是两个人"搞"来的，当然不能完全由某一方来单独享用。排除了这种可能之后，办法就剩下一个，那就是两个人合娶一个老婆。这种做法不仅考验着兄弟俩的情面，也考验着社会舆论的承受能力。因为衣服袜子可以不分彼此，酒肉饭菜可以不分彼此，但是媳妇却不能共用，这是人之所以为人的伦理根本，"逛窑子还不能哥儿俩挑一个'人儿'呢，何况是娶老婆？"看着钱袋一天一天地瘪下去，两个逃兵也只好谋划着突破这个底线了。

他们虽然当过兵打过仗，见过人头落地，但是在这个问题上，二人都觉得过于离谱，而羞于开口。"哪怕是合伙娶一个呢。不行，不能这么想。可是全都这么想了，而且想到一些更不好意思想的光景。虽然不好意思，但也有趣。虽然有趣，究竟是不好意思"。越是开不了口，就越想娶个女人回来，给自己洗衣做饭，生儿育女，死后与自己埋在一起。对某种东西的渴望如果受到压抑，就会变得更加渴望。马得胜和孙占元完全沉浸在对家庭的美好幻想中，两个人都有点食不甘味了。还多亏了那位能说会道、善于说媒拉纤的李永和了，他的介入使兄弟俩难于启齿的事情变得容易多了，而且一经说破之后，两个逃兵"原来并不过火的难堪，反倒觉得弟兄的交情更厚了"。于是，两人合娶一个老婆的事情就正式进入实质阶段，成家的渴望使他们再也无所顾忌了。社会的普遍贫穷也使两人合娶一妻有了可能，病危的车夫林四虽然有天大的不情愿把女儿卖掉，但是更不想女儿活活饿死，所以忍痛将女儿"嫁"了出去。李永和名义上是保媒拉纤，但干的却是人贩子的勾当，与《茶馆》中的刘麻子无实质差异。他从这笔买卖中赚了七十块钱，吸血鬼不过如此。

林姑娘变成了可供买卖交换的货物，没有任何的自主性可言，她并不觉得有什么羞耻，因为自己的命运早已经被注定了，这又是一个被侮辱的与被损害的女性。虽然她看不出面前有什么光明，但是她并不知道等待自己的是超出想象的悲惨境遇。马得胜度过新婚之夜后，感受到了女人的可爱与家庭的温暖，想独占这个女人，这个想法与兄弟信义在心里反复纠缠着。孙占元在面对林姑娘时，很自然地想到了伦理，"她应当是马大嫂"，所以"不能进去"。但是在女人的诱惑与欲望面前，他没有止步不前，而是要履行"丈夫"的权利。我们看到，在两个逃兵身上还多少残留点所谓人性之善，还能够本能地想到伦理禁忌。然而，最终他们还是兽性爆发，两个人同时出现了在林姑娘的门口。

老舍并不是为了批判两个逃兵而写他们的荒唐，作者的矛头是指向整个社会的，军阀混战、民不聊生的旧中国每天都在上演一幕幕荒唐的闹剧。

牺　牲

　　言语是奇怪的东西。拿差别说，几乎每一个人都有些特殊的词汇。只有某人才用某几个字，用法完全是他自己的；除非你明白这整个的人，你决不能了解这几个字。你一辈子也未必明白得了几个人，对言语乘早不用抱多大的希望；一个语言学家不见得都能明白他太太的话，要不然语言学家怎会有时候被太太罚跪在床前呢。

　　我认识毛先生还是三年前的事。我们俩初次见面的光景，我还记得很清楚，因为我不懂他的话，所以十分注意地听他自己解释，因而附带地也记住了当时的情形。我不懂他的话，可不是因为他不会说国语。他的国语就是经国语推行委员会考试也得公公道道的给八十分。我听得很清楚。但是不明白，假如他用他自己的话写一篇小说，极精美的印出来，我一定是不明白，除非每句都有他自己的注解。

　　那正是个晴美的秋天，树叶刚有些黄的；蝴蝶们还和不少的秋花游戏着。这是那种特别的天气：在屋里吧，作不下工去，外边好像有点什么向你招手；出来吧，也并没什么一定可作的事；使人觉得工作可惜，不工作也可惜。我就正这么进退两难，看看窗外的天光，我想飞到那蓝色的空中去；继而一想，飞到那里又干什么呢？立起来，又坐下，好多次了，正像外边的小蝴蝶那样飞起去又落下来。秋光把人与蝶都支使得不知怎样好了。

　　最后，我决定出去看个朋友，仿佛看朋友到底像回事，而可以原谅自己似的。来到街上，我还没有决定去找哪个朋友。天气给了我个建议。这样晴爽的天，当然是到空旷地方去，我便想到光惠大学去找老梅，因为大学既在城外，又有很大的校园。

　　从楼下我就知道老梅是在屋里呢：他屋子的窗户都开着，窗台上还晒着两条雪白的手巾。我喊了他一声，他登时探出头来，头发在阳光下闪出个白圈儿似的。他招呼我上去，我便连蹦带跳地上了楼。不仅是他的屋子，楼上各处的门与窗都开着呢，一块块的阳光印在地板上，使人觉得非常的痛快。老梅在门口迎接我。他趿拉着鞋片，穿着短衣，看着很自在；我想他大概是没有功课。

"好天气?！"我们俩不约而同的问出来，同时也都带出赞美的意思。

屋里敢情还另有一位人呢，我不认识。

老梅的手在我与那位的中间一拉线，我们立刻郑重地带出笑容，而后彼此点头，牙都露出点来，预备问"贵姓"。可是老梅都替我们说了："——君；毛博士。"我们又彼此嗞了嗞牙。我坐在老梅的床上；毛博士背着窗，斜向屋门立着；老梅反倒坐在把椅子上；不是他们俩很熟，就是老梅不大敬重这位博士，我想。

一边和老梅闲扯，我一边端详这位博士。这个人有点特别。他"全份武装"地穿着洋服，该怎样的就全怎样，例如手绢是在胸袋里掖着，领带上别着个针，表链在背心的下部横着，皮鞋尖擦得很亮等等。可是衣裳至少也像穿过三年的，鞋底厚得不很自然，显然是曾经换过掌儿。他不是"穿"洋服呢，倒好像是为谁许下了愿，发誓洋装三年似的；手绢必放在这儿，领带的针必别在那儿，都是一种责任，一种宗教上的条律。他不使人觉到穿西服的洋味儿，而令人联想到孝子扶杖披麻的那股勉强劲儿。

他的脸斜对着屋门，原来门旁的墙上有一面不小的镜子，他是照镜子玩呢。他的脸是两头翘，中间洼，像个元宝筐儿，鼻子好像是睡摇篮呢。眼睛因地势的关系——在元宝翘的溜坡上——也显着很深，像两个小圆槽，槽底上有点黑水；下巴往起翘着，因而下齿特别的向外，仿佛老和上齿顶得你出不来我进不去的。

他的身量不高，身上不算胖，也说不上瘦，恰好支得起那身责任洋服，可又不怎么带劲。脖子上安着那个元宝脑袋，脑袋上很负责地长着一大堆黑头发，过度负责地梳得光滑。

他照着镜子，照得有来有去的，似乎很能欣赏他自己的美好。可是我看他特别。他是背着阳光，所以脸的中部有点黑暗，因为那块十分的低洼。一看这点洼而暗的地方，我就赶紧向窗外看看，生怕是忽然阴了天。这位博士把那么晴好的天气都带累得使人怀疑它了。这个人别扭。

他似乎没心听我们俩说什么，同时他又舍不得走开；非常地无聊，因为无聊所以特别注意他自己。他让我想到：这个人的穿洋服与生活着都是一种责任。

我不记得我们是正说什么呢，他忽然转过脸来，低洼的眼睛闭上了一小会儿，仿佛向心里找点什么。及至眼又睁开，他的嘴刚要笑就又改变了计划，改为微声叹了口气，大概是表示他并没在心中找到什么。他的心里也许完全是空的。

"怎样，博士？"老梅的口气带出来他确是对博士有点不敬重。

博士似乎没感觉到这个。利用叹气的方便，他吹了一口："噗！"仿佛天气很热似的。"牺牲太大了！"他说，把身子放在把椅子上，脚伸出很远去。

"哈佛的博士，受这个洋罪，哎？"老梅一定是拿博士开心呢。

"真哪！"博士的语声差不多是颤着，"真哪！一个人不该受这个罪！没有女朋友，没有电影看，"他停了会儿，好像再也想不起他还需要什么——使我当时很纳闷，于是总而言之来了一句："什么也没有！"幸而他的眼是那样洼，不然一定早已落下泪来；他千真万确地是很难过。

"要是在美国？"老梅又帮了一句腔。

"真哪！哪怕是在上海呢：电影是好的，女朋友是多的，"他又止住了。

除了女人和电影，大概他心里没什么了。我想。我试了他一句："毛博士，北方的大戏好啊，倒可以看看。"

他愣了半天才回答出来："听外国朋友说，中国戏野蛮！"

我们都没了话。我有点坐不住了。待了半天，我建议去洗澡；城里新开了一家澡堂，据说设备得很不错。我本是约老梅去，但不能不招呼毛博士一声，他既是在这儿，况且又那么寂寞。

博士摇了摇头："危险哪！"

我又糊涂了；一向在外边洗澡，还没淹死我一回呢。

"女人按摩！澡盆里多么脏！"他似乎很害怕。

明白了：他心中除了美国，只有上海。

"此地与上海不同。"我给他解释了这么些。

"可是中国还有哪里比上海更文明？"他这回居然笑了，笑得很不顺眼——嘴差点碰到脑门，鼻子完全陷进去。

"可是上海又比不了美国？"老梅是有点故意开玩笑。

"真哪！"博士又郑重起来："美国家家有澡盆，美国的旅馆间间房子有澡盆！要洗，哗———放水：凉的热的，随意兑；要换一盆，哗———把陈水放了，从新换一盆，哗———"他一气说完，每个"哗"字都带着些吐沫星，好像他的嘴就是美国的自来水龙头。最后他找补了一小句："中国人脏得很！"

老梅乘博士"哗哗"的工夫，已把袍子、鞋，穿好。

博士先走出去，说了一声，"再见哪"。说得非常地难听，好像心里满蓄着眼泪似的。他是舍不得我们，他真寂寞；可是他又不能上"中国"澡堂去，无论是多么干净！

等到我们下了楼，走到院中，我看见博士在一个楼窗里面望着我们呢。阳光斜射在他的头上，鼻子的影儿给脸上印了一小块黑；他的上身前后地微动，那个小黑块也忽长忽短地动。我们快走到校门了，我回了回头，他还在那儿立着；独自和阳光反抗呢，仿佛是。

在路上，和在澡堂里，老梅有几次要提说毛博士，我都没接碴儿。他对博士有点不敬，我不愿意被他的意见给我对那个人的印象染上什么颜色，虽然毛博士给我的印象并不甚好。我还不大明白他，我只觉得他像个半生不熟的什么东西——他既不是上海的小流氓，也不是在美国长大的：不完全像中国人，也不完全像外国人。他好像是没有根儿。我的观察不见得正确，可是不希望老梅来帮忙；我愿自己看清楚了他。在一方面，我觉得他别扭；在另一方面，我觉得他很有趣——不是值得交往，是"龙生九种，种种各别"的那种有趣。

不久，我就得到了个机会。老梅托我给代课。老梅是这么个人：谁也不知道他怎样布置的，每学期中他总得请上至少两三个礼拜的假。这一回是，据他说，因为他的大侄子被疯狗咬了，非回家几天不可。

老梅把钥匙交给了我，我虽不在他那儿睡，可是在那里休息和预备功课。

过了两天，我觉出来，我并不能在那儿休息和预备功课。只要我一到那儿，毛博士就像毛儿似的飞了来。这个人寂寞。有时候他的眼角还带着点泪，仿佛是正在屋里哭，听见我到了，赶紧跑过来，连泪也没顾得擦。因此，我老给他个笑脸，虽然他不叫我安安顿顿地休息会儿。

虽然是菊花时节了，可是北方的秋晴还不至于使健康的人长吁短叹地悲秋。毛博士可还是那么忧郁。我一看见他，就得望望天色。他仿佛会自己制造一种苦雨凄风的境界，能把屋里的阳光给赶了出去。

几天的工夫，我稍微明白些他的言语了。他有这个好处：他能满不理会别人怎么向他发愣。谁爱发愣谁发愣，他说他的。他不管言语本是要彼此传达心意的；跟他谈话，我得设想着：我是个留声机，他也是个留声机；说就是了，不用管谁明白谁不明白。怪不得老梅拿博士开玩笑呢，谁能和个留声机推心置腹的交朋友呢？

不管他怎样吧，我总想治治他的寂苦；年青青的不该这样。

我自然不敢再提洗澡与听戏。出去走走总该行了。

"怎能一个人走呢？真！"博士又叹了口气。

"一个人怎就不能走呢？"我问。

"你总得享受享受吧？"他反攻了。

"啊！"我敢起誓，我没这么糊涂过。

"一个人去走！"他的眼睛，虽然那么注，冒出些火来。

"我陪着你，那么？"

"你又不是女人，"他叹了口长气。

我这才明白过来。

过了半天，他又找补了一句："中国人太脏，街上也没法去。"

此路不通，我又转了弯。"找朋友吃小馆去，打网球去；或是独自看点小说，练练字……"我把销磨光阴的办法提出一大堆；有他那套责任洋服在面前，我不敢提那些更有意义的事儿。

他的回答倒还一致，一句话抄百宗：没有女人，什么也不能干。

"那么，找女人去好啦！"我看准阵式，总攻击了。"那不是什么难事。"

"可是牺牲又太大了！"他又放了糊涂炮。

"嗯？"也好，我倒有机会练习眨巴眼了；他算把我引入了迷魂阵。

"你得给她买东西吧？你得请她看电影，吃饭吧？"他好像是审我呢。

我心里说："我管你呢！"

"当然得买，当然得请。这是美国规矩，必定要这样。可是中国人穷啊；我，哈佛的博士，才一个月拿二百块洋钱——我得要求加薪！——哪里省得出这一笔费用？"他显然是说开了头，我很注意地听。"要是花了这么一笔钱，就顺当地订婚、结婚，也倒好顺，虽然订婚要花许多钱，还能不买俩金戒指么？金价这么贵！结婚要花许多钱，蜜月必须到别处玩去，美国的规矩。家中也得安置一下：钢丝床是必要的，洋澡盆是必要的，沙发是必要的，钢琴是必要的，地毯是必要的。哎，中国地毯还好，连美国人也喜爱它！这得用几多钱？这还是顺当的话，假如你花了许多钱买东西，请看电影，她不要你呢？钱不是空花了？美国常有这种事呀，可是美国人富哇。拿哈佛说，男女的交际，单讲吃冰激凌的钱，中国人也花不起！你看——"

我等了半天，他也没有往下说，大概是把话头忘了；也许是被"中国"气迷糊了。

我对这个人没办法。他只好苦闷他的吧。

在老梅回来以前，我天天听到些美国的规矩，与中国的野蛮。还就是上海好一些，不幸上海还有许多中国人，这就把上海的地位低降了一大些。对于上海，他有点害怕：野鸡、强盗、杀人放火的事，什么危险都有，都是因为有中国人——而不是因为有租界。他眼中的中国人，完全和美国电影中的一样。"你必须用美国的精神作事，必须用美国人的眼光看事呀！"他谈到高兴的时候——还算好，他能因为谈讲美国而偶尔地笑一笑——老这样嘱咐我。什么是美国精神呢？他不能简单地告诉我。他得慢慢地讲述事实，例如家中必须有澡盆，出门必坐汽车，到处有电影园，男人都有女朋友，冬天屋里的温度在七十以上，女人们好看，客厅必有地毯……我把这些事都串在一处，还是不大明白美国精神。

老梅回来了，我觉得有点失望：我很希望能一气明白了毛博士，可是老梅一回来，我不能天天见他了。这也不能怨老梅。本来嘛，咬他的侄子的狗并不是疯的，他还能不回来吗？

把功课教到哪里交待明白了，我约老梅去吃饭。就手儿请上毛博士。我要看看到底他是不能享受"中国"式的交际呢，还是他舍不得钱。

他不去。可是善意地辞谢："我们年青的人应当省点钱，何必出去吃饭呢，我们将来必须有个小家庭，像美国那样的。钢丝床、澡盆、电炉，"说到这儿，他似乎看出一个理想的小乐园：一对儿现代的亚当夏娃在电灯下低语。"沙发，两人读着《结婚的爱》，那是真正的快乐，真哪！现在得省着点……"

我没等他说完，扯着他就走。对于不肯花钱，是他有他的计划与目的，假如他的话是可信的；好了，我看看他享受一顿可口的饭不享受。

到了饭馆，我才明白了，他真不能享受！他不点菜，他不懂中国菜。"美国也有很多中国饭铺，真哪。可是，中国菜到底是不卫生的。上海好，吃西餐是方便的。约上女朋友吃吃西餐，倒那个！"

我真有心告诉他，把他的姓改为"毛尔"或"毛利司"，岂不很那个？可是没好意思。我和老梅要了菜。

菜来了，毛博士吃得确不带劲。他的洼脸上好像要滴下水来，时时的向着桌上发愣。老梅又开玩笑了：

"要是有两三个女朋友，博士？"

博士忽然地醒过来："一男一女；人多了是不行的。真哪。在自己的小家庭里，两个人炖一只鸡吃吃，真惬意！"

"也永远不请客？"老梅是能板着脸装傻的。

"美国人不像中国人这样乱交朋友，中国人太好交朋友了，太不懂爱惜时间，不行的！"毛博士指着脸子教训老梅。

我和老梅都没挂气；这位博士确是真诚，他真不喜欢中国人的一切——除了地毯。他生在中国，最大的牺牲，可是没法儿改善。他只能厌恶中国人，而想用全力组织个美国式的小家庭，给生命与中国增点光。自然，我不能相信美国精神就像是他所形容的那样，但是他所看见的那些，他都虔诚地信奉，澡盆和沙发是他的神。我也想到，设若他在美国就像他在中国这样，大概他也是没看见什么。可是他的确看见了美国的电影园，的确看见了中国人不干净，那就没法办了。

因此，我更对他注意了。我决不会治好他的苦闷，也不想分这份神了。我要看清楚他到底是怎回事。

虽然不给老梅代课了，可还不断找他去，因此也常常看到毛博士。有时候老梅不在，我便到毛博士屋里坐坐。

博士的屋里没有多少东西。一张小床，旁边放着一大一小两个铁箱。一张小桌，铺着雪白的桌布，摆着点文具，都是美国货。两把椅子，一张为坐人，一张永远坐着架打字机。另有一张摇椅，放着个为卖给洋人的团龙绣枕。他没事儿便在这张椅上摇，大概是想把光阴摇得无可奈何了，也许能快一点使他达到那个目的。窗台上放着几本洋书。墙上有一面哈佛的班旗，几张在美国照的像片。屋里最带中国味的东西便是毛博士自己，虽然他也许不愿这么承认。

到他屋里去过不是一次了，始终没看见他摆过一盆鲜花，或是贴上一张风景画或照片。有时候他在校园里偷折一朵小花，那只为插在他的洋服上。这个人的理想完全是在创造一个人为的，美国式的，暖洁的小家庭。我可以想到，设若这个理想的小家庭有朝一日实现了，他必定放着窗帘，就是外面的天色变成紫的，或是太阳从西边出来，他也没那么大工夫去看一眼。大概除了他自己与他那点美国精神，宇宙一切并不存在。

在事实上也证明了这个。我们的谈话限于金钱、洋服、女人、结婚、美国电影。有时候我提到政治，社会的情形，文艺，和其他的我偶尔想起或哄动一时的事，他都不接碴儿。不过，设若这些事与美国有关系，他还肯敷衍几句，可是他另有个说法。比如谈到美国政治，他便告诉我一件事实：美国某议员结婚的时候，新夫妇怎样的坐着汽车到某礼拜堂，有多少巡警去维持秩序，因为教堂外观者如山如海！对别的事也是如此，他心目中的政治、美术和无论什么，都是结婚与中产阶级文化的光华方面的附属物。至于中国，中国还有政治、艺术、社会问题等等？他最恨中国电影；中国电影不好，当然其他的一切也不好。对中国电影最不满意的地方便是男女不搂紧了热吻。

几年的哈佛生活，使他得到那点美国精神，这我明白。我不明白的是：难道他不是生在中国？他的家庭不是中国的？他没在中国——在上美国以前——至少活了二十来岁？为什么这样不明白不关心中国呢？

我试探多少次了，他的家中情形如何，求学与作事的经验……哼！他的嘴比石头子儿还结实！这就奇怪了，他永远赶着别人来闲扯，可是他又不肯说自己的事！

和他交往快一年了，我似乎看出点来：这位博士并不像我所想的那么简单。即使他是简单，他的简单必是另一种。他必是有一种什么宗教性的戒律，使他简单而又深密。

他既不放松了嘴，我只好从新估定他的外表了。每逢我问到他个人的事，我留神看他的脸。他不回答我的问题，可是他的脸并没完全闲着。他一定不是个坏人，他的脸出卖了他自己。他的深密没能完全胜过他的简单，可是他必须要深密。或者这就是毛博士之所以为毛博士了；要不然，还有什么活头呢。人必须有点什么抓得住自己的东西。有的人把这点东西永远放在嘴边上，有的人把它永远埋在心里头。办法不同，立意是一个样的。毛博士想把自己拴在自己的心上。他的美国精神与理想的小家庭是挂在嘴边上的，可是在这后面，必是在这"后面"才有真的他。

他的脸，在我试问他的时候，好像特别的洼了。从那最洼的地方发出一点黑晦，慢慢地布满了全脸，像片雾影。他的眼，本来就低深不易看到，此时便更往深处去了，仿佛要完全藏起去。他那些彼此永远挤着的牙轻轻咬那么几下，耳根有点动，似乎是把心中的事严严地关住，唯恐走了一点风。然后，他的眼忽然发出些光，脸上那层黑影渐渐地卷起，都卷入头发里去。"真哪！"他不定说什么呢，与我所问的没有万分之一的关系。他胜利了，过了半天还用眼角撩我几下。

只设想他一生下来便是美国博士，虽然是简捷的办法，但是太不成话。问是问不出来，只好等着吧。反正他不能老在那张椅上摇着玩，而一点别的不干。

光阴会把人事筛出来。果然，我等到一件事。

快到暑假了，我找老梅去。见着老梅，我当然希望也见到那位苦闷的象征。可是博士并没露面。

我向外边一歪头，"那位呢？"

"一个多星期没露面了。"老梅说。

"怎么了？"

"据别人说，他要辞职，我也知道的不多，"老梅笑了笑，"你晓得，他不和别人谈私事。"

"别人都怎说来？"我确是很热心的打听。

"他们说，他和学校订了三年的合同。"

"你是几年？"

"我们都没合同，学校只给我们一年的聘书。"

"怎么单单他有呢？"

"美国精神，不订合同他不干。"

整像毛博士！

老梅接着说："他们说，他的合同是中英文各一份，虽然学校是中国人办的。博士大概对中国文字不十分信任。他们说，合同订得是三年之内两方面谁也不能辞谁，不得要求加薪，也不准减薪。双方签字，美国精神。可是，干了一年——这不是快到暑假了吗——他要求加薪，不然，他暑假后就不来了。"

"呕，"我的脑子转了个圈。"合同呢？"

"立合同的时候是美国精神，不守合同的时候便是中国精神了。"老梅的嘴往往失于刻薄。

可是他这句话暗示出不少有意思的意思来。老梅也许是顺口地这么一说，可是正说到我的心坎上。"学校呢？"我问。

"据他们说，学校拒绝了他的请求；当然，有合同嘛。"

"他呢？"

"谁知道！他自己的事不对别人讲。就是跟学校有什么交涉，他也永远是写信，他有打字机。"

"学校不给他增薪，他能不干了吗？"

"没告诉你吗，没人知道！"老梅似乎有点看不起我。"他不干，是他自己失了信用；可是我准知道，学校也不会拿着合同跟他打官司，谁有工夫闹闲气。"

"你也不知道他要求增薪的理由？呕，我是糊涂虫！"我自动地撤销这一句，可是又从另一方面提出一句来，"似乎应当有人去劝劝他！"

"你去吧；没我！"老梅又笑了。"请他吃饭，不吃；喝酒，不喝；问他什么，不说；他要说的，别人听着没味儿；这么个人，谁有法儿像个朋友似的去劝告呢？"

"你可也不能说，这位先生不是很有趣的？"

"那要凭怎么看了。病理学家看疯人都很有趣。"

老梅的语气不对，我听着。想了想，我问他："老梅，博士得罪了你吧？我知道你一向对他不敬，可是——"

他笑了。"耳朵还不离，有你的！近来真有点讨厌他了。一天到晚，女人女人女人，谁那么爱听！"

"这还不是真正的原因，"我又给了他一句。我深知道老梅的为人：他不轻易佩服谁；可是谁要是真得罪了他，他也不轻易的对别人讲论。原先他对博士不敬，并无多少含意，所以倒肯随便的谈论；此刻，博士必是真得罪了他，他所以不愿说了。不过，经我这么一问，他也没了办法。

"告诉你吧，"他很勉强地一笑，"有一天，博士问我，梅先生，你也是教授？我就说了，学校这么请的我，我也没法。可是，他说，你并不是美国的博士？我说，我不是；美国博士值几个子儿一枚？我问他。他没说什么，可是脸完全绿了。这还不要紧，从那天起，他好像死记上了我。他甚至写信质问校长：梅先生没有博士学位，怎么和有博士学位的——而且是美国的——挣一样多的薪水呢？我不晓得他从哪里探问出我的薪金数目。"

"校长也不好，不应当让你看那封信。"

"校长才不那么糊涂；博士把那封信也给了我一封，没签名。他大概是不屑与我为伍。"老梅笑得更不自然了。青年都是自傲的。

"哼，这还许就是他要求加薪的理由呢！"我这么猜。

"不知道。咱们说点别的？"

辞别了老梅，我打算在暑假放学之前至少见博士一面，也许能够打听出点什么来。凑巧，我在街上遇见了他。他走得很急。眉毛拧着，脸洼得像个羹匙。不像是走道呢，他似乎是想把一肚子怨气赶出去。

"哪儿去，博士？"我叫住了他。

"上邮局去，"他说，掏出手绢——不是胸袋掖着的那块——擦了擦汗。

"快暑假了，到哪里去休息？"

"真哪！听说青岛很好玩，像外国。也许去玩玩。不过——"

我准知道他要说什么，所以没等"不过"的下回分解说出来，便又问："暑假后还回来吗？"

"不一定。"或者因为我问得太急，所以他稍微说走了嘴：不一定自然含有不回来的意思。他马上觉到这个，改了口："不一定到青岛去。"假装没听见我所问的。"一定到上海去的。痛快地看几次电影；在北方作事，牺牲太大了，没好电影看！上学校来玩啊，省得寂寞！"话还没说利落，他走开了，一迈步就露出要跑的趋势。

我不晓得他那个"省得寂寞"是指着谁说的。至于他的去留，只好等暑假后再看吧。

刚一考完，博士就走了，可是没把东西都带去。据老梅的猜测：博士必是到别处去谋事，成功呢便用中国精神硬不回来，不管合同上定的是几年。找不到事呢就回来，表现他的美国精神。事实似乎与这个猜测相合：博士支走了三个月的薪水。我们虽不愿往坏处揣度人，可是他的举动确是令人不能完全往好处想。薪水拿到手里究竟是牢靠些，他只信任他自己，因为他常使别人不信任他。

过了暑假，我又去给老梅代课。这回请假的原因，大概连老梅自己也不准知道，他并没告诉我嘛。好在他准有我这么个替工，有原因没有的也没多大关系了。

毛博士回来了。

谁都觉得这么回来是怪不得劲的，除了博士自己。他很高兴。设若他的苦闷使人不表同情，他的笑脸看起来也有点多余。他是打算用笑表示心中的快活，可是那张脸不给他作劲。他一张嘴便像要打哈欠，直到我看清他的眼中没有泪，才醒悟过来；他原来是笑呢。这样的笑，笑不笑没多大关系。他紧这么笑，闹得我有点发毛咕。

"上青岛去了吗？"我招呼他。他正在门口立着。

"没有。青岛没有生命，真哪！"他笑了。

"啊？"

"进来，给你件宝贝看！"

我，傻子似的，跟他进去。

屋里和从前一样，就是床上多了一个蚊帐。他一伸手从蚊帐里拿出个东西，遮在身后："猜！"

我没这个兴趣。

"你说是南方女人，还是北方女人好？"他的手还在背后。

我永远不回答这样的问题。

他看我没意思回答，把手拿到前面来，递给我一张像片。而后肩并肩的挤着我，脸上的笑纹好像真要往我脸上走似的；没说什么；他的嘴也不知是怎么弄的，直唧唧的响。

女人的像片。拿像片断定人的美丑是最容易上当的，我不愿说这个女人长得怎么样。就它能给我看到的，不过是年纪不大，头发烫得很复杂而曲折，小脸，圆下颏，大眼睛。不难看，总而言之。

"定了婚，博士？"我笑着问。

博士笑得眉眼都没了准地方，可是没出声。

我又看了看像片，心中不由得怪难过的。自然，我不能代她断定什么；不过，我倘若是个女子……

"牺牲太大了！"博士好容易才说出话来，"可是值得的，真哪！现在的女人多么精，才二十一岁，什么都懂，仿佛在美国留过学！头一次我们看完电影，她无论怎说也得回家，精呀！第二次看电影，还不许我拉她的手，多么精！电影票都是我打的！最后的一次看电影才准我吻了她一下，真哪！花多少钱也值得，没空花了；我临来，她送我到车站，给我买来的水果！花点钱，值得，她永远是我的；打野鸡不行呀，花多少钱也不行，而且有危险的！从今天起，我要省钱了。"

我插进去一句："你一向花钱还算多吗？"

"哎哟！"元宝底上的眼睛居然努出来了。"怎么不费钱！一个人，吃饭，洗衣服。哪样不花钱！两个人也不过花这么多，饭自己作，衣服自己洗。夫妇必定要互助呀。"

"那么，何必格外省钱呢？"

"钢丝床要的吧？澡盆要的吧？沙发要的吧？钢琴要的吧？结婚要花钱的吧？蜜月要花钱的吧？家庭是家庭哟！"他想了想，"结婚请牧师也得送钱的！"

"干吗请牧师？"

"郑重；美国的体面人都请牧师祝婚，真哪！"他又想了想，"路费！她是上海的；两个人从上海到这里坐二等车！中国是要不得的，三等车没法坐的！你算算一共要几多钱？你算算看！"他的嘴咕弄着，手指也轻轻地掐，显然是算这笔账呢。大概是一时算不清，他皱了皱眉。紧跟着又笑了，"多少钱也得花的！假如你买个五千元的钻石，不是为戴上给人看么？一个南方美人，来到北方，我的，能不光荣些么？真哪，她是上海最美的女子；这还不值得牺牲么？一个人总得牺牲的！"

我始终还是不明白什么是牺牲。

替老梅代了一个多月的课，我的耳朵里整天嗡嗡着上海、结婚、牺牲、光荣、钢丝床……有时候我编讲义都把这些编进去，而得从新改过；他已把我弄糊涂了。我真盼老梅早些回来，让我去清静两天吧。观察人性是有意思的事，不过人要像年糕那样粘，把我的心都粘住，我也有受不了的时候。

老梅还有五六天就回来了。正在这个时候，博士又出了新花样。他好像一篇富于技巧的文章，正在使人要生厌的时候，来几句漂亮的。

他的喜劲过去了。除了上课以外，他总在屋里啪拉啪拉的打字。啪拉过一阵，门开了，溜着墙根，像条小鱼似的，他下楼去送信。照直去，照直回来；在屋里咚咚地走。走着走着，叹一口气，声音很大，仿佛要把楼叹倒了，以便同归于尽似的。叹过气以后，他找我来了，脸上带着点顶惨淡的笑。"噗！"他一进门先吹口气，好像屋中尽是尘土。然后，"你们真美呀，没有伤心的事！"

他的话老有这么种别致的风格，使人没法答碴儿。好在他会自动的给解释："没法子活下去，真哪！哭也没用，光阴是不着急的！恨不能飞到上海去！"

"一天写几封信？"我问了句。

"一百封也是没用的！我已经告诉她，我要自杀了！这样不是生活，不是！"博士连连摇头。

"好在到年假才还不到三个月。"我安慰着他，"不是年假里结婚吗？"

他没有回答，在屋里走着。待了半天："就是明天结婚，今天也是难过的！"

我正在找些话说，他忽然像忘了些什么重要的事，一闪似的便跑出去。刚进到他的屋中，啪拉，啪拉，啪，打字机又响起来。

老梅回来了。我在年假前始终没找他去。在新年后，他给我转来一张喜帖。用英文印的。我很替毛博士高兴，目的达到了，以后总该在生命的别方面努力了。

年假后两三个星期了，我去找老梅。谈了几句便又谈到毛博士。

"博士怎样？"我问，"看见博士太太没有？"

“谁也没看见她；他是除了上课不出来，连开教务会议也不到。”

“咱俩看看去？”

老梅摇了头：“人家不见，同事中有碰过钉子的了。”

这个，引动了我的好奇心。没告诉老梅，我自己要去探险。

毛博士住着五间小平房，院墙是三面矮矮的密松。远远的，我看见院中立着个女的，细条身材，穿着件黑袍，脸朝着阳光。她一动也不动，手直垂着，连蓬松的头发好像都镶在晴冷的空中。我慢慢地走，她始终不动。院门是两株较高的松树，夹着一个绿短棚子。我走到这个小门前了，与她对了脸。她像吓了一跳，看了我一眼，急忙转身进去了。在这极短的时间内，我得了个极清楚的印象：她的脸色青白，两个大眼睛像迷失了的羊的那样悲郁，头发很多很黑，和下边的长黑袍联成一段哀怨。她走得极轻快，好像把一片阳光忽然全留在屋子外边。我没去叫门，慢慢地走回来了。我的心中冷了一下，然后觉得茫然地不自在。到如今我还记得这个黑衣女。

大概多数的男人对于女性是特别显着侠义的。我差不多成了她的义务侦探了。博士是否带她常出去玩玩，譬如看看电影？他的床是否钢丝的？澡盆？沙发？当他跟我闲扯这些的时候，我觉得他毫无男子气。可是由看见她以后，这些无聊的事都在我心中占了重要的地位；自然，这些东西的价值是由她得来的。我钻天觅缝地探听，甚至于贿赂毛家的仆人——他们用着一个女仆。我所探听到的是他们没出去过，没有钢丝床与沙发。他们吃过一回鸡，天天不到九点钟就睡觉……

我似乎明白些毛博士了。凡是他口中说的——除了他真需要个女人——全是他视为做不到的；所以做不到的原因是他爱钱。他梦想要做个美国人；及至来到钱上，他把中国固有的夫为妻纲又搬出来了。他是个自私自利而好摹仿的猴子。设若他没上过美国，他一定不会这么样，他至少在人情上带出点中国气来。他上过美国，觉着他为中国当个国民是非常冤屈的事。他可以依着自己的方便，在所谓的美国精神装饰下，作出一切。结婚，大概只有早睡觉的意思。

我没敢和老梅提说这个，怕他耻笑我；说真的，我实在替那个黑衣女抱不平。可是，我不敢对他说；他的想象是往往不易往厚道里走的。

春假了，由老梅那里我听来许多人的消息：有的上山去玩，有的到别处去逛，我听不到博士夫妇的。学校里那么多人，好像没人注意他们俩——按一般的道理说，新夫妇是最使人注意的。

我决定去看看他们。

校园里的垂柳已经绿得很有个样儿了。丁香花可是才吐出颜色来。教员们，有的没去旅行，差不多都在院中种花呢。到了博士的房子左近，他正在院中站着。他还是全份武装地穿着洋服，虽然是在假期里。阳光不易到的地方，还是他的脸的中部。隔着松墙我招呼了他一声：

"没到别处玩玩去，博士？"

"哪里也没有这里好，"他的眼撩了远处一下。

"美国人不是讲究旅行么？"我一边说一边往门那里凑。

他没回答我。看着我，他直往后退，显出不欢迎我进去的神气。我老着脸，一劲地前进。他退到屋门，我也离那儿不远了。他笑得极不自然了，牙咬了两下，他说了话：

"她病了，改天再招待你呀。"

"好吧。"我也笑了笑。

"改天来——"他没说完下半截便进去了。

我出了门，校园中的春天似乎忽然逃走了。我非常不痛快。

又过了十几天，我给博士一个信儿，请他夫妇吃饭。我算计着他们大概可以来；他不交朋友，她总不会也愿永远囚在家中吧？

到了日期，博士一个人来了。他的眼边很红，像是刚揉了半天的。脸的中部特别显着洼，头上的筋都跳着。

"怎啦，博士？"我好在没请别人，正好和他谈谈。

"妇人，妇人都是坏的！都不懂事！都该杀的！"

"和太太吵了嘴？"我问。

"结婚是一种牺牲，真哪！你待她天好，她不懂，不懂！"博士的泪落下来了。

"到底怎回事？"

博士抽答了半天，才说出三个字来："她跑了！"他把脑门放在手掌上，哭起来。

我没想安慰他。说我幸灾乐祸也可以，我确是很高兴，替她高兴。

待了半天，博士抬起头来，没顾得擦泪，看着我说：

"牺牲太大了！叫我，真！怎样再见人呢？！我是哈佛的博士，我是大学的教授！她一点不给我想想！妇人！"

"她为什么走了呢？"我假装皱上眉。

"不晓得。"博士净了下鼻子。"凡是我以为对的，该办的，我都办了。"

"比如说？"

"储金，保险，下课就来家陪她，早睡觉，多了，多了！是我见到的，我都办了；她不了解，她不欣赏！每逢上课去，我必吻一下，还要怎样呢？你说！"

我没的可说，他自己接了下去。他是真憋急了，在学校里他没一个朋友。"妇女是不明白男人的！定婚，结婚，已经花了多少钱，难道她不晓得？结婚必须男女两方面都要牺牲的。我已经牺牲了那么多，她牺牲了什么？到如今，跑了，跑了！"博士立起来，手插在裤袋里，眉毛拧着："跑了！"

"怎办呢？"我随便问了句。

"没女人我是活不下去的！"他并没看我，眼看着他的领带。"活不了！"

"找她去？"

"当然！她是我的！跑到天边，没我，她是个'黑'人！她是我的，那个小家庭是我的，她必得老跟着我！"他又坐下了，又用手托住脑门。

"假如她和你离婚呢？"

"凭什么呢？难道她不知道我爱她吗？不知道那些钱都是为她花了吗？就没一点良心吗？离婚？我没有过错！"

"那是真的。"我自己知道这是什么意思。

他抬头看了我一眼，气好像消了些，舐了舐嘴唇，叹了口气："真哪，我一见她脸上有些发白，第二天就多给她一个鸡子儿吃！我算尽到了心！"他又不言语了，呆呆的看着皮鞋尖。

"你知道她上哪儿了？"

博士摇了摇头。又坐了会儿，他要走。我留他吃饭，他又摇头："我回去，也许她还回来。我要是她，我一定回来。她大概是要回来的。我回去看看。我永远爱她，不管她待我怎样。"他的泪又要落下来，勉强地笑了笑，抓起帽子就往外走。

　　这时候，我有点可怜他了。从一种意义上说，他的确是个牺牲者——可是不能怨她。

　　过了两天，我找他去，他没拒绝我进去。

　　屋里安设得很简单，除了他原有的那份家具，只添上了两把藤椅，一张长桌，桌上摆着他那几本洋书。这是书房兼客厅；西边有个小门，通到另一间去，挂着个洋花布单帘子。窗上都挡着绿布帘，光线不十分足。地板上铺着一领厚花席子。屋里的气味很像个欧化了的日本家庭，可是没有那些灵巧的小装饰。

　　我坐在藤椅上，他还坐那把摇椅，脸对着花布帘子。

　　我们俩当然没有别的可谈。他先说了话：

　　"我想她会回来，到如今竟自没消息，好狠心！"说着，他忽然一挺身，像是要立起来，可是极失望地又缩下身去。原来这个花布帘被一股风吹得微微一动。

　　这个人已经有点中了病！我心中很难过了。可是，我一想结婚刚三个多月，她就逃走，想必她是真受不住了；想必她也看出来，这个人是无希望改造的。三个月的监狱生活是满可以使人铤而走险的。况且，夫妇的生活，有时候能使人一天也受不住的——由这种生活而起的厌恶比毒药还厉害。我由博士的气色和早睡的习惯已猜到一点，现在我要由他口中证实了。我和他谈一些严肃的话之后便换换方向，谈些不便给多于两个人听的。他也很喜欢谈这个，虽然更使他伤心。他把这种事叫"爱"。他很"爱"她。他还有个理论：

　　"因为我们用脑子，所以我们懂得怎样'爱'，下等人不懂！"

　　我心里说，"要不然她怎么会跑了呢！"

　　他告诉我许多这种经验，可是临完更使他悲伤——没有女人是活不下去的！我去了几次，慢慢地算是明白了他一点：对于女人，他只管"爱"，而结婚与家庭设备的花费是"爱"的代价。这个代价假如轻一点，"博士"会给增补上所欠的分量。"一个美国博士，你晓得，在女人心中是占分量的。"他说，附带着告诉我，"你想要个美的，大学毕业的，年青的，品行端正的女人，先去得个博士，真哪！"

　　他的气色一天不如一天了。对那个花布帘，他越发注意了；说着说着话，他能忽然立起来，走过去，掀一掀它。而后回来，坐下，不言语好大半天。他的脸比绿窗绿得暗一些。

可是他始终没要找她去，虽然嘴里常这么说。我以为即使他怕花了钱而找不到她，也应当走一走，或至少是请几天假。为什么他不躲几天，而照常的上课，虽然是带着眼泪？后来我才明白：他要大家同情他，因为他的说法是这样："嫁给任何人，就属于任何人，况且嫁的是博士？从博士怀中逃走，不要脸，没有人味！"他不能亲自追她去。但是他需要她，他要"爱"。他希望她回来，因为他不能白花了那些钱。这个，尊严与"爱"，牺牲与耻辱，使他进退两难，啼笑皆非，一天不定掀多少次那个花布帘。他甚至于后悔没娶个美国女人了，中国女人是不懂事，不懂美国精神的！

人生在某种文化下，不是被它——文化——管辖死，便是因反抗它而死。在人类的任何文化下，也没有多少自由。毛博士的事是没法解决的。他肩着两种文化的责任，而想把责任变成享受。洋服也得规矩的穿着，只是把脖子箍得怪难受。脖子是他自己的，但洋服是文化呢！

木槿花一开，就快放暑假了。毛博士已经几天没出屋子。据老梅说，博士前几天还上课，可是在课堂上只讲他自己的事，所以学校请他休息几天。

我又去看他，他还穿着洋服在椅子上摇呢，可是脸已不像样儿了，最洼的那一部分已经像陷进去的坑，眼睛不大爱动了，可是他还在那儿坐着。我劝他到医院去，他摇头："她回来，我就好了；她不回来，我有什么法儿呢？"他很坚决，似乎他的命不是自己的。"再说，"他喘了半天气才说出来，"我已经天天喝牛肉汤；不是我要喝，是为等着她；牺牲，她跑了我还得为她牺牲！"

我实在找不到话说了。这个人几乎是可佩服的了。待了半天，他的眼忽然亮了，抓住椅子扶手，直起胸来，耳朵侧着，"听！她回来了！是她！"他要立起来，可是只弄得椅子前后的摇了几下，他起不来。

外边并没有人。他倒了下去，闭上了眼，还喘着说："她——也——许——明天来。她是——我——的！"

暑假中，学校给他家里打了电报，来了人，把他接回去。以后，没有人得到过他的信。有的人说，到现在他还在疯人院里呢。

导读

　　老舍在《铁牛与病鸭》中描述了一个留洋归国的王明远，"他既不闹中国脾气，也不闹外国脾气"，中餐西餐都行，中国电影外国电影皆可。与王明远形成鲜明对照的是《牺牲》中的留美归来的毛博士，是一个典型的既有"中国脾气"，又有"外国脾气"的人。同时，相对于王明远一心为公，想做点有用的事情，毛博士则在追求个人利益的最大化；王明远在甘心牺牲自己，毛博士则抱怨自己在做着牺牲。

　　作者对毛博士半土不洋的描写是从外表开始的。"我"第一次见到毛博士，他全身的西式打扮，都带有刻板的色彩，俨然是在隐喻他对外国东西的教条照搬，所以给人的感觉也只能是不中不西，不土不洋，"他不使人觉到穿西服的洋味儿，而令人联想到孝子扶杖披麻的那股勉强劲儿"。衣着穿戴其实最能直接传达出一个人的价值取向，尤其是在近代中国社会，如何打扮成了表明自己或新潮或老派的最简单方式。所以作家在开篇对毛博士的着装描写，不仅很清晰地给读者以感官印象，而且也为下文的叙述定下了基调。

　　毛博士的行为态度，给"我"一种感觉，就是"这个人别扭"，有一种让人说不出来的不舒服。比如小说描述毛博士自恋式照镜子，作者用了相当幽默的话来调侃，"这位博士把那么晴好的天气都带累得使人怀疑它了"。在他没发声之前，作者已经将他无聊而空虚的状态淋漓尽致地展现出来了，随之而来的言谈更加确证"我"对这位留洋博士的判断。毛博士的空虚无聊主要来于自身，在他看来中国的一切都是不可忍受的，自己很难融入这样"糟糕"的生活。相对于美国电影好看、女朋友多，这里没有电影看，没有女朋友交往；中国的戏剧是野蛮的，中国的浴池是危险的，中国的街道是肮脏的，中国菜是不卫生的。用小说中话来说，"他生在中国，最大的牺牲，可是没法儿改善。他只能厌恶中国人"。在初次接触之后，毛博士给"我"留下了这样的印象，"我只觉得他像个半生不熟的什么东西——他既不是上海的小流氓，也不是在美国长大的：不完全像中国人，也不完全像外国人"。总的来讲，"他好像是没有根儿"。在"我"与毛博士接触时间长了之后，心中充满了疑惑，"我不明白的是：难道他不是生在中国？他的家庭不是中国的？他没在中国——在上美国以前——至少活了二十来岁？为什么这样不明白不关心中国呢？"

　　为了能给"我"与毛博士更多的接触机会，作家设置了老梅习惯性请假，而需要代课这样的情节，于是"我"更进一步了解了他。"你必须用美国的精神作事，必须用美国人的眼光看事呀！"这是毛博士常跟"我"提及的，然而这一价值取向在他看来又是可以变通的。在毛博士与学校签订聘期合同的时候，学校只给了所有教师一年的聘书，这个时候他以"美国精神"来维护自己的权益，聘期必须为三年，而且"三年之内两方面谁也不能辞谁，不得要求加薪，也不准减薪"。但是一旦他知道老梅这样的教授与他拿一样的薪水的时候，他立即变得不平衡了，不顾合同要求学校为之加薪，再也不提"美国精神"了。所以，毛博士的"美国精神"只是他维护自己利益的幌子而已，一旦他觉得利益受损，马上就用"中国精神"来衡量、解决问题了。

　　毛博士搬来的美国人的生活方式，要有女人交往，生活才算有趣味。然而，与女人交往又"牺牲"太大，因为按着美国的规矩，要给女人买礼物，请女人看电影、吃饭等等，而且结婚的时候还得买金戒指，要度蜜月，要买钢丝床、洋澡盆、沙发、钢琴、地毯等等。毛博士急于与女人交往，但是却不愿意有所支出，而且他最恐惧的是钱也花了，东西也送了，到最后弄得人财两空。在欲望与恐惧之间，毛博士只能做无谓的挣扎，他的发泄方式也只能是以臆想中美国的美好来替代现实的无奈。在"我"眼中，他就是"苦闷的象征"。好在毛博士终于找到了可以交往的女人、结婚的对象。虽然他觉得为这个女人花钱值得，但是依然心疼自己的钱财，"牺牲太大了"。他在"我"面前算计着结婚花费的时候，哪里还有点美国绅士的影子，而俨然一个地道的中国式的守财奴。

　　婚后的毛博士不仅自己深居简出，而且拒绝外人来访，使自己的家庭成了一个封闭的堡垒，严禁她与外界接触。"我"第一次见到毛博士的太太，从她的神情上就看出了不正常，"她的脸色青白，两个大眼睛像迷失了的羊的那样悲郁，头发很多很黑，和下边的长黑袍联成一段哀怨"。探听到的消息也证实了"我"的判断，"他们没出去过，没有钢丝床与沙发。他们吃过一回鸡，天天不到九点钟就睡觉……"他自觉自己要以美国方式生活，但是骨子里依然还是中国固有的夫为妻纲、男尊女卑的思想。至此，"我"完全洞悉了毛博士的内心世界，他爱惜的只有自己的钱财，这是个典型的自私自利者。出洋留学不仅没有使他眼界开阔、增长见识，反而使他成了不土不洋的夹生货，他以美国视角看不起中国，又在美国精神的幌子下延续中国人的旧道德。

　　小说的结尾，毛博士消失了，"有的人说，到现在他还在疯人院里呢"。按照毛博士的性格发展逻辑来说，这个既不像中国人也不像美国人的怪胎，最终的去处也只能是疯人院了。

柳屯的

　　要计算我们村里的人们，在头几个手指上你总得数到夏家，不管你对这一家子的感情怎么样。夏家有三百来亩地，这就足以说明了一大些，即使承认我们的村子不算是很小。

　　夏老者在庚子年前就信教。要说他借着信教去横行霸道，真是屈心的话；拿这个去得些小便宜，那倒有之。他的儿子夏廉也信教。

　　他们有三百来亩地，这倒比信教不信教还更要紧：不过，他们父子决不肯抛弃了宗教，正如不肯割舍一两亩地。假如他们光信教而没有这些产业，大概偶尔到乡间巡视的洋牧师决不会特意地记住他们的姓名。事实上他们有三百来亩地，而且信教，这便有了文章。

　　他们的心里颇有个数儿。要说为村里的公益事儿拿个块儿八毛的，夏家父子的钱袋好像天衣似的，没有缝儿。"我们信教，不开发这个。"信教的利益，在这里等着你呢。村里的人没有敢公然说他们父子刻薄的，可也没有人捧场夸奖他们厚道。他们若不跳出圈去欺侮人，人们也就不敢无故地招惹他们，彼此敬而远之。不过，有的时候，人们还非去找夏家父子不可；这可就没的可说了。周瑜打黄盖，愿打愿挨。"知道我们厉害呀，别找上门来！事情是事情！"他们父子虽不这么明说，可确是这么股子劲儿。无论买什么，他们总比别人少花点儿；但是现钱交易，一手递钱，一手交货，他们管这个叫作教友派儿。至于偶尔被人家捉了大头，就是说明了"概不退换"，也得退换；教友派儿在这种关节上更露出些力量。没人敢惹他们，而他们又的确不是刺儿头——从远处看。找上门来挨刺，他们父子实在有些无形的硬翎儿。

　　要是由外表上看，他们离着精明还远得很呢。夏老者身上最出色的是一对罗圈腿。成天拐拉拐拉地出来进去，出来进去，好像失落了点东西，找了六十多年还没有找着。被罗圈腿闹得身量也显着特别的矮，虽然努力挺着胸口也不怎么尊严。头也不大，眉毛比胡子似乎还长，因此那几根胡子老像怪委屈的。红眼边；眼珠不是黄的，也不是黑的，更说不上是蓝的，就那么灰不拉的，瘪瘪着；看人的时候永远拿鼻子尖瞄准儿，小尖下巴颏儿也随着翘起来。夏廉比父亲体面些，个子也高些。长脸，笑的时候仿佛都不愿脸上的肉动一动。眼睛老望着远处，似乎心中永远有点什么问题。他最会发愣。父亲要像个小蒜，儿子就像个愣青辣椒。

我和夏廉小时候同过学。我不知道他们父子的志愿是什么，他们不和别人谈心，嘴能像实心的核桃那么严。可是我晓得他们的产业越来越多。我也晓得，凡是他们要干的，哪怕是经过三年五载，最后必达到目的。在我的记忆中，他们似乎没有失败过。他们会等；一回不行，再等；还不行，再等！坚忍战败了光阴，精明会抓住机会，往好里说，他们确是有可佩服的地方。很有几个人，因为看夏家这样一帆风顺，也信了教；他们以为夏家所信的神必是真灵验。这个想法的对不对是另一问题，夏家父子的成功是事实。

他们父子可并非没遇过困难，也并非不怕遇上困难，但是当患难临头，他们不惜力：父亲拐拉着腿，儿子板死了脸，干！过蝗虫，他们和蝗虫开仗；下腻虫，和腻虫宣战。方法好不好的，先干点什么再说。唱野台戏谢龙王或虫神，他们连一个小钱也不拿："我们信教，不开发这个。"

或者不仅是我一个人有时候这么想：他们父子是不是有朝一日也会失败呢？以我自己说，这不是出于忌妒，我并无意看他们的哈哈笑，这是一种好奇的推测。我总以为人究竟不能胜过一切，谁也得有消化不了的东西。拿人类全体说，我愿意，希望，咱们能战胜一切；就个人说，我不这么希望，也没有这种信仰。拿破仑碰了钉子，也该碰。

在思想上，我相信这个看法是不错的。不错，我是因看见夏家父子而想起这个来，但这并不是对他们的诅咒。

谁知道这竟自像诅咒呢！我不喜欢他们的为人，真的；可也没想他们果然会失败。我并不是看见苍蝇落在胶上，便又可怜它了，不是；他们的失败实在太难堪了，太奇怪了；这件"事"使我的感情与理智分道而驰了。

前五年吧，我离开了家乡一些日子。等到回家的时候，我便听说许多关于——也不大利于——我的老同学的话。把这些话凑在一处，合成这么一句：夏廉在柳屯——离我们那里六里多地的一个小村子——弄了个"人儿"。

这种事要是搁在别人的身上，原来并没什么了不得的。夏廉，不行。第一，他是教友；打算弄人儿就得出教。据我们村里的人看，无论是在白莲教，或什么教，只要一出教就得倒运。自然，夏廉要倒运，正是一些人所希望的，所以大家的耳朵都竖起来，心中也微微有点跳。至于由教会的观点看这件事的合理与否的，也有几位，可是他们的意见并没引起多大的注意——太带洋味儿。

第二，夏廉，夏廉！居然弄人儿！把信教不信教放在一边，单说这个"人"，他会弄人儿，太阳确是可以打西边出来了，也许就是明天早晨！

夏家已有三辈是独传。夏廉有三个女儿，一个儿子。这个儿子活到十岁上就死了。夏嫂身体很弱，不见得再能生养。三辈子独传，到这儿眼看要断根！这个事实是大家知道的，可是大家并不因此而使夏廉舒舒服服地弄人儿，他的人缘正站在"好"的反面儿。

"断根也不能动洋钱"，谁看见那个愣辣椒也得这么想，这自然也是大家所以这样惊异的原因。弄人儿，他？他！

还有呢，他要是讨个小老婆，为是生儿子，大家也不会这么见神见鬼的。他是在柳屯搭上了个娘们。"怪不得他老往远处看呢，柳屯！"大家笑着嘀咕，笑得好像都不愿费力气，只到嗓子那溜儿，把未完的那些意思交给眼睛挤咕出来。

除了夏廉自己明白他自己，别人都不过是瞎猜；他的嘴比蛤蜊还紧。可是比较的，我还算是他的熟人，自幼儿的同学。我不敢说是明白他，不过讲猜测的话，我或者能猜个八九不离十。拿他那点宗教说，大概除了他愿意偶尔有个洋牧师到家里坐一坐，和洋牧师喜欢教会里有几家基本教友，别无作用。他当义和拳或教友恐怕没有多少分别。神有一位还是有十位，对于他，完全没关系。牧师讲道他便听着，听完博爱他并不少占便宜。可是他愿作教友。他没有朋友，所以要有个地方去——教会正是个好地方。"你们不理我呀，我还不爱交接你们呢；我自有地方去，我是教友！"这好像明明地在他那长脸上写着呢。

他不能公然地娶小老婆，他不愿出教。可是没儿子又是了不得的事。他想偷偷地解决了这个问题。搭上个娘们，等到有了儿子再说。夏老者当然不反对，祖父盼孙子自有比父亲盼儿子还盼得厉害的。教会呢，洋牧师不时常来，而本村的牧师还不就是那么一回事。反正没晴天大日头地用敞车往家里拉人，就不算是有意犯教规，大家闭闭眼，事情还有过不去的？

至于图省钱，那倒未必。搭人儿不见得比娶小省钱。为得儿子，他这一回总算下了决心，不能不咬咬牙。"教友"虽不是官衔，却自有作用，而儿子又是心不可少的，闭了眼啦，花点钱！

这是我的猜测，未免有点刻薄，我知道；但是不见得比别人的更刻薄。至于正确的程度，我相信我的是最优等。

在家没住了几天，我又到外边去了两个月。到年底下我回家来过年，夏家的事已发展到相当的地步：夏廉已经自动地脱离教会，那个柳屯的人儿已接到家里来。我真没想到这事儿会来得这么快。但是我无须打听，便能猜着：村里人的嘴要是都咬住一个地方，不过三天就能把长城咬塌了一大块。柳屯那位娘们一定是被大家给咬出来了，好像猎狗掘兔子窝似的，非扒到底儿不拉倒。他们的死咬一口，教会便不肯再装聋卖傻，于是……这个，我猜对了。

可是，我还有不知道的。我遇见了夏老者。他的红眼边底下有些笑纹，这是不多见的。那几根怪委屈的胡子直微微地动，似乎是要和我谈一谈。我明白了：村里人们的嘴现在都咬着夏家，连夏老头子也有点撑不住了；他也想为自己辩护几句。我是刚由外边回来的，好像是个第三者，他止好和我诉诉委屈。好吧，蛤蜊张了嘴，不容易的事，我不便错过这个机会。

他的话是一派的夸奖那个娘们，他很巧妙的管她叫作"柳屯的"。这个老家伙有两下子，我心里说。他不为这件"事"辩护，而替她在村子里开道儿。村儿里的事一向是这样：有几个人向左看，哪怕是原来大家都脸朝右呢，便慢慢地能把大家都引到左边来。她既是来了，就得设法叫她算个数；这老头子给她砸地基呢。"柳屯的"不卑不亢的简直的有些诗味！

"太好了，'柳屯的'，"他的红眼边忙着眨巴，"比大嫂强多了，真泼辣！能洗能作，见了人那份和气，公是公，婆是婆！多费一口子的粮食，可是咱们白用一个人呢！大嫂老有病，横草不动，竖草不拿；'柳屯的'什么都拿得起来！所以我就对廉儿说了，"老头子抬着下巴颏看准了我的眼睛，我知道他是要给儿子掩饰了，"我就说了，廉儿呀，把她接来吧，咱们'要'这么一把手！"说完，他向我眨巴眼，红眼边一劲的动，看看好像是孙猴子的父亲。他是等着我的意见呢。

"那就很好。"我只说了这么一句四面不靠边的。

"实在是神的意思！"他点头赞叹着。"你得来看看她；看见她，你就明白了。"

"好吧，大叔，明儿个去给你老拜年。"真的我想看看这位柳屯的贤妇。

第二天我到夏家去拜年，看见了"柳屯的"。

她有多大岁数，我说不清，也许三十，也许三十五，也许四十。大概说她在四十五以下准保没错。我心里笑开了，好个"人儿"！高高的身量，长长的脸，脸上擦了一斤来的白粉，可是并不见得十分白；鬓角和眉毛都用墨刷得非常整齐：好像新砌的墙，白的地方还没全干，可是黑的地方真黑真齐。眼睛向外努着，故意的慢慢眨巴眼皮，恐怕碰了眼珠似的。头上不少的黄发，也用墨刷过，可是刷得不十分成功；戴着朵红石榴花。一身新蓝洋缎棉袄棉裤，腋下搭拉着一块粉红洋纱手绢。大红新鞋，至多也不过一尺来的长。

我简直的没话可说，心里头一劲儿地要笑，又有点堵得慌。

"柳屯的"倒有的说。她好像也和我同过学，有模有样地问我这个那个的。从她的话里我看出来，她对于我家和村里的事知道得很透彻。她的眼皮慢慢那么向我眨巴了几下，似乎已连我每天吃几个馍馍都看了去！她的嘴可是甜甘，一边张罗客人的茶水，一边儿说；一边儿说着，一边儿用眼角扫着家里的人；该叫什么的便先叫出来，而后说话，叫得都那么怪震心的。夏老者的红眼边上有点湿润，夏老太太——一个瘪嘴弯腰的小老太太——的眼睛随着"柳屯的"转；一声爸爸一声妈，大概给二位老者已叫迷糊了。夏廉没在家。我想看看夏大嫂去，因为听说她还病着。夏家二位老人似乎没什么表示，可是眼睛都瞧着"柳屯的"，像是跟她要主意；大概他们已承认：交际来往，规矩礼行这些事，他们没有"柳屯的"那样在行，所以得问她。她忙着就去开门，往西屋里让。陪着我走到窗前。便交待了声："有人来了。"然后向我一笑，"屋里坐，我去看看水。"我独自进了西屋。

夏大嫂是全家里最老实的人。她在炕上围着被子坐着呢。见了我，她似乎非常地喜欢。可是脸上还没笑利落，泪就落下来了："牛儿叔！牛儿叔！"她叫了我两声。我们村里彼此称呼总是带着乳名的，孙子呼祖父也得挂上小名。她像是有许多的话，可是又不肯说，抹了抹泪，向窗外看了看，然后向屋外指了一下。我明白她的意思。

我问她的病状，她叹了口气："活不长了；死了也不能放心！"那个娘们实在是夏嫂心里的一块病，我看出来。即使我承认夏嫂是免不掉忌妒，我也不能说她的忧虑是完全为自己，她是个最老实的人。我和她似乎都看出来点危险来，那个娘们！

由西屋出来，我遇上了"她"，在上房的檐下站着呢。很亲热地赶过来，让我再坐一坐，我笑了笑，没回答出什么来。我知道这一笑使我和她结下仇。这个娘们眼里有活，她看清这一笑的意思，况且我是刚从西屋出来。出了大门，我吐了口气，舒畅了许多；在她的面前，我也不怎么觉着别扭。我曾经作过一个恶梦，梦见一个母老虎，脸上擦着铅粉。这个"柳屯的"又勾起这个恶梦所给的不快之感。我讨厌这个娘们，虽然我对她并没有丝毫地位的道德的成见。只是讨厌她，那一对努出的眼睛！

年节过去，我又离开了故乡，到次年的灯节回来。

似乎由我一进村口，我就听到一种喽喽喳喳的声音；在这声音当中包着的是"柳屯的"。我一进家门，大家急于报告的也是她。

在我定了定神之后，我记得已听见他们说：夏老头子的胡子已剩下很少，被"柳屯的"给扯去了多一半。夏老太太常给这个老婆跪着。夏大嫂已经分出去另过。夏廉的牙齿都被嘴巴扇了去……我怀疑我莫不是作梦呢！不是梦，因为我歇息了一会儿以后，他们继续地告诉我："柳屯的"把夏家完全拿下去了。他们你一言我一语地争着说，我相信这是真事，可是记不清他们说的都是什么了。

我一向不大信《醒世姻缘》中的故事；这个更离奇。我得亲眼去看看！眼见为真，不然我不能信这些话。

第二天，村里唱戏，早九点就开锣。我也随着家里的人去看热闹；其实我的眼睛专在找"她"。到了戏台的附近，台上已打了头通。台下的人已不少，除了本村的还有不少由外村来的。因为地势与户口的关系，戏班老是先在我们这里驻脚。二通锣鼓又响了，我一眼看见了"她"。她还是穿着新年的漂亮衣服，脸上可没有擦粉——不像一小块新砌的墙了，可是颇似一大扇棒子面的饼子。乡下的戏台搭得并不矮，她抓住了台沿，只一悠便上去了。上了台，她一直扑过文场去，"打住！"她喝了一声。锣鼓立刻停了。我以为她是要票一出什么呢。《送亲演礼》，或是《探亲家》，她演，准保合适，据我想。不是，我没猜对，她转过身来，两步就走到台边，向台下的人一挥手。她的眼努得像一对小灯笼。说也奇怪，台下大众立刻鸦雀无声了。我的心凉了：在我离开家乡这一年的工夫，她已把全村治服了。她用的是什么方法，我还没去调查，但大家都不敢惹她确是真的。

"老街坊们！"她的眼珠努得特别的厉害，台根底下立着的小孩们，被她吓哭了两三个。"老街坊们！我娘们先给你们学学夏老王八的样儿！"她的腿圈起来，眼睛拿鼻尖作准星，向上半仰着脸，在台上拐拉了两个圈。台下有人哈哈地笑起来。

走完了场，她又在台边站定，眼睛整扫了一圈，开始骂夏老王八。她的话，我没法记录下来，我脑中记得的那些字绝对不够用的。她足足骂了三刻钟，一句跟着一句，流畅而又雄厚。设若不是她的嗓子有点不跟劲，大概骂个两三点钟是可以保险的。可奇的是大家听着！

她下了台，戏就开了，观众们高高兴兴地看戏，好像刚才那一幕，也是在程序之中的。我的脑子里转开了圈，这是啥事儿呢？本来不想听戏，我就离开戏台，到"地"里去溜达。

走出不远，迎面松儿大爷撅撅着胡子走来了。

"听戏去，松儿大爷？新喜，多多发财！"我作了个揖。

"多多发财！"老头子打量了我一番。"听戏去？这个年头的戏！"

"听不听不吃劲[1]！"我迎合着说。老人都有这宗脾气，什么也是老年间的好；其实松儿大爷站在台底下，未必不听得把饭也忘了吃。

"看怎么不吃劲了！"老头儿点头咂嘴的说。

"松儿大爷，咱们爷儿俩找地方聊聊去，不比听戏强？城里头买来的烟卷！"我掏出盒"美丽"来，给了老头子一支，松儿大爷是村里的圣人，我这盒烟卷值金子，假如我想打听点有价值的消息；夏家的事，这会儿在我心中确是有些价值。怎会全村里就没有敢惹她的呢？这像块石头压着我的心。

把烟点着，松儿大爷带着响吸了两口，然后翻着眼想了想："走吧，家里去！我有二百一包的，闷得酽酽的，咱们扯它半天，也不赖！"

随着松儿大爷到了家。除了松儿大娘，别人都听戏去了。给他们拜完了年，我就手也把大娘给撺出去："大娘，听戏去，我们看家！"她把茶——真是二百一包的——给我们沏好，瘪着嘴听戏去了。

等松儿大爷审过了我——我挣多少钱，国家大事如何，……我开始审他。

"松儿大爷，夏家的那个娘们是怎回事？"

老头子头上的筋跳起来，仿佛有谁猛孤丁地揍了他的嘴巴。"臭狗屎！提她？"啪的往地上唾了一口。

"可是没人敢惹她！"我用着激将法。

"新鞋不踩臭狗屎！"

我看出来村里有一部分人是不屑于理她，或者是因为不屑援助夏家父子。不踩臭狗屎的另一方面便是由着她的性子，所以我把"就没人敢出来管教管教她？"咽了回去，换上"大概也有人以为她怪香的？"

"那还用说！一斗小米，一尺布，谁不向着她；夏家爷儿俩一辈子连个屁也不放在街上！"

这又对了，一部分人已经降了她。她肯用一斗小米二尺布收买人，而夏家父子舍不得个屁。

"教会呢？"

"他爷们栽了，挂洋味的全不理他们了！"

他们父子的地位完了，这里大概含着这么点意思，我想：有的人或者甯[2]白答理她，也不同情于他们；她是他们父子的惩罚；洋神仙保佑他们父子发了财，现在中国神仙借着她给弄个底儿掉！也许有人还相信她会呼风唤雨呢！

"夏家现在怎样了呢？"我问。

"怎么样？"松儿大爷一气灌完一大碗浓茶，用手背擦了擦胡子，"怎么样？我给他们算定了，出不去三四年，全完！咱这可不是血口喷人，盼着人家倒霉，大年灯节的！你看，夏大嫂分出去了，这是半年前的事了。那时候，柳屯这个娘们一天到晚挑唆：啊，没病装病，死吃一口，谁受得了？三个丫头，哪个不是赔钱货！夏老头子的心活了，给了大嫂三十亩地，让她带着三个女儿去住西小院那三间小南屋。由那天起，夏廉没到西院去过一次。他的大女儿是九月出的门子，他们全都过去吃了三天，可是一个铜子儿没给大嫂。夏廉和他那个爸爸觉得这是个便宜——白吃儿媳妇三天！"

"大嫂的娘家自然帮助些了？"我问。

"那是自然；可有一层，他们都擦着黑儿来，不敢叫柳屯的娘们看见。她在西墙那边老预备着个梯子，一天不定往西院了望多少回。没关系的人去看夏大嫂，墙头上有整车的村话打下来；有点关系的人，那更好了，那个娘们拿刀在门口堵着！"松儿大爷又唾了一口。

"没人敢惹她？"

松儿大爷摇了摇头。"夏大嫂是蛤蟆垫桌腿，死挨！"

"她死了，那个娘们好成为夏大嫂？"

"还用等她死了？现在谁敢不叫那个娘们'大嫂'呢？'二嫂'都不行！"

"松儿大爷你自己呢？"按说，我不应当这么挤兑这个老头子！

"我？"老头子似乎挂了劲，可是事实又叫他泄了气，"我不理她！"又似乎太泄气，所以补上，"多嗜她找到我的头上来，叫她试试，她也得敢！我要跟夏老头子换换地方，你看她敢扯我的胡子不敢！夏老头子是自找不自在。她给他们出坏道儿，怎么占点便宜，他们听她的；这就完了。既听了她的，她就是老爷了！你听着，还有呢：她和他们不是把夏大嫂收拾了吗？不到一个月，临到夏老两口子了，她把他们也赶出去了。老两口子分了五十亩地，去住场院外那两间牛棚。夏老头子可真急了，背起捎马子就要进城，告状去。他还没走出村儿去，她追了上来，一把扯回他来，左右开弓就是几个嘴巴子，跟着便把胡子扯下半边，临完给他下身两脚。夏老头子半个月没下地。现在，她住着上房，产业归她拿着，看吧！"

"她还能谋害夏廉？"我插进一句去。

"那，谁敢说怎样呢！反正有朝一日，夏家会连块土坯也落不下，不是都被她拿了去，就是因为她而闹丢了。不知道别的，我知道这家子要玩完！没见过这样的事，我快七十岁的人了！"

我们俩都半天没言语。后来还是我说了："松儿大爷，他们老公母俩和夏大嫂不会联合起来跟她干吗？"

"那不就好了吗，我的傻大哥！"松儿大爷的眼睛挤出点不得已的笑意来。"那个老头子混蛋哪。她一面欺侮他，一面又教给他去欺侮夏大嫂。他不敢惹她，可是敢惹大嫂呢。她终年病病歪歪的，还不好欺侮？他要不是这样的人，怎能会落到这步田地？那个娘们算把他们爷俩的脉摸准了！夏廉也是这样呀，他以为父亲吃了亏，便是他自己的便宜。要不怎说没法办呢！"

"只苦了个老实的夏大嫂！"我低声的说。

"就苦了她！好人掉在狼窝里了！"

"我得看看夏大嫂去！"我好像是对自己说呢。

"乘早不必多那个事，我告诉你句好话！"他很"自己"的说。

"那个娘们敢卷³我半句，我叫她滚着走！"我笑了笑。

松儿大爷想了会儿："你叫她滚着走，又有什么好处呢？"

我没话可说。松儿大爷的哲理应当对"柳屯的"敢这样横行负一部分责任。同时，为个人计，这是我们村里最好的见解。谁也不去踩臭狗屎，可是臭狗屎便更臭起来；自然还有说她是香的人！

辞别了松儿大爷，我想看看大嫂去；我不能怕那个"柳屯的"，不管她怎么厉害——村里也许有人相信她会妖术邪法呢！但是，继而一想：假如我和她干起来，即使我大获全胜，对夏大嫂有什么好处呢？我是不常在家里的人！我离开家乡，她岂不因此而更加倍的欺侮夏大嫂？除非我有彻底的办法，还是不去为妙。

不久，我又出了外，也就把这件事忘了。

大概有三年我没回家，直到去年夏天才有机会回去休息一两个月。

到家那天，正赶上大雨之后。田中的玉米、高粱、谷子；村内外的树，都绿得不能再绿。连树影儿、墙根上，全是绿的。在都市中过了三年，乍到了这种静绿的地方，好像是入了梦境；空气太新鲜了，确是压得我发困。我强打着精神，不好意思去睡，跟家里的人闲扯开了。扯来扯去，自然而然的扯到了"她"。我马上不困了，可是同时在觉出乡村里并非是一首绿的诗。在大家的报告中，最有趣的是"她"现在正传教！我一听说，我想到了个理由：她是要把以前夏家父子那点地位恢复了来，可是放在她自己身上。不过，不管理由不理由吧，这件事太滑稽了。"柳屯的"传教？谁传不了教，单等着她！

据他们说，那是这么回事：村里来了一拨子教徒，有中国人，也有外国人。这群人是相信祷告足以治病，而一认罪便可以被赦免的。这群人与本地的教会无关,而且本地的教友也不参加他们的活动。可是他们闹腾得挺欢:偷青的张二愣,醉鬼刘四,盗嫂的冯二头,还有"柳屯的",全认了罪。据来的那俩洋人看,这是最大的成功,已经把张二愣们的相片——对了,还有时常骂街的宋寡妇也认了罪,纯粹因为白得一张相片;洋人带来个照相机——寄到外国去。奇迹!

这群人走了之后,"柳屯的"率领着刘四一干人等继续宣传福音,每天太阳压山的时候在夏家的场院讲道。

我得听听去!

有蹲着的,有坐着的,有立着的,夏家的场院上有二三十个人。我一眼看见了我家的长工赵五。

"你干吗来了?"我问他。

赵五的脸红了,迟迟顿顿地说:"不来不行!来过一次,第二次要是不来,她卷祖宗三代!"

我也就不必再往下问了。她是这村的"霸王"。

柳树尖上还留着点金黄的阳光,蝉在刚来的凉风里唱着,我正呆看着这些轻摆的柳树,忽然大家都立起来,"她"来了!她比三年前胖了些,身上没有什么打扮修饰,可是很利落。她的大脚走得轻而有力,努出的眼珠向平处看,好像全世界满属她管似的。她站住,眼珠不动,全身也全不动,只是嘴唇微张:"祷告!"大家全低下头。她并不闭眼,直着脖颈念念有词,仿佛是和神面对面的讲话呢。

正在这时候,夏廉轻手蹑脚地走来,立在她的后面,很虔敬地低下头,闭上眼。我没想到,他倒比从前胖了些。焉知我们以为难堪的,不是他的享受呢?猪八戒玩老雕,各好一路——我们村里很有些圣明的俗语儿。

她的祷告大略是:"愿夏老头子一个跟头摔死。叫夏娘们一口气不来,堵死。叫夏娘们的大丫头让野汉子操死。叫那个二丫头下窑子,三丫头半掩门……阿门!"

奇怪的是,没有一个人觉着这个可笑,或是可恶。大家一齐随着说"阿门"。莫非她真有妖术邪法?我真有点发糊涂!

我很想和夏廉谈一谈。可是"柳屯的"看着我呢——用她的眼角。夏廉是她的猫,狗,或是个什么别的玩艺。他也看见我了,只那么一眼,就又低下头去。他拿她当作屏风，在她后面，他觉得安全，虽然他的牙是被她打飞了的。我不十分明白他俩的真正关系，我只想起：从前村里有个看香的妇人，顶着白狐大仙。她有个"童儿"，才四十多岁。这个童儿和夏廉是一对儿，我想不起更好的比拟。这个老童儿随着白狐大仙的代表，整像要猴子的身后随着的那个没有多少毛儿的羊。这个老童儿在晚上和白狐大仙的代表一个床上睡，所以他多少也有点仙气。夏廉现在似乎也有点仙气，他祷告的很虔诚。

我走开了，觉着"柳屯的"的眼随着我呢。

夏老者还在地里忙呢，我虽然看见他几次，始终没能谈一谈，他躲着我。他已不像样子了，红眼边好像要把夏天的太阳给比下去似的。可是他还是不惜力，仿佛他要把被"柳屯的"所夺去的都从地里面补出来，他拿着锄向地咬牙。

夏大嫂，据说，已病得快死了。她的二女儿也快出门子，给的是个当兵的，大概是个排长，可是村里都说他是个军官。

我们村里的人，对于教会的人是敬而远之；对于"县"里的人是手段与敬畏并用；大家最怕的，真怕的，是兵。"柳屯的"大概也有点怕兵，虽然她不说。她现在自己是传教的；是乡绅，虽然没有"县"里的承认；也自己宣传她在县里有人。她有了乡间应有的一切势力（这是她自创的，她是个天才）。只是没有兵。

对于夏二姑娘的许给一个"军官"，她认为这是夏大嫂诚心和她挑战。她要不马上翦除她们，必是个大患。她要是不动声色地置之不理，总会不久就有人看出她的弱点。赵五和我研究这回事来着。据赵五说，无论"柳屯的"怎样欺侮夏大嫂，村里是不会有人管的。阔点的人愿意看着夏家出丑，另有一些人是"柳屯的"属下。不过，"柳屯的"至今还没动手，因为她对"兵"得思索一下。这几天她特别的虔诚，祷告的特别勤，赵五知道。云已布满，专等一声雷呢，仿佛是。

不久，雷响了。夏家二姑娘，在夏大嫂的三个女儿中算是最能干的。据"柳屯的"看，自然是最厉害的。有一天，三妞在门外买线，二妞在门内指导着——因为快出门子了，不好意思出来。这么个工夫，"柳屯的"也出来买线，三妞没买完就往里走，脸已变了颜色。二妞在门内说了一句：

"买你的！"

"柳屯的"好像一个闪似的，就扑到门前："我骂你们夏家十三辈的祖宗！你要吃大兵的肉棍，就在太太眼前大模大样的，我不把你的臊豆子撕烂了！"

二妞三妞全跑进去了，"柳屯的"在后面追。我正在不远的一棵柳树下坐着呢。我也赶到，生怕她把二妞的脸抓坏了。可是这个娘们敢情知道先干什么，她奔了夏大嫂去。两拳，夏大嫂就得没了命。她死了，"柳屯的"便名正言顺地是"大嫂"了；而后再从容地收拾二妞三妞。把她们卖了也没人管，夏老者是第一个不关心她们的，夏廉要不是为儿子还不弄来"柳屯的"呢，别人更提不到了。她已经进了屋门，我赶上了。在某种情形下，大概人人会掏点坏，我揪住了她，假意地劝解，可是我的眼睛尽了它们的责任。二妞明白我的眼睛，她上来了，三妞的胆子也壮起来。大概她们常梦到的快举就是这个，今天有我给助点胆儿，居然实现了。

我嘴里说着好的，手可是用足了力量；差点劲的男人还真弄不住她呢。正在这么个工夫，"柳屯的"改变了战略——好厉害的娘们！

"牛儿叔，我娘们不打架；"她笑着，头往下一低，拿出一些媚劲，"我吓吓着她们玩呢。小丫头片子，有了婆婆家就这么扬气，搁着你的！"说完，她撩了我一眼，扭着腰儿走了。

光棍不吃眼前亏，她真要被她们捶巴两下子，岂不把威风扫尽——她觉出我的手是有些力气。

不大会儿，夏廉来了。他的脸上很难看。他替她来管教女儿了，我心里说。我没理他。他瞪着二妞，可是说不出来什么，或者因为我在一旁，他不知怎样好了。二妞看着他，嘴动了几动，没说出什么来。又愣了会儿，她往前凑了凑，对准了他的脸就是一口，呸！他真急了，可是他还没动手，已经被我揪住。他跟我争巴了两下，不动了。看了我一眼，头低下去："哎——"叹了口长气，"谁叫你们都不是小子呢！"这个人是完全被"柳屯的"拿住，而还想为自己辩护。他已经逃不出她的手，所以更恨她们——谁叫她们都不是男孩子呢！

二姑娘啐了爸爸一个满脸花，气是出了，可是反倒哭起来。

夏廉走到屋门口，又愣住了。他没法回去交差。又叹了口气，慢慢地走出去。

　　我把二妞劝住。她刚住声，东院那个娘们骂开了："你个贼王八，兔小子，连你自己操出来的丫头都管不了……"

　　我心中打开了鼓，万一我走后，她再回来呢？我不能走，我叫三旭把赵五喊来。把赵五安置在那儿，我才敢回家。赵五自然是不敢惹她的，可是我并没叫他打前敌，他只是作会儿哨兵。

　　回到家中，我越想越不是滋味：我和她算是宣了战，她不能就这么完事。假如她结队前来挑战呢？打群架不是什么稀罕的事。完不了，她多少是栽了跟头。我不想打群架，哼，她未必不晓得这个！她在这几年里把什么都拿到手，除了有几家——我便是其中的一个——不肯理她，虽然也不肯故意得罪她；我得罪了她，这个娘们要是有机会，是满可以作个"女拿破仑"，她一定跟我完不了。设若她会写书，她必定会写出顶好的农村小说，她真明白一切乡人的心理。

　　果然不出我所料，当天的午后，她骑着匹黑驴，打着把雨伞——太阳毒得好像下火呢——由村子东头到西头，南头到北头，叫骂夏老王八，夏廉——贼兔子——和那两个小窑姐。她是骂给我听呢。她知道我必不肯把她拉下驴来揍一顿，那么，全村还是她的，没人出来拦她吗。

　　赵五头一个吃不住劲了，他要求我换个人去保护二妞。他并非有意激动我，他是真怕；可是我的火上来了："赵五，你看我会揍她一顿不会？"

　　赵五眨巴了半天眼睛："行啊；可是好男不跟女斗，是不是？"

　　可就是，怎能一个男子去打女人家呢！我还得另想高明主意。

　　夏大嫂的病越来越沉重。我的心又移到她这边来：先得叫二妞出门子，落了丧事可就不好办了，逃出一个是一个。那个"军官"是张店的人，离我们这儿有十二三里路。我派赵五去催他快娶——自然是得了夏大嫂的同意。赵五愿意走这个差，这个比给二妞保镖强多了。

　　我是这么想，假如二妞能被人家顺顺当当地娶了走，"柳屯的"便算又栽了个跟头——谁不知道她早就憋住和夏大嫂闹呢？好，夏大嫂的女婿越多，便越难收拾，况且这回是个"军官"！我也打定了主意，我要看着二妞上了轿。那个娘们敢闹，我揍她。好在她有个闹婚的罪名，我们便好上县里说去了。

　　据我们村里的人看，人的运气，无论谁，是有个年限的；没人能走一辈子好运，连关老爷还掉了脑袋呢。我和"柳屯的"那一幕，已经传遍了全村，我虽没说，可是三妞是有嘴有腿的。大家似乎都以为这是一种先兆——"柳屯的"要玩完。人们不敢惹她，所以愿意有个人敢惹她，看打擂是最有趣的。

"柳屯的"大概也扫听着这么点风声，所以加紧地打夏廉，作为一种间接的示威。夏廉的头已肿起多高，被她往磨盘上撞的。

张店的那位排长原是个有名有姓的人，他是和家里闹气而跑出去当了兵；他现在正在临县驻扎。赵五回来交差，很替二妞高兴——"一大家子人呢，准保有吃有喝；二姑娘有点造化！"他们也答应了提早结婚。

"柳屯的"大概上十回梯子，总有八回看见我：我替夏大嫂办理一切，她既下不了地，别人又不敢帮忙，我自然得卖点力气了——一半也是为气"柳屯的"。每逢她看见我，张口就骂夏廉，不但不骂我，连夏大嫂也摘干净了。我心里说，自要你不直接冲锋，我便不接碴儿，咱们是心里的劲！

夏廉，有一天晚上找我来了；他头上顶着好几个大青包，很像块长着绿苔的山子石。坐了半天，我们谁也没说话。我心里觉得非常乱，不知想什么好；他大概不甚好受。我为是打破僵局，没想就说了句："你怎能受她这个呢！"

"我没法子！"他板着脸说，眉毛要皱上，可是不成功，因为那块都肿着呢。

"我就不信一个男子汉——"

他没等我说完，就接了下去："她也有好处。"

"财产都被你们俩弄过来了，好处？"我恶意地笑着。

他不出声了，两眼看着屋中的最远处，不愿再还口；可是十分不爱听我的话；一个人有一个主意——他愿挨揍而有财产。"柳屯的"，从一方面说，是他的宝贝。

"你干什么来了？"我不想再跟他多费话。

"我——"

"说你的！"

"我——；你是有意跟她顶到头儿吗？"

"夏大嫂是你的原配，二妞是你的亲女儿！"

他没往下接碴；简单的说了一句："我怕闹到县里去！"

我看出来了："柳屯的"是决不能善罢甘休，他管不了；所以来劝告我。他怕闹到县里去——钱！到了县里，没钱是不用想出来的。他不能舍了"柳屯的"：没有她，夏老者是头一个必向儿子反攻的。夏廉是相当的厉害，可是打算大获全胜非仗着"柳屯的"不可。真要闹到县里去，而"柳屯的"被扣起来，他便进退两难了：不设法弄出她来吧，他失去了靠山；弄出她来吧，得花钱；所以他来劝我收兵。

"我不要求你帮助夏大嫂——你自己的妻子；你也不用管我怎样对待'柳屯的'。咱们就说到这儿吧。"

第二天，"柳屯的"骑着驴，打着伞，到县城里骂去了：由东关骂到西关，还骂的是夏老王八与夏廉。她试试。试试城里有人抓她或拦阻她没有。她始终不放心县里。没人拦她，她打着得胜鼓回来了；当天晚上，她在场院召集布道会，咒诅夏家，并报告她的探险经过。

战事是必不可避免的，我看准了。只好预备打吧，有什么法子呢？没有大靡乱，是扫不清咱们这个世界的污浊的；以大喻小，我们村里这件事也是如此。

这几天村里的人都用一种特别的眼神看我，虽然我并没想好如何作战——不过是她来，我决不退缩。谣言说我已和那位"军官"勾好，也有人说我在县里打点妥当；这使我很不自在。其实我完全是"玩玩"，不想勾结谁。赵五都不肯帮助我，还用说别人？

村里的人似乎永远是圣明的。他们相信好运是有年限的，果然是这样；即使我不信这个，也敌不过他们——他们只要一点偶合的事证明了天意。正在夏家二妞要出阁之前，"柳屯的"被县里拿了去。村里的人知道底细，可是暗中都用手指着我。我真一点也不知道。

过了几天，消息才传到村中来：村里的一位王姑娘，在城里当看护。恰巧县知事的太太生小孩，把王姑娘找了去。她当笑话似的把"柳屯的"一切告诉了知事太太，而知事太太最恨作小老婆的，因为知事颇有弄个"人儿"的愿望与表示。知事太太下命令叫老爷"办"那个娘们，于是"柳屯的"就被捉进去。

村里人不十分相信这个，他们更愿维持"柳屯的"交了五年旺运的说法，而她的所以倒霉还是因为我。松儿大爷一半满意，一半慨叹的说："我说什么来着？出不了三四年，夏家连块土坯也落不下！应验了吧？县里，二三百亩地还不是白填进去！"

夏廉决定了把她弄出来，愣把钱花在县里也不能叫别人得了去——连他的爸爸也在内。

夏老者也没闲着，没有"柳屯的"，他便什么也不怕了。

夏家父子的争斗，引起一部分人的注意——张二愣，刘四，冯二头，和宋寡妇等全决定帮助夏廉。"柳屯的"是他们的首领与恩人。连赵五都还替她吹风——到了县衙门，"柳屯的"还骂呢，硬到底！没见她走的时候呢，叫四个衙役搀着她！四个呀，衙役！

夏二妞平平安安地被娶了走。暑天还没过去，夏大嫂便死了；她笑着死的。三妞被她的大姐接了走。夏家父子把夏大嫂的东西给分了。宋寡妇说："要是'柳屯的'在家，夏大嫂那份黄杨木梳一定会给了我！夏家那两爷们一对死王八皮！"

"柳屯的"什么时候能出来，没人晓得。可是没有人忘了她，连孩子们都这样的玩耍："我当'柳屯的'，你当夏老头？"他们这样商议；"我当'柳屯的'！我当'柳屯的'！我的眼会努着！"大家这么争论。

连我自己也觉得有点对不起她了，虽然我知道这是可笑的。

注释

1. 不吃劲：即不在乎，没关系。
2. 甯（níng）：同宁。
3. 卷：北方话，骂。

导读

老舍出生、成长在城市，乡村经验相对缺乏，所以在他的小说中关于乡村的叙事是很罕见的。虽然也写过出身乡村的车夫祥子这样的人物，但是还是把他放置在城市的背景下来展现。《柳屯的》是老舍小说中唯一以乡村为题材的作品，通过"我"的几次回乡见闻，通过悍妇"柳屯的"的所作所为，展现了一个道德趋向恶劣化的农村。

作品从与"柳屯的"有直接关系的夏家开始叙述，夏家是"我们村"数得着的富裕人家，而且他们都是信仰宗教的。然而，他们并不是宗教真正的信徒，他们关心的不是信仰，而是自己的利益，宗教对信徒乐善好施的教谕，于他们是没有用的。"要说为村里的公益事儿拿个块儿八毛的，夏家父子的钱袋好像天衣似的，没有缝儿"。他们会用"我们信教，不开发这个"，来抵抗可能危及他们钱财的行为。夏家父子虽然皈依了宗教，却并无向善之心，其行为与教义是相悖离的，他们是顶着教徒帽子的伪信徒。对于夏家父子来说，宗教更像一块护身符，在买卖交易中，他们往往亮出"教友"的招牌来，在人们普遍惧怕洋人的社会中，"教友"的身份总为他们带来好处。之所以信仰宗教，理由正在于此，如果有一天教徒的身份不能给他们带来丝毫好处，甚至带来危害的时候，他们会毅然决然地抛弃宗教，或者换一个神来"信仰"。

"我"很清楚宗教在夏廉眼中是什么，"拿他那点宗教说，大概除了他愿意偶尔有个洋牧师到家里坐一坐，和洋牧师喜欢教会里有几家基本教友，别无作用。他当义和拳或教友恐怕没有多少分别。神有一位还是有十位，对于他，完全没关系。牧师讲道他便听着，听完博爱他并不少占便宜。可是他愿作教友。他没有朋友，所以要有个地方去——教会正是个好地方"。因为没有真正的信仰，夏廉才敢做出了私下纳妾生子这样违背教规的事来。显然，夏老者是支持他的，因为与宗教相比，有孙子承续香火更重要。况且夏老者认为这样的事情完全可以敷衍过去，"洋牧师不时常来，而本村的牧师还不就是那么一回事。反正没晴天大日头地用敞车往家里拉人，就不算是有意犯教规，大家闭闭眼，事情还有过不去的？"

"我"第二次回乡村的时候，"柳屯的"已经进门，而没有好口碑的夏廉在乡邻举报下退出了教会。夏老者为了扭转对夏家不利的舆论，出面为"柳屯的"做正面宣传。在他的口中，"柳屯的"的什么都好，而且把娶她进门归为"神的意思"，似乎纳妾也是不违背教规的。这次回乡，"我"见到了能说会道的"柳屯的"，她的言行、打扮都没有给"我"留下好的印象。"我曾经作过一个恶梦，梦见一个母老虎，脸上擦着铅粉。这个'柳屯的'又勾起这个恶梦所给的不快之感。我讨厌这个娘们，虽然我对她并没有丝毫地位的道德的成见。只是讨厌她，那一对努出的眼睛！""我"第三次回乡的时候，梦中的母老虎变成了现实中的悍妇，"夏老头子的胡子已剩下很少，被'柳屯的'给扯去了多一半。夏老太太常给这个老婆跪着。夏大嫂已经分出去另过。夏廉的牙齿被嘴巴搧了去"。更有甚者，她居然在戏台上当着全村人的面，破口大骂夏家老者；将夏老者扫地出门，赶进了牛棚，而且还对他拳打脚踢。"柳屯的"有手段，靠着撒放财富把乡邻们都收买了，使她没有了舆论压力，而教会不再搭理夏家父子，于是"柳屯的"成了夏家的"噩梦"。"我"想出面干涉，尤其是要拯救夏大嫂，但是考虑到自己的举动可能会给夏大嫂带来更多苦难，也只好作罢。

"我"第四次回乡，"柳屯的"愈发地有威风了，她已经开始"传教"了，而且超出"我"想象的居然有信徒。当然，入"教"的信徒都是那些流氓二流子，祷告的词与咒语一样，"愿夏老头子一个跟头摔死。叫夏娘们一口气不来，堵死……"

她不仅成了村里的教主，而且成了"霸王"。她打击的对象已经从夏家扩展为全村村民，稍有不从，被她辱骂是少不了的。她对夏家二妞婚姻的干涉，不仅是为了显示自己的强势，而且要断了夏家人翻身的可能。"我"的介入使她感到了威胁，于是她不仅在全村，而且到县城去叫骂示威，以图捍卫自己的"统治"。但天理昭昭，多行不义必自毙，没等"我"出手，"柳屯的"就被捉进牢里。然而，"柳屯的"虽然被捉走，但是她给乡村造成的影响是巨大的，甚至孩子们在游戏时候都争抢着扮演"柳屯的"。

老舍在《柳屯的》中讲述了一个恶毒悍妇的故事，显然是受到了《醒世姻缘》中悍妇恶妻叙事的影响，在小说中作家也曾提及《醒世姻缘》。但是，《柳屯的》显然有超出文本本身的意义指向，作家对近代以来伴随着乡村凋零而来的道德沦丧、伦理失序给予更深刻的关注。虽然，"柳屯的"故事背景为乡村，但是完全可以置换到城市，从这个意义上来说，作者对整个社会的价值失范表达出了相当的忧虑。

善　人

　　汪太太最不喜欢人叫她汪太太；她自称穆凤贞女士，也愿意别人这样叫她。她的丈夫很有钱，她老实不客气的花着；花完他的钱，而被人称穆女士，她就觉得自己是个独立的女子，并不专指着丈夫吃饭。

　　穆女士一天到晚不用提多么忙了，又搭着长得富泰，简直忙得喘不过气来。不用提别的，就光拿上下汽车说，穆女士——也就是穆女士！——一天得上下多少次。哪个集会没有她，哪件公益事情没有她？换个人，那么两条胖腿就够累个半死的。穆女士不怕，她的生命是献给社会的；那两条腿再胖上一圈，也得设法带到汽车里去。她永远心疼着自己，可是更爱别人，她是为救世而来的。

　　穆女士还没起床，丫环自由就进来回话。她嘱咐过自由们不止一次了：她没起来，不准进来回话。丫环就是丫环，叫她"自由"也没用，天生来的不知好歹。她真想抄起床旁的小桌灯向自由扔了去，可是觉得自由还不如桌灯值钱，所以没扔。

　　"自由，我嘱咐你多少回了！"穆女士看了看钟，已经快九点了，她消了点气，不为别的，是喜欢自己能一气睡到九点，身体定然是不错；她得为社会而心疼自己，她需要长时间的睡眠。

　　"不是，太太，女士！"自由想解释一下。

　　"说，有什么事！别磨磨蹭蹭的！"

　　"方先生要见女士。"

　　"哪个方先生？方先生可多了，你还会说话呀！"

　　"老师方先生。"

　　"他又怎样了？"

　　"他说他的太太死了！"自由似乎很替方先生难过。

　　"不用说，又是要钱！"穆女士从枕头底下摸出小皮夹来："去，给他这二十，叫他快走；告诉明白，我在吃早饭以前不见人。"

自由拿着钱要走，又被主人叫住：

"叫博爱放好了洗澡水；回来你开这屋子的窗户。什么都得我现告诉，真劳人得慌！大少爷呢？"

"上学了，女士。"

"连个 kiss 都没给我，就走，好的。"穆女士连连的点头，腮上的胖肉直动。

"大少爷说了，下学吃午饭再给您一个 kiss。"自由都懂得什么叫 kiss，pie 和 bath。

"快去，别废话；这个劳人劲儿！"

自由轻快的走出去，穆女士想起来：方先生家里落了丧事，二少爷怎么办呢？无缘无故的死哪门子人，又叫少爷得荒废好几天的学！穆女士是极注意子女们的教育的。

博爱敲门，"水好了，女士。"

穆女士穿着睡衣到浴室去。雪白的澡盆，放了多半盆不冷不热的清水。凸花的玻璃，白磁砖的墙，圈着一些热气与香水味。一面大镜子，几块大白毛巾；胰子盒，浴盐瓶，都擦得放着光。她觉得痛快了点。把白胖腿放在水里，她愣了一会儿；水给皮肤的那点刺激使她在舒适之中有点茫然。她想起点久已忘了的事。坐在盆中，她看着自己的白胖腿；腿在水中显着更胖，她心中也更渺茫。用一点水，她轻轻的洗脖子；洗了两把，又想起那久已忘了的事——自己的青春：二十年前，自己的身体是多么苗条，好看！她仿佛不认识了自己。想到丈夫，儿女，都显着不大清楚，他们似乎是些生人。她撩起许多水来，用力的洗，眼看着皮肤红起来。她痛快了些，不茫然了。她不只是太太，母亲；她是大家的母亲，一切女同胞的导师。她在外国读过书，知道世界大势，她的天职是在救世。

可是救世不容易！二年前，她想起来，她提倡沐浴，到处宣传："没有澡盆，不算家庭！"有什么结果？人类的愚蠢，把舌头说掉了，他们也不了解！摸着她的胖腿，她想应当灰心，任凭世界变成个狗窝，没澡盆，没卫生！可是她灰心不得，要牺牲就得牺牲到底。她喊自由：

"窗户开五分钟就得！"

"已经都关好了，女士！"自由回答。

穆女士回到卧室。五分钟的工夫屋内已然完全换了新鲜空气。她每天早上得作深呼吸。院内的空气太凉，屋里开了五分钟的窗子就满够她呼吸用的了。先弯下腰，她得意她的手还够得着脚尖，腿虽然弯着许多，可是到底手尖是碰了脚尖。俯仰了三次，她然后直立着喂了她的肺五六次。她马上觉出全身的血换了颜色，鲜红，和朝阳一样的热、艳。

"自由，开饭！"

穆女士最恨一般人吃得太多，所以她的早饭很简单：一大盘火腿蛋两块黄油面包，草果果酱，一杯加乳咖啡。她曾提倡过俭食：不要吃五六个窝头，或四大碗黑面条，而多吃牛乳与黄油。没人响应；好事是得不到响应的。她只好自己实行这个主张，自己单雇了个会作西餐的厨子。

吃着火腿蛋，她想起方先生来。方先生教二少爷读书，一月拿二十块钱，不算少。她就怕寒苦的人有多挣钱的机会；钱在她手里是钱，到了穷人手里是祸。她不是不能多给方先生几块，而是不肯，一来为怕自己落个冤大头的名儿，二来怕给方先生惹祸。连这么着，刚教了几个月的书，还把太太死了呢。不过，方先生到底是可怜的。她得设法安慰方先生：

"自由，叫厨子把'我'的鸡蛋给方先生送十个去；嘱咐方先生不要煮老了，嫩着吃！"

穆女士咂摸着咖啡的回味，想象着方先生吃过嫩鸡蛋必能健康起来，足以抵抗得住丧妻的悲苦。继而一想呢，方先生既丧了妻，没人给他作饭吃，以后顶好是由她供给他两顿饭。她总是给别人想得这样周到；不由她，惯了。供给他两顿饭呢，可就得少给他几块钱。他少得几块钱，可是吃得舒服呢。方先生应当感谢她这份体谅与怜爱。她永远体谅人怜爱人，可是谁体谅她怜爱她呢？想到这儿，她觉得生命无非是个空虚的东西；她不能再和谁恋爱，不能再把青春唤回来；她只能去为别人服务，可是谁感激她，同情她呢？

她不敢再想这可怕的事，这足以使她发狂。她到书房去看这一天的工作；工作，只有工作使她充实，使她疲乏，使她睡得香甜，使她觉到快活与自己的价值。

她的秘书冯女士已经在书房里等了一点多钟了。冯女士才二十三岁，长得不算难看，一月挣十二块钱。穆女士给她的名义是秘书，按说有这么个名字，不给钱也满下得去。穆女士的交际是多么广，做她的秘书当然能有机会遇上个阔人；假如嫁个阔人，一辈子有吃有喝，岂不比现在挣五六十块钱强？穆女士为别人打算老是这么周到，而且眼光很远。

见了冯女士，穆女士叹了口气："哎！今儿个有什么事？说吧！"她倒在个大椅子上。

冯女士把记事簿早已预备好了："今儿个早上是，穆女士，盲哑学校展览会，十时二十分开会；十一点十分，妇女协会，您主席；十二点，张家婚礼；下午，"

"先等等，"穆女士又叹了口气，"张家的贺礼送过去没有？"

"已经送过去了，一对鲜花篮，二十八块钱，很体面。"

"啊，二十八块的礼物不太薄——"

"上次汪先生作寿，张家送的是一端寿樟[1]，并不——"

"现在不同了，张先生的地位比原先高了；算了吧，以后再找补吧。下午一共有几件事？"

"五个会呢！"

"哼！甭告诉我，我记不住。等我由张家回来再说吧。"穆女士点了根烟吸着，还想着张家的贺礼似乎太薄了些。"冯女士，你记下来，下星期五或星期六请张家新夫妇吃饭，到星期三你再提醒我一声。"

冯女士很快的记下来。

"别忘了问我张家摆的什么酒席，别忘了。"

"是，穆女士。"

穆女士不想上盲哑学校去，可是又怕展览会照像，像片上没有自己，怪不合适。她决定晚去一会儿，顶好是正赶上照像才好。这么决定了，她很想和冯女士再说几句，倒不是因为冯女士有什么可爱的地方，而是她自己觉得空虚，愿意说点什么……解解闷儿。她想起方先生来：

"冯，方先生的妻子过去了，我给他送了二十块钱去，和十个鸡子，怪可怜的方先生！"穆女士的眼圈真的有点发湿了。

冯女士早知道方先生是自己来见汪太太，她不见，而给了二十块钱。可是她晓得主人的脾气："方先生真可怜！可也是遇见女士这样的人，赶着给他送了钱去！"

穆女士脸上有点笑意，"我永远这样待人；连这么着还讨不出好儿来，人世是无情的！"

"谁不知道女士的慈善与热心呢！"

"哎！也许！"穆女士脸上的笑意扩展得更宽心了些。

"二少爷的书又得荒废几天！"冯女士很关心似的。

"可不是，老不叫我心静一会儿！"

"要不我先好歹的教着他？我可是不很行呀！"

"你怎么不行！我还真忘了这个办法呢！你先教着他得了，我白不了你！"

"您别又给我报酬，反正就是几天的事，方先生事完了还叫方先生教。"

穆女士想了会儿，"冯，简直这么办好不好？你就教下去，我每月一共给你二十五块钱，岂不整重？"

"就是有点对不起方先生！"

"那没什么，反正他丧了妻，家中的嚼谷小了；遇机会我再给他弄个十头八块的事；那没什么！我可该走了，哎！一天一天的，真累死人！"

注释

1.寿樟：用大幅或整幅布帛题以吉语贺辞。

导读

如果对老舍的文学风格有所了解，那么看到这个小说题目，很自然会想到作家所要描写的绝对不是真正的善人，然而却与"善"字有些关联，那只能是口是心非的善人——伪善者。在《善人》中，老舍通过穆凤贞的言行之间的反差，剥下了这个"善人"的虚假画皮。

穆凤贞在国外读过书，是个满口新名词的"新"女性，但这个人物却通体都是矛盾。她追求独立，反对别人管她叫汪太太，"她自称穆凤贞女士，也愿意别人这样叫她"，但是她不反对花丈夫的钱，称谓这种形式上表现出来的独立，却没有改变她依然依附男人的事实。穆女士依照自己学来的新名词，用"自由"、"博爱"来给女仆命名，但是女仆在她面前却没有什么自由，她对女仆们亦没有体现出博爱来。因为"自由"没按照规定来，穆女士就生气了，"她真想抄起床旁的小桌灯向自由扔了去,可是觉得自由还不如桌灯值钱,所以没扔"。女仆"自由"根本就不自由，被她不断地呼来喝去，作家在穆女士每句对"自由"的话后都加了感叹号，可以看出穆女士对"自由"的语调和态度了。家庭教师方先生的太太死了，穆女士并没有替别人难过的习惯，对于方先生的求见，在穆女士看来，"不用说，又是要钱！"她连见面安慰方先生一下都没做到。因为方先生的突然离去，将耽误儿子的功课，穆女士甚至很冷酷无情地埋怨起来："无缘无故的死哪门子人。"穆女士知道"博爱"这个词，却不知道博爱是怎么一回事。

穆女士是受过国外教育的，"知道世界大势，她的天职是在救世"，所以她自认为是"大家的母亲，一切女同胞的导师"。每天她都很忙，到处参加公益事情，

她的生命是准备奉献给社会的，所以她十分注意保养自己的身体，睡觉必须要睡到上午九点。她用着高档的浴室和干净的澡盆，试图推而广之，到处宣传，得不到回应之后，她诅咒"愚蠢"的人们。她忙于这种宣传，但是如果让她拿出自己的澡盆给那些无力置办的人，想必她绝对是不会乐意的，因为她对钱财是斤斤计较的，这一点从她对待方先生的工钱上明显地体现了出来。她是可以给方先生更多一点的工钱的,然而她没这样做也是有"理由"的,这两个"理由"起码能说服她自己。当然，如果以后每天供方先生两顿饭的话，工钱是要少给几块的。然而，等到方先生再回来的话，恐怕就连这样的工资也赚不到了，穆女士已经用一个月只十三块工钱聘好了冯秘书代替他。

热心公益事情的穆女士，在冯秘书的工作汇报中忽略了要办的事项，而唯独对张家婚礼的贺礼多少念念不忘，因为"张先生的地位比原先高了"。作者对穆女士对待贺礼问题的忐忑心理表现得相当生动，在给人送礼的小事情上反复斟酌的叙述，也解构了穆女士的以救世为己任的真实性。

作品用简单的言语挖掘出了穆女士灵魂深处的虚假，穆女士所谓的自由、博爱与救世，只不过是时髦太太包装自己的新鲜玩意，就像脱下长袍马褂换上西装一样，从根本上来讲，并没有实质性变化。穆女士这样的人越多，那些无益的举动就越多，虚假繁荣的表面，其实对问题的真正解决不仅无利反而有害。

老字号

　　钱掌柜走后，辛德治——三合祥的大徒弟，现在很拿点事——好几天没正经吃饭。钱掌柜是绸缎行公认的老手，正如三合祥是公认的老字号。辛德治是钱掌柜手下教练出来的人。可是他并不专因私人的感情而这样难过，也不是自己有什么野心。他说不上来为什么这样怕，好像钱掌柜带走了一些永难恢复的东西。

　　周掌柜到任。辛德治明白了，他的恐怖不是虚的；"难过"几乎要改成咒骂了。周掌柜是个"野鸡"，三合祥——多少年的老字号！——要满街拉客了！辛德治的嘴撇得像个煮破了的饺子。老手，老字号，老规矩——都随着钱掌柜的走了，或者永远不再回来。钱掌柜，那样正直，那样规矩，把买卖作赔了。东家不管别的，只求年底下多分红。

　　多少年了，三合祥是永远那么官样大气：金匾黑字，绿装修，黑柜蓝布围子，大机凳[1]包着蓝呢子套，茶几上永远放着鲜花。多少年了，三合祥除了在灯节才挂上四只宫灯，垂着大红穗子，没有任何不合规矩的胡闹八光。多少年了，三合祥没打过价钱，抹过零儿，或是贴张广告，或者减价半月；三合祥卖的是字号。多少年了，柜上没有吸烟卷的，没有大声说话的；有点响声只是老掌柜的咕噜水烟与咳嗽。

　　这些，还有许许多多可宝贵的老气度，老规矩，由周掌柜一进门，辛德治看出来，全要完！周掌柜的眼睛就不规矩，他不低着眼皮，而是满世界扫，好像找贼呢。人家钱掌柜，老坐在大机凳上合着眼，可是哪个伙计出错了口气，他也晓得。

　　果然，周掌柜——来了还没有两天——要把三合祥改成蹦蹦戏[2]的棚子：门前扎起血丝胡拉的一座彩牌，"大减价"每个字有五尺见方，两盏煤气灯，把人们照得脸上发绿，好像一群大烟鬼。这还不够，门口一档子洋鼓洋号，从天亮吹到三更；四个徒弟，都戴上红帽子，在门口，在马路上，见人就给传单。这还不够，他派定两个徒弟专管给客人送烟递茶，哪怕是买半尺白布，也往后柜让，也递香烟：大兵，清道夫，女招待，都烧着烟卷，把屋里烧得像个佛堂。这还不够，买一尺还饶上一尺，还赠送洋娃娃，伙计们还要和客人随便说笑；客人要买的，假如柜上没有，不告诉人家没有，而拿出别种东西硬叫人家看；买过十元钱的东西，还打发徒弟送了去，柜上买了两辆一走三歪的自行车！

辛德治要找个地方哭一大场去！在柜上十五六年了，没想到过——更不用说见过了——三合祥会落到这步天地！怎么见人呢？合街上有谁不敬重三合祥的？伙计们晚上出来，提着三合祥的大灯笼，连巡警们都另眼看待。那年兵变，三合祥虽然也被抢一空，可是没像左右的铺户那样连门板和"言无二价"的牌子都被摘了走——三合祥的金匾有种尊严！他到城里已经二十来年了，其中的十五六年是在三合祥，三合祥是他第二家庭，他的说话、咳嗽与蓝布大衫的样式，全是三合祥给他的。他因三合祥、也为三合祥而骄傲。他给铺子去索债，都被人请进去喝碗茶；三合祥虽是个买卖，可是和照顾主儿们似乎是朋友。钱掌柜是常给照顾主儿行红白人情的。三合祥是"君子之风"的买卖：门凳上常坐着附近最体面的人；遇到街上有热闹的时候，照顾主儿的女眷们到这里向老掌柜借个座儿。这个光荣的历史，是长在辛德治的心里的。可是现在？

辛德治也并不是不晓得，年头是变了。拿三合祥的左右铺户说，多少家已经把老规矩舍弃，而那些新开的更是提不得的，因为根本就没有过规矩。他知道这个。可是因此他更爱三合祥，更替它骄傲。它是人造丝品中唯一的一匹道地的大缎子，仿佛是。假如三合祥也下了桥，世界就没了！哼，现在三合祥和别人家一样了，假如不是更坏！

他最恨的是对门那家正香村：掌柜的趿拉着鞋，叼着烟卷，镶着金门牙。老板娘背着抱着，好像兜儿里还带着，几个男女小孩，成天出来进去，进去出来，打着南方话，唧唧喳喳，不知喊些什么。老板和老板娘吵架也在柜上，打孩子，给孩子吃奶，也在柜上。摸不清他们是作买卖呢，还是干什么玩呢，只有老板娘的胸口老在柜前陈列着是件无可疑的事儿。那群伙计，不知是从哪儿找来的，全穿着破鞋，可是衣服多半是绸缎的。有的贴着太阳膏，有的头发梳得像漆杓，有的戴着金丝眼镜。再说那份儿厌气：一年到头老是大减价，老悬着煤气灯，老转动着留声机。买过两元钱的东西，老板便亲自让客人吃块酥糖；不吃，他能往人家嘴里送！什么东西也没有一定的价钱，洋钱也没有一定的行市。辛德治永远不正眼看"正香村"那三个字，也永不到那边买点东西。他想不到世上会有这样的买卖，而且和三合祥正对门！

更奇怪的，正香村发财，而三合祥一天比一天衰微。他不明白这是什么道理。难道买卖必定得不按着规矩作才行吗？果然如此，何必学徒呢？是个人就可以作生意了！不能是这样，不能；三合祥到底是不会那样的！谁知道竟自来了个周掌柜，三合祥的与正香村的煤气灯把街道照青了一大截，它们是一对儿！三合祥与正香村成了一对？！这莫非是作梦么？不是梦，辛德治也得按着周掌柜的办法走。他得和客人瞎扯，他得让人吸烟，他得把人诓到后柜，他得拿着假货当真货卖，他得等客人争竞才多放二寸，他得用手术量布——手指一捻就抽回来一块！他不能受这个！

可是多数的伙计似乎愿意这么作。有个女客进来，他们恨不能把她围上，恨不能把全铺子的东西都搬来给她瞧，等她买完——哪怕是买了二尺搪布——他们恨不能把她送回家去。周掌柜喜爱这个，他愿意伙计们折跟头、打把式，更好是能在空中飞。

周掌柜和正香村的老板成了好朋友。有时候还凑上天成的人们打打"麻将"。天成也是本街上的绸缎店，开张也有四五年了，可是钱掌柜就始终没招呼过他们。天成故意和三合祥打对仗，并且吹出风来，非把三合祥顶趴下不可。钱掌柜一声也不出，只偶尔说一句：咱们作的是字号。天成一年倒有三百六十五天是纪念日，大减价。现在天成的人们也过来打牌了。辛德治不能答理他们。他有点空闲，便坐在柜里发愣，面对着货架子——原先架上的布匹都用白布包着，现在用整幅的通天扯地地作装饰，看着都眼晕，那么花红柳绿的！三合祥已经没了，他心里说。

但是，过了一节，他不能不佩服周掌柜了。节下报账，虽然没赚什么，可是没赔。周掌柜笑着给大家解释："你们得记住，这是我的头一节呀！我还有好些没施展出来的本事呢。还有一层，扎牌楼，赁煤气灯……哪个不花钱呢？所以呀！"他到说上劲来的时节总这么"所以呀"一下。"日后无须扎牌楼了，咱会用更新的，更省钱的办法，那可就有了赚头，所以呀！"辛德治看出来，钱掌柜是回不来了；世界的确是变了。周掌柜和天成、正香村的人们说得来，他们都是发财的。

过了节，检查日货嚷嚷动了。周掌柜疯了似的上东洋货。检查队已经出动，周掌柜把东洋货全摆在大面上，而且下了命令："进来买主，先拿日本布；别处不敢卖，咱们正好作一批生意。看见乡下人，明说这是东洋布，他们认这个；对城里的人，说德国货。"

检查队到了。周掌柜脸上要笑出几个蝴蝶儿来，让吸烟，让喝茶。"三合祥，冲这三个字，不是卖东洋货的地方，所以呀！诸位看吧！门口那些有德国布，也有土布；内柜都是国货绸缎，小号在南方有联号，自办自运。"

大家疑心那些花布。周掌柜笑了："张福来，把后边剩下的那匹东洋布拿来。"

布拿来了。他扯住检查队的队长："先生，不屈心，只剩下这么一匹东洋布，跟先生穿的这件大衫一样的材料，所以呀！"他回过头来，"福来，把这匹料子扔到街上去！"

队长看着自己的大衫，头也没抬，便走出去了。

这批随时可以变成德国货、国货、英国货的日本布赚了一大笔钱。有识货的人，当着周掌柜的面，把布扔在地上，周掌柜会笑着命令徒弟："拿真正西洋货去，难道就看不出先生是懂眼的人吗？"然后对买主："什么人要什么货，白给你这个，你也不要，所以呀！"于是又作了一号买卖。客人临走，好像怪舍不得周掌柜。辛德治看透了，作买卖打算要赚钱的话，得会变戏法、说相声。周掌柜是个人物。可是辛德治不想再在这儿干，他越佩服周掌柜，心里越难过。他的饭由脊梁骨下去。打算睡得安稳一些，他得离开这样的三合祥。

可是，没等到他在别处找好位置，周掌柜上天成领东去了。天成需要这样的人，而周掌柜也愿意去，因为三合祥的老规矩太深了，仿佛是长了根，他不能充分施展他的才力。

辛德治送出周掌柜去，好像是送走了一块心病。

对于东家们，辛德治以十五六年老伙计的资格，是可以说几句话的，虽然不一定发生什么效力。他知道哪些位东家是更老派一些，他知道怎样打动他们。他去给钱掌柜运动，也托出钱掌柜的老朋友们来帮忙。他不说钱掌柜的一切都好，而是说钱与周二位各有所长，应当折中一下，不能死守旧法，也别改变的太过火。老字号是值得保存的，新办法也得学着用。字号与利益两顾着——他知道这必能打动了东家们。

他心里，可是，另有个主意。钱掌柜回来，一切就都回来，三合祥必定是"老"三合祥，要不然便什么也不是。他想好了：减去煤气灯、洋鼓洋号、广告、传单、烟卷；至必不得已的时候，还可以减人，大概可以省去一大笔开销。况且，不出声而贱卖，尺大而货物地道。难道人们就都是傻子吗？

钱掌柜果然回来了。街上只剩了正香村的煤气灯，三合祥恢复了昔日的肃静，虽然因为欢迎钱掌柜而悬挂上那四个宫灯，垂着大红穗子。

三合祥挂上宫灯那天，天成号门口放了两只骆驼，骆驼身上披满了各色的缎条，驼峰上安着一明一灭的五彩电灯。骆驼的左右辟了抓彩部，一人一毛钱，凑足了十个人就开彩，一毛钱有得一匹摩登绸的希望。天成门外成了庙会，挤不动的人。真有笑嘻嘻夹走一匹摩登绸的嘛！

三合祥的门凳上又罩上蓝呢套，钱掌柜眼皮也不抬，在那里坐着。伙计们安静地坐在柜里，有的轻轻拨弄算盘珠儿，有的徐缓地打着哈欠，辛德治口里不说什么，心中可是着急。半天儿能不进来一个买主。偶尔有人在外边打一眼，似乎是要进来，可是看看金匾，往天成那边走去。有时候已经进来，看了货，因不打价钱，又空手走了。只有几位老主顾，时常来买点东西；可也有时候只和钱掌柜说会儿话，慨叹着年月这样穷，喝两碗茶就走，什么也不买。辛德治喜欢听他们说话，这使他想起昔年的光景，可是他也晓得，昔年的光景，大概不会回来了；这条街只有天成"是"个买卖！

过了一节，三合祥非减人不可了。辛德治含着泪和钱掌柜说："我一人干五个人的活，咱们不怕！"老掌柜也说："咱们不怕！"辛德治那晚睡得非常香甜，准备次日干五个人的活。

可是过了一年，三合祥倒给天成了。

注释

1. 大杌（wù）凳：大的方凳。
2. 蹦蹦戏：北京以前对评剧的称呼。

导读

　　"老字号"是指那些取得社会广泛认同、形成良好信誉的品牌。中国传统的商业经营中非常注重品牌的建设，所谓百年老店，靠的就是信誉，创的就是字号。一个老字号的形成需要几十年乃至上百年的积淀与传承，其中蕴涵了丰富的文化因素。然而，近代以来西方商业资本进入中国，对中国的商业构成了巨大冲击，一些"老字号"面临着严峻考验。《老字号》所展现的就是充满竞争的现代商业对传统的商业文化的冲击，表达了作家的情感倾向与理性判断。

　　"三合祥"是绸缎行业的老字号，但这个老字号却遇到了新问题，不能再一味秉承传统的经营之道了，固守老规矩的钱掌柜被善于经营的周掌柜所代替，也宣告了这个老字号内蕴文化的终结，"老手，老字号，老规矩——都随着钱掌柜的走了，或者永远不再回来"。然而，周掌柜代替钱掌柜是一种历史的必然，这是现代商业必然取代传统经营的一个隐喻，因为商业经营以利润为最终目的，仅就此点来说，周掌柜也是比钱掌柜强的。老舍并不"唯利是图"，纵观整篇小说，作家虽然承认周掌柜与时俱进的"能耐"，但是对这个人物显然没有多少好感。

　　《老字号》一直用辛德治的眼光在打量、评价"三合祥"的前后两个经营者。辛德治显然对以钱掌柜为代表的固有经营方式有着深刻的认同，所以在他眼中一味赶时髦、图新鲜的周掌柜简直就是个"野鸡"，干的都是为正经商人所不齿的事情。对于周掌柜对"三合祥"经营的彻底改造，辛德治从内心里反感，因为他眼睁睁看着"官样大气"的老字号，变得恶俗不堪。他心里满是对"三合祥"老字号死去的哀悼，"辛德治要找个地方哭一大场去！"以此观之，辛德治的痛感是来自于整个传统商业文化的衰败没落，从钱掌柜的离开、周掌柜的"招数"以及对门正香村、天成的盈利，他嗅到了老字号的光荣时代已经走到了尽头。然而，辛德治对周掌柜也不得不佩服。周掌柜不仅使店铺扭亏为盈，而且在对付检查日货这些事上也能巧妙地应付，这些都是钱掌柜所不能比的。

　　在现代文学中，关于民族商业破产的叙事是一个常见的题材，这是社会现实在文学上的一种反映。老舍对这一主题处理的独特之处在于，在《老字号》中，他不仅表达了民族商业失败的大趋势，而且从文化上给予更为深刻的表达。小说通过在大时代里的，不是东家也不是掌柜的小人物辛德治的情感态度，展现了一种文化的没落给身处其中之人带来的绝望与幻灭。老舍把自己的感受完全寄托在了这个伙计身上，通过他来表达自己的情感与价值判断。

断魂枪

沙子龙的镖局[1]已改成客栈。

东方的大梦没法子不醒了。炮声压下去马来与印度野林中的虎啸。半醒的人们，揉着眼，祷告着祖先与神灵；不大会儿，失去了国土、自由与主权。门外立着不同面色的人，枪口还热着。他们的长矛毒弩，花蛇斑彩的厚盾，都有什么用呢；连祖先与祖先所信的神明全不灵了啊！龙旗的中国也不再神秘，有了火车呀，穿坟过墓破坏着风水。枣红色多穗的镖旗，绿鲨皮鞘的钢刀，响着串铃的口马[2]，江湖上的智慧与黑话，义气与声名，连沙子龙，他的武艺、事业，都梦似的变成昨夜的。今天是火车、快枪，通商与恐怖。听说，有人还要杀下皇帝的头呢！

这是走镖已没有饭吃，而国术还没被革命党与教育家提倡起来的时候。

谁不晓得沙子龙是短瘦、利落、硬棒，两眼明得像霜夜的大星？可是，现在他身上放了肉。镖局改了客栈，他自己在后小院占着三间北房，大枪立在墙角，院子里有几只楼鸽。只是在夜间，他把小院的门关好，熟习熟习他的"五虎断魂枪"。这条枪与这套枪，二十年的工夫，在西北一带，给他创出来："神枪沙子龙"五个字，没遇见过敌手。现在，这条枪与这套枪不会再替他增光显胜了；只是摸摸这凉、滑、硬而发颤的杆子，使他心中少难过一些而已。只有在夜间独自拿起枪来，才能相信自己还是"神枪沙"。在白天，他不大谈武艺与往事；他的世界已被狂风吹了走。

在他手下创练起来的少年们还时常来找他。他们大多数是没落子的，都有点武艺，可是没地方去用。有的在庙会上去卖艺：踢两趟腿，练套家伙，翻几个跟头，附带着卖点大力丸，混个三吊两吊的。有的实在闲不起了，去弄筐果子，或挑些毛豆角，赶早儿在街上论斤吆喝出去。那时候，米贱肉贱，肯卖膀子力气本来可以混个肚儿圆；他们可是不成：肚量既大，而且得吃口管事儿的[3]；干饽饽辣饼子[4]咽不下去。况且他们还时常去走会：五虎棍，开路，太狮少狮……虽然算不了什么——比起走镖来——可是到

底有个机会活动活动，露露脸。是的，走会捧场是买脸的事，他们打扮的
得像个样儿，至少得有条青洋绉裤子，新漂白细市布的小褂，和一双鱼鳞
洒鞋[5]——顶好是青缎子抓地虎靴子。他们是神枪沙子龙的徒弟——虽然
沙子龙并不承认——得到处露脸，走会得赔上俩钱，说不定还得打场架。
没钱，上沙老师那里去求。沙老师不含糊，多少不拘，不让他们空着手儿
走。可是，为打架或献技去讨教一个招数，或是请给说个"对子"——什
么空手夺刀，或虎头钩进枪——沙老师有时说句笑话，马虎过去："教什
么？拿开水浇吧！"有时直接把他们赶出去。他们不大明白沙老师是怎么了，
心中也有点不乐意。

　　可是，他们到处为沙老师吹腾，一来是愿意使人知道他们的武艺有真
传授，受过高人的指教；二来是为激动沙老师：万一有人不服气而找上老
师来，老师难道还不露一两手真的么？所以：沙老师一拳就砸倒了个牛！
沙老师一脚把人踢到房上去，并没使多大的劲！他们谁也没见过这种事，
但是说着说着，他们相信这是真的了，有年月，有地方，千真万确，敢起誓！

　　王三胜——沙子龙的大伙计——在土地庙拉开了场子，摆好了家伙。
抹了一鼻子茶叶末色的鼻烟，他抢了几下竹节钢鞭，把场子打大一些。放
下鞭，没向四围作揖，叉着腰念了两句："脚踢天下好汉，拳打五路英雄！"
向四围扫了一眼："乡亲们，王三胜不是卖艺的；玩艺儿会几套，西北路上
走过镖，会过绿林中的朋友。现在闲着没事，拉个场子陪诸位玩玩。有爱
练的尽管下来，王三胜以武会友，有赏脸的，我陪着。神枪沙子龙是我的
师傅；玩艺地道！诸位，有愿下来的没有？"他看着，准知道没人敢下来，
他的话硬，可是那条钢鞭更硬，十八斤重。

　　王三胜，大个子，一脸横肉，努着对大黑眼珠，看着四围。大家不出声。
他脱了小褂，紧了紧深月白色的"腰里硬"，把肚子杀进去。给手心一口唾沫，
抄起大刀来：

　　"诸位，王三胜先练趟瞧瞧。不白练，练完了，带着的扔几个；没钱，
给喊个好，助助威。这儿没生意口。好，上眼[6]！"

　　大刀靠了身，眼珠努出多高，脸上绷紧，胸脯子鼓出，像两块老桦木
根子。一跺脚，刀横起，大红缨子在肩前摆动。削砍劈拨，蹲越闪转，手
起风生，忽忽直响。忽然刀在右手心上旋转，身弯下去，四围鸦雀无声，

只有缨铃轻叫。刀顺过来，猛的一个"跺泥"，身子直挺，比众人高着一头，黑塔似的。收了势："诸位！"一手持刀，一手叉腰，看着四围。稀稀的扔下几个铜钱，他点点头。"诸位！"他等着，等着，地上依旧是那几个亮而削薄的铜钱，外层的人偷偷散去。他咽了口气："没人懂！"他低声的说，可是大家全听见了。

"有功夫！"西北角上一个黄胡子老头儿答了话。

"啊？"王三胜好似没听明白。

"我说：你——有——功——夫！"老头子的语气很不得人心。

放下大刀，王三胜随着大家的头往西北看。谁也没看重这个老人：小干巴个儿，披着件粗蓝布大衫，脸上窝窝瘪瘪，眼陷进去很深，嘴上几根细黄胡，肩上扛着条小黄草辫子，有筷子那么细，而绝对不像筷子那么直顺。王三胜可是看出这老家伙有功夫，脑门亮，眼睛亮——眼眶虽深，眼珠可黑得像两口小井，深深的闪着黑光。王三胜不怕：他看得出别人有功夫没有，可更相信自己的本事，他是沙子龙手下的大将。

"下来玩玩，大叔！"王三胜说得很得体。

点点头，老头儿往里走。这一走，四外全笑了。他的胳臂不大动；左脚往前迈，右脚随着拉上来，一步步的往前拉扯，身子整着[7]，像是患过瘫痪病。蹭到场中，把大衫扔在地上，一点没理会四围怎样笑他。

"神枪沙子龙的徒弟，你说？好，让你使枪吧；我呢？"老头子非常的干脆，很像久想动手。

人们全回来了，邻场耍狗熊的无论怎么敲锣也不中用了。

"三截棍进枪吧？"王三胜要看老头子一手，三截棍不是随便就拿得起来的家伙。

老头子又点点头，拾起家伙来。

王三胜努着眼，抖着枪，脸上十分难看。

老头子的黑眼珠更深更小了，像两个香火头，随着面前的枪尖儿转，王三胜忽然觉得不舒服，那俩黑眼珠似乎要把枪尖吸进去！四外已围得风雨不透，大家都觉出老头子确是有威。为躲那对眼睛，王三胜耍了个枪花。老头子的黄胡子一动："请！"王三胜一扣枪，向前躬步，枪尖奔了老头子的喉头去，枪缨打了一个红旋。老人的身子忽然活展了，将身微偏，让过枪尖，前把一挂，后把撩王三胜的手。啪，啪，两响，王三胜的枪撒了手。场外叫了好。王三胜连脸带胸口全紫了，抄起枪来；一个花子，连枪带人滚了过来，枪尖奔了老人的中部。老头子的眼亮得发着黑光；腿轻轻一屈，下把掩裆，上把打着刚要抽回的枪杆；啪，枪又落在地上。

场外又是一片彩声。王三胜流了汗，不再去拾枪，努着眼，木在那里。老头子扔下家伙，拾起大衫，还是拉拉着腿，可是走得很快了。大衫搭在臂上，他过来拍了王三胜一下："还得练哪，伙计！"

"别走！"王三胜擦着汗，"你不离，姓王的服了！可有一样，你敢会会沙老师？"

"就是为会他才来的！"老头子的干巴脸上皱起点来，似乎是笑呢。"走；收了吧；晚饭我请！"

王三胜把兵器拢在一处，寄放在变戏法的二麻子那里，陪着老头子往庙外走。后面跟着不少人，他把他们骂散了。

"你老贵姓？"他问。

"姓孙哪，"老头子的话与人一样，都那么干巴。"爱练；久想会会沙子龙。"

沙子龙不把你打扁了！王三胜心里说。他脚底下加了劲，可是没把孙老头落下。他看出来，老头子的腿是老走着查拳门中的连跳步；交起手来，必定很快。但是，无论他怎么快，沙子龙是没对手的。准知道孙老头要吃亏，他心中痛快了些，放慢了些脚步。

"孙大叔贵处？"

"河间的，小地方。"孙老者也和气了些，"月棍年刀一辈子枪，不容易见功夫！说真的，你那两手就不坏！"

王三胜头上的汗又回来了，没言语。

到了客栈，他心中直跳，唯恐沙老师不在家，他急于报仇。他知道老师不爱管这种事，师弟们已碰过不少回钉子，可是他相信这回必定行，他是大伙计，不比那些毛孩子；再说，人家在庙会上点名叫阵，沙老师还能丢这个脸么？

"三胜，"沙子龙正在床上看着本《封神榜》，"有事吗？"

三胜的脸又紫了，嘴唇动着，说不出话来。

沙子龙坐起来，"怎么了，三胜？"

"栽了跟头！"

只打了个不甚长的哈欠，沙老师没别的表示。

王三胜心中不平，但是不敢发作；他得激动老师："姓孙的一个老头儿，门外等着老师呢；把我的枪，枪，打掉了两次！"他知道"枪"字在老师心中有多大分量。没等吩咐，他慌忙跑出去。

客人进来，沙子龙在外间屋等着呢。彼此拱手坐下，他叫三胜去泡茶。三胜希望两个老人立刻交了手，可是不能不沏茶去。孙老者没话讲，用深藏着的眼睛打量沙子龙。沙很客气：

"要是三胜得罪了你，不用理他，年纪还轻。"

孙老者有些失望，可也看出沙子龙的精明。他不知怎样好了，不能拿一个人的精明断定他的武艺。"我来领教领教枪法！"他不由地说出来。

沙子龙没接碴儿。王三胜提着茶壶走进来——急于看二人动手，他没管水开了没有，就沏在壶中。

"三胜，"沙子龙拿起个茶碗来，"去找小顺们去，天汇见，陪孙老者吃饭。"

"什么！"王三胜的眼珠几乎掉出来。看了看沙老师的脸，他敢怒而不敢言地说了声"是啦！"走出去，撅着大嘴。

"教徒弟不易！"孙老者说。

"我没收过徒弟。走吧，这个水不开！茶馆去喝，喝饿了就吃。"沙子龙从桌子上拿起缎子搭裢，一头装着鼻烟壶，一头装着点钱，挂在腰带上。

"不，我还不饿！"孙老者很坚决，两个"不"字把小辫从肩上抡到后边去。

"说会子话儿。"

"我来为领教领教枪法。"

"功夫早撂下了，"沙子龙指着身上，"已经放了肉！"

"这么办也行，"孙老者深深的看了沙老师一眼："不比武，教给我那趟五虎断魂枪。"

"五虎断魂枪？"沙子龙笑了，"早忘干净了！早忘干净了！告诉你，在我这儿住几天，咱们各处逛逛，临走，多少送点盘缠。"

"我不逛，也用不着钱，我来学艺！"孙老者立起来，"我练趟给你看看，看够得上学艺不够！"一屈腰已到了院中，把楼鸽都吓飞起去。拉开架子，他打了趟查拳：腿快，手飘洒，一个飞脚起去，小辫儿飘在空中，像从天上落下来一个风筝；快之中，每个架子都摆得稳、准，利落；来回六趟，把院子满都打到，走得圆，接得紧。身子在一处，而精神贯串到四面八方。抱拳收势，身儿缩紧，好似满院乱飞的燕子忽然归了巢。

"好！好！"沙子龙在台阶上点着头喊。

"教给我那趟枪！"孙老者抱了抱拳。

沙子龙下了台阶，也抱着拳："孙老者，说真的吧；那条枪和那套枪都跟我入棺材，一齐入棺材！"

"不传？"

"不传！"

孙老者的胡子嘴动了半天，没说出什么来。到屋里抄起蓝布大衫，拉拉着腿："打搅了，再会！"

"吃过饭走！"沙子龙说。

孙老者没言语。

沙子龙把客人送到小门，然后回到屋中，对着墙角立着的大枪点了点头。

他独自上了天汇，怕是王三胜们在那里等着。他们都没有去。

王三胜和小顺们都不敢再到土地庙去卖艺，大家谁也不再为沙子龙吹胜；反之，他们说沙子龙栽了跟头，不敢和个老头儿动手；那个老头子一脚能踢死个牛。不要说王三胜输给他，沙子龙也不是他的对手。不过呢，王三胜到底和老头子见了个高低，而沙子龙连句硬话也没敢说。"神枪沙子龙"慢慢似乎被人们忘了。

夜静人稀，沙子龙关好了小门，一气把六十四枪刺下来；而后，挂着枪，望着天上的群星，想起当年在野店荒林的威风。叹一口气，用手指慢慢摸着凉滑的枪身，又微微一笑，"不传！不传！"

注释

1.镳（biāo）：同镖。

2.口马：指张家口外的马匹。

3.管事儿的：有营养，吃了不至于不久又饿的。

4.辣饼子：剩下的隔夜干粮。

5.洒鞋：鞋帮纳得很密，前脸较深，上面缝着皮梁或三角形皮子的布鞋。

6.上眼：请观众注意看。

7.身子整着：两臂不动，身体僵硬地走路。

导读

　　老舍原先是准备写一部十几万字的长篇小说《二拳师》，后来却写成了只有五千字的《断魂枪》。他在《我怎样写短篇小说》中总结了这次创作经验，"不用说，这么由批发而改为零卖是有点难过。可是及至把十万字的材料写成五千字的一个短篇——像《断魂枪》——难过反倒变成了觉悟。经验真是可宝贵的东西！觉悟是这个：用长材料写短篇并不吃亏，因为要从够写十几万字的事实中提出一段来，当然是提出那最好的一段。这就是宁吃仙桃一口，不吃烂杏一筐了。""这样，材料受了损失，而艺术占了便宜；五千字也许比十万字更好。文艺并非肥猪，块儿越大越好。"事实证明，《断魂枪》确实是称得上"仙桃"的，这篇仅仅五千字的小说是老舍的经典之作，简约、精致的格调与深厚的文化内涵使其成为现代小说的代表性篇章，具备了典范性意义。

　　沙子龙的"五虎断魂枪"与《老字号》中的"三合祥"一样，在现代化事物的冲击下，失去了存在的合理性，"他的武艺、事业，都梦似的变成昨夜的"。沙子龙不是有勇无谋的莽夫，也不是保守陈旧的老顽固，他清楚地认识到了形势的发展，毅然而果断地从"神枪沙子龙"的荣耀中走出来。他不仅把镖局改成了客栈，而且断绝了自己再做镖师的念头，"身上放了肉"，也不大谈武艺与往事，而只有在夜间，关起门来才练练断魂枪。沙子龙与"五虎断魂枪"不仅是一个人和一套枪法，而是代表了中国的传统文化，西方的火车与枪炮的引入，使这种文化处于无地生存的境地。如何对待传统文化的没落，不外乎有两种取向，一种是理智上的认同，一种是情感上的抵抗。这两种态度在沙子龙身上都有体现。白天的沙子龙是理智的，他决然改行，不谈武艺，任凭孙老者如何激将、王三胜如何鼓动，他始终不出手；夜晚的沙子龙则充满感情地练习枪法。沙子龙用平和的、与世无争的态度掩藏了内心中理智与情感的冲突，小说最后用两句，"不传！不传！"表达出了主人公心中的郁闷——如果没有武艺的生存空间，那么就让它烟消云散吧，也免得再有人因此而痛苦。

小说中除了沙子龙还有两个人物，孙老者和王三胜，两个人对待武艺的态度是截然不同的。孙老者没有沙子龙那么清醒，还对武艺处于痴迷的状态，他代表了那些对中国传统文化依然迷恋的人。从他们身上，我们看到了传统文化的根深蒂固。而且正是因为有这些人的薪火相传，一旦有生长空间，传统的东西自然会焕发生机。王三胜则是实用主义者的典型代表，他远远没有领悟武艺的精髓与实质。在他的价值取向中，武艺是可以换饭吃的东西，所以他才会招摇地耍刀卖艺。所以他极力鼓动沙子龙与孙老者比武较量，如果沙子龙胜了，他就有了新的炫耀自己的资本。这种人看似也在固守传统文化，但是他们的目的只是为了牟利而已。

如果说作者对孙老者有认同，对王三胜有批判，那么对沙子龙则并不是简单的价值判断。小说描述孙老者、王三胜都是外在的，然而却将沙子龙的内心情感展现得比较细致，可以说，在沙子龙身上作者投射的情感更为丰富。以此观之，正像《老字号》一样，老舍对传统文化的没落情感是复杂的。

新韩穆烈德

一

有一次他稍微喝多了点酒，田烈德一半自嘲一半自负的对个朋友说："我就是莎士比亚的韩穆烈德；同名不同姓，仿佛是。"

"也常见鬼？"那个朋友笑着问。

"还不止一个呢！不过，"田烈德想了想，"不过，都不白衣红眼的出来巡夜。"

"新韩穆烈德！"那个朋友随便的一说。

这可就成了他的外号，一个听到而使他微微点头的外号。

大学三年级的学生，他非常的自负，非常的严重，事事要个完整的计划，时时在那儿考虑。越爱考虑他越觉得凡事都该有个办法，而任何办法——在细细想过之后——都不适合他的理想。因此，他很愿意听听别人的意见，可是别人的意见又是那么欠高明，听过了不但没有益处，而且使他迷乱，使他得顺着自己的思路从头儿再想过一番，才能见着可捉摸的景象，好像在暗室里洗相片那样。

所以他觉得自己非常的可爱，也很可怜。他常常对着镜子看自己，长瘦的脸，脑门很长很白。眼睛带着点倦意。嘴大唇薄，能并成一条长线。稀稀的黑长发往后拢着。他觉得自己的相貌入格，不是普通的俊美。

有了这个肯定的认识，所以洋服穿得很讲究，在意。凡是属于他的都值得在心，这样才能使内外一致，保持住自己的优越与庄严。

可是看看脸，看看衣服，并不能完全使他心中平静。面貌服装即使是没什么可指摘的了，他的思想可是时时混乱，并不永远像衣服那样能整理得齐齐楚楚。这个，使他常想到自己像个极雅美的磁盆，盛着清水，可是只养着一些浮萍与几团绒似的绿苔！自负有自知之明，这点点缺欠正足以使他越发自怜。

二

寒假前的考试刚完，他很累得慌，自己觉得像已放散了一天的香味的花，应当敛上了瓣休息会儿。他躺在了床上。

他本想出去看电影，可是躺在了床上。多数的电影片是那么无聊，他知道；但是有时候他想去看。看完，他觉得看电影的好处只是为证明自己的批评能力，几乎没有一片能使他满意的。他不明白为什么一般人那样爱看电影。及至自己也想去看去的时候，虽然自信自己的批评能力是超乎一般人的，可是究竟觉得有点不大是味儿，这使他非常的苦恼。"后悔"破坏了"享受"。

这次他决定不去。有许多的理由使他这样下了决心。其中的一个是父亲没有给他寄了钱来。他不愿承认这是个最重要的理由，可是他无法不去思索这点事儿。

二年没有回家了。前二年不愿回家的理由还可以适用于现在，可是今年父亲没有给寄来钱。这个小小的问题强迫着他去思索，仿佛一切的事都需要他的考虑，连几块钱也在内！

回家不回呢？

三

点上支香烟，顺着浮动的烟圈他看见些图画。

父亲，一个从四十到六十几乎没有什么变动的商人，老是圆头圆脸的，头剃得很光，不爱多说话，整个儿圆木头墩子似的！

田烈德不大喜欢这个老头子。绝对不是封建思想在他心中作祟，他以为；可是，可是，什么呢？什么使他不大爱父亲呢？客观的看去，父亲应当和平常一件东西似的，无所谓可爱与不可爱。那么，为什么不爱父亲呢？原因似乎有很多，可是不能都标上"客观的"签儿。

是的，想到父亲就没法不想到钱，没法不想到父亲的买卖。他想起来：

兴隆南号，兴隆北号，两个果店；北市有个栈房；家中有五间冰窖。他也看见家里，顶难堪的家里，一家大小终年在那儿剥皮：花生、胡桃、榛子，甚至于山楂，都得剥皮。老的小的，姑娘媳妇，一天到晚不识闲，老剥老挑老煮。赶到预备年货的时节就更了不得，山楂酪、炒红果、山楂糕、榅桲、玫瑰枣，都得煮、拌，大量的加糖。人人的手是黏的，人人的手红得和胡萝卜一样。到处是糊糖味，酸甜之中带着点像烫糊了的牛乳味，使人恶心。

为什么老头子不找几个伙计作这些，而必定拿一家子人的苦力呢？田烈德痛快了些，因为得到父亲一个罪案——一定不是专为父亲卖果子而小看父亲。

更讨厌的是收蒜苗的时候：五月节后，蒜苗臭了街，老头子一收就上万斤，另为它们开了一座窖。天上地下全是蒜苗，全世界是辣蒿蒿的蒜味。一家大小都得动手，大捆儿改小捆儿，老的烂的都得往外剔，然后从新编辫儿。剔出来的搬到厨房，早顿接着晚顿老吃炒蒜苗，能继续的吃一个星期，和猪一样。

五月收好，十二月开窖，蒜苗还是那么绿，拿出去当鲜货卖。钱确是能赚不少，可是一家子人都成了猪。能不能再体面一些赚钱呢？

四

把烟头扔掉，他不愿再想这个。可是，像夏日天上的浮云，自自然然的会集聚到一处，成些图画，他仿佛无法阻止住心中的活动。他刚放下家庭与蒜苗，北市的栈房又浮现在眼前。在北市的西头，两扇大黑门，门的下半截老挂着些马粪。门道非常的脏，车马出入使地上的土松得能陷脚；时常由蹄印作成个小湖，蓄着一汪草黄色的马尿。院里堆满了荆篓席筐与麻袋，骡马小驴低头吃着草料。马粪与果子的香气调成一种沉重的味道，挂在鼻上不容易消失。带着气瘰脖的北山客，精明而话多的西山客，都拐着点腿出来进去，说话的声音很高，特别在驴叫的时候，驴叫人嚷，车马出入，栈里永远充满了声音；在上市的时候，栈里与市上的喧哗就打成一片。

每一张图画都含着过去的甜蜜，可是田烈德不想只惆怅的感叹，他要给这些景象加以解释。他想起来，客人住栈，驴马的草料，和用一领破席遮盖果筐，都须出钱。果客们必须付这些钱，而父亲的货是直接卸到家里的窖中；他的栈房是一笔生意，他自己的货又无须下栈，无怪他能以多为胜的贱卖一些，而把别家果店挤得走投无路。

父亲的货不从果客手中买，他直接的包山。田烈德记得和父亲去看山园。总是在果木开花的时节吧，他们上山。远远的就看见满山腰都是花，像青山上横着条绣带。花林中什么声音也没有，除了蜜蜂飞动的轻响。小风吹过来，一阵阵清香像花海的香浪。最好看的是走到小山顶上，看到后面更高的山。两山之间无疑的有几片果园，分散在绿田之间。低处绿田，高处白花，更高处黄绿的春峰，倚着深蓝的晴天。山溪中的短藻与小鱼，与溪边的白羊，更觉可爱，他还记得小山羊那种娇细可怜的啼声。

可是父亲似乎没觉到这花与色的世界有什么美好。他嘴中自言自语的老在计算，而后到处与园主们死命的争竞。他们住在山上等着花谢，处处落花，舞乱了春山。父亲在这时节，必强迫着园主承认春风太强，果子必定受伤，必定招虫。有这个借口，才讲定价钱；价钱讲好，园主还得答应种种罚款：迟交果子，虫伤，雹伤，水锈，都得罚款。四六成交账，园主答应了一切条件，父亲才交四成账。这个定钱是庄家们半年的过活，没它就没法活到果子成熟的时期。为顾眼前，他们什么条件也得答应；明知道条件的严苛使他们将永成为父亲的奴隶。交货时的六成账，有种种罚项在那儿等着，他们永不能照数得到；他们没法不预支第二年的定银……

父亲收了货，等行市；年底下"看起"是无可疑的，他自己有窖。他是干鲜果行中的一霸！

五

这便有了更大的意义：田烈德不是纯任感情而反对父亲的；也不是看不起果商，而是为正义应当，应当，反对父亲。他觉得应当到山园去宣传合作的方法，应当到栈房讲演种种"用钱"的非法，应当煽动铺中伙计们要求增高报酬而减轻劳作，应当到家里宣传剥花生与打山楂酪都须索要工钱。

可是，他二年没回家了。他不敢回家。他知道家里的人对于那种操作不但不抱怨，而且觉得足以自傲；他们已经三辈子是这样各尽所能的大家为大家效劳。他们不会了解他。假若他一声不出呢，他就得一天到晚闻着那种酸甜而腻人的味道，还得远远的躲着大家，怕溅一身山植汤儿。他们必定会在工作的时候，彼此低声的讲论"先生"；他是在自己家中的生人！

他也不敢到铺中去。那些老伙计们管他叫"师弟"，他不能受。他有很重要的，高深的道理对他们讲；可是一声"师弟"便结束了一切。

到栈房，到山上？似乎就更难了。

啊！他把手放在脑后，微微一笑，想明白了。这些都是感情用事，即使他实地的解放了一两家山上的庄家户，解放了几个小伙计与他自己的一家人，有什么用？他所追求的是个更大的理想，不是马上直接与张三或李四发生关系的小事，而是一种从新调整全个文化的企图。他不仅是反对父亲，而且反抗着全世界。用全力捉兔，正是狮的愚蠢，他用不着马上去执行什么。就是真打算从家中作起——先不管这是多么可笑——他也得另有办法，不能就这么直入公堂的去招他们笑他。

暂时还是不回家的好。他从床上起来，坐在床沿上，轻轻提了提裤缝。裤袋里还有十几块钱，将够回家的路费。没敢去摸。不回家！关在屋中，读一寒假的书。从此永不回家，拒绝承袭父亲的财产，不看电影……专心的读书。这些本来都是不足一提的事，但是为表示坚决，不能不这么想一下。放弃这一切腐臭的，自己是由清新塘水出来的一朵白莲。是的，自己至少应成个文学家，像高尔基那样给世界一个新的声音与希望。

六

看了看窗外，从玻璃的上部看见一小片灰色的天，灰冷静寂，正像腊月天气。不由的又想起家来，心中像由天大的理想缩到个针尖上来。他摇了摇头，理想大概永远与实际生活不能一致，没有一个哲人能把他的人生哲理与日常生活完全联结到一处，像鸳鸯身上各色的羽毛配合得那么自然匀美。

别的先不说，第一他怕自己因用脑过度而生了病。想象着自己病倒在床上，连碗热水都喝不到，他怕起来。摸摸自己的脸，不胖；自己不是个粗壮的人。一个用脑子的不能与一个用笨力气的相提并论，大概在这点上人类永远不会完全平等，他想。他不能为全人类费着心思，而同时还要受最大的劳力，不能；这不公道！

立起来，走在窗前向外看。灰冷的低云要滴下水来。可是空中又没有一片雪花。天色使人犹疑苦闷；他几乎要喊出来："爽性来一场大雪，或一阵狂风！"

同学们欢呼着，往外搬行李，毛线围脖的杪儿前后左右的摆动，像撒欢时的狗尾巴："过年见了，张！""过年见了，李！"大家喊着；连工友们也分外的欢喜，追着赏钱。

"这群没脑子的东西！"他要说而没说出来，呆呆的立着。他想同学们走净，他一定会病倒的；无心中摸了摸袋中的钱——不够买换一点舒适与享乐的。他似乎立在了针尖上，不能转身；回家仿佛是唯一平安的路子。

他慢慢的披上大衣，把短美的丝围脖细心的围好，尖端压在大衣里；他不能像撒欢儿的狗。还要拿点别的东西，想了想，没去动。知道一定是回家么？也许在街上转转就回来的；他选择了一本书，掀开，放在桌上；假如转转就回来的话，一定便开始读那本书。

走到车站，离开车还有一点多钟呢。车站使他决定暂且作为要回家吧。这个暂时的决定，使他想起回家该有的预备：至少该给妹妹们买点东西。这不是人情，只是随俗的一点小小举动。可是钱将够买二等票的，设若匀出一部分买礼物，他就得将就着三等了。三等车是可爱的，偶尔坐一次总有些普罗[2]神味。可是一个人不应该作无益的冒险，三等车的脏乱不但有实际上的危险，而且还能把他心中存着的那点对三等票阶级的善意给削除了去。从哪一方面看，这也不是完美的办法。至于买礼物一层，他会到了家，有了钱，再补送的；即使不送，也无伤于什么；俗礼不应该仗着田烈德去维持的。

都想通了，他买了二等票。在车上买了两份大报；虽然卖报的强塞给他一全份小报，他到底不肯接收。大报，即使不看，也显着庄严。

七

到了自家门口，他几乎不敢去拍门。那两扇黑大门显着特别的丑恶可怕。门框上红油的"田寓"比昔日仿佛更红着许多，他忽然想起佛龛前的大烛，爆竹皮子，压岁钱包儿！……都是红的。不由的把手按在门环上。

没想到开门来的是母亲。母亲没穿着那个满了糖汁与红点子的围裙。她的头发几乎全白了，脸上很干很黄，眉间带着忧郁。田烈德一眼看明白这些，不由的叫出声"妈"来。

"哟，回来啦？"她那不很明亮的眼看着儿子的脸，要笑，可是被泪截了回去。

随着妈妈往里走，他不知想什么好，只觉得身旁有个慈爱而使人无所措手足的母亲，一拐过影壁来，二门上露着个很俊的脸："哟，哥哥来了！"那个脸不见了，往里院跑了去。紧跟着各屋的门都响了，全家的人都跑了出来。妹妹们把他围上，台阶上是婶母与小孩们，祖母的脸在西屋的玻璃里。妹妹们都显着出息了，大家的纯洁黑亮的眼都看着哥哥，亲爱而稍带着小姑娘们的羞涩，谁也不肯说什么，嘴微笑的张着点。

祖母的嘴隔着玻璃缓缓的动。母亲赶过去，高声一字一字的报告："烈德！烈德来了！大孙子回来了！"母亲回头招呼儿子："先看看祖母米！"烈德像西医似的走进西屋去，全家都随过来。没看出祖母有什么改变，除了摇头疯更厉害了些，口中连一个牙也没有了。

和祖母说了几句话，他的舌头像是活动开了。随着大家的话，他回答，他发问，他几乎不晓得都说了些什么。大妹妹给他拿过来支蝙蝠牌的烟卷，他也没拒绝，辣辣的烧着嘴唇。祖母，母亲，妹妹们，始终不肯把眼挪开，大家看他的长脸，大嘴，洋服，都觉得可爱；他也觉得自己可爱。

他后悔没给妹妹们带来礼物。既然到了家，就得迁就着和大家敷衍，可是也应当敷衍得到家；没带礼物来使这出大团圆缺着一块。后悔是太迟了，他的回来或者已经是赏了她们脸，礼物是多余的。这么一想，他心中平静了些，可是平静得不十分完全，像晓风残月似的虽然清幽而欠着完美。

八

奇怪的是为什么大家都不工作呢？他到堂屋去看了看，只在大案底下放着一盆山楂酪，一盆。难道年货已经早赶出来，拿到了铺中去？再看妹妹们的衣裳，并不像赶完年货而预备过年的光景，二妹的蓝布裌大襟上补着一大块补钉。

"怎么今年不赶年货？"他不由的问出来。

大妹妹搭拉着眼皮，学着大人的模样说："去年年底，我们还预备了不少，都剩下了。白海棠果五盆，摆到了过年二月，全起了白沫，现今不比从前了，钱紧！"

田烈德看着二妹襟上的补钉，听着大妹的摹仿成人，觉得很难堪。特别是大妹的态度与语调，使他身上发冷。他觉得妇女们不作工便更讨厌。

最没办法的是得陪着祖母吃饭。母亲给他很下心的作了两三样他爱吃的菜，可是一样就那么一小碟；没想到母亲会这么吝啬。

"跟祖母吃吧，"母亲很抱歉似的说，"我们吃我们的。"

他不知怎样才好。祖母的没有牙的嘴，把东西扁一扁而后整吞下去，像只老鸭似的！祖母的不住的摇头，铁皮了的皮肤老像糊着一层水锈！他不晓得怎能吃完这顿饭而不都吐出来！他想跑出去嚷一大顿，喊出家庭的毁坏是到自由之路的初步！

可是到底他陪着祖母吃了饭，饭后，祖母躺下休息；母亲把他叫在一旁。由她的眼神，他看出来还得殉一次难。他反倒笑了。

"你也歇一会儿，"母亲亲热而又有点怕儿子的样儿，"回头你先看看爸去，别等他晚上回来，又发脾气；你好容易回来这么一趟……"母亲的言语似乎不大够表现心意的。

"唉，"为敷衍母亲，他答应了这么一声。

母亲放了点心。"你看，烈德，这二年他可改了脾气！我不愿告诉你这些，你刚回来；可是我一肚子委屈真……"她提起衣襟擦了擦眼角。"他近来常喝酒，喝了就闹脾气。就是不喝酒，他也嘴不识闲，老叨唠，连躺在被窝里还跟自己叨唠，仿佛中了病；你知道原先他是多么不爱说话。"

"现在，他在南号还是在北号呢？"他明知去见父亲又是一个劫难，可是很愿意先结束了目前这一场。

"还南号北号呢！"母亲又要往上提衣襟。"南号早倒出去了，要不怎么他闹脾气呢。南号倒出不久，北市的栈房也出了手。"

"也出了手，"烈德随口重了一句。

"这年月不讲究山货了，都是论箱的来洋货。栈房不大见得着人！那么个大栈呀，才卖了一千五，跟白舍一样！"

九

进了兴隆北号，大师哥秀权没认出他来，很客气的问，"先生看点什么？"双手不住的搓着。田烈德摘了帽子，秀权师哥又看了一眼，"师弟呀？你可真够高的了；我猛住了，不敢认，真不敢认！坐下！老人家出去了；来，先喝碗茶。"

田烈德坐在果筐旁的一把老榆木擦漆的椅子上，非常的不舒服。

"这一向好吧？"秀权师哥想不起别的话来，"外边的年成还好吧？"他已五十多岁，还没留须，红脸大眼睛，看着也就是四十刚出头的样子。

"他们呢？"烈德问。

"谁？啊，伙计们哪？别提了——"秀权师哥把"了"字拉得很长，"现在就剩下我和秀山，还带着个小徒弟。秀山上南城匀点南货去了，眼看就过年，好歹总得上点货，看看，"他指着货物，"哪有东西卖呀！"

烈德看了看，磁缸的红木盖上只摆着些不出眼的梨和苹果；干果笸箩里一些栗子和花生；靠窗有一小盆蜜饯海棠，盆儿小得可怜。空着的地方满是些罐头筒子，藕粉匣子，与永远卖不出去的糖精酒糖搀水的葡萄酒，都装璜得花花绿绿的，可是看着就知道专为占个地方。他不愿再看这些——要关市的铺子都拿这些糊花纸的瓶儿罐儿装门面。

"他们都上哪儿去了？"

"谁知道！各自奔前程吧！"秀权师哥摇着头，身子靠着笸箩。"不用提了，师弟，我自幼干这一行，今年五十二了，没看见过这种事！前年年底，门市还算作得不离，可是一搂账啊，亏着本儿呢。毛病是在行市上。咱们包山，钱货两清；等到年底往回叫本的时候，行市一劲往下掉。东洋橘子，高丽苹果，把咱们顶得出不来气。花生花生也掉盘，咱们也是早收下的。山楂核桃什么的倒有价儿，可是糖贵呀；你看，"他掀起蓝布帘向对过的一个小铺指着："看，蜜饯的东西咱们现今卖不过他；他什么都用糖精；咱们呢，山楂看赚，可赔在糖上，这年月，人们过年买点果子和蜜饯当摆设，买点儿是个意思，不管好坏，价儿便宜就行。咱们的货地道，地道有什么用呢！人家贱，咱们也得贱，把货铲出去呢，混个热闹；卖不出去呢，更不用说，连根儿烂！"他叹了口气。又给烈德满满的倒了一碗茶，好像拿茶出气似的。

"经济的侵略与民间购买力的衰落！"烈德看得很明白，低声对自己说。

秀权忙着想自己的话，没听明白师弟说的是什么，也没想问；他接着诉苦："老人家想裁人。我们可就说了，再看一节吧。这年月，哪柜上也不活动，裁下去都上哪儿去呢！到了五月节，赔的更多了，本来春天就永远没什么买卖。老人家把两号的伙计叫到一处，他说得惨极了：你们都没过错，都帮过我的忙。可是我实在无了法。大家抓阄吧，谁抓着谁走。大家的泪都在眼圈里！顶义气的是秀明，师弟你还记得秀明？他说了话：两柜上的大师哥，秀权秀山不必抓。所以你看我俩现在还在这儿。我俩明知道这不公道，可是腆着脸没去抓。四五十岁的人了，不同年轻力壮，叫我们上哪儿找事去呢？一共裁了三次，现在就剩下我和秀山。老人家也不敢上山了，行市赔不起！兴隆改成零买零卖了。山上的人连三并四的下来央求，老人家连见他们也不敢！南号出了手，栈房也卖了。我们还指望着蒜苗，哼，也完了！热洞子的王瓜，原先卖一块钱两条，现在满街吆喝一块钱八条；茄子东瓜香椿原先都是进贡的东西，现在全下了市，全不贵。有这些鲜货，谁吃辣蒿蒿的蒜苗呢？我们就这么一天天的耗着，三个老头子一天到晚对着这些筐子发愣。你记得原先大年三十那个光景？买主儿挤破了门；铜子毛钱撒满了地，没工夫往柜里扔。看看现在，今到几儿啦，腊月廿六了，你坐了这大半天，可进来一个买主？好容易盼进一位来，不是嫌贵就是嫌货不好，空着手出去，还瞪我们两眼，没作过这样的买卖！"秀权师哥拿起抹布拼命的擦那些磁缸，似乎是表示他仍在努力；虽然努力是白饶，但求无愧于心。

十

秀权的后半截话并没都进到烈德的耳中去，一半因他已经听腻，一半因他正在思索。事实是很可怕，家里那群，当伙计的那群，山上种果子的那群，都走到了路尽头！

可怕！可是他所要解放的已用不着他来费事了，他们和她们已经不在牢狱中了；他们和她们是已由牢狱中走向地狱去，鬼是会造反的。非走到无路可走，他们不能明白，历史时时在那儿牺牲人命，历史的新光明来自地狱。

他不必鼻一把泪一把的替他们伤心，用不着，也没用。这种现象不过是消极的一个例证，证明不应当存在的便得死亡，不用别人动手，自己就会败坏，像搁陈了的插子。他用不着着急，更用不着替他们出力；他的眼光已绕到他们的命运之后，用不着动什么感情。

正在这么想着，父亲进来了。

"哟，你！"父亲可不像样子了：脸因削瘦，已经不那么圆了。两腮下搭拉着些松皮，脸好像接出一块来。嘴上留了胡子，惨白，尖上发黄，向唇里卷卷着。脑门上许多皱纹，眼皮下有些黑锈。腰也弯了些。

烈德吓了一跳，猛的立起来。心中忽然空起来，像电影片猛孤仃断了，台上现出一块空白来。

十一

父亲摘了小帽，脑门上有一道白印。看了烈德一会儿："你来了好,好！"

父亲确是变了，母亲的话不错；父亲原先不这么叨唠。父亲坐下，哈了一声，手按在膝上。又懒懒的抬起头看了烈德一眼："你是大学的学生，总该有办法！我没了办法。我今儿走了半天，想周转俩现钱，再干一下子。弄点钱来，我也怎么缺德怎办，拿日本橘子充福橘，用糖精熬山里红汤，怎么贱怎卖，可是连坑带骗，给小分量，用报纸打包。哼，我转了一早上，这不是，"他拍了拍胸口，"怀里揣着房契，想弄个千儿八百的。哼！哼！我明白了，再有一份儿房契，再走上两天，我也弄不出钱来！你有学问，必定有主意；我没有。我老了，等着一领破席把我卷出城去，不想别的。可是，这个买卖，三辈子了，送在我手里，对得起谁呢！两三年的工夫会赔空了，谁信呢？你叔叔们都去挣工钱了，那哪够养家的，还得仗着买卖，买卖可就是这个样！"他嘴里还咕弄着，可是没出声。然后转向秀权去："秀山还没回来？不一定能匀得来！这年景，谁肯帮谁的忙呢！钱借不到，货匀不来，也好，省事！哈哈！"他干笑起来，紧跟着咳嗽了一阵，一边咳嗽还一边有声无字的叨唠。

十二

敷衍了父亲几句，烈德溜了出来。

他可以原谅父亲不给他寄钱了，可以原谅父亲是个果贩子，可以原谅父亲的瞎叨唠，但是不能原谅父亲的那句话："你是大学的学生，总该有办法。"这句话刺着他的心。他明白了家中的一切，他早就有极完密高明的主意，可是他的主意与眼前的光景联不到一处，好像变戏法的一手耍着一个磁碟，不能碰到一处；碰上就全碎了。

他看出来，他决定不能顺着感情而抛弃自己的理想。虽然自己往往因感情而改变了心思，可是那究竟是个弱点；在感情的雾瘴里见不着真理。真理使刚才所见所闻的成为必不可免的，如同冬天的雨点变成雪花。他不必为雪花们抱怨天冷。他不用可怜它们，也不用对它们说明什么。

是的，他现在所要的似乎只是个有实用的办法——怎样马上把自己的脚从泥中拔出来，拔得干干净净的。丧失了自己是最愚蠢的事，因为自己是真理的保护人。逃，逃，逃！

逃到哪里去呢？怎样逃呢？自己手里没有钱！他恨这个世界，为什么自己不生在一个供养得起他这样的人的世界呢？

想起在本杂志上看见过的一张名画的复印：一溪清水，浮着个少年美女，下半身在水中，衣襟披浮在水上，长发像些金色的水藻随着微波上下，美洁的白脑门向上仰着些，好似希望着点什么；胸上袒露着些，雪白的堆着些各色的鲜花。他不知道为什么想起这张图画，也不愿细想其中的故事。只觉得那长发与玉似的脑门可爱可怜，可是那些鲜花似乎有点画蛇添足。

这给他一种欣喜，他觉到自己是有批评能力的。

忘了怎样设法逃走，也忘了自己是往哪里走呢，他微笑着看心中的这张图画。

忽然走到了家门口，红色的"田寓"猛的发现在眼前，他吓了一跳！

注释

1.韩穆烈德：即哈姆雷特，莎士比亚戏剧中的人物。
2.普罗：俄语"普罗里塔利亚"的简称，即无产阶级。

导读

小说《新韩穆烈德》通过一个寒假放假回家的大学生的眼睛，展现了民族传统手工业和商业经营方式在外国的经济入侵和挤压之下，不可避免地走向没落的现实。作者的视角一直都没有离开田烈德，他将对这个大学生的讽刺，融进了以一个家庭为代表的民族商业衰落的故事中。

田烈德自名为"新韩穆烈德"，不仅可以看出他的自负，而且也能表明他对以戏剧为代表的西方文明的认同。他对父亲、自己家庭的态度是鄙视的，因为在"文明"生活的对比下，他们在他看来都是"不体面的"。因为家里"到处是糊糖味，酸甜之中带着点像烫糊了的牛乳味，使人恶心"，而且"早顿接着晚顿老吃炒蒜苗，能继续的吃一个星期，和猪一样"，但是这并不意味着田烈德拒绝家庭供给他的钱。所以一旦父亲没有寄钱来，无钱花的田烈德很自然地要回那个自己厌恶的家。田烈德很可能受到了社会激进思想的影响，他认为父亲在商业上的一些行为是对其他人的压榨和剥削。为了正义，他认为必须反对父亲，"应当到山园去宣传合作的方法，应当到栈房讲演种种'用钱'的非法，应当煽动铺中伙计们要求增高报酬而减轻劳作，应当到家里宣传剥花生与打山楂酪都须索要工钱"。不仅要打倒剥削者，而且要解放家里的劳动者。然而宏伟的目标使他放弃了这种打算，小打小闹田烈德是看不上眼的，他是干大事的人，他有"一种从新调整个文化的企图"。作家幽默地展现了这个眼高手低的大学生，讽刺了他不切实际的空想。对于田烈德想买几等车票心理的描写，最能体现老舍不动声色的幽默与讽刺，一个思想与行动分离的形象跃然纸上。

虽然家人依然让田烈德鄙视，但是他却看见自己的家庭正走向衰落。栈房卖给了别人，伙计们已用不着他来"解放"，因为没有活干，大多人已经各奔前程了。外国商品的涌入把本土产品挤压得没有了生存空间，百姓只图便宜而不顾东西是否是好的，他们不在乎蜜饯用的是糖精还是糖。

"经济的侵略与民间购买力的衰落！"田烈德一边对现实进行总结，一边对自己家族的破产感到了害怕，那将会冲击他的正常生活。面对那些被"解放"的伙计们，田烈德还是用"革命"理论来解释——他们会成为造反的力量，所以即使他心里清楚那些人将苦于生计，但是，他还是决定"不必鼻一把泪一把的替他们伤心，用不着，也没用"。

走在破产边缘的、变得相当软弱无奈的父亲对田烈德说："你是大学的学生，总该有办法！"田烈德感到受到了极大的委屈，他可以原谅父亲不给自己寄钱，但却不能原谅父亲对自己的要求，他是干"大事业"的，与果贩子的事业不搭界。他要完成自己的理想，然而拯救家庭困境并不属于他理想的内容，因为他认为一旦情感陷进家庭里，那么自己就离真理越来越远了。所以他要做的是，赶快从泥淖中拔出脚来，赶快逃离，"他不用可怜他们，也不用对他们说明什么"。但是"逃到哪里去呢？怎样逃呢？"而且还有更致命的"真理"等待着他，"自己手里没有钱！"

对于所谓的受过新式教育的人，老舍总是在揭露他们身上那些充满矛盾的思想与言行，田烈德无疑是这种人物形象的典型。他们自认为是民族的精英，可以拯救民族的苦难，但是他们只有空想，没有行动；自由自我，不顾别人。他们不把脚踏实地看成是理想，却把思想教条看成救世真理，这样的人对于民族国家难有任何价值。

一块猪肝

大中华的半个身腔已被魔鬼的脚踩住，大中华的头颅已被魔鬼的拳头击碎，只剩下了心房可怜的勇敢的不规则的尚在颤动。这心房以长江为血，武汉三镇为心瓣：每一跳动关系着民族的兴亡，每一启闭轻颤出历史续绝的消息。它是流民与伤兵的归处，也是江山重整的起点。多少车船载来千万失了国弃了家的男女，到了这里都不由的壮起些胆来，渺茫的有了一点希望。就是看一眼那滚滚的长江，与山水的壮丽，也足以使人咽下苦泪，而想到地灵人杰，用不着悲观。

江上飞着雪花，灰黄的江水托着原始的木舟与钢铁的轮船，浩浩荡荡的向东流泻；像怀着无限的愤慨，时时发出抑郁不平的波声。一只白鸥追随着一条小舟，颇似一大块雪，在浪上起伏。黄鹤楼上有一双英朗的眼，正随着这片不易融化的雪转动。

前几天，林磊从下江与两千多难民挤在一条船上，来到武昌。他很难承认自己是个难民，他有知识，有志愿，有前途，绝对不能与那些只会吃饭与逃生的老百姓为伍。可是，知识，志愿，与前途，全哪里去了？他逃，他挤，他脏，他饿，他没任何能力与办法，和他们没有丝毫的分别。看见武汉，他隐隐的听到前几天的炮声，看见前几天的火光。眨一眨眼，江汉关与黄鹤楼都在火影里，冒着冲天的黑烟。再眨一眨眼，火影烟尘都已不在；他独自流落在异乡。身下薄薄的一身西服，皮鞋上裹满各色的泥浆，独自扛着简单得可笑的一个小铺盖卷。谁？干什么？怎回事？他一边走一边自问。不是难民！他自己坚决的回答。旅馆却很难找，多少铁一般的面孔，对他发出钢一般的"没有房间！"连那么简单的铺盖卷都已变成重担，腿已不能再负迈开的辛苦，他才找到一间比狗窝稍大的黑洞。绝对不尊严的，他趴在那木板上整整睡了一夜，还不如一只狗那么警醒灵动。

醒来，由衣袋里摸出那还未曾丢失的一面小镜来，他笑了。什么都没有了，却仍有这方小镜照照自己。瘦了许多，鼻眼还是那么俊秀，只是两腮凹下不少，嘴角旁显出两条深沟，好像是刻成的，微微有些阴影。是自己，又不十分正确——到底不是难民！

放下小镜，他决定忘下以前种种。原先就不是凡夫，现在也不能是难民，明日还得成个有为的人物。这是一贯的，马上要为将来打算打算。

他过江去看看汉口。车马的奔驰，人声的叫闹，街道的生疏，身上的寒冷，教他没法思索什么，计划什么。他只觉得孤独，苦闷。街上没遇到一个熟脸，终日没听到一句同情的话，抱着自己过去的一切志愿与光荣，到今天连牢骚也无处去诉。这个处所是没有将来的。自己可是无论如何决不肯与难民为伍。买了份报，没有看见什么。他不能这样在人群中作个不伸手乞钱的流浪者，他须找个清静的地方，细细思索一番。把报纸扔掉，想买本刊物拿回旅馆去看——黑洞里不是读书的地方，算了吧；非常的蹩扭！不过，刊物各有各的立场；自己也有自己的立场；不读也没多大关系。自己的立场是一切活动——对个人的，对国家的——的基础。这个，一般人是不会有的，所以他们只配作难民，对己对国全无办法。

在黄鹤楼上，看着武汉三镇的形胜，他心中那些为自己的打算，和自己平日所抱定的主张，似乎都太小一点，眼前的景物逼迫着他忘了自己，像那只白鸥似的，自己不过是这风景中小小的一片；要是没有那道万古奔流，烟波万顷的长江，一切就都不会存在；鸥鸟桅帆……连历史也不会有。寒江上飞着雪花，翻着巨浪，武昌的高傲冷隽，汉口的繁华紧凑，汉阳的谦卑隐秀，使他一想便想到中国，想到中国的历史，想到中国伟大的潜在力量。就是那些愚蠢无知的渔夫舟子好像也在那儿支持着一点什么，既非偶然，也非无用，眼随着那只白鸥。他感到一种无以名之的情感，无限，渺茫，而又使他心中发热，眼里微温。

但是，这没有一点实在的用处。他必须为他自己思索；茫茫的长江，广大的景物，须拿他自己作为中心，自己有了办法，一切才能都有了办法。自己的主张，是个人事业的出发点，也是国家转危为安的关键。顺着自己的主张与意见往下看，破碎的江山还可以马上整理起来，条条有理，头头是道。他吐了一口长气。江上还落着零散的雪花；白鸥已不知随着江波飘到哪里去了。

是的，他知道自己的思想是前进的。他天然的应当负起救亡图存的责任。他心中看见一条白光，比长江还长，把全中国都照亮，再没一点渣滓物，一星灰尘，整个的像块水晶，里边印着青的松竹与金色的江河。不让步，不搬动！把这条白光必须射出！他挺了挺胸，二十五岁的胸膛，吐出万丈的豪气。

雪停了。天天看见长江，天天坚定自己，天天在人群中挤来挤去，天天踩一鞋泥，天天找不到事作。林磊的志愿依然很大，主张依然很坚决，只是没有机会，一点没有机会！他会气馁，但是也不会快活。物质上的享受，因金钱的限制，不敢去试尝；决定不到汉口去，免得看见那些令人羡慕的东西，又引起气短与伤心，普通的劳作与事情，不屑于投效；精神上的安慰只仗着抱定主意，决不妥协。假若有机会得到大的事情作，既能施展怀抱，又能有物质的享受呢，顶好！能在精神上如愿以偿而身体受些苦处呢，也算不错；若是只白白受些苦，而远志莫伸，那就不如闲着。虽然闲着也不好受，可是到底自己不至与难民同流，像狗似的去求碗饭吃。

买了些本刊物，当不落雨的时候，拿到蛇山上去读。每读过一篇文字，他便尽着自己所知道的去揣摸，去猜想，去批判。每读过几篇文字，他便就着每一篇的批判，把它们分划出来：哪篇是哪一党一系的主张，哪一篇与哪一篇是同声相应，或异趣相攻。他自信独具卓见，能看清大时代的思想斗争的门户与旗号，从而自诩为战士中的一员。这使他欢喜，骄傲；眼前那些刚由内地开出来的兵，各地流亡来的乞丐，都不值得一看；他几乎忘了前线上冰天雪地里还有多少万正规军队与义勇军，正在与敌人血肉相拼，也几乎忘了自己的家乡已被敌人烧成一片焦土；反之，他渺茫的觉得自己是在一间光暖的大厅中，坐在沙发上，吸着三炮台烟卷，与一些年轻漂亮的男女，讨论着革命理论与救亡大计：香暖，热闹，舒服而激烈。他幻想着自己已作了那群青年的领袖，引导着他们漂漂亮亮的，精精神神的发表着谈话，琢磨着字眼，每一个字都含着强烈的斗争力量，用一篇文字可以打倒多少政敌，扫荡若干不正确的观念。想到这里，他不由的想起许多假想敌来，某人是某党，某人是某派，都该用最毒辣的文字去斩伐。他的两眼放了光。立起来，他用力的扯了扯西服的襟，挺起胸来，向左右顾盼。全城在他的眼中，他觉得山左山右不定藏着多少政匪与仇敌；屋顶上的炊烟仿佛是一些鬼气，非立即扫清不可。

他这样立在抱冰堂前或蛇山的背上，恍惚的想到他的英姿是值得刻个全身铜像，立在山上，永垂不朽——革命的烈士。可是，每逢一回到小旅馆中，他的热气便沉落下去，所有的理论，主张，与立场，都不能使那间黑洞光明一点点。他好似忽然由天堂落到地狱中。这他才极难堪的觉到自己并没有力量去克服任何困难，那真正逼着他来到此地受罪的，却是日本，而不是什么鬼影似的假想敌。到这时候，他才又想起在黄鹤楼头所得到的感触与激刺；合起全中国的力量去打日本仿佛才是最好的办法；内部的磨擦只是捣鬼。他想到了这个，可是不能深信，因为实际上去战争与牺牲似乎离他太远；他若这么去努力，就有点像狗拿耗子，多管闲事。他是生在党争的时代，他的知识，志愿，全由纸面上的斗争与虚荣而来。他的那身西服只宜坐在有暖气管的屋子里，他不能了解何谓"沙场"，何谓"流血"。他心中有"民众"这一名词，但是绝对不能与那把痰吐在地上的人们说过一句话。

他想安心写些文章，投送到与他的主张相合的刊物去发表，每一篇文章，他决定好，必须是对他已读过的某篇文字的攻击或质问。把人家的文章割解开来，他不惜断章取义的摘取一两句话去拼死的责难，以便突破一点，而使敌军全线崩溃。他一方面这样拆割别人的文章，一方面盘算自己的写法；费了许多工夫，可是总不易凑成一篇。他有些焦急，但是决定不自馁；越是难产才越见文艺的良心。

为思索一词一语，他有时候在街上去走好几里路。街上一切的人与事，都像些雾气，只足以遮障他的视线，而根本与他无关。正这样丧胆游魂的走着，远远的他看见个熟识的背影，头发齐齐的护着领子，脖儿长而挺脱，两肩稍往里抱着一些，而脊背并不往前探着，顶好看的细腰，一件蓝色的短大衣的后襟在膝部左右晃动，下面露出长而鼓满的腿肚儿。这后影的全部是温柔，利落，自然，真纯；使林磊忽然忘了他正思索着的一切，而给它配合上一张长而俊丽的脸，两只顶水灵的眼永远欲罢不能的表情，不是微嗔便是浅笑；那小小的鼻子，紧紧的口，永远轻巧可爱而又尊严可畏。他恨不能一步赶上前去，证明那张脸正和他所想起的一样。而且多着一些他所未见过而可以想象到的表情：惊异，亲切，眼中微湿，嘴唇轻颤，露出些光润美丽的牙来，半晌无语……那个后影是不会错的，那件蓝色短大衣是不会错的；他只须，必须，赶上前去，那张脸也必不会错，而且必定给予他无限的安慰与同情。他是怎样的孤寂悲苦呀！

可是他的脚不能轻快的往前挪。背影的旁边还有另个背影：像写意画中的人物，未戴帽的头只是个不甚圆的圈儿，下面极笼统的随便的披着件臃肿的灰布棉衣。林磊一时想不出这个背影最恰当的像个什么，他只觉得那是个布口袋，或没有捆好的一个铺盖卷，倚靠着她，是她的致命的累赘。她居然和这个布袋靠得很近，缓缓的向前走！他不能赶上去，不能使布口袋与他分享着她的同情与美丽。他幻想着，假若她的脸若能倒长着，而看见了他，她必会把那件带腿的行李弃下，而飞跑向他来。这既是决不会有的事，他的苦痛渐渐变为轻蔑与残酷：她并不是像他想象的那么真纯美妙。说不定，还许是因逃难而变成了妓女呢！不，她决不能作妓女！他后悔了。即使是个妓女，他也得去找她，从地狱中把她救拔出来。他在大学毕业，她刚念完二年级的功课……看着那俩背影，他想起过去的甜美境界。两年的同学，多少次的接触，数不过来的小小的亲密——积成了一段永难消灭的心史。难道她的一切都是假的？为什么和个伤兵靠着肩？随着她，看她到底往哪里去！

马路上迎面过来一队女兵。只一眼，他收进多少纯洁的脸，正气的眼神，不体面的制服，短而努力前进的腿。她——他急忙把眼又放在那个背影上——莫非也是个女兵？他加快了脚步，已经快追上她，她和那个伤兵进了一座破庙，上台阶的时候，她搀起伤兵的左臂；右臂已失，怪不得像个没捆好的什么行李卷呢。破庙的门垛上挂着个木牌——××××伤兵医院。

林磊一夜没能睡好。那两个背影似乎比什么都更难分析，没有详密的分析，结论是万难得到的。救亡图存的大计，在他心中，是很容易想出来的；只要有一定的立场而思路清楚便会有好的言论与文章；大家都照着文章里的指示去作，事情是简单的。那两个背影却是极难猜透的谜。尽他所能的往好里想：她舍去小姐的生活，去从军，去当看护，有什么意义呢？多少万职业的士卒，都被打败；多添一半个女兵，女护士，有什么好处呢？女子真是头脑简单的动物！

一清早，他便立在破庙前，不敢进去，也想不出方法见到她。他只觉得头昏。天上有一层薄云，街上没多少行人，小风很凉，他耸着点肩，有意无意的看着那两扇破庙门。

门里有了脚步声，他急忙躲开。一个背着大刀的兵，开开庙门，眼睛直勾勾的立在木牌的前面，好像没有任何思想，任何表情，而只等着向谁发气与格斗。林磊无论如何也不能把她——假若她真是在此地作事——与这样的简单得像块木头的人们调合在一块。一些块干木头，与一朵鲜花；一个有革命思想的女儿，与一群专会厮杀的大汉，怎能住在一处呢？

他开始往回走，把手插在裤袋里，低头看着鼻子里冒出的白气。他的右肩忽然沉了一下，那个长而俊秀的脸离他只有半尺来远，可是眼中并没有湿，唇也并没有颤；反之，她的眼中有股坚定成熟的神气，把笑脸的全部支撑得活泼大方，很实在，而又空灵，仿佛不是要把一些深意打入他个人的心中去，而是为更广泛博大的一些什么而欣喜。

"磊，你怎么来的？"

磊答不出一个字。她的脸比往日粗糙了一些，头发有许久没有电烫，神情与往日大不相同；他得想一想才能肯定的承认她确是旧日的光妌[1]。这么想一想的里面，却藏着些疏远与苦痛。

"磊，你怎么了？怎么直发呆？"光妌赶上了他的步度，靠住他的肩。

他想起那个布口袋。

"家里怎样？"她看了他的脸一下。

磊把手往更深处插了插。

光妌把头低下去："我的家全完了！父母逃是逃出来了，至今没有信！"

"可是你挺快活？"磊的唇颤动着，把手拔出来一只，擦了擦鼻子。

"我很快乐！"她皱了下眉："当逃难的时候，父母失散，人财两空，我只感到穷困微弱，像风暴里的一个落叶。后来，遇到一群受伤的将士与兵丁，他们有的断了臂，有的瘸了腿，有的血流不住，有的疼痛难忍。他们可是仍想活着，还想病好再上沙场。他们简单，真是简单，只有一条命，只有一个心眼把命丧在战场！我呢，什么也没有了，可还有这条命。这条命，我就想，须放在一个心眼里；我得作些什么。我就随着他们来到此处；作了他们的姐妹。"

"他们为谁打？他们不知道。"磊给满腹的牢骚打开了闸："他们受伤，他们死；为什么？不知道；你去救护他们，立在什么立场上，有什么全盘的计划？呕，把一两个伤兵的臂裹好就能转败为胜？"

光妠笑了。"我没有任何立场与计划，我只求卖我个人的力量，救一个战士便多保存一分战斗力。父母可以死，家产可以丢掉，立场主张可以抛开，我要做马上能作该做的事。我只剩了一个理想，就是人人出力，国必不亡。国是我的父母，大家是我的兄弟姐妹。一路军也好，七路军也好，凡是为国流血的都是英雄；凡是专注意到军队的系属而有所重轻的都是愚蠢。"

"完全与青年会，红十字会的愚人一样，"磊的笑声很高，很冷："妇人之仁！"

"是的，我将永不撒手这个妇人之仁。"她没有笑，也没有一点气："我相信我自己现在不空虚，因为我是与伤兵们的血肉相亲：我看见了要国不要命的事实，所以我的血肉也须投在战潮中。假若兵们在我的照料劳作而外，还要我的身体，我决不吝惜；我的肉并不比他们的高贵。可是，他们对我都很敬重；我袋中有一角钱也为他们花了，他们买一分钱的花生也给我几个。在这儿，我明白了什么叫作真纯，什么叫作热烈。"

"连报纸也不看？"磊恶意的问。

"不但看，而且得由我详细的讲解：在讲解之中，他们告诉我许多战绩，人名，地名，风景，物产。他们不懂得的是那些新名词，我不懂得的是中国的人，地，事情。他们才是真正的中国人；生在中国，为中国而死，明白中国事。我们，"光妠又笑了，"平日只顾了翻译外国书，却一点不晓得中国事。美国闹什么党派，我们也随着闹，竟自不晓得那是无中生有白天闹鬼！"她忽然立住了，"哟！走过了。""走过了什么？"

"肉铺！我出来给刘排长买二毛钱的猪肝。"她扭头往回走，走了两步，又转回来。"他的血流得太多了，医院里又没有优待的饭食；所以我得给他买点猪肝。你有钱没有？这是我最后的两毛钱了！"

林磊掏出一块钱的票子来。她接过去，笑着，跳着，钻进一家小肉铺去。天上的薄云裂开一条长缝，射出点阳光来。也看见了自己的影子，瘦长的在地上卧着。

"妇女是没有理想的，"他轻轻的对自己说："一个最坏的孩子也是妈妈的宝贝儿！谁给她送一束花，谁便是爱人；到如今，谁流点血便是英雄！"
他想毫不客气的把这个告诉她，教她去思索一下。

她由小肉铺轻巧的跳出来，手中托着块紫红的肝。她两眼钉在肝上，
嘴角透出点笑，像看着个最可爱的小孩的脸似的。

他急忙的走开。阳光又被云遮住。眼前时时的现出一块紫红的猪肝——
猪肝的一边有些人，有些事；猪肝的另一边什么也没有；仿佛是一活一死
的两个小世界似的。

注释

1. 妫：音 guī。

导读

《一块猪肝》通过对光妫、林磊两个人物形象在抗战期间从思想到言行的
描写，展现了全民族抗战到来之际中国人的不同表现，并以肯定光妫、否定林
磊的方式，表达了在抵御外辱为第一要务之时，应该消弭"党争"，全力抗战。

小说中的两个人物显然具有代表性意义。作者着重描写并批判的林磊，是
在逃亡中出场的。虽然他自视甚高，不愿意承认自己与那些难民百姓一样是在
逃亡，但是现实情况表明，不论是否"有知识，有志愿，有前途"，都面临着
国破家亡的悲惨处境。在作家的视野中，林磊显然属于那种脱离群众与实际
的知识分子，他们有匡时济世、拯救苍生的抱负，然而却瞧不起大众，不
愿与之为伍。"他心中有'民众'这一名词，但是绝对不能与那把痰吐在地
上的人们说过一句话"。

林磊热衷于研究刊物上的"党争"文章，"哪篇是哪一党一系的主张，哪
一篇与哪一篇是同声相应，或异趣相攻"。在他看来，自己是抗战中的一员了，
因为他"能看清大时代的思想斗争的门户与旗号"。他要干的是大事，所以对
那些流亡的难民、各地来的士兵心怀轻视，甚至忽略了在前线英勇奋战的军队
和沦丧的故土家园。他的"工作"应该是在舒适的环境中，写那些充满激情与
力量的文章，打倒政敌，统一思想，然后才是去抗战。可以看出，林磊的最要
紧的事情不是去抵御日寇的侵略，做些对抗战有利的实际事情。清除"政匪与

仇敌"，才是他的第一要务。林磊并非不清楚时事的发展，他知道"那真正逼着他来到此地受罪的，却是日本，而不是什么鬼影似的假想敌"，也明白只有合中国之力才能赶跑日本人。但是，这些离他太远了，他的知识和志愿应该在"党争"的文章中实现，而不是去流血的沙场。林磊不仅有着知识分子脱离大众、轻视大众的普遍性弊病，而且在民族灾难到来之时，依然还热衷于"窝里斗"，这是作者在林磊身上展示出来的根本问题。他们的知识能力没有用在对外抗争上，反而却用来对付自己的同胞。

光妞曾经是林磊的恋人，有着比较相同的人生轨迹，但是面对抗战，她走的却是与林磊截然不同的道路。她在伤兵医院里做服务工作，以自己微薄之力参与抗战，为了抗战甚至愿意献出自己的一切，包括身体、生命。林磊断然否定了光妞工作的意义，"多少万职业的士卒，都被打败；多添一半个女兵，女护士，有什么好处呢？女子真是头脑简单的动物！"但如果大家都与他一样，每个人都去研究"党争"，那么这个民族如何面对外寇的侵略呢？不是女子的头脑简单，而是林磊自己太无责任感。光妞被伤兵们义无反顾的抗争所感动，毅然加入了他们的行列，用切身行动参与了抗战。林磊批判光妞的举动是没计划、没立场、没意义的，但光妞认为在抗战面前不应有任何立场，而应该"做马上应该做的事"，这样才能避免国家的灭亡。接下来的一段话，则显然是作者通过光妞之口对林磊思想的彻底否定，"国是我的父母，大家是我的兄弟姐妹。一路军也好，七路军也好，凡是为国流血的都是英雄；凡是专注意到军队的系属而有所重轻的都是愚蠢"。

同一时代，面临同样遭遇的林磊与光妞似乎存在于两个世界，他们无法理解对方，更无法说服对方。作者用这两个青年人的思想言行，反映了抗战时期中国社会的两种态度，作者对林磊的讽刺与否定，对光妞的赞颂与欣赏，将小说的意图表现得清楚明晰。

一筒炮台烟

阙进一在大学毕业后就作助教。三年的工夫，他已升为讲师。求学、作事、为人，他还像个学生；毕业、助教、讲师，都没能使他忘了以前的自己。在大学毕业的往往像姑娘出嫁，今天还是腼腆的小姐，过了一夜便须变为善于应付的媳妇。进一不这样。直到作了讲师，他的衣服仍旧是读书时代的那些，衣袋里还时常存着花生米。他不吸烟，不喝酒，不会应酬，只有吃花生米是他的嗜好。

作了讲师，他还和学生们在一块去打球和作其他的运动与操作。有时候，他也和学生们一齐站在街上吃烤红薯，因此，学生们都叫他阙大哥。课后，他的屋里老挤满了男女同学，有的问功课，有的约踢球，有的借钱，有的谈心。他的屋子很小，可是收拾得极整齐清爽。门外铺着一个破麻袋，同学们有踏了泥的，必被他勒令去在麻袋上擦鞋底。小几上有个相当大的土磁花瓶，没有花，便插上几根青草，或一枝树叶。女同学们时常给他带来一点花。把花插好，他必亲自把青草或树叶扔在垃圾箱里去。他几乎永远不支使工友，同学们来到，他总是说一声："请不要把东西弄乱，我给你们提开水去。"

虽然接近同学，他可是永远不敷衍他们。他授课认真，改卷认真，考试认真，因此，他可就得罪了一小部分不用功的学生。在他心里，凡是按规矩办理，就是公正无私，而公正无私就不应当引起任何人反感。他并不因为恨恶谁，才叫谁不及格。同时，他对不及格的学生表示，他极愿特别帮助他们在课外补习；因为给他们补习功课，而牺牲了他自己的运动时间也无所不可。通融办理，可是，绝对作不到。

这个公正无私的态度与办法，使他觉得他可以畅行无阻，可以毫不费心思而致天下太平。所以，他一天到晚老是快活的，像个无忧无虑的小鸟儿。

但是当他升为讲师的时候，他感到自己个儿的快乐，像孤独的一枝美丽的花，是无法拦阻暴风雨的袭来的。好几位与他地位相等的朋友，都争那个讲师的位子，他丝毫没把这件事放在心里，更不想去向谁说句好话，或折腰。他以为那是极可耻的事。

聘书落在了他的手中。这，惹恼了竞争地位的同事们，而被他得罪过的同学也随着兴风作浪。他几乎一点也不晓得，假若聘书落在别人的手中，他一定不会表示什么不满意，聘谁和不聘谁是由学校当局作主啊。所以，聘书到了他自己手中，他想别人也无话可说。可是慢慢的，女同学们全不到他的屋中来了；又过了一个时期，男同学也越来越少了。没有人来，正好，他可以安静地多读点书，他想不到风之后，会有什么大雨下来。谣言都已像熟透了的樱桃，落在地上，才被他拾起来。他有许多罪过；贪玩不好好教书，巴结学校当局，行为有乖师道，联络学生……还有引诱女生。

他是个粗壮而短矮的人，无论是立着还是躺着。他老像一根柏木桩子似的。模样长的不错，而脸色相当的黑；因此，他内心的爽朗与眉眼的端正都遮上了一片微黑的薄云。好像帮助他表示爱说话似的，他的嘴特别大。每当遇到困难问题，他的大嘴会向左边——永远向左边——歪，直到无可再歪，才又收回来。歪完了嘴而仍解决不了问题，他的第二招是用力的啃手指甲，有时候会啃出血来。

谣言的袭击，使他歪了几小时的嘴，而且咬破了手。最后，他把嘴角收回，对自己说："扯淡！辞职，不干了！"马上上了辞职书。并且，绝对不见一个朋友，一个学生。自己的事，自己拿主意，用不着宣传。

辞呈被退回来，并且附着一封慰留的信。

把文件念了两三遍，他又歪了嘴，手插在裤袋里，详细的打主意。大约有十分钟吧，他的主意已打定："谣言总是谣言。学校当局既不信谣言，而信任我，再多说什么便是故意的罗嗦！算了吧，"对自己说完了这一套，他打开了屋门与窗子，叫阳光直接射到他的黑脸上；一切都光亮起来。极快的买来一包花生米，细细的咀嚼；嚼到最香美的时候，嘴向左边歪了去。又想起个主意来，赶快结婚，岂不把引诱女生的谣言根本杜绝？对的。他给表妹董秀华打了电报去。

他知道，秀华表妹长得相当的清秀，而脾气不大很好——小气，好吵嘴。他想，只有他足以治服她的小嘴；绝对不成问题。他还记得：有一回——大概有五六年了吧——他偷偷吻了她一下，而被她打了个大嘴巴子，打的相当的疼。可是他禁得住；再疼一点也没关系。别个弱一点的男子大概就受不了，但是他自己毫不在乎，他等着回电。

等了一个星期，没有回电或快信。他冒了火。在他想，他向秀华求婚，拿句老话来说，可以算作"门当户对"。他想不出她会有什么不愿意的理由。退一步讲，即使她不愿接受他，也该快点回封信；一声不响算什么办法呢？在这一个星期里，他每天要为这件不痛快的事生上十分钟左右的气。最后他想写一封极厉害的信去教训教训秀华。歪着嘴，嚼着花生米，他写了一封长而厉害的信。写完，又朗读了一遍，他吐了口气。可是，将要加封的时候，他笑了笑，把信撕了。"何必呢！何必呢！她不回信是她不对，可是自己只去了个简单的电报，人家怎么答复呢？算了！算了！也许再等两天就会来信的。"

又过了五天，他才等到一封信——小白信封，微微有些香粉味；因为信纸是浅红的，所以信封上透出一点令人快活的颜色。信的言语可是很短，而且令人难过："接到电报，莫名其妙！敬祝康健！秀。"

进一对着信上的"莫名其妙"愣了十多分钟。他想不出道理来，而只觉得妇女是一种奇怪的什么。买了足够把两个人都吃病的花生米，他把一位号称最明白人情的同事找来请教。

"事情成功了。"同事告诉他。

"怎么？"

"你去电报，她迟迟不答，她是等你的信。得不到你的信，所以她说莫名其妙，催你补递情书啊。你的情书递上，大事成矣。恭喜！恭喜！"

"好麻烦！好麻烦！"进一啼笑皆非的说，可是，等朋友走后，他给秀华写了信。这是信，不是情书，因为他不会说那些肉麻的话。

按照他的想法，恋爱、定婚、结婚，大概一共有十天就都可以完事了。可是，事情并没有这么简便干脆。秀华对每件事，即使是最小的事，也详加考虑——说"故意麻烦"也许更正确一点。"国难期间，一切从简，"在进一想，是必然的。到结婚这天，他以为，他只须理理发，刷刷皮鞋，也就满够表示郑重其事的了。可是，秀华开来的定婚礼的节目，已足使两个进一晕倒的。第一，他两人都得作一套新衣服，包括着帽子、皮鞋、袜子、手帕。第二，须预备二三桌酒席；至不济，也得在西餐馆吃茶点。第三，得在最大的报纸的报头旁边，登头号字的启事。第四，……进一看一项，心中算一算钱，他至少须有两万元才能定婚！他想干脆的通知秀华，彼此两便，各奔前程吧。同时，他也想到：劳民伤财的把一切筹备好，而亲友来到的时节谁也说不清到底应当怎样行礼，除了大家唧咕唧咕一大阵，把点心塞在口中，恐怕就再没有别的事；假若有的话，那就是小姐们——新娘子算在内——要说笑，又不敢，而只扭扭捏捏的偷着笑。想到这里，他打了个震动全身的冷颤！非写信告诉秀华不可：结婚就是结婚，不必格外的表演猴儿戏。结婚应当把钱留起来，预备着应付人口过多时的花费。不能，不能，不能把钱先都化去，叫日后相对落泪。说到天边上去，他觉得他完全合理，而表妹是瞎胡闹。他写好了信——告诉她彼此两便吧。

好像知道不一定把信发出去似的，也没有照着习惯写好信马上就贴邮票。他把信放在了一边。秀华太麻烦人，可是，有几个不罗嗦的女子呢？好吧，和她当面谈一谈，也当更有效力。

预备了像讲义那么有条理的一片话，他去找秀华。见了面，他的讲义完全没有用处。秀华的话像雨里的小雹子，东一个，西一个，随时闪击过来；横的，斜的，出其不意的飞来，叫他没法顺畅的说下去。有时候，她的话毫无意义，回答也好，不回答也好，可是适足以扰乱了进一的思路。最后，他的黑脸上透出一点紫色，额上出了些汗珠。"秀华，说干脆的，不要乱扯！要不然，我没工夫陪你说废话！我走！"

他真要走，并不是吓吓她，也没有希望什么意外的效果。可是，秀华让步了。他开始对着正题发言。商谈的结果：凡是她所提出的办法，一样也没撤销，不过都打了些折扣。进一是爽快的人，只要事情很快的有了办法，他就不愿多争论。而且，即使他不惜多费唇舌，秀华也不会完全屈服；而弄僵了之后，便更麻烦——事事又须从头商讨一遍啊。

他们定了婚，结了婚。

在进一想，结婚以后的生活应当比作单身汉的时候更简单明快一些，因为自己有了一个帮忙的人。因此，在婚前，他常常管秀华叫作"生活的助教"。及至结了婚，他首先感觉到，生活不但不更简单一些，反而更复杂的多了。不错，在许多的小事情上，他的确得到了帮助：什么缝缝钮扣，补补袜子呀，现在已经都无须他自己动手了。可是，买针买线，还得他跑腿，而且他所买的总是大针粗线，秀华无论如何也不将就！为一点针线，他得跑好几趟。麻烦！麻烦得出奇！

还有秀华不老坐在屋里安安静静的补袜子呀。她有许多计划，随时的提将出来。她连头也不抬，就那么不着痕迹的，一边挑花，或看《妇女月刊》，一边的说："咱们该请王教授们吃顿饭吧？你都不用管！我会预备！"或者"咱们还得买几个茶杯。客来了，不够用的呀！我已经看好了一套，真不贵！"

进一对抗战是绝对乐观的。在婚前，只要一听到人们抱怨生活困难，他便发表自己的意见！"勒紧了肚子，没有过不去的事。我们既没到前线去作战，还不受点苦？民族的复兴，须要经过血火的洗礼！哼！"他以为生活的困难绝对不足阻碍抗战的进行，只要我们自己肯像苦修的和尚那么受苦。他的话不是随便说的，他自己的生活便是足以使人折服的实例。因此，他敢结婚。他想，秀华也是青年，理应明白抗战时所应有的生活方式。及至听到秀华这些计划，他的嘴歪得几乎不大好拉回来了。秀华已经告诉他好几次，不要歪嘴，可是他没法矫正自己。他想不到秀华会这么随便的乱出主意。他可是也不便和她争辩，因为争辩是吵架的起源。

"别以为我爱花钱请贵客，"秀华不抬头，而瞟了丈夫一眼，声音并没提高，而腔调更沉重了些，"我们作事就得应酬，不能一把死拿，叫人家看不起咱们！"

进一开始啃手指甲。他顶恨应酬。凭自己的本领挣饭吃，应酬什么呢？况且是在抗战中！但是他不敢对她明言。她是那么清秀，那么娇嫩，仿佛是与他绝对不同的一种人。既然绝对不相同，她就必有她的道理。在体格上，学识上，他绝对相信自己比她强的。他可以控制她。但是，无论怎样说，她是另一种人，她有他所没有的一些什么。他能控制她，或者甚至于强迫她随着他的意见与行动为转移。可是，那并不就算他得到了一切。她所有的，永远在他自己的身上找不到。她的存在，从某一角度上去看，是完全独立的。要不然，他干么结婚呢？

他只好一声不响。

秀华挑了眼："我知道，什么事都得由着你！我不算人！"她放下手中的东西，眼中微湿的看着他，分明是要挑战。

　　他也冒了火。他丝毫没有以沉默为武器的意思。他的不出声是退让与体谅的表示。她连沉默也不许，也往错里想，这简直是存心怄气。还没把言语预备好，他就开了口，而且声音相当的直硬："我告诉你！秀华！"

　　夫妻第一次开了口战。谁都有一片大道理，但是因为语言的慌急，和心中的跳动，谁都越说越没理；到后来，只求口中的痛快，一点也不管哪叫近情，何谓合理；说着说着，甚至于忘了话语的线索，而随便用声音与力气继续的投石射箭。

　　经过这一次舌战，进一有好几天打不定主意，以后是应该更强硬一点好呢？还是更温和一点好呢？幸而，秀华有了受孕的征兆，她懒，脸上发黄，常常呕吐。进一得到了不用说话而能使感情浓厚的机会，他服侍她，安慰她，给她找来一些吃不吃都可以的小药。这时候，不管她有多少缺点，进一总觉得自己有应当惭愧的地方。即使闹气吵嘴都是由她发动吧，可是她现在正受着一种苦刑，他一点也不能分担。她的确是另一种人，能够从自己的身中再变出一个小人来。

　　看着她，他想象着将要作他的子或女的样子：头发是黑的，还是黄的；鼻子是尖尖的，还是长长的？无论怎么想，他总觉得他的小孩子一定是可爱的，即使生得不甚俊美，也是可爱的。

　　在婚前，有许多朋友警告过他！小孩子是可怕的，因为小人比大人更会花钱。他不大相信。他的自信心叫他敢挺着胸膛去应付一切困难。他的收入很有限，又没有什么财产。他知道困难是难免的，但不是不可克服的。一个人在抗战中，他想，是必须受些苦的。他不能因为增加收入而改行去作别的。教育是神圣的事业。假若他为生活舒服而放弃了教职，便和临阵脱逃的一位士兵一样。同时，结婚生孩子是最自然的事，一个人必须为国家生小孩，养小孩，教育小孩。这样，结婚才有了意义，有了结果。在困苦中，他应当挺着胸准备作父亲，不该用皱皱眉和叹气去迎接一条新生命。困难是无可否认的，但是唯其有困难，敢与困难搏斗，仿佛才更有意义。

　　可是，金钱到手里，就像水放在漏壶里一样，不知不觉的就漏没了。进一还是穿着那些旧衣服，还是不动烟酒，不虚花一个钱。可是一个月的薪水不够一个月花的了。要糊过一个月来，他须借贷，他问秀华，秀华的每一个钱都有去路，她并没把钱打了水漂儿玩。

他不肯去借钱，他甚至看借钱是件可耻的事。但是咬住牙硬不去借，又怎么渡过一个月去呢？他不能叫怀孕的妇人少吃几顿饭！

他向来不肯从别人或别处找来原谅自己的理由。不错，物价是高了，薪水太少，而且自己又组织了家庭。这些都是一算便算得出来的，像二加二等于四那么显明。可是，他不肯这么轻易的把罪过推出去。他总认为家庭中的生活方式不大对，才出了毛病。或者仅是自己完全不对，因为若把罪过都推在秀华身上去，自己还算什么男子汉大丈夫呢？

秀华有一点钱便给肚中的娃娃预备东西。小鞋，小袜，小毛衣，小围嘴……都做得相当的考究，美观。进一很喜欢这些小物件，可是一打听细毛线和布帛的价钱，他才明白，专就这一项事来说，他的月薪当然不够花一个月的了，由这一点，他又想到生娃娃和生产以后的费用；大概一个月的薪水还不够接生的花费呢！秀华的身子是一天比一天的重了。他不敢劝她少给娃娃预备东西，也不敢对她说出生娃娃时候的一切费用。她需要安静，快乐；他不能在她身体上的苦痛而外，再使她精神上不痛快。他常常出一头冷汗，而自己用手偷偷的擦去。他相信自己并没作错一件事，可是也不知怎的一切都出了岔子。

秀华的娘家相当的有钱，她叫进一去求母亲帮忙。他不肯去。他从大学毕业那一天，就没再用过家中一个钱。那么，怎好为自己添丁进口而去求岳母呢。他的嘴不是为央求人用的。

这，逼得秀华声色俱厉的问他："那么，怎么办呢？"

进一惨笑了一下："受点苦，就什么事都办了！"

为证明他自己的话合理，进一格外努力的操作。他起得很早，把屋里屋外收拾得顶整洁，仿佛是说："你看，秀华，贫苦并无碍于生活的整洁呀！"同时他在一个补习学校兼了钟点。所得的报酬很少，可是他满脸笑容的把这一点钱递在秀华手中："秀华，别着急，咱们有办法，咱们年轻轻的，肯出点汗，还能教贫穷给捉住吗？是不是，秀华？"

秀华很随便的把那一点钱放在身旁，一语未发。进一啃了半天手指甲，而后实在忍不住了，才低声的，恳切的说：

"华！我知道这一点钱太少，没有什么用处。可是，积少成多，我再去想别的法子呀。比如说，我可以写点稿子卖钱。"

"写稿子！"秀华冷淡的问。

"嗯！"进一想了一会儿："是这样，秀华，我尽到我的心，卖尽我的力，去弄钱。可是弄钱只为解决生活，而不为弄钱而弄钱。因此，我去兼课，我写稿子，一方面是增加收入，一方面也还为教书与作文章有益于别人的事。假若，你以为我可以用我的心力去作生意，发国难财，除了弄钱别无意义，你就完全把我看错了！我希望你把我凭良心挣下来的每一个钱，都看成我的爱，我的劳力，我的苦心的一个象征。你要为这样的钱吻我，夸赞我，我才能得到鼓励，要更要好要强，像一匹骏马那样活泼有力，勇敢热烈！能这样，我们俩便是一对儿好马，我们还怕拖不动这一点困苦吗？笑！秀华！笑！发愁，苦闷，有什么用处呢！"

秀华很勉强的笑了一笑。她有一肚子的委屈，可是只简单的缩敛成很短的，没有头尾的几句话："什么也没有，没有交际，没有玩耍，没有……"

"我知道！我知道！每次朋友来，都叫你脸红。没有好茶叶，漂亮的点心，没有香烟……甚至于没有够用的凳子和茶碗。可是，朋友们也该知道现在是抗战时期呀。他们知道这个，就该原谅咱们。假若咱们是由发国难财而有好茶好香烟好茶杯给他们享受，他们和咱们就都没有了良心，你说是不是？秀华，打起精神来，别再叫我心里难过！"

秀华没再说什么，可是脸上也并没有一点笑容。进一也不敢再多讲，他知道话太多了也不易消化。他去擦皮鞋，扫地，以免彼此对愣着。虽然如此，屋中到底还是沉静得难堪。

一位朋友来给解了围。进一的迎接朋友是直爽而热烈的。有茶，他便倒茶；没茶，他干脆说没有。假若没有茶，而朋友真口渴呢，他就是走出二里地也得把茶水弄了来。

这位朋友是来求他作点事。在婚后，正如婚前，进一有求必应的。特别在婚后，他仿佛是故意的作给秀华看："你说咱们不会招待朋友，朋友有事可是先来求我呀！彼此帮忙才是真朋友，应酬算什么呢！"

三言两语，朋友把事情说清楚；三言两语，进一说明了他可以帮忙。然后，他三步当作两步的去给友人办理那件事。

把事情办成，他给了友人回话，而后把它放在脑子后头——进一永远不爱多说怎样给别人帮忙的经过；帮忙是应该的，用不着给自己宣传。

过了几天，他已经几乎把这件事忘得一干二净了，友人来了，给他道谢。一边说着话，友人顺手的放下一筒儿炮台烟。

"喝！炮台！"进一笑着说。"干什么？"

"小意思！"友人也笑了笑。"送给你的！"

"我不吸烟！"进一表示不愿接收礼物。

"留着招待朋友。遇到会吸烟的。你送他一枝，一枝，他也得喜欢！"说罢，友人就搭讪着告辞了。

送客回来，他看见秀华正拿着那筒烟细细的看呢，倒仿佛从来没看见过的样子。

"秀华！"进一笑着叫。"给他送回去吧，反正咱们俩都不抽烟。凭咱们这破桌子烂板凳，摆上这么一筒烟也不配合！"

"你掂一掂！"秀华把筒儿举起来。

"干吗？"

"不像是烟，烟没有这么沉重！"

进一接过烟来，掂了一掂。掂了一小会儿，"不是香烟！可也不能是大烟吧？"说着，他把筒的盖儿掀开。"钱！"

"钱？"秀华探着脖子看。"多少？"

"管他多少呢，我马上给他送回去！"进一颇用力的把盖儿盖好。就要往外走。

"等等！你等等！"秀华立了起来。"到底是怎回事？"

"他托我给说了个情，我给办到了。没费我一个铜板，干吗送我钱呢？"进一又把嘴歪到左边去。

"大概事情不那么简单吧？"秀华慢慢的坐下。"求你的事必不像他说的那么容易。人家求你，你仿佛吃了蜜，连事情还没弄明白就一劲儿点头！"

"管它呢，反正我不能收这点钱！"

"这点钱，他应当给，应当多给！"

"秀华！"进一的脸上很不好看了。"这是贿赂！一文钱也是贿赂！"说完，进一又要往外走。

从外面进来个二十岁上下的学生，走得慌速，几乎和进一碰个满怀。

"阚先生！"学生的眼中含着泪。

"怎么啦？丁文！"进一关切的问。

"弟弟急性盲肠炎！入院得先交一千，动手术又得一两千！他疼得翻滚，我没钱！我们的家在沦陷区！先生，你救命！"丁文把话一气说完，一下子坐在了小凳上，头上冒出大汗珠子。

"嗯！"进一手中掂着那个香烟筒，打主意。他好像忘了筒里装的是钱，而忽然的想起来。"等我看看！不要着急！"他打开烟筒，把一卷塞得很结实的钞票用力扯出来。极快的他数了一数。"嘿，整三千！丁文，这不是好来的钱，你愿意用吗？"

丁文几乎像抢夺似的把一卷票子抓在手中。"先生，人命要紧！"他噗咚一声跪在地上，磕了一个头起来，没再说什么，像箭头儿似的飞跑出去。

进一把嘴歪到一边，向门外发愣。

"进一！"秀华含着怒喊叫，"我不久也得入医院，也得先交一千，也得化一两千医药费！你怎么不给我想一想呢？你从哪里再弄到三千元呢？"

进一慢慢的走过来，轻轻的拍了两下秀华的肩。"华，天无绝人之路，咱们必有办法。无论什么吧，咱们的儿女必要生得干净！生得干净！"

导读

在老舍的小说中，对青年一代是尤其关注的，作者从他们身上透视出那个时代社会的问题。不论对主人公是批判还是肯定，作者期冀民族重建的价值取向是相当明显的。所以，老舍不仅塑造了像《牺牲》中的毛博士这样的负面形象，也描写了阚进一这样有着正确价值观念的人物。作者从几个方面来表现这个质朴得甚至有些木讷，但对工作认真投入的青年人，以此来展示一种健康的生命形式，让人看到了这个民族的希望。

大学毕业，做了大学讲师的阚进一，虽然身份改变，但是依然保持着做学生时的朴素作风与良好习惯，甚至"衣服仍旧是读书时代的那些"。阚进一对本职工作是极其认真的，绝不敷衍学生，"他授课认真，改卷认真，考试认真"。他不会因为个人的好恶，而随意处理学生的成绩；也愿意拿出自己的时间来给学生补习功课。当然，这不意味着他宽松，相反他相当严格，一切涉及课业的问题都按规矩来办，因为在他看来，"凡是按规矩办理，就是公正无私"。课堂之外，阚进一并不是那么认真严肃的，他能够真心与学生相处，把他们当成

自己的朋友，他与学生一起游戏，自己的屋子也总向学生们开放。不论把阚进
一放在任何年代，他都可以称得上是好教师的楷模。另外，阚进一有着传统知
识分子淡泊名利的价值观，对职称的晋升他看得比较淡，不像其他人决意争抢，
也不靠拉关系而获利。然而，心地单纯的阚进一还是受到了外界恶意的攻击。
那些职称晋升中落败而对他心怀忌妒的同事，那些在他严格课业规矩之下心生
不满的学生，制造传播谣言，大肆污蔑这个堪称楷模的教师。当学校信任地拒
绝了他的辞职时，体验到信任的阚进一又一脸的阳光。

在恋爱娶妻上，阚进一表现出来相当的"缺乏见识"，作者从这一描写中
突出了主人公的质朴本性。阚进一认为男婚女嫁就像给学生授课一样简单，我
讲了，你听了，然后懂与不懂直接反馈。所以他拍了一份电报后，就觉得婚事
在即了，结果可想而知。在明白人情的同事指点下，他才成功地进入恋爱之中。
对于婚事，阚进一考虑的是越简单越好，没必要铺张浪费，这是出于他性情的
真实，而不是怕破费钱财的权宜之计。

在生活态度上，阚进一与妻子秀华不尽相同。阚进一认为抗战时期，一切
应该从简，吃苦也应该成为生活的必修课，这与妻子想请客吃饭替他应酬的想
法，明显是冲突的。阚进一生活不算困苦，但他不贪图自身享受，与民族兴亡
共进退，虽没有上阵杀敌，但时刻心怀国家。这是作者所称道的知识分子的价
值立场与态度。阚进一不仅对抗战乐观，对待生活也相当乐观，他不觉得生育
抚养小孩会造成多大压力，反而从大局着眼来认识生育，"一个人必须为国家
生小孩，养小孩，教育小孩。这样，结婚才有了意义，有了结果"。

对于金钱，阚进一是一以贯之的淡薄，他不肯去借钱，不肯去岳母家乞求
帮助，他觉得"受点苦，就什么事都办了！"君子爱财，取之有道，所以即使
是去做兼职写稿子也不是为了赚钱而去赚钱，他要考虑过程的合理性，不义之
财是不能发的。在这种价值观念主导下，面临妻子生产，并不富裕的他才把别
人送来的谢礼当做不义之财转手就给了来借钱的学生。

"无论什么吧，咱们的儿女必要生得干净！生得干净！"这是阚进一价值
观的生动体现，我们在他身上看到了宗教圣徒般纯洁的灵魂。

抓　药

日本兵又上齐化门外去打靶。照例门脸上的警察又检查来往的中国人，因为警察们也是中国人，中国人对防备奸细比防备敌人更周到而勇敢些，也许是因为事实上容易而妥当些；巡警既不是军人，又不管办外交。

牛家二头的大小棉袄的钮子都没扣着，只用蓝布搭包松松的拢住，脖子下面的肉露着一大块，饶这么着，他还走的发燥呢。一来是走的猛，二来也是心里透着急。父亲的病一定是不轻；一块多钱，这剂药！家离齐化门还有小十里子呢。齐化门就在眼前了，出了城，抄小道走，也许在太阳压山以前能把"头煎"吃下去。他脚底下更加了劲，一手提着药包，一手攥着个书卷。

门脸上挤着好多人，巡警们在四外圈着。二头顾不得看热闹，照直朝城门洞走。

"上哪去？"

城洞里嗡嗡了半天。

二头顾不得看这是对谁喊的，照直往前走；哼，门洞里为什么这样静悄悄的？

"孙子！说他妈的你哪；回来！"

二头耳中听到这个，膀子也被人捉住了。

"爸爸等着吃药呢！"他瞧明白了，扯他的是个巡警。"我又没偷谁！"

"你爷爷吃药，也得等会儿！"巡警把二头推到那群人里。

那群人全解衣扣呢；二头不必费这道手，他的扣子本来没扣着。有了工夫细看到底是怎么回事：这群人分为三等，穿绸缎的站在一处，穿布衣服而身上没黑土的另成一组，像二头那样打扮的是第三组。第一组的虽然也都解开钮扣，可是巡警只在他们身上大概的摸一摸。摸完，"走！"二头心里说："这还不离，至多也就是耽误一顿饭的工夫；出了城咱会小跑。"轮到了第二组，不那么痛快了，小衣裳有不平正的地方要摸个二次了。摸着摸着，摸到了一个四十多岁的红鼻子。红鼻子不叫摸："把你们的头叫来！"巡长过来了："哟！三爷！没看见您，请吧；差事，没法子；请吧！"红鼻子连笑也没笑，"长着点眼力；这是怎说的！"抹了红鼻子一把，出了城。好大半天，轮到了二头们。"脱了，乡亲们，冻不死！"巡警笑着说。"就手儿您替拿拿虱子吧，劳驾！"一个像拉车的说。"别废话，脱了过过风！"巡警扒下了一位的棉袄，抖了两三下。棉袄的主人笑了："没包涵，就是土多点！"巡警听了这句俏皮的话，把棉袄掷在土路上："爽性再加点分量。"

剩不到几个人了，才轮到二头；在二头以后来到的都另集在一处等着呢。

"什么？"巡警指着二头的手问。

"药。"

"那个卷，我说的是。"

"一本书，在茅厕里捡的。"

"拿来。"

巡警看了看书皮，红的；把书交给了巡长。巡长看了看书皮，红的；看了看二头。巡长翻了两页，似乎不得要领，又充分的沾了唾沫，连着翻了十来页，愣了会儿，抬头看了看城门，又看了二头一眼："把他带进去！"一个巡警走过来。

二头本能的往后退了一步，心里知道要坏，虽然不知道为什么。

"爸爸还等着吃药呢！书是在茅厕里捡的！"

"不老老实实的可是找揍，告诉你！"巡警扯住二头的脖领儿。

"爸爸等着吃药呢！"二头急是急，可是声儿不高，嗓子仿佛是不大受使了。

"揪着他走！"巡长的脸上白了些，好像二头身上有炸弹似的。

急是没用，不走也不行，二头的泪直在眼圈里转。

进入派出所。巡警和位胖的巡官嘀咕了几句。巡官接过那本书去，看了看。

胖胖的巡官倒挺和气："姓什么呀？""呀"字拉得很长，好似唱文明戏呢。

"牛，牛二头。"二头抽了抽鼻子。

"啊，二头。在什么村住呀？"

　　"十里铺。"

　　"啊，十里铺；齐化门外头。"巡官点点头，似乎赞叹着自己的地理知识。"进城干什么来啦？""啦"字比"呀"还长一些。

　　"抓药，爸爸病了！"二头的泪要落下来。

　　"谁的爸爸呀？说清楚点。好在我不多心。来，我问你，好好的告诉我，不许撒谎。这本书是谁给你的呀？""在茅厕里捡的。"

　　"你要是不说实话，我可就要来厉害的了！"胖巡官显得更胖些，或者是生气的表现。"年轻轻的，不要犯牛劲；你说了实话，没你的事，我们要的是给你这本书的人，明白不明白呀？"

　　"我起誓，真是捡来的！书，我不要了，放我走得了！""那你可走不了！"胖巡官又看了看那本书，而后似乎决定了不能放走二头。

　　"老爷，"二头真急了："爸爸等着吃药呢！"

　　"城外就没有药铺，单得进城来抓药？有事故吗！"巡官要笑又不肯笑，非常满足自己的智慧。

　　"大夫嘱咐上怀德堂来抓，药材道地些。老爷，我说老爷，放了我吧；那本书不要了，还不行？！"

　　"可就是不行！"

　　当天晚上，二头被押解到公安局。

　　创造家"汝殷"和批评家"青燕"是仇人，虽然二人没见过面。汝殷以写小说什么的挣饭吃，青燕拿批评作职业。在杂志上报纸上老是汝殷前面走，青燕后面紧跟。无论汝殷写什么，青燕老给他当头一炮——意识不正确。汝殷的作品虽并不因此少卖，可是他觉得精神的胜利到底是青燕的。他不晓得：买他的书的人，当拿出几角钱的时候，是否笑得格外的体恤，而心中说："管他的意识正确不正确，先解解闷是真的！"他不希望这是实在的情形，可是当他接到一些稿费或版税的时候，他总觉得青燕在哪儿窃笑他呢："哈，又进了点钱？那是我的批评下的漏网之鱼！你等着，我还没跟你拉倒了呢！"他似乎听见那位批评者这么说。

　　可巧有一回，他们俩的相片登印在一家的刊物上，紧挨着。汝殷的想象更丰富了些。相片上的青燕是个大脑袋，长头发，龙睛鱼眼，哈巴狗鼻子；

往好里说，颇像苏格拉底。这位苏格拉底常常无影无声的拜访汝殷来。

自然，汝殷也有时候恶意的想到：就"青燕"这个笔名看，大概不过是个蝴蝶鸳鸯派的小卒。如今改了门路，专说"意识不正确"。不必理他。可是消极的自慰终胜不过积极的进攻；意识不正确的炮弹还是在他的头上飞。

意识怎么就正确了呢？他从青燕的批评文字中找不到答案。青燕在这里不大像苏格拉底了。苏格拉底好问，也预备着答；他会转圈儿，可也有时候把自己转在里面。青燕只会在百米终点，揪住腿慢的揍嘴巴。汝殷不得不另想主意了。他细心的读了些从前被称为意识正确的作品——有的已经禁止售卖了。这使他很失望，因为那些作品只是些贫血的罗曼司。他知道他自己能作比这强得很的东西。

他开始写这样的小说。发表了一两篇之后，他天天等着青燕的批评，批评来了：意识不正确！

他细细把自己的与那些所谓正宗的作品比较了一下，他看出来：他的言语和他们的不同，他的是国语，他们的是外国话。他的故事也与他们不一样，他表现了观察到的光与影，热诚与卑污，理想与感情；他们的只是以"血"，"死"，为主要修辞的喜剧。

可是，他还落个意识不正确！

他要开玩笑了，专为堵青燕的嘴。他照猫画虎的，也用外国化的文字，也编些有声而不近于真实的故事，寄给一些刊物。

奇怪的是，这些篇东西不久就都退回来了；有一篇附着编辑人的很客气的信："在言论不自由的时期，红黄蓝白黑这些字中总有着会使我们见不着明天的，你这次所用的字差不多都是这类的……"

汝殷笑得连嘴都闭不上了。原来如此！文字真是会骗人的东西的。写家，读者，批评者，检查者，都是一个庙里排出来的！

他也附带的明白了，为什么青燕只放意识不正确的炮，而不说别的，原来他是"怕"。这未免太公道了。他要戏弄青燕了。他自己花钱印了一小本集子，把曾经被拒绝的东西都收在里面。他送给青燕一本，准知道由某刊物的编辑部转投，是一定可以被接到的。这样，虽然花了几个钱，心中却很高兴："我敢印这些东西，看他敢带着拥护的意思批评不敢！"

　　青燕到□□杂志社编辑部去，看看有什么"活"没有。他的桌上有三封信，一个纸包。把信看完，打开了纸包，一本红皮的书——汝殷著。他笑了。他很可怜汝殷。作家多少都有些可怜——闯过了编辑部的难关，而后还得挨批评者的雷。但是批评者不能，绝对不能，因为怜悯而丢掉自家的地位。故意的不公平是难堪的事，他晓得；可是真诚的公平是更难堪的：风气，不带刺儿的不算批评文字！青燕是个连苍蝇都不肯伤害的人。但是他拿批评为业，当刽子手的多半是为吃饭呀。他都明白，可是他得装糊涂。他晓得哪个刊物不喜欢哪个作家，他批评的时候把眼盯住这一点，这使他立得更稳固一些。也可以说，他是个没有理想的人；但是把情形都明白了，他是可以被原谅的。说真的，他并不是有心和汝殷作对。他不愿和任何人作对，但批评是批评。设若他找到了比"意识不正确"更新颖的词句，他早就不用它了；他并不跟这几个字有什么好感。不过，既得不到更新鲜而有力的，那也只好将就的用着这个，有什么法儿呢。

　　他很想见一见汝殷，谈一谈心，也许变成好友呢。是的，即使不去见他，也应当写封信去劝劝——乘早把这本小红皮书收回去，有危险。设若真打算干一下的话，吸着烟琢磨"之乎者也"是最没用的，那该另打主意。创作与批评，无论如何也到底逃不出去之乎者也。彼此捧场与彼此敌视都只是费些墨水与纸张，谁也不会给历史造出一两页新的来。文学史和批评史还是自家捧自家；没有它们，图书馆不见得就显出怎么空寂。

　　青燕鼻子朝上哼了一声。把书卷起来，拿在手中，离开了编辑部。

　　走到东四牌楼南边，他要出恭。把书放在土台上，好便于搂起棉袍。他正堵住厕所的门立着，外面又来了个人。他急于让位，撩着衣服，闭着气，就往外走。

　　走出老远，他才想起那本书。但是不愿再回去找寻。没有书，他也能批评，好在他记住了书名与作家。

　　二头已经被监了两天。他莫名其妙，那本书里到底有什么呢？只记得，红皮，薄薄的；他不认识字。他恨那本小书，更关心爸爸的病，这本浪书要把爸爸的命送了！他们审他；"在茅厕里捡的，"他还是这一句。他连书是人写的，都想象不到；干什么不好，单写书？他捡了它；冬天没事还去捡粪呢；书怎么不该捡呢？

"谁给你的?"他们接二连三的问。

二头活了二十年了,就没人给过他一本书;书和二头有什么关系呢?他不能造个谣言,说:张家的二狗,或李家的黑子给他的。他不肯那样脏心眼,诬赖好人。至于名字像个名字的,只有村里的会头孟占元。只有这个名字,似乎和"黄天霸","赵子龙",有点相似,都像书上的。可是他不能把会头扳扯上。没有会头,到四月初往妙峰山进香的时候,谁能保村里的"五虎棍"不叫大槐树的给压下去呢?!但是一想起爸爸的病,他就不能再想这些个了。他恨不能立刻化股青烟,由门缝逃出去!那本书!那本书!是不是"拍花子"的迷魂药方子呢?

又过了一天!他想,爸爸一定是死了!药没抓来,儿子也不见了,这一急也把老头子急死过去!爸爸一定是死了,二头抱着脑袋落泪,慢慢的不由自己的哭出声来。

哭了一阵,他决定告诉巡警们:书是孟占元给他的,只有这三个字听着有书气:"二狗","黑子",就连"七十儿",都不像拿书给人的材料。

继而一想,不能这么办,屈心!那本书"是"捡来的。况且,既在城里捡的,怎能又是孟占元送给他的呢?不对碴儿!又没了办法,又想起父亲一定是死了。家里都穿上了孝衣,只是没有二头!真叫人急死!

到了晚,又来了个人——年轻轻的,衣服很整齐,可是上着脚镣。二头的好奇心使他暂时忘了着急。再说,看着这个文诌诌的人,上着脚镣,还似乎不大着急,自己心中不由的也舒展了些。

后来的先说了话:"什么案子,老乡亲?"

"捡了一本书,我操书的祖宗!"二头吐了一口恶气。

"什么书?"青年的眼珠黑了些。

"红皮的!"二头只记得这个,"我不认识字!"

"呕!"青年点了点头。

都不言语了。待了好久,二头为是透着和气,问:"你,你什么——案子?"

"我写了一本书,"少年笑了笑。

"啊,你写的那本浪书,你?"二头的心中不记得一个刚会写书的人,这个人既会写书,当然便是写那本红皮书的人了。他不能决定怎么办好。

他想打这个写书的几个嘴巴，可是他知道这里巡警很多；已经遭了官司，不要再祸上添祸。不打他吧，心中又不能出气。"没事儿，手闲得很痒痒，写他妈的浪书！"他瞪着那个人，咬着牙。

"那是为你们写的呢，"青年淘气的一笑。

二头真压不住火了："揍你个狗东西！"他可是还没肯动手。他不知道为什么有点怕这个少年，或者因为他的相貌，举动，年龄，打扮，与那双脚镣太不调和。这个少年，脸上没有多少血色，可是皮肤很细润。眼睛没什么精神，而嘴上老卷着点不很得人心的笑。身上不胖，细腿腕上绊着那些铁镣子！二头猜不透他是干什么的，所以有点怕。

少年自己微笑了半天，才看了二头一眼。"你不认识字？"

二头愣了会儿，本想不回答，可是到底哼了一声。

"在哪里捡的那本书？"

"茅厕里；怎着？"

"他们问你什么来着？"

"你管——"二头把下半句咽了回去，他很疑心，可又有点怕这个青年。

"告诉我，我会给你想好主意。"青年的笑郑重了些，可是心里说，"给你写的浪书，你不认识，还能不救救你吗？"

"他们问，谁给我的，我说不上米。"

"好比说，我告诉他们，那是我落在茅房里的，岂不是没了你的事？"青年的笑又有些无聊了。

"那敢情好了！"二头三天没笑过了，头一次抿了嘴。"现在咱们就去？"

"现在不行，得等到明天他们问我的时候。"

"爸爸的病！还许死了呢！"

"先告诉我，在哪儿捡的？"

"东四牌楼南边，妈的这泡尿撒的！"二头忽然感觉到一种说不出来的难过。他想不出一句合适的话来形容它，只觉得心中一阵茫然，正像那年眼看着蝗虫把谷子吃光那个情景。

"你穿着这身衣服？拿着什么？"

"这身；手里拿着个药包。"二头说到这里，又想起爸爸。

青燕回到自己的屋中，觉得非常的不安坦，他还没忘下汝殷。在屋中走了几个来回，他笑了；还是得批评。只能写一小段，因为把书丢了。批评惯了，范围自然会扩张的，比如说书的装订与封面；批评家是可以自由发表审美的意见的："假如红色的书皮可以代表故事的内容，汝殷君这次的戏法又是使人失望的。他只会用了张红纸，厚而光滑的红纸，而内容，内容，还是没有什么正确的意识！"他写了下去。没想到会凑了七八百字，而且每句，在修辞上，都有些表现权威的力量。批评也得成为文艺呀。他很满意自己笔底下已有了相当的准确——所写的老比所想的严厉，文字给他的地位保了险。他觉得很对不起汝殷，可是只好对不起了。有朝一日，他会遇到汝殷，几句话就可以解释一切的。写家设若是拿幻拟的人物开心，批评者是拿写家开心的，没办法的事！他把稿子又删改了几个字，寄了出去。

过了两天，他的稿子登出来了。又过了两天，他听到汝殷被捕的消息。

青燕一点也不顾虑那篇批评：写家被捕不见得是因为意识正确。即使这回是如此，那也没多大的关系，除了几个读小说的学生爱管这种屁事，社会上有几个人晓得有这么种人——批评家？文字事业，大体的说，还不是瞎扯一大堆？他对于汝殷倒是真动了心。他想起一点什么意义。这个意义还没有完全清楚，他只能从反面形容。那就是说，它立在意识正确或不正确的对面。真的意义不和瞎扯立在一块。正如形容一个军人，不就是当了兵。他忽然想明白了，那个意义的正面是造一两页新历史，不是写几篇文章。他以前就这样想过，现在更相信了。可是，他想营救汝殷，虽然这不在那个"意义"之中。

又过了几天，二头才和汝殷说了"再见"。

二头回到家中，爸爸已然在两天前下葬了。二头起了誓，从此再不进城去抓药！

导读

"药"的意象在现代文学中是比较常见的，从表面上看，药是治疗人身体疾患的有效东西，而作家的用意显然是更为深层的，那就是拯救社会疾患的有效方法。这与中国近代多灾多难的动荡社会有关，也体现了知识分子对于民族国家的责任感，他们积极探索社会重建的正确道路。

《抓药》中有两条都与"药"有关的线索，一条是农村青年牛家二头进城为自己的父亲抓药。他在出城的时候，因为在路边的茅房方便时捡到了一本红色封面的书而遭到逮捕并被关进了监狱，警察认定这是一本煽动造反的书。另外一条线索是青年作家汝殿也在"抓药"，他试图通过写一些"意识正确"的作品，来堵住总批评他"意识不正确"的批评家青燕之口，让青燕的批评再也无处下手。小说设置得非常巧妙，牛二头捡到的书，正是汝殿创作的，他们又在监狱中见了面，两条线索交汇到了一起。老舍曾谈到《抓药》这类小说的构思过程，"先想到意思，而后造人，所以人物的一切都有了范围和轨道；他们闹不出圈儿去"。正是因为先有思想后有人物故事，才使小说更加具有戏剧性的巧合，当然，这也会在某种程度上使作品蒙上概念化的色彩。

虽然小说题目是"抓药"，但是牛二头只是小说的配角，作者要讲的主要还是作家汝殿和批评家青燕之间的故事。两个人都以写文章为谋生的手段，所以他们的写作，不论是小说还是评论，都无关主义，而是为了"挣饭吃"的。然而，青燕总是与汝殿过不去，不论汝殿写什么，他都会以"意识不正确"来加以批评。虽然这并不影响汝殿作品的销路，但却使他总觉得不痛快。于是，汝殿决定反击，"消极的自慰终胜不过积极的进攻"，他要创造出"意识正确"的小说来让青燕无可置喙。并不是革命者的他，开始模仿"革命文学"，甚至到最后开始胡编乱造。杂志上发表不了，他就自费印出了集子，并且寄给了青燕一本。反观青燕这个批评家，并不是在做真正的批评，而只是以此为业而已，有的作品他连看都不看就加以批评，"意识不正确"只不过是一块惯用的招牌。在作者的眼中，当时的文坛是怎样的不堪与混乱啊！

汝殿的"革命文学"，牛二头这样需要"被解放"的不识字农民是不懂得的，因此书而进了监狱的牛二头对汝殿相当气愤，"没事儿，手闲得很痒痒，写他妈的浪书！"对牛二头来说，为他写作远没有帮他解脱牢狱之灾更重要。小说最后，等牛二头回到家中，他父亲因为耽搁治疗已经逝去，他决计"从此再不进城去抓药！"牛二头们不懂革命文学，也深深拒绝了它，那些东西与他们相隔过于遥远，不仅救不了世，还存在因此丢命的可能。

作者用简单的故事写出了那个年代革命文学致命的缺陷：自以为是为工农的解放而创作的东西，却不为真正的工农所了解，从而失去价值和意义，最后只是变成换钱挣饭吃的玩意。

不说谎的人

　　一个自信是非常诚实的人，像周文祥，当然以为接到这样的一封信是一种耻辱。在接到了这封信以前，他早就听说过有个瞎胡闹的团体，公然扯着脸定名为"说谎会"。在他的朋友里，据说，有好几位是这个会的会员。他不敢深究这个"据说"。万一把事情证实了，那才怪不好意思：绝交吧，似乎太过火；和他们敷衍吧，又有些对不起良心。周文祥晓得自己没有什么了不得的才干，但是他忠诚实在，他的名誉与事业全仗着这个；诚实是他的信仰。他自己觉得像一块笨重的石头，虽然不甚玲珑美观，可是结实硬棒。现在居然接到这样的一封信：

　　"……没有谎就没有文化。说谎是最高的人生艺术。我们怀疑一切，只是不疑心人人事事都说谎这件事。历史是谎言的记录簿，报纸是谎言的播音机。巧于说谎的有最大的幸福，因为会说谎就是智慧。想想看，一天之内，要是不说许多谎话，得打多少回架；夫妻之间，不说谎怎能平安的度过十二小时。我们的良心永远不责备我们在情话情书里所写的——一片谎言！然而恋爱神圣啊！胜者王侯败者贼，是的，少半在乎说谎的巧拙。文化是谎的产物。文质彬彬，然后君子——最会扯谎的家伙。最好笑的是人们一天到晚设法掩藏这个宝物，像孕妇故意穿起肥大的风衣那样。他们仿佛最怕被人家知道了他们时时在扯谎，于是谎上加谎，成为最大的谎。我们不这样，我们知道谎的可贵，与谎的难能，所以我们诚实的扯谎，艺术的运用谎言，我们组织说谎会，为的是研究它的技巧，与宣传它的好处。我们知道大家都说谎，更愿意使大家以后说谎不像现在这么拙劣，……素仰先生惯说谎，深愿彼此琢磨，以增高人生幸福，光大东西文化！倘蒙不弃……"

　　没有念完，周文祥便把信放下了。这个会，据他看，是胡闹；这封信也是胡闹。但是他不能因为别人胡闹而幽默的原谅他们。他不能原谅这样闹到他自己头上来的人们，这是污辱他的人格。"素仰先生惯于说谎"？他不记得自己说过谎。即使说过，也必定不是故意的。他反对说谎。他不能承认报纸是制造谣言的，因为他有好多意见与知识都是从报纸得来的。

说不定这封信就是他所认识的，"据说"是说谎会的会员的那几个人给他写来的，故意开他的玩笑，他想。可是在信纸的左上角印着"会长唐汉卿；常务委员林德文，邓道纯，费穆初；会计何兆龙。"这些人都是周文祥知道而愿意认识的，他们在社会上都有些名声，而且是有些财产的。名声与财产，在周文祥看，绝对不能是由瞎胡闹而来的。胡闹只能毁人。那么，由这样有名有钱的人们所组织的团体，按理说，也应当不是瞎闹的。附带着，这封信也许有些道理，不一定是朋友们和他开玩笑。他又把信拿起来，想从新念一遍。可是他只读了几句，不能再往下念。不管这些会长委员是怎样的有名有福，这封信到底是荒唐。这是个恶梦！一向没遇见这样矛盾，这样想不出道理的事！

周文祥是已经过了对于外表勤加注意的年龄。虽然不是故意的不修边幅，可是有时候两三天不刮脸而心中可以很平静；不但平静，而且似乎更感到自己的坚实朴简。他不常去照镜子；他知道自己的圆脸与方块的身子没有什么好看；他的自爱都寄在那颗单纯实在的心上。他不愿拿外表显露出内心的聪明，而愿把面貌体态当作心里诚实的说明书。他好像老这么说："看看我！内外一致的诚实！周文祥没别的，就是可靠！"

把那封信放下，他可是想对镜子看看自己；长久的自信使他故意的要从新估量自己一番，像极稳固的内阁不怕，而且欢迎，"不信任案"的提出那样。正想往镜子那边去，他听见窗外有些脚步声。他听出来那是他的妻来了。这使他心中突然很痛快，并不是欢迎太太，而是因为他听出她的脚步声儿。家中的一切都有定规，习惯而亲切，"夏至"那天必定吃卤面，太太走路老是那个声儿。但愿世界上所有的事都如此，都使他习惯而且觉得亲切。假如太太有朝一日不照着他所熟习的方法走路，那要多么惊心而没有一点办法！他说不上爱他的太太不爱，不过这些熟习的脚步声儿仿佛给他一种力量，使他深信生命并不是个乱七八糟的恶梦。他知道她的走路法，正如知道他的茶碗上有两朵鲜红的牡丹花。

他忙着把那封使他心中不平静的信收在口袋里，这个举动作得很快很自然，几乎是本能的；不用加什么思索，他就马上决定了不能让她看见这样胡闹的一封信。

"不早了，"太太开开门，一只脚登在门坎上，"该走了吧？"

"我这不是都预备好了吗？"他看了看自己的大衫，很奇怪，刚才净为想那封信，已经忘了是否已穿上了大衫。现在看见大衫在身上，想不起是什么时候穿上的。既然穿上了大衫，无疑的是预备出去。早早出去，早早回来，为一家大小去挣钱吃饭，是他的光荣与理想。实际上，为那封信，他实在忘了到公事房去，可是让太太这一催问，他不能把生平的光荣与理想减损一丝一毫："我这不是预备走吗？"他戴上了帽子。"小春走了吧？"

"他说今天不上学了，"太太的眼看着他，带出作母亲常有的那种为难的样子，既不愿意丈夫发脾气，又不愿儿子没出息，可是假若丈夫能不发脾气呢，儿子就是稍微有点没出息的倾向也没多大的关系。"又说肚子有点痛。"

周文祥没说什么，走了出去。设若他去盘问小春，而把小春盘问短了——只是不爱上学而肚子并不一定疼。这便证明周文祥的儿子会说谎。设若不去管儿子，而儿子真是学会了扯谎呢，就更糟。他只好不发一言，显出沉毅的样子；沉毅能使男人在没办法的时候显出很有办法，特别是在妇女面前。周文祥是家长，当然得显出权威，不能被妻小看出什么弱点来。

走出街门，他更觉出自己的能力本事。刚才对太太的一言不发等等，他作得又那么简净得当，几乎是从心所欲，左右逢源。没有一点虚假，没有一点手段，完全是由生平的朴实修养而来的一种真诚，不必考虑就会应付裕如。想起那封信，瞎胡闹！

公事房的大钟走到八点三十二分，他迟到了两分钟。这是一个新的经验；十年来，他至迟是八点二十八分到作梦的时候，钟上的长针也总是在半点的"这"一边。世界好像宽出二分去，一切都变了样！他忽然不认识自己了，自是八点半"这"边的人；生命是习惯的积聚，新床使人睡不着觉；周文祥把自己丢失了，丢失在两分钟的外面，好似忽然走到荒凉的海边上。

可是，不大一会儿，他心中又平静起来，把自己从迷途上找回来。他想责备自己，不应该为这么点事心慌意乱；同时，他觉得应夸奖自己，为这点小事着急正自因为自己一向忠诚。

坐在办公桌前，他可是又想起点不大得劲的事。公司的规则，规则，是不许迟到的。他看见过同事们受经理的训斥，因为迟到；还有的扣罚薪水，因为迟到。哼，这并不是件小事！自然，十来年的忠实服务是不能因为迟到一次而随便一笔抹杀的，他想。可是假若被经理传去呢？不必说是受申斥或扣薪，就是经理不说什么，而只用食指指周文祥——他轻轻的叫着自己——一下，这就受不了；不是为这一指的本身，而是因为这一指便把十来年的荣誉指化了，如同一股热水浇到雪上！

是的，他应当自动的先找经理去，别等着传唤。一个忠诚的人应当承认自己的错误，受申斥或惩罚是应该的。他立起来，想去见经理。

又站了一会儿，他得想好几句话。"经理先生，我来晚了两分钟，几年来这是头一次，可是究竟是犯了过错！"这很得体，他评判着自己的忏悔练习。不过，万一经理要问有什么理由呢？迟到的理由不但应当预备好，而且应当由自己先说出来，不必等经理问。有了："小春，我的男小孩——肚子疼，所以……"这就非常的圆满了，而且是真事。他并且想到就手儿向经理请半天假，因为小春的肚子疼也许需要请个医生诊视一下。他可是没有敢决定这么作，因为这么作自然显着更圆到，可是也许是太过火一点。还有呢，他平日老觉得非常疼爱小春，也不知怎的现在他并不十分关心小春的肚子疼，虽然按着自己的忠诚的程度说，他应当相信儿子的腹痛，并且应当马上去给请医生。

他去见了经理，把预备好的言语都说了，而且说得很妥当，既不太忙，又不吞吞吐吐的惹人疑心。他没敢请半天假，可是稍微露了一点须请医生的意思。说完了，没有等经理开口，他心中已经觉得很平安了，因为他在事前没有想到自己的话能说得这么委婉圆到。他一向因为看自己忠诚，所以老以为自己不长于谈吐。现在居然能在经理面前有这样的口才，他开始觉出来自己不但忠诚，而且有些未经发现过的才力。

正如他所期望的，经理并没有申斥他，只对他笑了笑。"到底是诚实人！"周文祥心里说。

微笑不语有时候正像怒视无言，使人转不过身来。周文祥的话已说完，经理的微笑已笑罢，事情好像是完了，可是没个台阶结束这一场。周文祥不能一语不发的就那么走出去，而且再站在那里也不大像话。似乎还得说点什么，但又不能和经理瞎扯。一急，他又想起儿子。"那么，经理以为可以的话，我就请半天假，回家看看去！"这又很得体而郑重，虽然不知道儿子究竟是否真害肚疼。

经理答应了。

周文祥走出公司来，心中有点茫然。即使是完全出于爱儿子，这个举动究竟似乎差点根据。但是一个诚实人作事是用不着想了再想的，回家看看去好了。

走到门口，小春正在门前的石墩上唱"太阳出来上学去"呢，脸色和嗓音都足以证明他在最近不能犯过腹痛。

"小春，"周文祥叫，"你的肚子怎样了？"

"还一阵阵的疼，连唱歌都不敢大声的喊！"小春把手按在肚脐那溜儿。

周文祥哼了一声。

见着了太太，他问："小春是真肚疼吗？"

周太太一见丈夫回来，心中已有些不安，及至听到这个追问，更觉得自己是处于困难的地位。母亲的爱到底使她还想护着儿子，真的爱是无暇选取手段的，她还得说谎："你出去的时候，他真是肚子疼，疼得连颜色都转了，现在刚好一点！"

"那么就请个医生看看吧？"周文祥为是证明他们母子都说谎，想起这个方法。虽然他觉得这个方法有点欠诚恳，可是仍然无损于他的真诚，因为他真想请医生去，假如太太也同意的话。

"不必请到家来了吧，"太太想了想，"你带他看看去好了。"

他没想到太太会这么赞同给小春看病。他既然这么说了，好吧，医生不会给没病的孩子开方子，白去一趟便足以表示自己的真心爱子，同时暴露了母子们的虚伪，虽然周家的人会这样不诚实是使人痛心的。

他带着小春去找牛伯岩——六十多岁的老儒医，当然是可靠的。牛老医生闭着眼，把带着长指甲的手指放在小春腕上，诊了有十来分钟。

"病不轻！"牛伯岩摇着头说，"开个方子试试吧，吃两剂以后再来诊一诊吧！"说完他开着脉案[1]，写得很慢，而字很多。

小春无事可作，把垫腕子的小布枕当作沙口袋，双手扔着玩。

给了诊金，周文祥拿起药方，谢了谢先生。带着小春出来；他不能决定，是去马上抓药呢，还是干脆置之不理呢？小春确是，据他看，没有什么病。

那么给他点药吃，正好是一种惩罚，看他以后还假装肚子疼不！可是，小春既然无病，而医生给开了药方，那么医生一定是在说谎。他要是拿着这个骗人的方子去抓药，就是他自己相信谎言，中了医生的诡计。小春说谎，太太说谎，医生说谎，只有自己诚实。他想起"说谎会"来。那封信确有些真理，他没法不这么承认。但是，他自己到底是个例外，所以他不能完全相信那封信。除非有人能证明他——周文祥——说谎，他才能完全佩服"说谎会"的道理。可是，只能证明自己说谎是不可能的。他细细的想过去的一切，没有可指摘的地方。由远而近，他细想今天早晨所作过的那些事，所说过的那些话，也都无懈可击，因为所作所说的事都是凭着素日诚实的习惯而发的，没有任何故意绕着作出与说出来的地方，只有自己能认识自己。

他把那封信与药方一起撕碎，扔在了路上。

注释

1.案：中医处方前所写明的病状、脉象与用药方法。

导读

作者在《不说谎的人》中虚构出了一个"说谎会"，这个"说谎会"旨在研究说谎的技巧，与宣传它的好处。其实，"说谎会"并不是鼓励人去说谎话的，而是提倡去伪存真，除去虚伪的遮掩，真诚地面对人生。小说从自认为以诚实为信仰的周文祥接到"说谎会"的一封邀请信开始。"说谎会"不仅向周文祥宣传了该会的理念、宗旨，而且明确提出邀请他入会，是因为"素仰先生惯说谎"。对于"自信是非常诚实"的周文祥来说，这个会是荒诞的，邀请他入会则是对他人格的侮辱。然而，周文祥真的没说过一句谎话吗？作者在小说中通过对周文祥的描写，展现了这个"诚实"的人用谎言包装起来的生活。

还没有出门，周文祥就说谎了，因为那封信搞得自己心神不宁，本来已经忘记了去上班，但是面对太太，他还是说出了一句谎言，"我这不是预备走吗？"接着，面对儿子的因肚子疼而不想上学的谎言，他也没有去揭破，而是以一言不发的方式"绕"着走开了。

十年来，他第一次上班迟到了，虽然仅仅迟到两分钟，但是在周文祥的内心世界掀起了巨大的波澜。假如经理没发现，而自己主动承认迟到则要被申斥、扣薪水，但如果被经理发现而传唤去，情况将会更糟糕。犹豫再三，"不说谎的人"周文祥还是主动去报告了。在解释迟到理由的时候，周文祥不自觉地用了谎言——儿子肚子疼。然后为了遮掩"儿子肚子疼"的谎言，又提出请假回家为儿子看医生这样得体而自然的请求，以显示他的诚实。

见到能唱能喊健康的儿子，周文祥是径直地问了一句，"你的肚子怎样了？"他期待着儿子说出肯定的回答，这样他的请假理由就并非谎言了。周文祥明知儿子说谎，但还是向太太求证，太太的肯定回答使他感到更加轻松——儿子"的确"肚子疼。按照这个逻辑，自然要看医生，于是周文祥只能走完所有的程序。

不知道是庸医，还是说谎以图开方子赚钱，中医牛伯岩竟然诊断出小春确实有病，而且"病不轻"。带着医生的药方，周文祥又陷入两难的境地，"是去马上抓药呢，还是干脆置之不理呢？"如果去抓药，则可以把所有的谎言，包括医生的谎言，全部掩盖，而如果置之不理，则可能危及自己的"诚实"。当然，周文祥是不想被医生欺骗的，于是他只能以"小春说谎，太太说谎，医生说谎"来证明自己的诚实，虽然在逻辑上还是有点说不明白。

虽然到最后，他承认"那封信确有些真理"，但还是认为自己是个"例外"。在他看来，他今天早晨所做过的那些事，所说过的那些话，都是凭着素日诚实的习惯而发的，所以任何人都不能来指摘自己"不诚实"，他是一个"不说谎的人"。

作者以巧妙的构思、幽默的语言展示了一个自认诚实，其实虚假透顶的人，他活在自己制造的谎言之中，很辛苦地用一个谎言去掩盖另一个谎言，反映了人性的虚伪。在一个谎言的世界中，看似荒唐的"说谎会"，其实带有很多的清醒的味道。

敌与友

    不要说张村与李村的狗不能见面而无伤亡，就是张村与李村的猫，据说，都绝对不能同在一条房脊上走来走去。张村与李村的人们，用不着说，当然比他们的猫狗会有更多的成见与仇怨。

    两村中间隔着一条小河，与一带潮湿发臭，连草也长不成样子的地。两村的儿童到河里洗澡，或到苇叶里捉小鸟，必须经过这带恶泥滩。在大雨后，这是危险的事：有时候，泥洼会像吸铁石似的把小孩子的腿吸住，一直到把全身吸了下去，才算完成了一件很美满的事似的。但是，两村儿童的更大的危险倒是隔着河来的砖头。泥滩并不永远险恶，砖头却永远活跃而无情。况且，在砖头战以后，必然跟着一场交手战；两村的儿童在这种时候是决不能后退的；打死或受伤都是光荣的；后退，退到家中，便没有什么再得到饭吃的希望。他们的父母不养活不敢过河去拼命的儿女。

    大概自有史以来，张村与李村之间就没有过和平，那条河或者可以作证。就是那条河都被两村人闹得忘了自己是什么：假若张村的人高兴管它叫作小明河，李村的人便马上呼它为大黑口，甚至于黑水湖。为表示抵抗，两村人是不惜牺牲了真理的。张村的太阳若是东边出来，那就一定可以断定李村的朝阳是在西边。

    在最太平的年月，张村与李村也没法不稍微露出一点和平的气象，而少打几场架；不过这太勉强，太不自然，所以及至打起来的时候，死伤的人就特别的多。打架次数少，而一打便多死人，这两村才能在太平年月维持着斗争的精神与世仇的延续。在兵荒马乱的年代，那就用不着说，两村的人自会把小河的两岸作成时代的象征。假若张村去打土匪，李村就会兜后路，把张村的英雄打得落花流水。张村自然也会照样的回敬。毒辣无情的报复，使两村的人感到兴奋与狂悦。在最没办法与机会的时候，两村的老太婆们会烧香祷告：愿菩萨给河那边天花瘟疫或干脆叫那边地震。

    死伤与官司——永远打不完的官司——叫张李两村衰落贫困。那条小河因壅塞而越来越浑浊窄小，两村也随着越来越破烂或越衰败。可是两村的人，只要能敷衍着饿不死，就依然彼此找毛病。两村对赛年会，对台唱谢神戏，赛放花炮，丧事对放焰口，喜事比赛酒席……这些豪放争气，而比赛不过就以武力相见的事，都已成为过去的了。现在，两村除了打群架时还有些生气，在停战的期间连狗都懒得叫一叫。瓦屋变为土房，草棚变为一块灰土，从河岸上往左右看，只是破烂灰暗的那么两片，上面有几条细弱的炊烟。

穷困逼着他们不能老在家里作英雄，打架并不给他们带来饭食，饿急了，他们想到职业与出路，很自然的，两村的青年便去当兵；豁得出命去就有饭吃，而豁命是他们自幼习惯了的事。入了军队，积下哪怕是二十来块钱呢，他们便回到家来，好像私斗是更光荣的事，而生命唯一的使命是向河对岸的村子攻击。在军队中得到的训练只能使两村的战争更激烈惨酷。

两村的村长是最激烈的，不然也就没法作村长。张村村长的二儿子——张荣——已在军队生活过了三年，还没回来过一次。这很使张村长伤心，怨他的儿子只顾吃饷，而忘了攻击李村的神圣责任。其实呢，张荣倒未必忘记这种天职，而是因为自己作了大排长，不愿前功尽弃的随便请长假。村长慢慢的也就在无可如何之中想出主意，时常对村众声明："二小子不久就会回来的。可是即使一时回不来，我们到底也还压着李村一头。张荣，我的二小子，是大排长。李村里出去那么多坏蛋，可有一个当排长的？我真愿意李村的坏蛋们都在张荣，我的二小子，手下当差，每天不打不打也得打他们每人二十军棍！二十军棍！"不久这套话便被全村的人记熟："打他二十"渐渐成为挑战时的口号，连小孩往河那边扔砖头的时候都知道喊一声：打他二十。

李村的确没有一个作排长的。一般的来说，这并无可耻。可是，为针对着张村村长的宣言而设想，全村的人便坐卧不安了，最难过的自然是村长。为这个，李村村长打发自己的小儿子李全去投军："小子，你去当兵！长志气，限你半年，就得升了排长！再往上升，一直升到营长！听明白了没有？"李全入了伍，与其说是为当兵，还不如说为去候补排长。可是半年过去了，又等了半年，排长的资格始终没有往他身上落。他没脸回家。这事早被张村听了去，于是"打他二十"的口号随时刮到河这边来，使李村的人没法不加紧备战。

真正的战争来到了，两村的人一点也不感到关切，打日本与他们有什么关系呢。说真的，要不是几个学生来讲演过两次，他们就连中日战争这回事也不晓得。由学生口中，他们知道了这个战事，和日本军人如何残暴。他们很恨日本鬼子，也不怕去为打日本鬼子而丧了命。可是，这得有个先决的问题：张村的民意以为在打日本鬼子以前，须先灭了李村；李村的民意以为须先杀尽了张村的仇敌，而后再去抗日。他们双方都问过那些学生，是否可以这么办。学生们告诉他们应当联合起来去打日本。他们不能明白这是什么意思，只能以学生不了解两村的历史而没有把砖头砍在学生们的头上。他们对打日本这个问题也就不再考虑什么。

战事越来越近了，两村还没感到什么不安。他们只盼望日本打到，而把对岸的村子打平。假若日本人能替他们消灭了世仇的邻村，他们想，虽然他们未必就去帮助日本人，可也不必拦阻日军的进行，或给日军以什么不方便，不幸而日本人来打他们自己的村子呢，那就是另一回事了。但是他们直觉得以为日本人必不能这么办，而先遭殃的必定是邻村，除了这些希冀与思索，他们没有什么一点准备。

逃难的男女穿着村渡过河去，两村的人知道了一些战事的实况，也就深恨残暴的日本。可是，一想到邻村，他们便又痛快了一些：哼！那边的人准得遭殃，无疑的！至于邻村遭殃，他们自己又怎能平安的过去，他们故意的加以忽略。反正他们的仇人必会先完，那就无须去想别的了，这是他们的逻辑。好一些日子，他们没再开打，因为准知道日本不久就会替他们消灭仇人，何必自己去动手呢。

两村的村长都拿出最高的智慧，想怎样招待日本兵。这并非是说他们愿意作汉奸，或是怕死。他们很恨日本。不过，为使邻村受苦，他们不能不敷衍日本鬼子，告诉鬼子先去打河那边。等仇人灭净，他们再翻脸打日本人，也还不迟。这样的智慧使两位年高有德的村长都派出侦探，打听日本鬼子到了何处，和由哪条道路前进，以便把他们迎进村来，好按着他们的愿望开枪——向河岸那边开枪。

世界上确是有奇事的。侦探回来报告张村长：张荣回来了，还离村有五里多地。可是，可是，他搀着李全，走得很慢！侦探准知道村长要说什么，所以赶紧补充上：我并没发昏，我揉了几次眼睛，千真万确是他们两个！

李村长也得到同样的报告。

既然是奇事，就不是通常的办法所能解决的。两村长最初想到的是把两个认敌为友的坏蛋，一齐打死。可是这太不上算。据张村长想，错过必在李全身上，怎能把张荣的命饶在里面？在李村长的心中，事实必定恰好调一个过儿，自然不能无缘无故杀了自己的小儿子。怎么办呢？假如允许他俩在村头分手,各自回家，自然是个办法。可是两村的人该怎么想呢？呕，村长的儿子可以随便，那么以后谁还肯去作战呢？再一说，万一李全进了张村，或张荣进了李村，又当怎办？太难办了！这两个家伙是破坏了最可宝贵的传统，设若马上没有适当的处置，或者不久两村的人还可以联婚呢！两村长的智慧简直一点也没有用了！

第二次报告来到：他们俩坐在了张村外的大杨树下面。两村长的心中像刀剁着一样。那株杨树是神圣的，在树的五十步以内谁也不准打架用武。在因收庄稼而暂停战争的时候，杨树上总会悬起一面破白旗的。现在他俩在杨树下，谁也没法子惩治他俩。两村长不能到那里去认逆子，即使他俩饿死在那里。

第三次报告：李全躺在树下，似乎是昏迷不醒了；张荣还坐着，脸上身上都是血。

英雄的心是铁的，可是铁也有发热的时候。两村长撑不住了，对大家声明要去看看那俩坏蛋是怎回事，绝对不是去认儿子，他们情愿没有这样的儿子。

他们不愿走到杨树底下去，那不英雄。手里也不拿武器，村长不能失了身分。他们也不召集村人来保护他们，虽然明知只身前去是危险的。两个老头子不约而同来到杨树附近，谁也没有看谁，以免污了眼睛，对不起祖先。

可是，村人跟来不少，全带着家伙。村长不怕危险，大家可不能大意。再说，不来看看这种奇事，死了也冤枉。

张村长看二儿子满身是血，并没心软，流血是英雄们的事。他倒急于要听二小子说些什么。

张荣看见父亲，想立起来，可是挣扎了几下，依然坐下去。他是个高个子，虽然是坐着，也还一眼便看得出来。脑袋七棱八瓣的，眉眼都像随便在块石头上刻成的，在难看之中显出威严硬棒。这大汉不晓得怎好的叫了一声"爹"，而后迟疑了一会儿用同样的声音叫了声"李大叔"！

李村长没答声，可是往前走了两步，大概要去看看昏倒在地的李全。张村长的胡子嘴动了动，眼里冒出火来，他觉得这声"李大叔"极刺耳。

张荣看着父亲，毫不羞愧的说："李全救了我的命，我又救了他的命。日本鬼子就在后边呢，我可不知道他们到这里来，还是往南渡过马家桥去。我把李全拖了回来，他的性命也许……反正我愿把他交到家里来。在他昏过去以前，他嘱咐我：咱们两村子得把仇恨解开，现在我们两村子的，全省的，全国的仇人是日本。在前线，他和我成了顶好的朋友。我们还有许多朋友，从广东来的，四川来的，陕西来的……都是朋友。凡是打日本人的就是朋友。咱们两村要还闹下去，我指着这将死去的李全说，便不能再算中国的人。日本鬼子要是来到，张村李村要完全完，要存全存。爹！李大叔！你们说句话吧！咱们彼此那点仇，一句话就可以了结。为私仇而不去打日本，咱们的祖坟就都保不住了！我已受了三处伤，可是我只求大家给我洗一洗，裹一裹，就马上找军队去。设若不为拖回李全，我是决不会回来的。你们二位老人要是还不肯放下仇恨，我也就不必回营了。我在前面打日本，你们家里自己打自己，有什么用呢？我这儿还有个手枪，我会打死自己！"

二位村长低下了头去。

李全动了动。李村长跑了过去。李全睁开了眼，看明是父亲，他的嘴唇张了几张："我完了！你们，去打吧！打，日本！"

张村长也跑了过来，豆大的泪珠落在李全的脸上。而后拍了拍李村长的肩："咱们是朋友了！"

导读

作者在《敌与友》中描写了两个相邻且互相敌视的村庄，在抗战的大背景下最终相互谅解，成为共同抗击外辱的兄弟。"兄弟阋于墙，外御其侮"，这篇小说不仅是对这一话语的现代阐释，而且也有着作者对于中国各方力量放下分歧、共同抗战的呼吁。

　　小说的开头，作者用一句夸张的话描述了两个村庄之间互相仇视的程度，"不要说张村与李村的狗不能见面而无伤亡，就是张村与李村的猫，据说，都绝对不能同在一条房脊上走来走去"。作者借助外物对于两村对立氛围的渲染，对情节的进一步发展，起到了很好的烘托作用。小说并没有交代张村与李村仇恨的缘由，但是却描述了他们之间的一场仇视。"凡是敌人反对的我们就要拥护，凡是敌人拥护的我们就要反对"，这句话用来表述两村之间的关系，再恰切不过了。这种争斗甚至体现在为一条小河的命名上，对一种事物的看法上。

　　现代文学上曾有描述前现代乡村之间相互争斗的叙事，比如许杰的《惨雾》、胡也频的《械斗》、王鲁彦的《岔路》等小说，都描绘了处于前现代社会的乡村之间，充满着野蛮、愚昧的相互打斗。这不仅使本来就闭塞落后的乡村陷入停滞，而且也不断地伤及性命，破坏了完整的家庭。《敌与友》虽然没有正面表现张村与李村之间的械斗，但还是写出了其残忍，"及至打起来的时候，死伤的人就特别的多"。械斗带来的死伤与没完没了的官司，将这两个村庄都拖入衰落贫困的状态之中。

　　乡村的贫穷使他们逃离，以寻求生存的出路，但是即使这种外出谋生，他们也带上了要学会本领以向对方村庄攻击的使命。他们对即将到来的民族战争一点都不关切，"打日本与他们有什么关系呢"。虽然他们也恨日本鬼子，为了打日本也不怕牺牲，但是有一个前提，那就是必须先把对方村庄先解决了再说，甚至盼望日本人先把对方消灭掉。世代的仇恨使他们的眼界相当狭隘，在民族大义面前，他们依然选择了以邻为壑。

　　然而，奇怪的事情发生了。张村人张荣与李村人李全居然一起走在了回村的路上，更让两村人感到惊奇的是，张荣还搀扶着李全。这样的事情对于他们来说，实属骇人听闻的，"这两个家伙是破坏了最可宝贵的传统"，所以"两村长最初想到的是把两个认敌为友的坏蛋，一齐打死"。张荣与李全的做法在两村人看来，是大逆不道的，以致两个人的家长，"绝对不是去认儿子，他们情愿没有这样的儿子"。张荣与李全是两个村庄中最早放下仇恨的人，因为他们面临一个共同的敌人——日本鬼子。

　　"凡是打日本人的就是朋友。咱们两村要还闹下去，我指着这将死去的李全说，便不能再算中国的人。……为私仇而不去打日本，咱们的祖坟就都保不住了！"张荣一番痛彻心扉的言论，唤醒了两个村庄的人，他们从此成为朋友、共同抵御外辱的兄弟。

　　在小说的最后，放下了相互仇恨的心理，两个村庄的人在民族大义面前、在生死存亡的时刻，他们终于站到了一起。团结才是力量，我们这个民族在抗战中爆发出来的巨大能量，正是源自万众一心。

月牙儿

一

是的，我又看见月牙儿了，带着点寒气的一钩儿浅金。多少次了，我看见跟现在这个月牙儿一样的月牙儿；多少次了，它带着种种不同的感情，种种不同的景物，当我坐定了看它，它一次一次的在我记忆中的碧云上斜挂着。它唤醒了我的记忆，像一阵晚风吹破一朵欲睡的花。

二

那第一次，带着寒气的月牙儿确是带着寒气。它第一次在我的云中是酸苦，它那一点点微弱的浅金光儿照着我的泪。那时候我也不过是七岁吧，一个穿着短红棉袄的小姑娘。戴着妈妈给我缝的一顶小帽儿，蓝布的，上面印着小小的花，我记得。我倚着那间小屋的门垛，看着月牙儿。屋里是药味，烟味，妈妈的眼泪，爸爸的病；我独自在台阶上看着月牙，没人招呼我，没人顾得给我作晚饭。我晓得屋里的惨凄，因为大家说爸爸的病……可是我更感觉自己的悲惨，我冷，饿，没人理我。一直的我立到月牙儿落下去。什么也没有了，我不能不哭。可是我的哭声被妈妈的压下去；爸，不出声了，面上蒙了块白布。我要掀开白布，再看看爸，可是我不敢。屋里只是那么点点地方，都被爸占了去。妈妈穿上白衣，我的红袄上也罩了个没缝襟边的白袍，我记得，因为不断地撕扯襟边上的白丝儿。大家都很忙，嚷嚷的声儿很高，哭得很恸，可是事情并不多，也似乎值不得嚷：爸爸就装入那么一个四块薄板的棺材里，到处都是缝子。然后，五六个人把他抬了走。妈和我在后边哭。我记得爸，记得爸的木匣。那个木匣结束了爸的一切：每逢我想起爸来，我就想到非打开那个木匣不能见着他。但是，那木匣是深深地埋在地里，我明知在城外哪个地方埋着它，可又像落在地上的一个雨点，似乎永难找到。

三

妈和我还穿着白袍，我又看见了月牙儿。那是个冷天，妈妈带我出城去看爸的坟。妈拿着很薄很薄的一罗儿纸。妈那天对我特别的好，我走不动便背我一程，到城门上还给我买了一些炒栗子。什么都是凉的，只有这些栗子是热的；我舍不得吃，用它们热我的手。走了多远，我记不清了，总该是很远很远吧。在爸出殡的那天，我似乎没觉得这么远，或者是因为那天人多；这次只是我们娘儿俩，妈不说话，我也懒得出声，什么都是静寂的；那些黄土路静寂得没有头儿。天是短的，我记得那个坟：小小的一堆儿土，远处有一些高土岗儿，太阳在黄土岗儿上头斜着。妈妈似乎顾不得我了，把我放在一旁，抱着坟头儿去哭。我坐在坟头的旁边，弄着手里那几个栗子。妈哭了一阵，把那点纸焚化了，一些纸灰在我眼前卷成一两个旋儿，而后懒懒地落在地上；风很小，可是很够冷的。妈妈又哭起来。我也想爸，可是我不想哭他；我倒是为妈妈哭得可怜而也落了泪。过去拉住妈妈的手："妈不哭！不哭！"妈妈哭得更恸了。她把我搂在怀里。眼看太阳就落下去，四外没有一个人，只有我们娘儿俩。妈似乎也有点怕了，含着泪，扯起我就走，走出老远，她回头看了看，我也转过身去：爸的坟已经辨不清了；土岗的这边都是坟头，一小堆一小堆，一直摆到土岗底下。妈妈叹了口气。我们紧走慢走，还没有走到城门，我看见了月牙儿。四外漆黑，没有声音，只有月牙儿放出一道儿冷光。我乏了，妈妈抱起我来。怎样进的城，我就不知道了，只记得迷迷糊糊的天上有个月牙儿。

四

刚八岁，我已经学会了去当东西。我知道，若是当不来钱，我们娘儿俩就不要吃晚饭；因为妈妈但分有点主意，也不肯叫我去。我准知道她每逢交给我个小包，锅里必是连一点粥底儿也看不见了。我们的锅有时干净得像个体面的寡妇。这一天，我拿的是一面镜子。只有这件东西似乎是不必要的，虽然妈妈天天得用它。这是个春天，我们的棉衣都刚脱下来就入了当铺。我拿着这面镜子，我知道怎样小心，小心而且要走得快，当铺是老早就上门的。我怕当铺的那个大红门，那个大高长柜台。一看见那个门，我就心跳。可是我必须进去，似乎是爬进去，那个高门坎儿是那么高。我得用尽了力量，递上我的东西，还得喊："当当！"得了钱和当票，我知道怎样小心的拿着，快快回家，晓得妈妈不放心。可是这一次，当铺不要这面镜子，告诉我再添一号来。我懂得什么叫"一号"。把镜子搂在胸前，我拼命的往家跑。妈妈哭了；她找不到第二件东西。我在那间小屋住惯了，总以为东西不少；及至帮着妈妈一找可当的衣物，我的小心里才明白过来，我们的东西很少，很少。妈妈不叫我去了。可是"妈妈咱们吃什么呢？"妈妈哭着递给我她头上的银簪——只有这一件东西是银的。我知道，她拔下过来几回，都没肯交给我去当。这是妈妈出门子时，姥姥家给的一件首饰。现在，她把这末一件银器给了我，叫我把镜子放下。我尽了我的力量赶回当铺，那可怕的大门已经严严地关好了。我坐在那门墩上，握着那根银簪。不敢高声地哭，我看着天，啊，又是月牙儿照着我的眼泪！哭了好久，妈妈在黑影中来了，她拉住了我的手，呕，多么热的手，我忘了一切的苦处，连饿也忘了，只要有妈妈这只热手拉着我就好。我抽抽搭搭地说："妈！咱们回家睡觉吧。明儿早上再来！"妈一声没出。又走了一会儿："妈！你看这个月牙；爸死的那天，它就是这么歪歪着。为什么她老这么斜着呢？"妈还是一声没出，她的手有点颤。

五

妈妈整天地给人家洗衣裳。我老想帮助妈妈，可是插不上手。我只好等着妈妈，非到她完了事，我不去睡。有时月牙儿已经上来，她还哼哧哼哧地洗。那些臭袜子，硬牛皮似的，都是铺子里的伙计们送来的。妈妈洗完这些"牛皮"就吃不下饭去。我坐在她旁边，看着月牙，蝙蝠专会在那条光儿底下穿过来穿过去，像银线上穿着个大菱角，极快的又掉到暗处去。我越可怜妈妈，便越爱这个月牙，因为看着它，使我心中痛快一点。它在夏天更可爱，它老有那么点凉气，像一条冰似的。我爱它给地上的那点小影子，一会儿就没了；迷迷糊糊的不甚清楚，及至影子没了，地上就特别的黑，星也特别的亮，花也特别的香——我们的邻居有许多花木，那棵高高的洋槐总把花儿落到我们这边来，像一层雪似的。

六

妈妈的手起了层鳞，叫她给搓搓背顶解痒痒了。可是我不敢常劳动她，她的手是洗粗了的。她瘦，被臭袜子熏的常不吃饭。我知道妈妈要想主意了，我知道。她常把衣裳推到一边，愣着。她和自己说话。她想什么主意呢？我可是猜不着。

七

妈妈嘱咐我不叫我别扭，要乖乖地叫"爸"：她又给我找到一个爸。这是另一个爸，我知道，因为坟里已经埋好一个爸了。妈嘱咐我的时候，眼睛看着别处。她含着泪说："不能叫你饿死！"呕，是因为不饿死我，妈才另给我找了个爸！我不明白多少事，我有点怕，又有点希望——果然不再挨饿的话。多么凑巧呢，离开我们那间小屋的时候，天上又挂着月牙。这次的月牙比哪一回都清楚，都可怕；我是要离开这住惯了的小屋了。妈坐了一乘红轿，前面还有几个鼓手，吹打得一点也不好听。轿在前边走，我和一个男人在后边跟着，他拉着我的手。那可怕的月牙放着一点光，仿佛在凉风里颤动。街上没有什么人，只有些野狗追着鼓手们咬；轿子走得很快。上哪去呢？是不是把妈抬到城外去，抬到坟地去？那个男人扯着我走，我喘不过气来，要哭都哭不出来。那男人的手心出了汗，凉得像个鱼似的，我要喊"妈"，可是不敢。一会儿，月牙像个要闭上的一道大眼缝，轿子进了个小巷。

八

我在三四年里似乎没再看见月牙。新爸对我们很好，他有两间屋子，他和妈住在里间，我在外间睡铺板。我起初还想跟妈妈睡，可是几天之后，我反倒爱"我的"小屋了。屋里有白白的墙，还有条长桌，一把椅子。这似乎都是我的。我的被子也比从前的厚实暖和了。妈妈也渐渐胖了点，脸上有了红色，手上的那层鳞也慢慢掉净。我好久没去当当了。新爸叫我去上学。有时候他还跟我玩一会儿。我不知道为什么不爱叫他"爸"，虽然我知道他很可爱。他似乎也知道这个，他常常对我那么一笑；笑的时候他有很好看的眼睛。可是妈妈偷告诉我叫爸，我也不愿十分的别扭。我心中明白，妈和我现在是有吃有喝的，都因为有这个爸，我明白。是的，在这三四年里我想不起曾经看见过月牙儿；也许是看见过而不大记得了。爸死时那个月牙，妈轿子前面那个月牙，我永远忘不了。那一点点光，那一点寒气，老在我心中，比什么都亮，都清凉，像块玉似的，有时候想起来仿佛能用手摸到似的。

九

我很爱上学。我老觉得学校里有不少的花，其实并没有；只是一想起学校就想到花罢了，正像一想起爸的坟就想起城外的月牙儿——在野外的小风里歪歪着。妈妈是很爱花的，虽然买不起，可是有人送给她一朵，她就顶喜欢地戴在头上。我有机会便给她折一两朵来；戴上朵鲜花，妈的后影还很年轻似的。妈喜欢，我也喜欢。在学校里我也很喜欢。也许因为这个，我想起学校便想起花来？

十

当我要在小学毕业那年，妈又叫我去当当了。我不知道为什么新爸忽然走了。他上了哪儿，妈似乎也不晓得。妈妈还叫我上学，她想爸不久就会回来的。他许多日子没回来，连封信也没有。我想妈又该洗臭袜子了，这使我极难受。可是妈妈并没这么打算。她还打扮着，还爱戴花；奇怪！她不落泪，反倒好笑；为什么呢？我不明白！好几次，我下学来，看她在门口儿立着。又隔了不久，我在路上走，有人"嗨"我了："嗨！给你妈捎个信儿去！""嗨！你卖不卖呀？小嫩的！"我的脸红得冒出火来，把头低得无可再低。我明白，只是没办法。我不能问妈妈，不能。她对我很好，而且有时候极郑重地说我："念书！念书！"妈是不识字的，为什么这样催我念书呢？我疑心；又常由疑心而想到妈是为我才作那样的事。妈是没有更好的办法。疑心的时候，我恨不能骂妈妈一顿。再一想，我要抱住她，央告她不要再作那个事。我恨自己不能帮助妈妈。所以我也想到：我在小学毕业后又有什么用呢？我和同学们打听过了，有的告诉我，去年毕业的有好几个作姨太太的。有的告诉我，谁当了暗门子。我不大懂这些事，可是由她们的说法，我猜到这不是好事。她们似乎什么都知道，也爱偷偷地谈论她们明知是不正当的事——这些事叫她们的脸红红的而显出得意。我更疑心妈妈了，是不是等我毕业好去作……这么一想，有时候我不敢回家，我怕见妈妈。妈妈有时候给我点心钱，我不肯花，饿着肚子去上体操，常常要晕过去。看着别人吃点心，多么香甜呢！可是我得省着钱，万一妈妈叫我去……我可以跑，假如我手中有钱。我最阔的时候，手中有一毛多钱！在这些时候，即使在白天，我也有时望一望天上，找我的月牙儿呢。我心中的苦处假若可以用个形状比喻起来，必是个月牙儿形的。它无倚无靠的在灰蓝的天上挂着，光儿微弱，不大会儿便被黑暗包住。

十一

叫我最难过的是我慢慢地学会了恨妈妈。可是每当我恨她的时候，我不知不觉地便想起她背着我上坟的光景。想到了这个，我不能恨她了。我又非恨她不可。我的心像——还是像那个月牙儿，只能亮那么一会儿，而黑暗是无限的。妈妈的屋里常有男人来了，她不再躲避着我。他们的眼像狗似的看着我，舌头吐着，垂着涎。我在他们的眼中是更解馋的，我看出来。在很短的期间，我忽然明白了许多的事。我知道我得保护自己，我觉出我身上好像有什么可贵的地方，我闻得出我已有一种什么味道，使我自己害羞，多感。我身上有了些力量，可以保护自己，也可以毁了自己。我有时很硬气，有时候很软。我不知怎样好。我愿爱妈妈，这时候我有好些必要问妈妈的事，需要妈妈的安慰；可是正在这个时候，我得躲着她，我得恨她；

要不然我自己便不存在了。当我睡不着的时节，我很冷静地思索，妈妈是可原谅的。她得顾我们俩的嘴。可是这个又使我要拒绝再吃她给我的饭菜。我的心就这么忽冷忽热，像冬天的风，休息一会儿，刮得更要猛；我静候着我的怒气冲来，没法儿止住。

十二

事情不容我想好方法就变得更坏了。妈妈问我，"怎样？"假若我真爱她呢，妈妈说，我应该帮助她。不然呢，她不能再管我了。这不像妈妈能说得出的话，但是她确是这么说了。她说得很清楚："我已经快老了，再过二年，想白叫人要也没人要了！"这是对的，妈妈近来擦许多的粉，脸上还露出摺子来。她要再走一步，去专伺候一个男人。她的精神来不及伺候许多男人了。为她自己想，这时候能有人要她——是个馒头铺掌柜的愿要她——她该马上就走。可是我已经是个大姑娘了，不像小时候那样容易跟在妈妈轿后走过去了。我得打主意安置自己。假若我愿意"帮助"妈妈呢，她可以不再走这一步，而由我代替她挣钱。代她挣钱，我真愿意；可是那个挣钱方法叫我哆嗦。我知道什么呢，叫我像个半老的妇人那样去挣钱？！妈妈的心是狠的，可是钱更狠。妈妈不逼着我走哪条路，她叫我自己挑选——帮助她，或是我们娘儿两各走各的。妈妈的眼没有泪，早就干了。我怎么办呢？

十三

我对校长说了。校长是个四十多岁的妇人，胖胖的，不很精明，可是心热。我是真没了主意，要不然我怎会开口述说妈妈的……我并没和校长亲近过。当我对她说的时候，每个字都像烧红了的煤球烫着我的喉，我哑了，半天才能吐出一个字。校长愿意帮助我。她不能给我钱，只能供给我两顿饭和住处——就住在学校和个老女仆作伴儿。她叫我帮助文书写写字，可是不必马上就这么办，因为我的字还需要练习。两顿饭，一个住处，解决了天大的问题。我可以不连累妈妈了。妈妈这回连轿也没坐，只坐了辆洋车，摸着黑走了。我的铺盖，她给了我。临走的时候，妈妈挣扎着不哭，可是心底下的泪到底翻上来了。她知道我不能再找她去，她的亲女儿。我呢，我连哭都忘了怎么哭了，我只咧着嘴抽达，泪蒙住了我的脸。我是她的女儿、朋友、安慰。但是我帮助不了她，除非我得作那种我决不肯作的事。在事后一想，我们娘儿俩就像两个没人管的狗，为我们的嘴，我们得受着一切的苦处，好像我们身上没有别的，只有一张嘴。为这张嘴，我们得把其余一切的东西都卖了。我不恨妈妈了，我明白了。不是妈妈的毛病，也不是不该长那张嘴，是粮食的毛病，凭什么没有我们的吃食呢？这个别离，把过去一切的苦楚都压过去了。那最明白我的眼泪怎流的月牙这回也没出来，这回只有黑暗，连点萤火的光也没有。妈妈就在暗中像个活鬼似的走了，连个影子也没有。即使她马上死了，恐怕也不会和爸埋在一处了，我连她将来的坟在哪里都不会知道。我只有这么个妈妈，朋友。我的世界里剩下我自己。

十四

妈妈永不能相见了，爱死在我心里，像被霜打了的春花。我用心地练字，为是能帮助校长抄抄写写些不要紧的东西。我必须有用，我是吃着别人的饭。我不像那些女同学，她们一天到晚注意别人，别人吃了什么，穿了什么，说了什么；我老注意我自己，我的影子是我的朋友。"我"老在我的心上，因为没人爱我。我爱我自己，可怜我自己，鼓励我自己，责备我自己；我知道我自己，仿佛我是另一个人似的。我身上有一点变化都使我害怕，使我欢喜，使我莫名其妙。我在我自己手中拿着，像捧着一朵娇嫩的花。我只能顾目前，没有将来，也不敢深想。嚼着人家的饭，我知道那是晌午或晚上了，要不然我简直想不起时间来；没有希望，就没有时间。我好像钉在个没有日月的地方。想起妈妈，我晓得我曾经活了十几年。对将来，我不像同学们那样盼望放假，过节，过年；假期，节，年，跟我有什么关系呢？可是我的身体是往大了长呢，我觉得出。觉出我又长大了一些，我更渺茫，我不放心我自己。我越往大了长，我越觉得自己好看，这是一点安慰；美使我抬高了自己的身分。可是我根本没身分，安慰是先甜后苦的，苦到末了又使我自傲。穷，可是好看呢！这又使我怕：妈妈也是不难看的。

十五

我又老没看月牙了，不敢去看，虽然想看。我已毕了业，还在学校里住着。晚上，学校里只有两个老仆人，一男一女。他们不知怎样对待我好，我既不是学生，也不是先生，又不是仆人，可有点像仆人。晚上，我一个人在院中走，常被月牙给赶进屋来，我没有胆子去看它。可是在屋里，我会想象它是什么样，特别是在有点小风的时候。微风仿佛会给那点微光吹到我的心上来，使我想起过去，更加重了眼前的悲哀。我的心就好像在月光下的蝙蝠，虽然是在光的下面，可是自己是黑的；黑的东西，即使会飞，也还是黑的，我没有希望。我可是不哭，我只常皱着眉。

十六

我有了点进款：给学生织些东西，她们给我点工钱。校长允许我这么办。可是进不了许多，因为她们也会织。不过她们自己急于要用，而赶不来，或是给家中人打双手套或袜子，才来照顾我。虽然是这样，我的心似乎活了一点，我甚至想到：假若妈妈不走那一步，我是可以养活她的。一数我那点钱，我就知道这是梦想，可是这么想使我舒服一点。我很想看看妈妈。假若她看见我，她必能跟我来，我们能有方法活着，我想——可是不十分相信。我想妈妈，她常到我的梦中来。有一天，我跟着学生们去到城外旅行，回来的时候已经是下午四点多了。为是快点回来，我们抄了个小道。我看见了妈妈！在个小胡同里有一家卖馒头的，门口放着个元宝筐，筐上插着个顶大的白木头馒头。顺着墙坐着妈妈，身儿一仰一弯地拉风箱呢。从老远我就看见了那个大木馒头与妈妈，我认识她的后影。我要过去抱住她。可是我不敢，我怕学生们笑话我，她们不许我有这样的妈妈。越走越近了，我的头低下去，从泪中看了她一眼，她没看见我。我们一群人擦着她的身子走过去，她好像是什么也没看见，专心地拉她的风箱。走出老远，我回头看了看，她还在那儿拉呢。我看不清她的脸，只看到她的头发在额上披散着点。我记住这个小胡同的名儿。

十七

像有个小虫在心中咬我似的，我想去看妈妈，非看见她我心中不能安静。正在这个时候，学校换了校长。胖校长告诉我得打主意，她在这儿一天便有我一天的饭食与住处，可是她不能保险新校长也这么办。我数了数我的钱，一共是两块七毛零几个铜子。这几个钱不会叫我在最近的几天中挨饿，可是我上哪儿呢？我不敢坐在那儿呆呆地发愁，我得想主意。找妈妈去是第一个念头。可是她能收留我吗？假若她不能收留我，而我找了她去，即使不能引起她与那个卖馒头的吵闹，她也必定很难过。我得为她想，她是我的妈妈，又不是我的妈妈，我们母女之间隔着一层用穷作成的障碍。想来想去，我不肯找她去了。我应当自己担着自己的苦处。可是怎么担着自己的苦处呢？我想不起。我觉得世界很小，没有安置我与我的小铺盖卷的地方。我还不如一条狗，狗有个地方便可以躺下睡；街上不准我躺着。是的，我是人，人可以不如狗。假若我扯着脸不走，焉知新校长不往外撵我呢？我不能等着人家往外推。这是个春天。我只看见花儿开了，叶儿绿了，而觉不到一点暖气。红的花只是红的花，绿的叶只是绿的叶，我看见些不同的颜色，只是一点颜色；这些颜色没有任何意义，春在我的心中是个凉的死的东西。我不肯哭，可是泪自己往下流。

十八

我出去找事了。不找妈妈，不依赖任何人，我要自己挣饭吃。走了整整两天，抱着希望出去，带着尘土与眼泪回来。没有事情给我作。我这才真明白了妈妈，真原谅了妈妈。妈妈还洗过臭袜子，我连这个都作不上。妈妈所走的路是唯一的。学校里教给我的本事与道德都是笑话，都是吃饱了没事时的玩艺。同学们不准我有那样的妈妈，她们笑话暗门子；是的，她们得这样看，她们有饭吃。我差不多要决定了：只要有人给我饭吃，什么我也肯干；妈妈是可佩服的。我才不去死，虽然想到过；不，我要活着。

我年轻，我好看，我要活着。羞耻不是我造出来的。

十九

这么一想，我好像已经找到了事似的。我敢在院中走了，一个春天的月牙在天上挂着。我看出它的美来。天是暗蓝的，没有一点云。那个月牙清亮而温柔，把一些软光儿轻轻送到柳枝上。院中有点小风，带着南边的花香，把柳条的影子吹到墙角有光的地方来，又吹到无光的地方去；光不强，影儿不重，风微微地吹，都是温柔，什么都有点睡意，可又要轻软地活动着。月牙下边，柳梢上面，有一对星儿好像微笑的仙女的眼，逗着那歪歪的月牙和那轻摆的柳枝。墙那边有棵什么树，开满了白花，月的微光把这团雪照成一半儿白亮，一半儿略带点灰影，显出难以想到的纯净。这个月牙是希望的开始，我心里说。

二十

我又找了胖校长去，她没在家。一个青年把我让进去。他很体面，也很和气。我平素很怕男人，但是这个青年不叫我怕他。他叫我说什么，我便不好意思不说；他那么一笑，我心里就软了。我把找校长的意思对他说了，他很热心，答应帮助我。当天晚上，他给我送了两块钱来，我不肯收，他说这是他婶母——胖校长——给我的。他并且说他的婶母已经给我找好了地方住，第二天就可以搬过去。我要怀疑，可是不敢。他的笑脸好像笑到我的心里去。我觉得我要疑心便对不起人，他是那么温和可爱。

二十一

他的笑唇在我的脸上，从他的头发上我看着那也在微笑的月牙。春风像醉了，吹破了春云，露出月牙与一两对儿春星。河岸上的柳枝轻摆，春蛙唱着恋歌，嫩蒲的香味散在春晚的暖气里。我听着水流，像给嫩蒲一些生力，我想象着蒲梗轻快地往高里长。小蒲公英在潮暖的地上生长。什么都在溶化着春的力量，然后放出一些香味来。我忘了自己，我没了自己，像化在了那点春风与月的微光中。月儿忽然被云掩住，我想起来自己。我失去那个月牙儿，也失去了自己，我和妈妈一样了！

二十二

我后悔，我自慰，我要哭，我喜欢，我不知道怎样好。我要跑开，永不再见他；我又想他，我寂寞。两间小屋，只有我一个人，他每天晚上来。他永远俊美，老那么温和。他供给我吃喝，还给我作了几件新衣。穿上新衣，我自己看出我的美。可是我也恨这些衣服，又舍不得脱去。我不敢思想，也懒得思想，我迷迷糊糊的，腮上老有那么两块红。我懒得打扮，又不能不打扮，太闲在了，总得找点事作。打扮的时候，我怜爱自己；打扮完了，我恨自己。我的泪很容易下来，可是我设法不哭，眼终日老那么湿润润的，可爱。我有时候疯了似的吻他，然后把他推开，甚至于破口骂他；他老笑。

二十三

我早知道，我没希望；一点云便能把月牙遮住，我的将来是黑暗。果然，没有多久，春便变成了夏，我的春梦作到了头儿。有一天，也就是刚晌午吧，来了一个少妇。她很美，可是美得不玲珑，像个磁人儿似的。她进到屋中就哭了。不用问，我已明白了。看她那个样儿，她不想跟我吵闹，我更没预备着跟她冲突。她是个老实人。她哭，可是拉住我的手："他骗了咱们俩！"她说。我以为她也只是个"爱人"。不，她是他的妻。她不跟我闹，只口口声声的说："你放了他吧！"我不知怎么才好，我可怜这个少妇。我答应了她。她笑了。看她这个样儿，我以为她是缺个心眼，她似乎什么也不懂，只知道要她的丈夫。

二十四

我在街上走了半天。很容易答应那个少妇呀，可是我怎么办呢？他给我的那些东西，我不愿意要；既然要离开他，便一刀两断。可是，放下那点东西，我还有什么呢？我上哪儿呢？我怎么能当天就有饭吃呢？好吧，我得要那些东西，无法。我偷偷的搬了走。我不后悔，只觉得空虚，像一片云那样的无倚无靠。搬到一间小屋里，我睡了一天。

二十五

我知道怎样俭省，自幼就晓得钱是好的。凑合着手里还有那点钱，我想马上去找个事。这样，我虽然不希望什么，或者也不会有危险了。事情可是并不因我长了一两岁而容易找到。我很坚决，这并无济于事，只觉得应当如此罢了。妇女挣钱怎这么不容易呢！妈妈是对的，妇人只有一条路走，就是妈妈所走的路。我不肯马上就往那么走，可是知道它在不很远的地方等着我呢。我越挣扎，心中越害怕。我的希望是初月的光，一会儿就要消失。一两个星期过去了，希望越来越小。最后，我去和一排年轻的姑娘们在小饭馆受选阅。很小的一个饭馆，很大的一个老板；我们这群都不难看，都是高小毕业的少女们，等皇赏似的，等着那个破塔似的老板挑选。他选了我。我不感谢他，可是当时确有点痛快。那群女孩子们似乎很羡慕我，有的竟自含着泪走去，有的骂声"妈的！"女人够多么不值钱呢！

二十六

我成了小饭馆的第二号女招待。摆菜、端菜、算账、报菜名，我都不在行。我有点害怕。可是"第一号"告诉我不用着急，她也都不会。她说，小顺管一切的事；我们当招待的只要给客人倒茶，递手巾把，和拿账条；别的不用管。奇怪！"第一号"的袖口卷起来很高，袖口的白里子上连一个污点也没有。腕上放着一块白丝手绢，绣着"妹妹我爱你"。她一天到晚往脸上拍粉，嘴唇抹得血瓢似的。给客人点烟的时候，她的膝往人家腿上倚；还给客人斟酒，有时候她自己也喝了一口。对于客人，有的她伺候得非常的周到；有的她连理也不理，她会把眼皮一搭拉，假装没看见。她不招待的，我只好去。我怕男人。我那点经验叫我明白了些，什么爱不爱的，反正男人可怕。特别是在饭馆吃饭的男人们，他们假装义气，打架似的让座让账；他们拼命的猜拳，喝酒；他们野兽似的吞吃，他们不必要而故意的挑剔毛病，骂人。我低头递茶递手巾，我的脸发烧。客人们故意的和我说东说西，招我笑；我没心思说笑。晚上九点多钟完了事，我非常的疲乏了。到了我的小屋，连衣裳没脱，我一直地睡到天亮。醒来，我心中高兴了一些，我现在是自食其力，用我的劳力自己挣饭吃。我很早的就去上工。

二十七

"第一号"九点多才来，我已经去了两点多钟。她看不起我，可也并非完全恶意地教训我："不用那么早来，谁八点来吃饭？告诉你，丧气鬼，把脸别搭拉得那么长；你是女跑堂的，没让你在这儿送殡玩。低着头，没人多给酒钱；你干什么来了？不为挣钱儿吗？你的领子太矮，咱这行全得弄高领子，绸子手绢，人家认这个！"我知道她是好意，我也知道设若我不肯笑，她也得吃亏，少分酒钱；小账是大家平分的。我也并非看不起她，从一方面看，我实在佩服她，她是为挣钱。妇女挣钱就得这么着，没第二条路。但是，我不肯学她。我仿佛看得很清楚：有朝一日，我得比她还开通，才能挣上饭吃。可是那得到了山穷水尽的时候；"万不得已"老在那儿等我们女人，我只能叫它多等几天。这叫我咬牙切齿，叫我心中冒火，可是妇女的命运不在自己手里。又干了三天，那个大掌柜的下了警告：再试我两天，我要是愿意往长了干呢，得照"第一号"那么办。"第一号"一半嘲弄，一半劝告的说："已经有人打听你，干吗藏着乖的卖傻的呢？咱们谁不知道谁是怎着？女招待嫁银行经理的，有的是；你当是咱们低贱呢？闯开脸儿干呀，咱们也他妈的坐几天汽车！"这个，逼上我的气来，我问她："你什么时候坐汽车？"她把红嘴唇撇得要掉下去："不用你耍嘴皮子，干什么说什么；天生下来的香屁股，还不会干这个呢！"我干不了，拿了一块另五分钱，我回了家。

二十八

最后的黑影又向我迈了一步。为躲它，就更走近了它。我不后悔丢了那个事，可我也真怕那个黑影。把自己卖给一个人，我会。自从那回事儿，我很明白了些男女之间的关系。女人把自己放松一些，男人闻着味儿就来了。他所要的是肉，他发散了兽力，你便暂时有吃有穿；然后他也许打你骂你，或者停止了你的供给。女人就这么卖了自己，有时候还很得意，我曾经觉到得意。在得意的时候说的净是一些天上的话；过了会儿，你觉得身上的疼痛与丧气。不过，卖给一个男人，还可以说些天上的话；卖给大家，连这些也没法说了，妈妈就没说过这样的话。怕的程度不同，我没法接受"第一号"的劝告；"一个"男人到底使我少怕一点。可是，我并不想卖我自己。我并不需要男人，我还不到二十岁。我当初以为跟男人在一块儿必定有趣，谁知道到了一块他就要求那个我所害怕的事。是的，那时候我像把自己交给了春风，任凭人家摆布；过后一想，他是利用我的无知，畅快他自己。他的甜言蜜语使我走入梦里；醒过来，不过是一个梦，一些空虚；我得到的是两顿饭，几件衣服。我不想再这样挣饭吃，饭是实在的，实在地去挣好了。可是，若真挣不上饭吃，女人得承认自己是女人，得卖肉！一个多月，我找不到事作。

二十九

我遇见几个同学，有的升入了中学，有的在家里作姑娘。我不愿理她们，可是一说起话儿来，我觉得我比她们精明。原先，在学校的时候，我比她们傻；现在，"她们"显着呆傻了。她们似乎还都作梦呢。她们都打扮得很好，像铺子里的货物。她们的眼溜着年轻的男人，心里好像作着爱情的诗。我笑她们。是的，我必定得原谅她们，她们有饭吃，吃饱了当然只好想爱情，男女彼此织成了网，互相捕捉；有钱的，网大一些，捉住几个，然后从容地选择一个。我没有钱，我连个结网的屋角都找不到。我得直接地捉人，或是被捉，我比她们明白一些，实际一些。

三十

有一天，我碰见那个小媳妇，像磁人似的那个。她拉住了我，倒好像我是她的亲人似的。她有点颠三倒四的样儿。"你是好人！你是好人！我后悔了，"她很诚恳地说，"我后悔了！我叫你放了他，哼，还不如在你手里呢！他又弄了别人，更好了，一去不回头了！"由探问中，我知道她和他也是由恋爱而结的婚，她似乎还很爱他。他又跑了。我可怜这个小妇人，她也是还作着梦，还相信恋爱神圣。我问她现在的情形，她说她得找到他，她得从一而终。要是找不到他呢？我问。她咬上了嘴唇，她有公婆，娘家还有父母，她没有自由，她甚至于羡慕我，我没有人管着。还有人羡慕我，我真要笑了！我有自由，笑话！她有饭吃，我有自由；她没自由，我没饭吃，我俩都是女人。

三十一

自从遇上那个小磁人，我不想把自己专卖给一个男人了，我决定玩玩了；换句话说，我要"浪漫"地挣饭吃了。我不再为谁负着什么道德责任，我饿。浪漫足以治饿，正如同吃饱了才浪漫，这是个圆圈，从哪儿走都可以。那些女同学与小磁人都跟我差不多，她们比我多着一点梦想，我比她们更直爽，肚子饿是最大的真理。是的，我开始卖了。把我所有的一点东西都折卖了，作了一身新行头，我的确不难看。我上了市。

三十二

我想我要玩玩，浪漫。啊，我错了。我还是不大明白世故。男人并不像我想的那么容易勾引。我要勾引文明一些的人，要至多只赔上一两个吻。哈哈，人家不上那个当，人家要初次见面便得到便宜。还有呢，人家只请我看电影，或逛逛大街，吃杯冰激凌；我还是饿着肚子回家。所谓文明人，懂得问我在哪儿毕业，家里作什么事。那个态度使我看明白，他若是要你，你得给他相当的好处；你若是没有好处可贡献呢，人家只用一角钱的冰激凌换你一个吻。要卖，得痛痛快快地。我明白了这个。小磁人们不明白这个。我和妈妈明白，我很想妈了。

三十三

据说有些女人是可以浪漫地挣饭吃，我缺乏资本；也就不必再这样想了。我有了买卖。可是我的房东不许我再住下去，他是讲体面的人。我连瞧他也没瞧，就搬了家，又搬回我妈妈和新爸爸曾经住过的那两间房。这里的人不讲体面，可也更真诚可爱。搬了家以后，我的买卖很不错。连文明人也来了。文明人知道了我是卖，他们是买，就肯来了；这样，他们不吃亏，也不丢身份。初干的时候，我很害怕，因为我还不到二十岁。及至作过了几天，我也就不怕了。多嗜他们像了一摊泥，他们才觉得上了算，他们满意，还替我作义务的宣传。干过了几个月，我明白的事情更多了，差不多每一见面，我就能断定他是怎样的人。有的很有钱。这样的人一开口总是问我的身价，表示他买得起我。他也很嫉妒，总想包了我；逛暗娼他也想独占，因为他有钱。对这样的人，我不大招待。他闹脾气，我不怕，我告诉他，我可以找上他的门去，报告给他的太太。在小学里念了几年书，到底是没白念，他唬不住我。"教育"是有用的，我相信了。有的人呢，来的时候，手里就攥着一块钱，唯恐上了当。对这种人，我跟他细讲条件，他就乖乖地回家去拿钱，很有意思。最可恨的是那些油子，不但不肯花钱，反倒要占点便宜走，什么半盒烟卷呀，什么一小瓶雪花膏呀，他们随手拿去。这种人还是得罪不的，他们在地面上很熟，得罪了他们，他们会叫巡警跟我捣乱。我不得罪他们，我喂着他们；及至我认识了警官，才一个个的收拾他们。世界就是狼吞虎咽的世界，谁坏谁就占便宜。顶可怜的是那像学生样儿的，袋里装着一块钱，和几十铜子，叮当地直响，鼻子上出着汗。我可怜他们，可是也照常卖给他们。我有什么办法呢！还有老头子呢，都是些规矩人，或者家中已然儿孙成群。对他们，我不知道怎样好；但是我知道他们有钱，想在死前买些快乐，我只好供给他们所需要的。这些经验叫我认识了"钱"与"人"。钱比人更厉害一些，人若是兽，钱就是兽的胆子。

三十四

我发现了我身上有了病。这叫我非常的苦痛，我觉得已经不必活下去了。我休息了，我到街上去走；无目的，乱走。我想去看看妈，她必能给我一些安慰，我想象着自己已是快死的人了。我绕到那个小巷，希望见着妈妈；我想起她在门外拉风箱的样子。馒头铺已经关了门。打听，没人知道搬到哪里去。这使我更坚决了，我非找到妈妈不可。在街上丧胆游魂地走了几天，没有一点用。我疑心她是死了，或是和馒头铺的掌柜的搬到别处去，也许在千里以外。这么一想，我哭起来。我穿好了衣裳，擦上了脂粉，在床上躺着，等死。我相信我会不久就死去的。可是我没死。门外又敲门了，找我的。好吧，我伺候他，我把病尽力地传给他。我不觉得这对不起人，这根本不是我的过错。我又痛快了些，我吸烟，我喝酒，我好像已是三四十岁的人了。我的眼圈发青，手心发热，我不再管；有钱才能活着，先吃饱再说别的吧。我吃得并不错，谁肯吃坏的呢！我必须给自己一点好吃食，一些好衣裳，这样才稍微对得起自己一点。

三十五

一天早晨，大概有十点来钟吧，我正披着件长袍在屋中坐着，我听见院中有点脚步声。我十点来钟起来，有时候到十二点才想穿好衣裳，我近来非常的懒，能披着件衣服呆坐一两个钟头。我想不起什么，也不愿想什么，就那么独自呆坐。那点脚步声，向我的门外来了，很轻很慢。不久，我看见一对眼睛，从门上那块小玻璃向里面看呢。看了一会儿，躲开了；我懒得动，还在那儿坐着。待了一会儿，那对眼睛又来了。我再也坐不住，我轻轻的开了门。"妈！"

三十六

　　我们母女怎么进了屋，我说不上来。哭了多久，也不大记得。妈妈已老得不像样儿了。她的掌柜的回了老家，没告诉她，偷偷地走了，没给她留下一个钱。她把那点东西变卖了，辞退了房，搬到一个大杂院里去。她已找了我半个多月。最后，她想到上这儿来，并没希望找到我，只是碰碰看，可是竟自找到了我。她不敢认我了，要不是我叫她，她也许就又走了。哭完了，我发狂似的笑起来：她找到了女儿，女儿已是个暗娼！她养着我的时候，她得那样；现在轮到我养着她了，我得那样！女人的职业是世袭的，是专门的！

三十七

　　我希望妈妈给我点安慰。我知道安慰不过是点空话，可是我还希望来自妈妈的口中。妈妈都往往会骗人，我们把妈妈的诓骗叫作安慰。我的妈妈连这个都忘了。她是饿怕了，我不怪她。她开始检点我的东西，问我的进项与花费，似乎一点也不以这种生意为奇怪。我告诉她，我有了病，希望她劝我休息几天。没有；她只说出去给我买药。"我们老干这个吗？"我问她。她没言语。可是从另一方面看，她确是想保护我，心疼我。她给我作饭，问我身上怎样，还常常偷看我，像妈妈看睡着了的小孩那样。只是有一层她不肯说，就是叫我不用再干这行了。我心中很明白——虽然有一点不满意她——除了干这个，还想不到第二个事情作。我们母女得吃得穿——这个决定了一切。什么母女不母女，什么体面不体面，钱是无情的。

三十八

　　妈妈想照应我，可是她得听着看着人家蹂躏我。我想好好对待她，可是我觉得她有时候讨厌。她什么都要管管，特别是对于钱。她的眼已失去年轻时的光泽，不过看见了钱还能发点光。对于客人，她就自居为仆人，可是当客人给少了钱的时候，她张嘴就骂。这有时候使我很为难。不错，既干这个还不是为钱吗？可是干这个的也似乎不必骂人。我有时候也会慢待人，可是我有我的办法，使客人急不得恼不得。妈妈的方法太笨了，很容易得罪人。看在钱的面上，我们不应当得罪人。我的方法或者出于我还年轻，还幼稚；妈妈便不顾一切的单单站在钱上了，她应当如此，她比我大着好些岁。恐怕再过几年我也就这样了，人老心也跟着老，渐渐老得和钱一样的硬。是的，妈妈不客气。她有时候劈手就抢客人的皮夹，有时候留下人家的帽子或值钱一点的手套与手杖。我很怕闹出事来，可是妈妈说的好："能多弄一个是一个，咱们是拿十年当作一年活着的，等七老八十还有人要咱们吗？"有时候，客人喝醉了，她便把他架出去，找个僻静地方叫他坐下，连他的鞋都拿回来。说也奇怪，这种人倒没有来找账的，想是已人事不知，说不定也许病一大场。或者事过之后，想过滋味，也就不便再来闹了，我们不怕丢人，他们怕。

三十九

妈妈是说对了：我们是拿十年当一年活着。干了二三年，我觉出自己是变了。我的皮肤粗糙了，我的嘴唇老是焦的，我的眼睛里老灰渌渌的带着血丝。我起来的很晚，还觉得精神不够。我觉出这个来，客人们更不是瞎子，熟客渐渐少起来。对于生客，我更努力的伺候，可是也更厌恶他们，有时候我管不住自己的脾气。我暴躁，我胡说，我已经不是我自己了。我的嘴不由的老胡说，似乎是惯了。这样，那些文明人已不多照顾我，因为我丢了那点"小鸟依人"——他们唯一的诗句——的身段与气味。我得和野鸡学了。我打扮得简直不像个人，这才招得动那不文明的人。我的嘴擦得像个红血瓢，我用力咬他们，他们觉得痛快。有时候我似乎已看见我的死，接进一块钱，我仿佛死了一点。钱是延长生命的，我的挣法适得其反。我看着自己死，等着自己死。这么一想，便把别的思想全止住了。不必想了，一天一天地活下去就是了，我的妈妈是我的影子，我至好不过将来变成她那样，卖了一辈子肉，剩下的只是一些白头发与抽皱的黑皮。这就是生命。

四十

我勉强地笑，勉强地疯狂，我的痛苦不是落几个泪所能减除的。我这样的生命是没什么可惜的，可是它到底是个生命，我不愿撒手。况且我所作的并不是我自己的过错。死假如可怕，那只因为活着是可爱的。我决不是怕死的痛苦，我的痛苦久已胜过了死。我爱活着，而不应当这样活着。我想象着一种理想的生活，像作着梦似的；这个梦一会儿就过去了，实际的生活使我更觉得难过。这个世界不是个梦，是真的地狱。妈妈看出我的难过来，她劝我嫁人。嫁人，我有了饭吃，她可以弄一笔养老金。我是她的希望。我嫁谁呢？

四十一

因为接触的男子很多了，我根本已忘了什么是爱。我爱的是我自己，及至我已爱不了自己，我爱别人干什么呢？但是打算出嫁，我得假装说我爱，说我愿意跟他一辈子。我对好几个人都这样说了，还起了誓；没人接受。在钱的管领下，人都很精明。嫖不如偷，对，偷省钱。我要是不要钱，管保人人说爱我。

四十二

正在这个期间，巡警把我抓了去。我们城里的新官儿非常地讲道德，要扫清了暗门子。正式的妓女倒还照旧作生意，因为她们纳捐；纳捐的便是名正言顺的，道德的。抓了去，他们把我放在了感化院，有人教给我作工。洗、做、烹调、编织，我都会；要是这些本事能挣饭吃，我早就不干那个苦事了。我跟他们这样讲，他们不信，他们说我没出息，没道德。他们教给我工作，还告诉我必须爱我的工作。假如我爱工作，将来必定能自食其力，或是嫁个人。他们很乐观。我可没这个信心。他们最好的成绩，是已经有十几多个女的，经过他们感化而嫁了人。到这儿来领女人的，只须花两块钱的手续费和找一个妥实的铺保就够了。这是个便宜。从男人方面看；据我想，这是个笑话。我干脆就不受这个感化。当一个大官儿来检阅我们的时候，我唾了他一脸唾沫。他们还不肯放了我，我是带危险性的东西。可是他们也不肯再感化我。我换了地方，到了狱中。

四十三

狱里是个好地方，它使人坚信人类的没有起色；在我作梦的时候都见不到这样丑恶的玩艺。自从我一进来，我就不再想出去，在我的经验中，世界比这儿并强不了许多。我不愿死，假若从这儿出去而能有个较好的地方；事实上既不这样，死在哪儿不一样呢。在这里，在这里，我又看见了我的好朋友，月牙儿！多久没见着它了！妈妈干什么呢？我想起来一切。

导读

《月牙儿》原是长篇小说《大明湖》中的一个片段，因为《大明湖》的手稿在一·二八战火中被毁，老舍不想把这个长篇重新再写一遍，"《大明湖》被焚之后，我把其他的情节都毫不可惜的忘弃，可是忘不了这一段。这一段是，不用说，《大明湖》中最有意思的一段"。对母女二人沦为暗娼的情节难以释怀，于是就有了中篇小说《月牙儿》。《月牙儿》的创作弥补了《大明湖》被毁掉带来的遗憾，而且作家对于这种"置换"还心存欣喜，"它在《大明湖》里并不像《月牙儿》这样整齐，因为它是夹在别的一堆事情里，不许它独当一面。由现在看来，我愣愿要《月牙儿》而不要《大明湖》了。"《月牙儿》发表七十多年来，一直备受读者推崇，老舍创作经历中的一次意外，也成就了中国现代小说的经典之作。

小说用四十三个片段回忆了"我"从七岁到现在的人生历程，生动展现了一个鲜活的生命是如何被侮辱与被损害的。月牙儿是文本中重要的意象，与满月相对，月牙儿往往象征着残缺与不圆满，甚至带着凄凉的感情色彩。从这个意义上来说，月牙儿是比较能够代表"我"的生命经历与内心体验的。"我"从一开始就面对着人生的破碎与不完整，而每每这个时候，那或明或暗的月牙儿总会出现在天边。

"那第一次，带着寒气的月牙儿确是带着寒气。它第一次在我的云中是酸苦，它那一点点微弱的浅金光儿照着我的泪"。七岁的孩子在月牙儿的寒气中等待着人生的第一个不幸的到来，饥饿与寒冷，病逝的父亲与哀伤的母亲，还有深深的孤寂笼罩着她。这也成了她整个人生的一个缩影，命运已经早早地被定下了基调，带着寒气的月牙儿将一直陪伴着她。父亲的离世使家庭失去了经济支柱，"我"早早就知道了生活的艰辛，每天为一口饱饭而走进当铺，但是这并不是解决困境的方法，"我"过早地流下了成人般的泪水，"我看着天，啊，又是月牙儿照着我的眼泪！"在妈妈无法以为人洗衣而维持温饱的时候，便只能改嫁以寻求最低生活保障。"我"再一次看见月牙儿是在"妈坐了一乘红轿"，被抬到城外去的时候，然而"这次的月牙比哪一回都清楚，都可怕；我是要离开这住惯了的小屋了"。陌生生活、未知道路使"我"感到了恐惧，于是月牙儿感到可怕了。

当"我"再次能够吃饱睡暖，生活变得美好的时候，那个凄惨、可怕的月牙儿便在"我"的世界中消失不见了，"我在三四年里似乎再没看见月牙"。平稳的生活好景不长，新爸爸的不辞而别，再次使母女的生活陷入了困顿。这次母亲没有再重操旧业去洗袜子，"我"也不去跑当铺，但是"我"很快就知道了母亲成了一个暗娼，"我"心情复杂，既恨妈妈给自家脸上抹黑，又心疼妈妈，恨自己帮不上她，更怕妈妈让自己也当暗娼。在愁苦忧惧之时，月牙儿又出现了，"它无倚无靠的在灰蓝的天上挂着，光儿微弱，不大会儿便被黑暗包住"。被黑暗包住的不是月牙儿，而正是无依无靠的"我"。虽然感到无助，但是"我"并不认同母亲的道路，不愿意像母亲那样丧失做人的尊严。然而，对"我"来说，前途太过于渺茫了。

"我又老没看月牙了，不敢去看，虽然想看。"生活的苦难已然在"我"的心底留下了浓重的阴影，"我"害怕再次看到月牙儿，因为那是"我"遭受波折的预兆，但是"我"还是想看它，因为除了它，已经再没有其他东西陪伴"我"了。虽然毕业了，但是社会却没有提供给"我"一份谋生的工作，"我"感到了生命的卑贱，"我还不如一条狗，狗有个地方便可以躺下睡；街上不准我躺着。是的，我是人，人可以不如狗。"在绝望之后，"我"忽然理解原谅了妈妈，意识到了"妈妈所走的路是唯一的"。把一切尊严与脸面都放下后，"我"甚至有了一种快慰，甚至在那春天的月牙儿上，看出了美来，并感到"这个月牙是希望的开始"。"我"委身于一个男人，开始了靠身体吃饭的生涯，"月儿忽然被云掩住"，"我"也终于被生活的阴云遮盖住了，"我"失去了自己。但是本性善良的"我"，还是为别人考虑而放弃了刚刚得来的安逸生活，于是自己又"像一片云那样的无倚无靠"。

至此，"我"都没有对生活完全心灰意冷，也没有彻底地放弃自己，"我"

还想试试靠双手的劳动而非身体来换取自己生存之资。但是，生在逼良为娼的社会，谁又有什么办法呢，"最后的黑影又向我迈了一步"，重复母亲的道路看来是不可避免的了——"若真挣不上饭吃，女人得承认自己是女人，得卖肉"。如果想要活命，这是不得不迈出去的一步，这也是我苟活于社会的途径，因为"我"知道"肚子饿是最大的真理"，体面与尊严，爱情与浪漫是与饿肚子之人无关的。在"堕落"中"我"明白了很多东西，也看清了这个世界，而且"我"也学会了放纵，学会了使坏，"我"开始吸烟喝酒，把身上的脏病传染给别人。"我"已然完全走上了妓女的道路，旧"我"与新"我"之间再无任何牵扯与纠葛。

母亲再次遭遇了男人的不辞而别，生活陷入困境而不得不来投奔"我"。面对自己衰老的母亲，"我"生发出无限的悲哀来。"我"从母亲的过去看到了自己的现在，也从母亲的现在看到了自己的未来。这种绝望引发了"我"无尽的痛苦，"我决不是怕死的痛苦，我的痛苦久已胜过了死。"理想与现实之间的巨大反差，未来的不确定的生活带来的深深恐慌，让一个鲜活的生命似生犹死。"我"拒绝了被感化，宁可在监狱中度过自己的余生，因为对这个社会不仅充满恐惧，而且已经绝望透顶。在监狱中，"我"再一次看见了带着寒气的月牙儿，在生命"僵死"的时刻，也只有月牙儿陪伴着"我"。

"这个世界不是个梦，是真的地狱"，这是"我"经历体验之后，对黑暗社会的深刻否定。在这个世界，人无法把握自己的命运，无法实现自己的理想，只能静静地等待着被侮辱、被损害。小说中母女两代人都无法避免地走上了妓女生涯，但是她们又何尝想要这样呢！"我所作的并不是我自己的过错"，这并不是小说主人公为自己的堕落在开脱，而是对旧时代的控诉与揭露。

我这一辈子

一

我幼年读过书，虽然不多，可是足够读七侠五义与三国志演义什么的。我记得好几段聊斋，到如今还能说得很齐全动听，不但听的人都夸奖我的记性好，连我自己也觉得应该高兴。可是，我并念不懂聊斋的原文，那太深了；我所记得的几段，都是由小报上的"评讲聊斋"念来的——把原文变成白话，又添上些逗哏打趣，实在有个意思！

我的字写得也不坏。拿我的字和老年间衙门里的公文比一比，论个儿的匀适，墨色的光润，与行列的齐整，我实在相信我可以作个很好的"笔帖式"。自然我不敢高攀，说我有写奏折的本领，可是眼前的通常公文是准保能写到好处的。

凭我认字与写的本事，我本该去当差。当差虽不见得一定能增光耀祖，但是至少也比作别的事更体面些。况且呢，差事不管大小，多少总有个升腾。我看见不止一位了，官职很大，可是那笔字还不如我的好呢，连句整话都说不出来。这样的人既能作高官，我怎么不能呢？

可是，当我十五岁的时候，家里教我去学徒。五行八作，行行出状元，学手艺原不是什么低搭的事；不过比较当差稍差点劲儿罢了。学手艺，一辈子逃不出手艺人去，即使能大发财源，也高不过大官儿不是？可是我并没和家里闹别扭，就去学徒了；十五岁的人，自然没有多少主意。况且家里老人还说，学满了艺，能挣上钱，就给我说亲事。在当时，我想象着结婚必是件有趣的事。那么，吃上二三年的苦，而后大人似的去耍手艺挣钱，家里再有个小媳妇，大概也很下得去了。

我学的是裱糊匠。在那太平年月，裱匠是不愁没饭吃的。那时候，死一个人不像现在这么省事。这可并不是说，老年间的人要翻来覆去的死好几回，不干脆的一下子断了气。我是说，那时候死人，丧家要拼命的花钱，一点不惜力气与金钱的讲排场。就拿与冤衣铺有关系的事来说吧，就得花上老些个钱。人一断气，马上就得去糊"倒头车"——现在，连这个名词儿也许有好多人不晓得了。紧跟着便是"接三"，必定有些烧活：车轿骡马，墩箱灵人，引魂幡，灵花等等。要是害月子病死的，还必须另糊一头牛，和一个鸡罩。赶到"一七"念经，又得糊楼库，金山银山，尺头元宝，四季衣服，四季花草，古玩陈设，各样木器。及至出殡，纸亭纸架之外，还有许多烧活，至不济也得弄一对"童儿"举着。"五七"烧伞，六十天糊船桥。一个死人到六十天后才和我们裱糊匠脱离关系。一年之中，死那么十来个有钱的人，我们便有了吃喝。

裱糊匠并不专伺候死人，我们也伺候神仙。早年间的神仙不像如今晚儿的这样寒碜，就拿关老爷说吧，早年间每到六月二十四，人们必给他糊黄幡宝盖，马童马匹，和七星大旗什么的。现在，几乎没有人再惦记着关公了！遇上闹"天花"，我们又得为娘娘们忙一阵。九位娘娘得糊九顶轿子，红马黄马各一匹，九份凤冠霞帔，还得预备痘哥哥痘姐姐们的袍带靴帽，和各样执事。如今，医院都施种牛痘，娘娘们无事可作，裱糊匠也就陪着她们闲起来了。此外还有许许多多的"还愿"的事，都要糊点什么东西，可是也都随着破除迷信没人再提了。年头真是变了啊！

除了伺候神与鬼外，我们这行自然也为活人作些事。这叫作"白活"，就是给人家糊顶棚。早年间没有洋房，每遇到搬家，娶媳妇，或别项喜事，总要把房间糊得四白落地，好显出焕然一新的气象。那大富之家，连春秋两季糊窗子也雇用我们。人是一天穷似一天了，搬家不一定糊棚顶，而那些有钱的呢，房子改为洋式的，棚顶抹灰，一劳永逸；窗子改成玻璃的，也用不着再糊上纸或纱。什么都是洋式好，耍手艺的可就没了饭吃。我们自己也不是不努力呀，洋车时行，我们就照样糊洋车；汽车时行，我们就糊汽车，我们知道改良。可是有几家死了人来糊一辆洋车或汽车呢？年头一旦大改良起来，我们的小改良全算白饶，水大漫不过鸭子去，有什么法儿呢！

二

上面交代过了：我若是始终仗着那份儿手艺吃饭，恐怕就早已饿死了。不过，这点本事虽不能永远有用，可是三年的学艺并非没有很大的好处，这点好处教我一辈子享用不尽。我可以撂下家伙，干别的营生去；这点好处可是老跟着我。就是我死后，有人谈到我的为人如何，他们也必须要记得我少年曾学过三年徒。

学徒的意思是一半学手艺，一半学规矩。在初到铺子去的时候，不论是谁也得害怕，铺中的规矩就是委屈。当徒弟的得晚睡早起，得听一切的指挥与使遣，得低三下四的伺候人，饥寒劳苦都得高高兴兴的受着，有眼泪往肚子里咽。像我学艺的所在，铺子也就是掌柜的家；受了师傅的，还得受师母的，夹板儿气！能挺过这么三年，顶倔强的人也得软了，顶软和的人也得硬了；我简直的可以这么说，一个学徒的脾性不是天生带来的，而是被板子打出来的；像打铁一样，要打什么东西便成什么东西。

在当时正挨打受气的那一会儿，我真想去寻死，那种气简直不是人所受得住的！但是，现在想起来，这种规矩与调教实在值金子。受过这种排练，天下便没有什么受不了的事啦。随便提一样吧，比方说教我去当兵，好哇，我可以作个满好的兵。军队的操演有时有会儿，而学徒们是除了睡觉没有任何休息时间的。我抓着工夫去出恭，一边蹲着一边就能打个盹儿，因为遇上赶夜活的时候，我一天一夜只能睡上三四点钟的觉。我能一口吞下去一顿饭，刚端起饭碗，不是师傅喊，就是师娘叫，要不然便是有照顾主儿来定活，我得恭而敬之的招待，并且细心听着师傅怎样论活讨价钱。不把饭整吞下去怎办呢？这种排练教我遇到什么苦处都能硬挺，外带着还是挺和气。读书的人，据我这粗人看，永远不会懂得这个。现在的洋学堂里开运动会，学生跑上两个圈就仿佛有了汗马功劳一般，喝！又是搀着，又是抱着，往大腿上拍火酒，还闹脾气，还坐汽车！这样的公子哥儿哪懂得什么叫作规矩，哪叫排练呢？话往回来说，我所受的苦处给我打下了作事任劳任怨的底子，我永远不肯闲着，作起活来永不晓得闹脾气，耍别扭，我能和大兵们一样受苦，而大兵们不能像我这么和气。

再拿件实事来证明这个吧：在我学成出师以后，我和别的耍手艺的一样，为表明自己是凭本事挣钱的人，第一我先买了根烟袋，只要一闲着便捻上一袋吧唧着，仿佛很有身份，慢慢的，我又学了喝酒，时常弄两盅猫尿呲着嘴儿抿几口。嗜好就怕开了头，会了一样就不难学第二样，反正都是个玩艺吧咧。这可也就出了毛病。我爱烟爱酒，原本不算什么稀奇的事，大家伙儿都差不多是这样。可是，我一来二去的学会了吃大烟。那个年月，鸦片烟不犯私，非常的便宜；我先是吸着玩，后来可就上了瘾。不久，我便觉出手紧来了，作事也不似先前那么上劲了。我并没等谁劝告我，不但戒了大烟，而且把旱烟袋也撅了，从此烟酒不动！我入了"理门"。入理门，烟酒都不准动；一旦破戒，必走背运。所以我不但戒了嗜好，而且入了理门；背运在那儿等着我，我怎肯再犯戒呢？这点心胸与硬气，如今想起来，还是由学徒得来的。多大的苦处我都能忍受。初一戒烟戒酒，看着别人吸，别人饮，多么难过呢！心里真像有一千条小虫爬挠那么痒痒触触的难过。但是我不能破戒，怕走背运。其实背运不背运的，都是日后的事，眼前的罪过可是不好受呀！硬挺，只有硬挺才能成功，怕走背运还在其次。我居然挺过来了，因为我学过徒，受过排练呀！

提到我的手艺来，我也觉得学徒三年的光阴并没白费了。凡是一门手艺，都得随时改良，方法是死的，运用可是活的。三十年前的瓦匠，讲究会磨砖对缝，作细工儿活；现在，他得会用洋灰和包镶人造石什么的。三十年前的木匠，讲究会雕花刻木，现在得会造洋式木器。我们这行也如此，不过比别的行业更活动。我们这行讲究看见什么就能糊什么。比方说，人家落了丧事，教我们糊一桌全席，我们就能糊出鸡鸭鱼肉来。赶上人家死了未出阁的姑娘，教我们糊一全份嫁妆，不管是四十八抬，还是三十二抬，我们便能由粉罐油瓶一直糊到衣橱穿衣镜。眼睛一看，手就能模仿下来，这是我们的本事。我们的本事不大，可是得有点聪明，一个心窟窿的人绝不会成个好裱糊匠。

这样，我们作活，一边工作也一边游戏，仿佛是。我们的成败全仗着怎么把各色的纸调动的合适，这是耍心路的事儿。以我自己说，我有点小聪明。在学徒时候所挨的打，很少是为学不上活来，而多半是因为我有聪明而好调皮不听话。我的聪明也许一点也显露不出来，假若我是去学打铁，或是拉大锯——老那么打，老那么拉，一点变动没有。幸而我学了裱糊匠，把基本的技能学会了以后，我便开始自出花样，怎么灵巧逼真我怎么作。有时候我白费了许多工夫与材料，而作不出我所想到的东西，可是这更教我加紧的去揣摩，去调动，非把它作成不可。这个，真是个好习惯。有聪明，而且知道用聪明，我必须感谢这三年的学徒，在这三年养成了我会用自己的聪明的习惯。诚然，我一辈子没作过大事，但是无论什么事，只要是平常人能作的，我一瞧就能明白个五六成。我会砌墙，栽树，修理钟表，看皮货的真假，合婚择日，知道五行八作的行活上诀窍……这些，我都没学过，只凭我的眼去看，我的手去试验；我有勤苦耐劳与多看多学的习惯；这个习惯是在冥衣铺学徒三年养成的。到如今我才明白过来——我已是快饿死的人了！——假若我多读上几年书，只抱着书本死啃，像那些秀才与学堂毕业的人们那样，我也许一辈子就糊糊涂涂的下去，而什么也不晓得呢！裱糊的手艺没有给我带来官职和财产，可是它让我活的很有趣；穷，但是有趣，有点人味儿。

刚二十多岁，我就成为亲友中的重要人物了。不因为我有钱与身份，而是因为我办事细心，不辞劳苦。自从出了师，我每天在街口的茶馆里等着同行的来约请帮忙。我成了街面上的人，年轻，利落，懂得场面。有人来约，我便去作活；没人来约，我也闲不住：亲友家许许多多的事都托咐我给办，我甚至于刚结过婚便给别人家作媒了。

给别人帮忙就等于消遣。我需要一些消遣。为什么呢？前面我已说过：我们这行有两种活，烧活和白活。作烧活是有趣而干净的，白活可就不然了。糊顶棚自然得先把旧纸撕下来，这可真够受的，没作过的人万也想不到顶棚上会能有那么多尘土，而且是日积月累攒下来的，比什么土都干，细，钻鼻子，撕完三间屋子的棚，我们就都成了土鬼。及至扎好了秫秸，糊新纸的时候，新银花纸的面子是又臭又挂鼻子。尘土与纸面子就能教人得痨病——现在叫作肺病。我不喜欢这种活儿。可是，在街上等工作，有人来约就不能拒绝，有什么活得干什么活。应下这种活儿，我差不多老在下边裁纸递纸抹浆糊，为的是可以不必上"交手"，而且可以低着头干活儿，少吃点土。就是这样，我也得弄一身灰，我的鼻子也得像烟筒。作完这么几天活，我愿意作点别的，变换变换。那么，有亲友托我办点什么，我是很乐意帮忙的。

再说呢，作烧活吧，作白活吧，这种工作老与人们的喜事或丧事有关系。熟人们找我定活，也往往就手儿托我去讲别项的事，如婚丧事的搭棚，讲执事，雇厨子，定车马等等。我在这些事儿中渐渐找出乐趣，晓得如何能捏住巧处，给亲友们既办得漂亮，又省些钱，不能窝窝囊囊的被人捉了"大头"。我在办这些事儿的时候，得到许多经验，明白了许多人情，久而久之，我成了个很精明的人，虽然还不到三十岁。

三

由前面所说过的去推测，谁也能看出来，我不能老靠着裱糊的手艺挣饭吃。像逛庙会忽然遇上雨似的，年头一变，大家就得往四散里跑。在我这一辈子里，我仿佛是走着下坡路，收不住脚。心里越盼着天下太平，身子越往下出溜。这次的变动，不使人缓气，一变好像就要变到底。这简直不是变动，而是一阵狂风，把人糊糊涂涂的刮得不知上哪里去了。在我小时候发财的行当与事情，许多许多都忽然走到绝处，永远不再见面，仿佛掉在了大海里头似的。裱糊这一行虽然到如今还阴死巴活的始终没完全断了气，可是大概也不会再有抬头的一日了。我老早的就看出这个来。在那太平的年月，假若我愿意的话，我满可以开个小铺，收两个徒弟，安安顿顿的混两顿饭吃。幸而我没那么办。一年得不到一笔大活，只仗着糊一辆车或两间屋子的顶棚什么的，怎能吃饭呢？睁开眼看看，这十几年了，可有过一笔体面的活？我得改行，我算是猜对了。

不过，这还不是我忽然改了行的唯一的原因。年头儿的改变不是个人所能抵抗的，胳臂扭不过大腿去，跟年头儿叫死劲简直是自己找别扭。可是，个人独有的事往往来得更厉害，它能马上教人疯了。去投河觅井都不算新奇，不用说把自己的行业放下，而去干些别的了。个人的事虽然很小，可是一加在个人身上便受不住；一个米粒很小，教蚂蚁去搬运便很费力气。个人的事也是如此。人活着是仗了一口气，多喈有点事儿，把这口气憋住，人就要抽风。人是多么小的玩艺儿呢！

我的精明与和气给我带来背运。乍一听这句话仿佛是不合情理，可是千真万确，一点儿不假，假若这要不落在我自己身上，我也许不大相信天下会有这宗事。它竟自找到了我；在当时，我差不多真成了个疯子。隔了这么二三十年，现在想起那回事儿来，我满可以微微一笑，仿佛想起一个故事来似的。现在我明白了个人的好处不必一定就有利于自己。一个人好，大家都好，这点好处才有用，正是如鱼得水。一个人好，而大家并不都好，个人的好处也许就是让他倒霉的祸根。精明和气有什么用呢！现在，我悟过这点理儿来，想起那件事不过点点头，笑一笑罢了。在当时，我可真有点咽不下去那口气。那时候我还很年轻啊。

哪个年轻的人不爱漂亮呢？在我年轻的时候，给人家行人情或办点事，我的打扮与气派谁也不敢说我是个手艺人。在早年间，皮货很贵，而且不准乱穿。如今晚的人，今天得了马票或奖券，明天就可以穿上狐皮大衣，不管是个十五岁的孩子还是二十岁还没刮过脸的小伙子。早年间可不行，年纪身份决定个人的服装打扮。那年月，在马褂或坎肩上安上一条灰鼠领子就仿佛是很漂亮阔气。我老安着这么条领子，马褂与坎肩都是青大缎的——那时候的缎子也不知怎么那样结实，一件马褂至少也可以穿上十来年。在给人家糊棚顶的时候，我是个土鬼；回到家中一梳洗打扮，我立刻变成个漂亮小伙子。我不喜欢那个土鬼，所以更爱这个漂亮的青年。我的辫子又黑又长，脑门剃得锃光青亮，穿上带灰鼠领子的缎子坎肩，我的确像个"人儿"！

一个漂亮小伙子所最怕的恐怕就是娶个丑八怪似的老婆吧。我早已有意无意的向老人们透了个口话：不娶倒没什么，要娶就得来个够样儿的。那时候，自然还不时行自由婚，可是已有男女两造对相对看的办法。要结婚的话，我得自己去相看，不能马马虎虎就凭媒人的花言巧语。

二十岁那年，我结了婚，我的妻比我小一岁。把她放在哪里，她也得算个俏式利落的小媳妇；在定婚以前，我亲眼相看的呀。她美不美，我不敢说，我说她俏式利落，因为这四个字就是我择妻的标准；她要是不够这四个字的格儿，当初我决不会点头。在这四个字里很可以见出我自己是怎样的人来。那时候，我年轻，漂亮，作事麻利，所以我一定不能要个笨牛似的老婆。

这个婚姻不能说不是天配良缘。我俩都年轻，都利落，都个子不高；在亲友面前，我们像一对轻巧的陀螺似的，四面八方的转动，招得那年岁大些的人们眼中要笑出一朵花来。我俩竞争着去在大家面前显出个人的机警与口才，到处争强好胜，只为数人夸奖一声我们是一对最有出息的小夫妇。别人的夸奖增高了我俩彼此间的敬爱，颇有点英雄惜英雄，好汉爱好汉的劲儿。

我很快乐，说实话：我的老人没挣下什么财产，可是有一所儿房。我住着不用花租金的房子，院中有不少的树木，檐前挂着一对黄鸟。我呢，有手艺，有人缘，有个可心的年轻女人。不快乐不是自找别扭吗？

对于我的妻，我简直找不出什么毛病来。不错，有时候我觉得她有点太野；可是哪个利落的小媳妇不爽快呢？她爱说话，因为她会说；她不大躲避男人，因为这正是作媳妇所应享的利益，特别是刚出嫁而有些本事的小媳妇，她自然愿意把作姑娘时的腼腆收起一些，而大大方方的自居为"媳妇"。这点实在不能算作毛病。况且，她见了长辈又是那么亲热体贴，殷勤的伺候，那么她对年轻一点的人随便一些也正是理之当然；她是爽快大方，所以对于年老的正像对于年少的，都愿表示出亲热周到来。我没因为她爽快而责备她过。

她有了孕，作了母亲，她更好看了，也更大方了——我简直的不忍再用那个"野"字！世界上还有比怀孕的少妇更可怜，年轻的母亲更可爱的吗？看她坐在门坎上，露着点胸，给小娃娃奶吃，我只能更爱她，而想不起责备她太不规矩。

到了二十四岁，我已有一儿一女。对于生儿养女，作丈夫的有什么功劳呢！赶上高兴，男子把娃娃抱起来，耍巴一回；其余的苦处全是女人的。我不是个糊涂人，不必等谁告诉我才能明白这个。真的，生小孩，养育小孩，男人有时候想去帮忙也归无用；不过，一个懂得点人事的人，自然该使作妻的痛快一些，自由一些；欺侮孕妇或一个年轻的母亲，据我看，才真是混蛋呢！对于我的妻，自从有了小孩之后，我更放任了些；我认为这是当然的合理的。

再一说呢，夫妇是树，儿女是花；有了花的树才能显出根儿深。一切猜忌，不放心，都应该减少，或者完全消灭；小孩子会把母亲拴得结结实实的。所以，即使我觉得她有点野——真不愿用这个臭字——我也不能不放心了，她是个母亲呀。

四

直到如今，我还是不能明白那到底是怎么一回事。

我所不能明白的事也就是当时教我差点儿疯了的事，我的妻跟人家跑了。

我再说一遍，到如今我还不能明白那到底是怎回事。我不是个固执的人，因为我久在街面上，懂得人情，知道怎样找出自己的长处与短处。但是，对于这件事，我把自己的短处都找遍了，也找不出应当受这种耻辱与惩罚的地方来。所以，我只能说我的聪明与和气给我带来祸患，因为我实在找不出别的道理来。

我有位师哥，这位师哥也就是我的仇人。街口上，人们都管他叫作黑子，我也就还这么叫他吧；不便道出他的真名实姓来，虽然他是我的仇人。"黑子"，由于他的脸不白；不但不白，而且黑得特别，所以才有这个外号。他的脸真像个早年间人们揉的铁球，黑，可是非常的亮；黑，可是光润；黑，可是油光水滑的可爱。当他喝下两盅酒，或发热的时候，脸上红起来，就好像落太阳时的一些黑云，黑里透出一些红光。至于他的五官，简直没有什么好看的地方，我比他漂亮多了。他的身量很高，可也不见得怎么魁梧，高大而懈懈松松的。他所以不至教人讨厌他，总而言之，都仗着那一张发亮的黑脸。

我跟他是很好的朋友。他既是我的师哥，又那么傻大黑粗的，即使我不喜爱他，我也不能无缘无故的怀疑他。我的那点聪明不是给我预备着去猜疑人的；反之，我知道我的眼睛里不容砂子，所以我因信任自己而信任别人。我以为我的朋友都不至于偷偷的对我掏坏招数。一旦我认定谁是个可交的人，我便真拿他当个朋友看待。对于我这个师哥，即使他有可猜疑的地方，我也得敬重他，招待他，因为无论怎样，他到底是我的师哥呀。同是一门儿学出来的手艺，又同在一个街口上混饭吃，有活没活，一天至少也得见几面；对这么熟的人，我怎能不拿他当作个好朋友呢？有活，我们一同去作活；没活，他总是到我家来吃饭喝茶，有时候也摸几把索儿胡玩——那时候"麻将"还不十分时兴。我和蔼，他也不客气；遇到什么就吃什么，遇到什么就喝什么，我一向不特别为他预备什么，他也永远不挑剔。他吃的很多，可是不懂得挑食。看他端着大碗，跟着我们吃热汤儿面什么的，真是个痛快的事。他吃得四脖子汗流，嘴里西啦胡噜的响，脸上越来越红，慢慢的成了个半红的大煤球似的；谁能说这样的人能存着什么坏心眼儿呢！

一来二去，我由大家的眼神看出来天下并不很太平。可是，我并没有怎么往心里搁这回事。假若我是个糊涂人，只有一个心眼，大概对这种事不会不听见风就是雨，马上闹个天昏地暗，也许立刻把事情弄个水落石出，也许是望风捕影而弄一鼻子灰。我的心眼多，决不肯这么糊涂瞎闹，我得平心静气的想一想。

先想我自己，想不出我有什么不对的地方来，即使我有许多毛病，反正至少我比师哥漂亮，聪明，更像个人儿。

再看师哥吧，他的长相，行为，财力，都不能教他为非作歹，他不是那种一见面就教女人动心的人。

最后，我详详细细的为我的年轻的妻子想一想：她跟了我已经四五年，我俩在一处不算不快乐。即使她的快乐是假装的，而愿意去跟个她真喜爱的人——这在早年间几乎是不能有的——大概黑子也绝不会是这个人吧？他跟我都是手艺人，他的身份一点不比我高。同样，他不比我阔，不比我漂亮，不比我年轻；那么，她贪图的是什么呢？想不出。就满打说她是受了他的引诱而迷了心，可是他用什么引诱她呢，是那张黑脸，那点本事，那身衣裳，腰里那几吊钱？笑话！哼，我要是有意的话吗，我倒满可以去引诱引诱女人；虽然钱不多，至少我有个样子。黑子有什么呢？再说，就是说她一时迷了心窍，分别不出好歹来，难道她就肯舍得那两个小孩吗？

我不能信大家的话，不能立时疏远了黑子，也不能傻子似的去盘问她。我全想过了，一点缝子没有，我只能慢慢的等着大家明白过来他们是多虑。即使他们不是凭空造谣，我也得慢慢的察看，不能无缘无故的把自己，把朋友，把妻子，都卷在黑土里边。有点聪明的人作事不能鲁莽。

可是，不久，黑子和我的妻子都不见了。直到如今，我没再见过他俩。为什么她肯这么办呢？我非见着她，由她自己吐出实话，我不会明白。我自己的思想永远不够对付这件事的。

我真盼望能再见她一面，专为明白明白这件事。到如今我还是在个葫芦里。

当时我怎样难过，用不着我自己细说。谁也能想到，一个年轻漂亮的人，守着两个没了妈的小孩，在家里是怎样的难过；一个聪明规矩的人，最亲爱的妻子跟师哥跑了，在街面上是怎么难堪。同情我的人，有话说不出，不认识我的人，听到这件事，总不会责备我的师哥，而一直的管我叫"王八"。在咱们这讲孝悌忠信的社会里，人们很喜欢有个王八，好教大家有放手指头的准头。我的口闭上，我的牙咬住，我心中只有他们俩的影儿和一片血。不用教我见着他们，见着就是一刀，别的无须乎再说了。

在当时，我只想拼上这条命，才觉得有点人味儿。现在，事情过去这么多年了。我可以细细的想这件事在我这一辈子里的作用了。

我的嘴并没闲着，到处我打听黑子的消息。没用，他俩真像石沉大海一般。打听不着确实的消息，慢慢的我的怒气消散了一些；说也奇怪，怒气一消，我反倒可怜我的妻子。黑子不过是个手艺人，而这种手艺只能在京津一带大城里找到饭吃，乡间是不需要讲究的烧活的。那么，假若他俩是逃到远处去，他拿什么养活她呢？哼，假若他肯偷好朋友的妻子，难道他就不会把她卖掉吗？这个恐惧时常在我心中绕来绕去。我真希望她忽然逃回来，告诉我她怎样上了当，受了苦处；假若她真跪在我的面前，我想我不会不收下她的，一个心爱的女人，永远是心爱的，不管她作了什么错事。她没有回来，没有消息，我恨她一会儿，又可怜她一会儿，胡思乱想，我有时候整夜的不能睡。

过了一年多，我的这种乱想又轻淡了许多。是的，我这一辈子也不能忘了她，可是我不再为她思索什么了。我承认了这是一段千真万确的事实，不必为它多费心思了。

我到底怎样了呢？这倒是我所要说的，因为这件我永远猜不透的事在我这一辈子里实在是件极大的事。这件事好像是在梦中丢失了我最亲爱的人，一睁眼，她真的跑得无影无踪了。这个梦没法儿明白，可是它的真确劲儿是谁也受不了的。作过这么个梦的人，就是没有成疯子，也得大大的改变；他是丢失了半个命呀！

五

最初，我连屋门也不肯出，我怕见那个又明又暖的太阳。

顶难堪的是头一次上街：抬着头大大方方的走吧，准有人说我天生来的不知羞耻。低着头走，便是自己招认了脊背发软。怎么着也不对。我可是问心无愧，没作过一点对不起人的事。

我破了戒，又吸烟喝酒了。什么背运不背运的，有什么再比丢了老婆更倒霉的呢？我不求人家可怜我，也犯不上成心对谁耍刺儿，我独自吸烟喝酒，把委屈放在心里好了。再没有比不测的祸患更能扫除了迷信的；以前，我对什么神仙都不敢得罪；现在，我什么也不信，连活佛也不信了。迷信，我咂摸出来，是盼望得点意外的好处；赶到遇上意外的难处，你就什么也不盼望，自然也不迷信了。我把财神和灶王的龛——我亲手糊的——都烧了。亲友中很有些人说我成了二毛子的。什么二毛子三毛子的，我再不给谁磕头。人若是不可靠，神仙就更没准儿了。

我并没变成忧郁的人。这种事本来是可以把人愁死的，可是我没往死牛犄角里钻。我原是个活泼的人，好吧，我要打算活下去，就得别丢了我的活泼劲儿。不错，意外的大祸往往能忽然把一个人的习惯与脾气改变了；可是我决定要保持住我的活泼。我吸烟，喝酒，不再信神佛，不过都是些使我活泼的方法。不管我是真乐还是假乐，我乐！在我学艺的时候，我就会这一招，经过这次的变动，我更必须这样了。现在，我已快饿死了，我还是笑着，连我自己也说不清这是真的还是假的笑，反正我笑，多嗜死了多嗜我并上嘴。从那件事发生了以后，直到如今，我始终还是个有用的人，热心的人，可是我心中有了个空儿。这个空儿是那件不幸的事给我留下的，像墙上中了枪弹，老有个小窟窿似的。我有用，我热心，我爱给人家帮忙，但是不幸而事情没办到好处，或者想不到的扎手，我不着急，也不动气，因为我心中有个空儿。这个空儿会教我在极热心的时候冷静，极欢喜的时候有点悲哀，我的笑常常和泪碰在一处，而分不清哪个是哪个。

这些，都是我心里头的变动，我自己要是不说——自然连我自己也说不大完全——大概别人无从猜到。在我的生活上，也有了变动，这是人人能看到的。我改了行，不再当裱糊匠，我没脸再上街口去等生意，同行的人，认识我的，也必认识黑子；他们只须多看我几眼，我就没法再咽下饭去。在那报纸还不大时行的年月，人们的眼睛是比新闻还要厉害的。现在，离婚都可以上衙门去明说明讲，早年间男女的事儿可不能这么随便。我把同行中的朋友全放下了，连我的师傅师母都懒得去看，我仿佛是要由这个世界一脚跳到另一个世界去。这样，我觉得我才能独自把那桩事关在心里头。年头的改变教裱糊匠们的活路越来越狭，但是要不是那回事，我也不会改行改得这么快，这么干脆。放弃了手艺，没什么可惜；可是这么放弃了手艺，我也不会感谢"那"回事儿！不管怎说吧，我改了行，这是个显然的变动。

决定扔下手艺可不就是我准知道应该干什么去。我得去乱碰，像一只空船浮在水面上，浪头是它的指南针。在前面我已经说过，我认识字，还能抄抄写写，很够当个小差事的。再说呢，当差是个体面的事，我这丢了老婆的人若能当上差，不用说那必能把我的名誉恢复了一些。现在想起来，这个想法真有点可笑；在当时我可是诚心的相信这是最高明的办法。"八"字还没有一撇儿，我觉得很高兴，仿佛我已经很有把握，既得到差事，又能恢复了名誉。我的头又抬得很高了。

哼！手艺是三年可以学成的；差事，也许要三十年才能得上吧！一个钉子跟着一个钉子，都预备着给我碰呢！我说我识字，哼！敢情有好些个能整本背书的人还挨饿呢。我说我会写字，敢情会写字的绝不算出奇呢。我把自己看得太高了。可是，我又亲眼看见，那作着很大的官儿的，一天到晚山珍海味的吃着，连自己的姓都不大认得。那么，是不是我的学问又太大了，而超过了作官所需要的呢？我这个聪明人也没法儿不显着糊涂了。

慢慢的，我明白过来。原来差事不是给本事预备着的，想做官第一得有人。这简直没了我的事，不管我有多么大的本事。我自己是个手艺人，所认识的也是手艺人；我爸爸呢，又是个白丁，虽然是很有本事与品行的白丁。我上哪里去找差事当呢？

事情要是逼着一个人走上哪条道儿，他就非去不可，就像火车一样，轨道已摆好，照着走就是了，一出花样准得翻车！我也是如此。决定扔下了手艺，而得不到个差事，我又不能老这么闲着。好啦，我的面前已摆好了铁轨，只准上前，不许退后。

我当了巡警。

　　巡警和洋车是大城里头给苦人们安好的两条火车道。大字不识而什么手艺也没有的，只好去拉车。拉车不用什么本钱，肯出汗就能吃窝窝头。识几个字而好体面的，有手艺而挣不上饭的，只好去当巡警；别的先不提，挑巡警用不着多大的人情，而且一挑上先有身制服穿着，六块钱拿着；好歹是个差事。除了这条道，我简直无路可走。我既没混到必须拉车去的地步，又没有作高官的舅舅或姐丈，巡警正好不高不低，只要我肯，就能穿上一身铜钮子的制服。当兵比当巡警有起色，即使熬不上军官，至少能有抢劫些东西的机会。可是，我不能去当兵，我家中还有俩没娘的小孩呀。当兵要野，当巡警要文明；换句话说，当兵有发邪财的机会，当巡警是穷而文明一辈子；穷得要命，文明得稀松！

　　以后这五六十年的经验，我敢说这么一句：真会办事的人，到时候才说话，爱张罗办事的人——像我自己——没话也找话说。我的嘴老不肯闲着，对什么事我都有一片说词，对什么人我都想很恰当的给起个外号。我受了报应：第一件事，我丢了老婆，把我的嘴封起来一二年！第二件是我当了巡警。在我还没当上这个差事的时候，我管巡警们叫作"马路行走"，"避风阁大学士"和"臭脚巡"。这些无非都是说巡警们的差事只是站马路，无事忙，跑臭脚。哼！我自己当上"臭脚巡"了！生命简直就是自己和自己开玩笑，一点不假！我自己打了自己的嘴巴，可并不因为我作了什么缺德的事；至多也不过爱多说几句玩笑话罢了。在这里，我认识了生命的严肃，连句玩笑话都说不得的！好在，我心中有个空儿；我怎么叫别人"臭脚巡"，也照样叫自己。这在早年间叫作"抹稀泥"，现在的新名词应叫着什么，我还没能打听出来。

　　我没法不去当巡警，可是真觉得有点委屈。是呀，我没有什么出众的本事，但是论街面上的事，我敢说我比谁知道的也不少。巡警不是管街面上的事情吗？那么，请看看那些警官儿吧：有的连本地的话都说不上来，二加二是四还是五都得想半天。哼！他是官，我可是"招募警"；他的一双皮鞋够开我半年的饷！他什么经验与本事也没有，可是他作官。这样的官儿多了去啦！上哪儿讲理去呢？记得有位教官，头一天教我们操法的时候，忘了叫"立正"，而叫了"闸住"。用不着打听，这位大爷一定是拉洋车出身。有人情就行，今天你拉车，明天你姑父作了什么官儿，你就可

以弄个教官当当；叫"闸住"也没关系，谁敢笑教官一声呢！这样的自然
是不多，可是有这么一位教官，也就可以教人想到巡警的操法是怎么稀松
二五眼了。内堂的功课自然绝不是这样教官所能担任的，因为至少得认识
些个字才能"虎"得下来。我们的内堂的教官大概可以分为两种：一种是
老人儿们，多数都有口鸦片烟瘾；他们要是能讲明白一样东西，就凭他们
那点人情，大概早就作上大官儿了；唯其什么也讲不明白，所以才来作教官。
另一种是年轻的小伙子们，讲的都是洋事，什么东洋巡警怎么样，什么法
国违警律如何，仿佛我们都是洋鬼子。这种讲法有个好处，就是他们信口
开河瞎扯，我们一边打盹一边听着，谁也不准知道东洋和法国是什么样儿，
可不就随他的便说吧。我满可以编一套美国的事讲给大家听，可惜我不是
教官罢了。这群年轻的小人们真懂外国事儿不懂，无从知道；反正我准知
道他们一点中国事儿也不晓得。这两种教官的年纪上学问上都不同，可是
他们有个相同的地方，就是他们都高不成低不就，所以对对付付的只能作
教官。他们的人情真不小，可是本事太差，所以来教一群为六块洋钱而一
声不敢出的巡警就最合适。

教官如此，别的警官也差不多是这样。想想：谁要是能去作一任知县
或税局局长，谁肯来作警官呢？前面我已交代过了，当巡警是高不成低不
就，不得已而为之。警官也是这样。这群人由上至下全是"狗熊耍扁担，
混碗儿饭吃"。不过呢，巡警一天到晚在街面上，不论怎样抹稀泥，多少
得能说会道，见机而作，把大事化小，小事化无；既不多给官面上惹麻烦，
又让大家都过得去；真的吧假的吧，这总得算点本事。而作警官的呢，就
连这点本事似乎也不必有。阎王好作，小鬼难当，诚然！

六

我再多说几句，或者就没人再说我太狂傲无知了。我说我觉得委屈，
真是实话；请看吧：一月挣六块钱，这跟当仆人的一样，而没有仆人们那
些"外找儿"；死挣六块钱，就凭这么个大人——腰板挺直，样子漂亮，
年轻力壮，能说会道，还得识文断字！这一大堆资格，一共值六块钱！

六块钱饷粮，扣去三块半钱的伙食，还得扣去什么人情公议儿，净剩

也就是两块上下钱吧。衣服自然是可以穿官发的，可是到休息的时候，谁肯还穿着制服回家呢；那么，不作不作也得有件大褂什么的。要是把钱作了大褂，一个月就算白混。再说，谁没有家呢？父母——呕，先别提父母吧！就说一夫一妻吧：至少得赁一间房，得有老婆的吃，喝，穿。就凭那两块大洋！谁也不许生病，不许生小孩，不许吸烟，不许吃点零碎东西；连这么着，月月还不够嚼谷[1]！

我就不明白为什么肯有人把姑娘嫁给当巡警的，虽然我常给同事的做媒。当我一到女家提说的时候，人家总对我一撇嘴，虽不明说，但是意思很明显，"哼！当巡警的！"可是我不怕这一撇嘴，因为十回倒有九回是撇完嘴而点了头。难道是世界上的姑娘太多了吗？我不知道。

由哪面儿看，巡警都活该是鼓着腮帮子充胖子而教人哭不得笑不得的。穿起制服来，干净利落，又体面又威风，车马行人，打架吵嘴，都由他管着。他这是差事；可是他一月除了吃饭，净剩两块来钱。他自己也知道中气不足，可是不能不硬挺着腰板，到时候他得娶妻生子，还是仗着那两块来钱。提婚的时候，头一句是说："小人呀当差！"当差的底下还有什么呢？没人愿意细问，一问就糟到底。

是的，巡警们都知道自己怎样的委屈，可是风里雨里他得去巡街下夜，一点懒儿不敢偷；一偷懒就有被开除的危险；他委屈，可不敢抱怨，他劳苦，可不敢偷闲，他知道自己在这里混不出来什么，而不敢冒险搁下差事。这点差事扔了可惜，作着又没劲；这些人也就人儿似的先混过一天是一天，在没劲中要露出劲儿来，像打太极拳似的。

世上为什么应当有这种差事，和为什么有这样多肯作这种差事的人？我想不出来。假若下辈子我再托生为人，而且忘了喝迷魂汤，还记得这一辈子的事，我必定要扯着脖子去喊：这玩艺儿整个的是丢人，是欺骗，是杀人不流血！现在，我老了，快饿死了，连喊这么几句也顾不及了，我还得先为下顿的窝窝头着忙呀！

自然在我初当差的时候，我并没有一下子就把这些都看清楚了，谁也没有那么聪明。反之，一上手当差我倒觉出点高兴来：穿上整齐的制服，靴帽，的确我是漂亮精神，而且心里说：好吧歹吧，这是个差事；凭我的聪明与本事，不久我必有个升腾。我很留神看巡长巡官们制服上的铜星与金道，而想象着我将来也能那样。我一点也没想到那铜星与金道并不按着聪明与本事颁给人们呀。

新鲜劲儿刚一过去，我已经讨厌那身制服了。它不教任何人尊敬，而只能告诉人："臭脚巡"来了！拿制服的本身说，它也很讨厌：夏天它就像牛皮似的，把人闷得满身臭汗；冬天呢，它一点也不像牛皮了，而倒像是纸糊的；它不许谁在里边多穿一点衣服，只好任着狂风由胸口钻进来，由脊背钻出去，整打个穿堂！再看那双皮鞋，冬冷夏热，永远不教脚舒服一会儿；穿单袜的时候，它好像是两大篓子似的，脚指脚踵都在里边乱抓弄，而始终找不到鞋在哪里；到穿棉袜的时候，它们忽然变得很紧，不许棉袜与脚一齐伸进去。有多少人因包办制服皮鞋而发了财，我不知道，我只知道我的脚永远烂着，夏天闹湿气，冬天闹冻疮。自然，烂脚也得照常的去巡街站岗，要不然就别挣那六块洋钱！多么热，或多么冷，别人都可以找地方去躲一躲，连洋车夫都可以自由的歇半天，巡警得去巡街，得去站岗，热死冻死都活该，那六块现大洋买着你的命呢！

记得在哪儿看见过这么一句：食不饱，力不足。不管这句在原地方讲的是什么吧，反正拿来形容巡警是没有多大错儿的。最可怜，又可笑的是我们既吃不饱，还得挺着劲儿，站在街上得像个样子！要饭的花子有时不饿也弯着腰，假充饿了三天三夜；反之，巡警却不饱也得鼓起肚皮，假装刚吃完三大碗鸡丝面似的。花子装饿倒有点道理，我可就是想不出巡警假装酒足饭饱有什么理由来，我只觉得这真可笑。

人们都不满意巡警的对付事，抹稀泥。哼！抹稀泥自有它的理由。不过，在细说这个道理之前，我愿先说件极可怕的事。有了这件可怕的事，我再反回头来细说那些理由，仿佛就更顺当，更生动。好！就这样办啦。

七

应当有月亮，可是教黑云给遮住了，处处都很黑。我正在个僻静的地方巡夜。我的鞋上钉着铁掌，那时候每个巡警又须带着一把东洋刀，四下里鸦雀无声，听着我自己的铁掌与佩刀的声响，我感到寂寞无聊，而且几乎有点害怕。眼前忽然跑过一只猫，或忽然听见一声鸟叫，都教我觉得不是味儿，勉强着挺起胸来，可是心中总空空虚虚的，仿佛将有些什么不幸的事情在前面等着我。不完全是害怕，又不完全气粗胆壮，就那么怪不得劲的，手心上出了点凉汗。平日，我很有点胆量，什么看守死尸，什么独自看管一所脏房，都算不了一回事。不知为什么这一晚上我这样胆虚，心里越要耻笑自己，便越觉得不定哪里藏着点危险。我不便放快了脚步，可是心中急切的希望快回去，回到那有灯光与朋友的地方去。

忽然，我听见一排枪！我立定了，胆子反倒壮起来一点；真正的危险似乎倒可以治好了胆虚，惊疑不定才是恐惧的根源。我听着，像夜行的马竖起耳朵那样。又一排枪，又一排枪！没声了，我等着，听着，静寂得难堪。像看见闪电而等着雷声那样，我的心跳得很快。拍，拍，拍，拍，四面八方都响起来了！

我的胆气又渐渐的往下低落了。一排枪，我壮起气来；枪声太多了，真遇到危险了；我是个人，人怕死；我忽然的跑起来，跑了几步，猛的又立住，听一听，枪声越来越密，看不见什么，四下漆黑，只有枪声，不知为什么，不知在哪里，黑暗里只有我一个人，听着远处的枪响。往哪里跑？到底是什么事？应当想一想，又顾不得想；胆大也没用，没有主意就不会有胆量。还是跑吧，糊涂的乱动，总比呆立哆嗦着强。我跑，狂跑，手紧紧的握住佩刀。像受了惊的猫狗，不必想也知道往家里跑。我已忘了我是巡警，我得先回家看看我那没娘的孩子去，要是死就死在一处！

要跑到家，我得穿过好几条大街。刚到了头一条大街，我就晓得不容易再跑了。街上黑黑忽忽的人影，跑得很快，随跑随着放枪。兵！我知道那是些辫子兵。而我才刚剪了发不多日子。我很后悔我没像别人那样把头发盘起来，而是连根儿烂真正剪去了辫子。假若我能马上放下辫子来，虽然这些兵们平素很讨厌巡警，可是因为我有辫子或者不至于把枪口冲着我来。在他们眼中，没有辫子便是二毛子，该杀。我没有了这么条宝贝！我不敢再动，只能藏在黑影里，看事行事。兵们在路上跑，一队跟着一队，枪声不停。我不晓得他们是干什么呢？待了一会儿，兵们好像是都过去了，我往外探了探头，见外面没有什么动静，我就像一只夜鸟儿似的飞过了马路，到了街的另一边。在这极快的穿过马路的一会儿里，我的眼梢撩着一点红光。十字街头起了火。我还藏在黑影里，不久，火光远远的照亮了一片；

再探头往外看，我已可以影影绰绰的看到十字街口，所有四面把角的铺户已全烧起来，火影中那些兵们来回的奔跑，放着枪。我明白了，这是兵变。不久，火光更多了，一处接着一处，由光亮的距离我可以断定：凡是附近的十字口与丁字街全烧了起来。

说句该挨嘴巴的话，火是真好看！远处，漆黑的天上，忽然一白，紧跟着又黑了。忽然又一白，猛的冒起一个红团，有一块天像烧红的铁板，红得可怕。在红光里看见了多少股黑烟，和火舌们高低不齐的往上冒，一会儿烟遮住了火苗；一会儿火苗冲破了黑烟。黑烟滚着，转着，千变万化的往上升，凝成一片，罩住下面的火光，像浓雾掩住了夕阳。待一会儿，火光明亮了一些，烟也改成灰白色儿，纯净，旺炽，火苗不多，而光亮结成一片，照明了半个天。那近处的，烟与火中带着种种的响声，烟往高处起，火往四下里奔；烟像些丑恶的黑龙，火像些乱长乱钻的红铁笋。烟裹着火，火裹着烟，卷起多高，忽然离散，黑烟里落下无数的火花，或者三五个极大的火团。火花火团落下，烟像痛快轻松了一些，翻滚着向上冒。火团下降，在半空中遇到下面的火柱，又狂喜的往上跳跃，炸出无数火花。火团远落，遇到可以燃烧的东西，整个的再点起一把新火，新烟掩住旧火，一时变为黑暗；新火冲出了黑烟，与旧火联成一气，处处是火舌，火柱，飞舞，吐动，摇摆，颠狂。忽然哗啦一声，一架房倒下去，火星，焦炭，尘土，白烟，一齐飞扬，火苗压在下面，一齐在底下往横里吐射，像千百条探头吐舌的火蛇。静寂，静寂，火蛇慢慢的，忍耐的，往上翻。绕到上边来，与高处的火接到一处，通明，纯亮，忽忽的响着，要把人的心全照亮了似的。

我看着，不，不但看着，我还闻着呢！在种种不同的味道里，我咂摸着：这是那个金匾黑字的绸缎庄，那是那个山西人开的油酒店。由这些味道，我认识了那些不同的火团，轻而高飞的一定是茶叶铺的，迟笨黑暗的一定是布店的。这些买卖都不是我的，可是我都认得，闻着它们火葬的气味，看着它们火团的起落，我说不上来心中怎样难过。

我看着，闻着，难过，我忘了自己的危险，我仿佛是个不懂事的小孩，只顾了看热闹，而忘了别的一切。我的牙打得很响，不是为自己害怕，而是对这奇惨的美丽动了心。

回家是没希望了。我不知道街上一共有多少兵，可是由各处的火光猜度起来，大概是热闹的街口都有他们。他们的目的是抢劫，可是顺着手儿已经烧了这么多铺户，焉知不就棍打腿的杀些人玩玩呢？我这剪了发的巡警在他们眼中还不和个臭虫一样，只须一搂枪机就完了，并不费多少事。

想到这个，我打算回到"区"里去，"区"离我不算远，只须再过一条街就行了。可是，连这个也太晚了。当枪声初起的时候，连贫带富，家家关了门；街上除了那些横行的兵们，简直成了个死城。及至火一起来，铺户里的人们开始在火影里奔走，胆大一些的立在街旁，看着自己的或别人的店铺燃烧，没人敢去救火，可也舍不得走开，只那么一声不出的看着火苗乱窜。胆小一些的呢，争着往胡同里藏躲，三五成群的藏在巷内，不时向街上探探头，没人出声，大家都哆嗦着。火越烧越旺了，枪声慢慢的稀少下来，胡同里的住户仿佛已猜到是怎么一回事，最先是有人开门向外望望，然后有人试着步往街上走。街上，只有火光人影，没有巡警，被兵们抢过的当铺与首饰店全大敞着门！……这样的街市教人们害怕，同时也教人们胆大起来；一条没有巡警的街正像是没有老师的学房，多么老实的孩子也要闹哄哄哄。一家开门，家家开门，街上人多起来；铺户已有被抢过的了，跟着抢吧！平日，谁能想到那些良善守法的人民会去抢劫呢？哼！机会一到，人们立刻显露了原形。说声抢，壮实的小伙子们首先进了当铺，金店，钟表行。男人们回去一趟，第二趟出来已挈夹上女人和孩子们。被兵们抢过的铺子自然不必费事，进去随便拿就是了；可是紧跟着那些尚未被抢过的铺户的门也拦不住谁了。粮食店，茶叶铺，百货店，什么东西也是好的，门板一律砸开。

我一辈子只看见了这么一回大热闹：男女老幼喊着叫着，狂跑着，拥挤着，争吵着，砸门的砸门，喊叫的喊叫，嘈喳！门板倒下去，一窝蜂似的跑进去，乱挤乱抓，压倒在地的狂号，身体利落的往柜台上蹿，全红着眼，全拼着命，全奋勇前进，挤成一团，倒成一片，散走全街。背着，抱着，扛着，曳着，像一片战胜的蚂蚁，昂首疾走，去而复归，呼妻唤子，前呼后应。

苦人当然出来了，哼！那中等人家也不甘落后呀！

贵重的东西先搬完了，煤米柴炭是第二拨。有的整坛的搬着香油，有的独自扛着两口袋面，瓶子罐子碎了一街，米面洒满了便道，抢啊！抢啊！抢啊！谁都恨自己只长了一双手，谁都嫌自己的腿脚太慢；有的人会推着一坛子白糖，连人带坛在地上滚，像屎壳郎推着个大粪球。

强中自有强中手，人是到处会用脑子的！有人拿出切菜刀来了，立在巷口等着："放下！"刀晃了晃。口袋或衣服，放下了；安然的，不费力的，拿回家去。"放下！"不灵验，刀下去了，把面口袋砍破，下了一阵小雪，二人滚在一团。过路的急走，稍带着说了句："打什么，有的是东西！"两位明白过来，立起来向街头跑去。抢啊，抢啊！有的是东西！

我挤在了一群买卖人的中间，藏在黑影里。我并没说什么，他们似乎很明白我的困难，大家一声不出，而紧紧的把我包围住。不要说我还是个巡警，连他们买卖人也不敢抬起头来。他们无法去保护他们的财产与货物，谁敢出头抵抗谁就是不要命，兵们有枪，人民也有切菜刀呀！是的，他们低着头，好像倒怪羞惭似的。他们唯恐和抢劫的人们——也就是他们平日的照顾主儿——对了脸，羞恼成怒，在这没有王法的时候，杀几个买卖人总不算一回事呢！所以，他们也保护着我。想想看吧，这一带的居民大概不会不认识我吧！我三天两头的到这里来巡逻。平日，他们在墙根撒尿，我都要讨他们的厌，上前干涉；他们怎能不恨恶我呢！现在大家正在兴高采烈的白拿东西，要是遇见我，他们一人给我一砖头，我也就活不成了。即使他们不认识我，反正我是穿着制服，佩着东洋刀呀！在这个局面下，冒而咕咚的出来个巡警，够多么不合适呢！我满可以上前去道歉，说我不该这么冒失，他们能白白的饶了我吗？

街上忽然清静了一些，便道上的人纷纷往胡同里跑，马路当中走着七零八散的兵，都走得很慢；我摘下帽子，从一个学徒的肩上往外看了一眼，看见一位兵士，手里提着一串东西，像一串儿螃蟹似的。我能想到那是一串金银的镯子。他身上还有多少东西，不晓得，不过一定有许多硬货，因为他走得很慢。多么自然，多么可羡慕呢！自自然然的，提着一串镯子，在马路中心缓缓的走，有烧亮的铺户作着巨大的火把，给他们照亮了全城！

兵过去了，人们又由胡同里钻出来。东西已抢得差不多了，大家开始搬铺户的门板，有的去摘门上的匾额。我在报纸上常看见"彻底"这两个字，咱们的良民们打抢的时候才真正彻底呢！

这时候，铺户的人们才有出头喊叫的："救火呀！救火呀！别等着烧净了呀！"喊得教人一听见就要落泪！我身旁的人们开始活动。我怎么办呢？他们要是都去救火，剩下我这一个巡警，往哪儿跑呢？我拉住了一个屠户！他脱给了我那件满是猪油的大衫。把帽子夹在夹肢窝底下。一手握着佩刀，一手揪着大襟，我擦着墙根，逃回"区"里去。

八

我没去抢，人家所抢的又不是我的东西，这回事简直可以说和我不相干。可是，我看见了，也就明白了。明白了什么？我不会干脆的，恰当的，用一半句话说出来；我明白了点什么意思，这点意思教我几乎改变了点脾气。丢老婆是一件永远忘不了的事，现在它有了伴儿，我也永远忘不了这次的兵变。丢老婆是我自己的事，只须记在我的心里，用不着把家事国事天下事全拉扯上。这次的变乱是多少万人的事，只要我想一想，我便想到大家，想到全城，简直的我可以用这回事去断定许多的大事，就好像报纸上那样谈论这个问题那个问题似的。对了，我找到了一句漂亮的了。这件事教我看出一点意思，由这点意思我哑摸着许多问题。不管别人听得懂这句与否，我可真觉得它不坏。

我说过了：自从我的妻潜逃之后，我心中有了个空儿。经过这回兵变，那个空儿更大了一些，松松通通的能容下许多玩艺儿。还接着说兵变的事吧！把它说完全了，你也就可以明白我心中的空儿为什么大起来了。

当我回到宿舍的时候，大家还全没睡呢。不睡是当然的，可是，大家一点也不显着着急或恐慌，吸烟的吸烟，喝茶的喝茶，就好像有红白事熬夜那样。我的狼狈的样子，不但没引起大家的同情，倒招得他们直笑。我本排着一肚子话要向大家说，一看这个样子也就不必再言语了。我想去睡，可是被排长给拦住了："别睡！待一会儿，天一亮，咱们全得出去弹压地面！"这该轮到我发笑了；街上烧抢到那个样子，并不见一个巡警，等到天亮再去弹压地面，岂不是天大的笑话！命令是命令，我只好等到天亮吧！

还没到天亮，我已经打听出来：原来高级警官们都预先知道兵变的事儿，可是不便于告诉下级警官和巡警们。这就是说，兵变是警察们管不了的事，要变就变吧；下级警官和巡警们呢，夜间糊糊涂涂的照常去巡逻站岗，是生是死随他们去！这个主意够多么活动而毒辣呢！再看巡警们呢，全和我自己一样，听见枪声就往回跑，谁也不傻。这样巡警正好对得起这样警官，自上而下全是瞎打混的当"差事"，一点不假！

虽然很要困，我可是急于想到街上去看看，夜间那一些情景还都在我的心里，我愿白天再去看一眼，好比较比较，教我心中这张画儿有头有尾。天亮得似乎很慢，也许是我心中太急。天到底慢慢的亮起来，我们排上队。我又要笑，有的人居然把盘起来的辫子梳好了放下来，巡长们也作为没看见。有的人在快要排队的时候，还细细刷了刷制服，用布擦亮了皮鞋！街上有那么大的损失，还有人顾得擦亮了鞋呢。我怎能不笑呢！

到了街上，我无论如何也笑不出了！从前，我没真明白过什么叫作"惨"，这回才真晓得了。天上还有几颗懒得下去的大星，云色在灰白中稍微带出些蓝，清凉，暗淡。到处是焦糊的气味，空中游动着一些白烟。铺户全敞着门，没有一个整窗子，大人和小徒弟都在门口，或坐或立，谁也不出声，也不动手收拾什么，像一群没有主儿的傻羊。火已经停止住延烧，可是已被烧残的地方还静静的冒着白烟，吐着细小而明亮的火苗。微风一吹，那烧焦的房柱忽然又亮起来，顺着风摆开一些小火旗。最初起火的几家已成了几个巨大的焦土堆，山墙没有倒，空空的围抱着几座冒烟的坟头。最后燃烧的地方还都立着，墙与前脸全没塌倒，叮是门窗一律烧掉，成了些黑洞。有一只猫还在这样的一家门口坐着，被烟熏的连连打嚏，可是还不肯离开那里。

平日最热闹体面的街口变成了一片焦木头破瓦，成群的焦柱静静的立着，东西南北都是这样，懒懒的，无聊的，欲罢不能的冒着些烟。地狱什么样？我不知道。大概这就差不多吧我一低头，便想起往日街头上的景象，那些体面的铺户是多么华丽可爱。一抬头，眼前只剩了焦糊的那么一片。心中记得的景象与眼前看见的忽然碰到一处，碰出些泪来。这就叫作"惨"吧？火场外有许多买卖人与学徒们呆呆的立着，手揣在袖里，对着残火发愣。遇见我们，他们只淡淡的看那么一眼，没有任何别的表示，仿佛他们已绝了望，用不着再动什么感情。

过了这一带火场，铺户全敞着门窗，没有一点动静，便道上马路上全是破碎的东西，比那火场更加凄惨。火场的样子教人一看便知道那是遭了火灾，这一片破碎静寂的铺户与东西使人莫名其妙，不晓得为什么繁华的街市会忽然变成绝大的垃圾堆。我就被派在这里站岗。我的责任是什么呢？不知道。我规规矩矩的立在那里，连动也不敢动，这破烂的街市仿佛有一股凉气，把我吸住。一些妇女和小孩子还在铺子外边拾取一些破东西，铺子的人不作声，我也不便去管；我觉得站在那里简直是多此一举。

太阳出来，街上显着更破了，像阳光下的叫化子那么丑陋。地上的每一个小物件都露出颜色与形状来，花哨的奇怪，杂乱得使人憋气。没有一个卖菜的，赶早市的，卖早点心的，没有一辆洋车，一匹马，整个的街上就是那么破破烂烂，冷冷清清，连刚出来的太阳都仿佛垂头丧气不大起劲，空空洞洞的悬在天上。一个邮差从我身旁走过去，低着头，身后扯着一条长影。我哆嗦了一下。

待了一会儿，段上的巡官下来了。他身后跟着一名巡警，两人都非常的精神在马路当中当当的走，好像得了什么喜事似的。巡官告诉我：注意街上的秩序，大令已经下来了！我行了礼，莫名其妙他说的是什么？那名巡警似乎看出来我的傻气，低声找补了一句：赶开那些拾东西的，大令下来了！我没心思去执行，可是不敢公然违抗命令，我走到铺户外边，向那些妇人孩子们摆了摆手，我说不出话来！

一边这样维持秩序，我一边往猪肉铺走，为是说一声，那件大褂等我给洗好了再送来。屠户在小肉铺门口坐着呢，我没想到这样的小铺也会遭抢，可是竟自成个空铺子了。我说了句什么，屠户连头也没抬。我往铺子里望了望：大小肉墩子，肉钩子，钱筒子，油盘，凡是能拿走的吧，都被人家拿走了，只剩下了柜台和架肉案子的土台！

我又回到岗位，我的头痛得要裂。要是老教我看着这条街，我知道不久就会疯了。

大令真到了。十二名兵，一个长官，捧着就地正法的令牌，枪全上着刺刀。呕！原来还是辫子兵啊！他们抢完烧完，再出来就地正法别人；什么玩艺呢？我还得给令牌行礼呀！

行完礼，我急快往四下里看，看看还有没有捡拾零碎东西的人，好警告他们一声。连屠户的木墩都搬了走的人民，本来值不得同情；可是被辫子兵们杀掉，似乎又太冤枉。

说时迟，那时快，一个十四五岁的男孩子没有走脱。枪刺围住了他，他手中还攥住一块木板与一只旧鞋。拉倒了，大刀亮出来，孩子喊了声"妈！"血溅出去多远，身子还抽动，头已悬在电线杆子上。

我连吐口唾沫的力量都没有了，天地都在我眼前翻转。杀人，看见过，我不怕。我是不平！我是不平！请记住这句，这就是前面所说过的，"我看出一点意思"的那点意思。想想看，把整串的金银镯子提回营去，而后出来杀个拾了双破鞋的孩子，还说就地正"法"呢！天下要有这个"法"，我 × "法"的亲娘祖奶奶！请原谅我的嘴这么野，但是这种事恐怕也不大文明吧？

事后，我听人家说，这次的兵变是有什么政治作用，所以打抢的兵在事后还出来弹压地面。连头带尾，一切都是预先想好了的。什么政治作用？咱不懂！咱只想再骂街。可是，就凭咱这么个"臭脚巡"，骂街又有什么用呢！

九

简直我不愿再提这回事了，不过为圆上场面，我总得把问题提出来；提出来放在这里，比我聪明的人有的是，让他们自己去细咂摸吧！

怎么会"政治作用"里有兵变？

若是有意教兵来抢，当初干吗要巡警？

巡警到底是干吗的？是只管在街上小便的，而不管抢铺子的吗？

安善良民要是会打抢，巡警干吗去专拿小偷？

人们到底愿意要巡警不愿意？不愿意吧！为什么刚要打架就喊巡警，而且月月往外拿"警捐"？愿意吧！为什么又喜欢巡警不管事：要抢的好去抢，被抢的也一声不言语？

好吧，我只提出这么几个"样子"来吧！问题还多得很呢！我既不能去解决，也就不便再瞎叨叨了。这几个"样子"就真够数我糊涂的了，怎想怎不对，怎摸不清哪里是哪里，一会儿它有头有尾，一会儿又没头没尾，我这点聪明不够想这么大的事的。

我只能说这么一句老话，这个人民，连官儿，兵丁，巡警，带安善的良民，都"不够本"！所以，我心中的空儿就更大了呀！在这群"不够本"的人们里活着，就是个对付劲儿，别讲究什么"真"事儿，我算是看明白了。

还有个好字眼儿，别忘下："汤儿事"。谁要是跟我一样，想不出什么好办法来，顶好用这个话，又现成，又恰当，而且可以不至把自己绕糊涂了。"汤儿事"，完了；如若还嫌稍微秃一点呢，再补上"真他妈的"，就挺合适。

十

不须再发什么议论，大概谁也能看清楚咱们国的人是怎回事了。由这个再谈到警察，稀松二五眼[2]正是理之当然，一点也不出奇。就拿抓赌来说吧：早年间的赌局都是由顶有字号的人物作后台老板；不但官面上不能够抄拿，就是出了人命也没有什么了不得的；赌局里打死人是常有的事。赶到有了巡警之后，赌局还照旧开着，敢去抄吗？这谁也能明白，不必我说。可是，不抄吧，又太不像话；怎么办呢？有主意，捡着那老实的办几案，拿几个老头儿老太太，抄去几打儿纸牌，罚上十头八块的。巡警呢，算交上了差事；社会上呢，大小也有个风声，行了。拿这一件事比方十件事，警察自从一开头就是抹稀泥。它养着一群混饭吃的人，作些个混饭吃的事。社会上既不需要真正的巡警，巡警也犯不上为六块钱卖命。这很清楚。

这次兵变过后，我们的困难增多了老些。年轻的小伙子们，抢着了不少的东西，总算发了邪财。有的穿着两件马褂，有的十个手指头戴着十个戒指，都扬扬得意的在街上扭，斜眼看着巡警，鼻子里哽哽的哼白气。我只好低下头去，本来吗，那么大的阵式，我们巡警都一声没出，事后还能怨人家小看我们吗？赌局到处都是，白抢来的钱，输光了也不折本儿呀！我们不敢去抄，想抄也抄不过来，太多了。我们在墙儿外听见人家里面喊"人九"，"对子"，只作为没听见，轻轻的走过去。反正人们在院儿里头耍，不到街上来就行。哼！人们连这点面子也不给咱们留呀！那穿两件马褂的小伙子们偏要显出一点也不怕巡警——他们的祖父，爸爸，就没怕过巡警，也没见过巡警，他们为什么这辈子应当受巡警的气呢？——单要来到街上赌一场。有骰子就能开宝，蹲在地上就玩起活来。有一对石球就能踢，两人也行，五个人也行，"一毛钱一脚，踢不踢？好啦！'倒回来！'"

拍，球碰了球，一毛。耍儿真不小呢，一点钟里也过手好几块。这都在我们鼻子底下，我们管不管呢？管吧！一个人，只佩着连豆腐也切不齐的刀，而赌家老是一帮年轻的小伙子。明人不吃眼前亏，巡警得绕着道儿走过去，不管的为是。可是，不幸，遇见了稽察，"你难道瞎了眼，看不见他们聚赌？"回去，至轻是记一过。这份儿委屈上哪儿诉去呢？

这样的事还多得很呢！以我自己说，我要不是佩着那么把破刀，而是拿着把手枪，跟谁我也敢碰碰，六块钱的饷银自然合不着卖命，可是泥人也有个土性，架不住碰在气头儿上。可是，我摸不着手枪，枪在土匪和大兵手里呢。

明明看见了大兵坐了车不给钱，而且用皮带抽洋车夫，我不敢不笑着把他劝了走。他有枪，他敢放，打死个巡警算得了什么呢！有一年，在三等窑子里，大兵们打死了我们三位弟兄，我们连凶首也没要出来。三位弟兄白白的死了，没有一个抵偿的，连一个挨几十军棍的也没有！他们的枪随便放，我们赤手空拳，我们这是文明事儿呀！

总而言之吧，在这么个以蛮横不讲理为荣，以破坏秩序为增光耀祖的社会里，巡警简直是多余。明白了这个，再加上我们前面所说过的食不饱力不足那一套，大概谁也能明白个八九成了。我们不抹稀泥，怎么办呢？我——我是个巡警——不求谁原谅，我只是愿意这么说出来，心明眼亮，好教大家心里有个谱儿。

爽性我把最泄气的也说了吧：

当过了一二年差事，我在弟兄们中间已经是个了不得的人物。遇见官事，长官们总教我去挡头一阵。弟兄们并不因此而忌妒我，因为对大家的私事我也不走在后边。这样，每逢出个排长的缺，大家总对我咕卿："这回一定是你补缺了！"仿佛他们非常希望要我这么个排长似的。虽然排长并没落在我身上，可是我的才干是大家知道的。

我的办事诀窍，就是从前面那一大堆话中抽出来的。比方说吧，有人来报被窃，巡长和我就去察看。糙糙的把门窗户院看一过儿，顺口搭音就把我们在哪儿有岗位，夜里有几趟巡逻，都说得详详细细，有滋有味，仿佛我们比谁都精细，都卖力气。然后，找门窗不甚严密的地方，话软而意思硬的开始反攻："这扇门可不大保险，得安把洋锁吧？告诉你，安锁要往下安，门坎那溜儿就很好，不容易教贼摸到。屋里养着条小狗也是办法，狗圈在屋里，不管是多么小，有动静就会汪汪，比院里放着三条大狗还有用。先生你看，我们多留点神，你自己也得注点意，两下一凑合，准保丢不了东西了。好吧，我们回去，多派几名下夜的就是了；先生歇着吧！"这一套，把我们的责任卸了，他就赶紧得安锁养小狗；遇见和气的主儿呢，还许给我们泡壶茶喝。这就是我的本事。怎么不负责任，而且不教人看出抹稀泥来，我就怎办。话要说得好听，甜嘴蜜舌的把责任全推到一边去，准保不招灾不惹祸。弟兄们都会这一套，可是他们的嘴与神气差着点劲儿。一句话有多少种说法，把神气弄对了地方，话就能说出去又拉回来，像有弹簧似的。这点，我比他们强，而且他们还是学不了去，这是天生来的才分！

赶到我独自下夜，遇见贼，你猜我怎么办？我呀！把佩刀攥在手里，省得有响声；他爬他的墙，我走我的路，各不相扰。好吗，真要教他记恨上我，藏在黑影儿里给我一砖，我受得了吗？那谁，傻王九，不是瞎了一只眼吗？他还不是为拿贼呢！有一天，他和董志和在街口上强迫给人们剪发，一人手里一把剪刀，见着带小辫的，拉过来就是一剪子。哼！教人家记上了。等傻王九走单了的时候，人家照准了他的眼就是一把石灰："让你剪我的发，×你妈妈的！"他的眼就那么瞎了一只。你说，这差事要不像我那么去当，还活着不活着呢？凡是巡警们以为该干涉的，人们都以为是"狗拿耗子多管闲事"，有什么法子呢？

我不能像傻王九似的，平白无故的丢去一只眼睛，我还留着眼睛看这个世界呢！轻手蹑脚的躲开贼，我的心里并没闲着，我想我那俩没娘的孩子，我算计这一个月的嚼谷。也许有人一五一十的算计，而用洋钱作单位吧？我呀，得一个铜子一个铜子的算。多几个铜子，我心里就宽绰；少几个，我就得发愁。还拿贼，谁不穷呢？穷到无路可走，谁也会去偷，肚子才不管什么叫作体面呢！

<h1 style="text-align:center">十一</h1>

这次兵变过后，又有一次大的变动：大清国改为中华民国了。改朝换代是不容易遇上的，我可是并没觉得这有什么意思。说真的，这百年不遇

的事情，还不如兵变热闹呢。据说，一改民国，凡事就由人民主管了；可是我没看见。我还是巡警，饷银没有增加，天天出来进去还是那一套。原先我受别人的气，现在我还是受气；原先大官儿们的车夫仆人欺负我们，现在新官儿手底下的人也并不和气。"汤儿事"还是"汤儿事"，倒不因为改朝换代有什么改变。可也别说，街上剪发的人比从前多了一些，总得算作一点进步吧。牌九押宝慢慢的也少起来，贫富人家都玩"麻将"了，我们还是照样的不敢去抄赌，可是赌具不能不算改了良，文明了一些。

民国的民倒不怎样，民国的官和兵可了不得！像雨后的蘑菇似的，不知道哪儿来的这么些官和兵。官和兵本不当放在一块儿说，可是他们的确有些相像的地方。昨天还一脚黄土泥，今天作了官或当了兵，立刻就瞪眼；越糊涂，眼越瞪得大，好像是糊涂灯，糊涂得透亮儿。这群糊涂玩艺儿听不懂哪叫好话，哪叫歹话，无论你说什么；他们总是横着来。他们糊涂得教人替他们难过，可是他们很得意。有时候他们教我都这么想了：我这辈大概作不了文官或是武官啦！因为我糊涂的不够程度！

几乎是个官儿就可以要几名巡警来给看门护院，我们成了一种保镖的，挣着公家的钱，可为私人作事。我便被派到宅门里去。从道理上说，为官员看守私宅简直不能算作差事；从实利上讲，巡警们可都愿意这么被派出来。我一被派出来，就拔升为"三等警"；"招募警"还没有被派出来的资格呢！我到这时候才算入了"等"。再说呢，宅门的事情清闲，除了站门，守夜，没有别的事可作；至少一年可以省出一双皮鞋来。事情少，而且外带着没有危险；宅里的老爷与太太若打起架来，用不着我们去劝，自然也就不会把我们打在底下而受点误伤。巡夜呢，不过是绕着宅子走两圈，准保遇不上贼；墙高狗厉害，小贼不能来，大贼不便于来——大贼找退职的官儿去偷，既有油水，又不至于引起官面严拿；他们不惹有势力的现任官。在这里，不但用不着去抄赌，我们反倒保护着老爷太太们打麻将。遇到宅里请客玩牌，我们就更清闲自在：宅门外放着一片车马，宅里到处亮如白昼，仆人来往如梭，两三桌麻将，四五盏烟灯，彻夜的闹哄，绝不会闹贼，我们就睡大觉，等天亮散局的时候，我们再出来站门行礼，给老爷们助威。要赶上宅里有红白事，我们就更合适：喜事唱戏，我们跟着白听戏，准保都是有名的角色，在戏园子里绝听不到这么齐全。丧事呢，虽然没戏可听，可是死人不能一半天就抬出去，至少也得停三四十天，念好几棚经；好了，我们就跟着吃吧；他们死人，咱们就吃犒劳。怕就怕死小孩，既不能开吊，又得听着大家呕呕的真哭。其次是怕小姐偷偷跑了，或姨太太有了什么大错而被休出去，我们捞不着吃喝看戏，还得替老爷太太们怪不得劲儿的！

教我特别高兴的，是当这路差事，出入也随便了许多，我可以常常回家看看孩子们。在"区"里或"段"上，请会儿浮假都好不容易，因为无论是在"内勤"或"外勤"，工作是刻板儿排好了的，不易调换更动。在宅门里，我站完门便没了我的事，只须对弟兄们说一声就可以走半天。这点好处常常教我害怕，怕再调回"区"里去；我的孩子们没有娘，还不多教他们看看父亲吗？

就是我不出去，也还有好处。我的身上既永远不疲乏，心里又没多少事儿，闲着干什么呢？我呀，宅上有的是报纸，闲着就打头到底的念。大报小报，新闻社论，明白吧不明白吧，我全念，老念。这个，帮助我不少，我多知道了许多的事，多识了许多的字。有许多字到如今我还念不出来，可是看惯了，我会猜出它们的意思来，就好像街面上常见着的人，虽然叫不上姓名来，可是彼此怪面善。除了报纸，我还满世界去借闲书看。不过，比较起来，还是念报纸的益处大，事情多，字眼儿杂，看着开心。唯其事多字多，所以才费劲；念到我不能明白的地方，我只好再拿起闲书来了。闲书老是那一套，看了上回，猜也会猜到下回是什么事；正因为它这样，所以才不必费力，看着玩玩就算了。报纸开心，闲书散心，这是我的一点经验。

在门儿里可也有坏处：吃饭就第一成了问题。在"区"里或"段"上，我们的伙食钱是由饷银里坐地儿扣，好歹不拘，天天到时候就有饭吃。派到宅门里来呢，一共三五个人，绝不能找厨子包办伙食，没有厨子肯包这么小的买卖的。宅里的厨房呢，又不许我们用：人家老爷们要巡警，因为知道可以白使唤几个穿制服的人，并不大管这群人有肚子没有。我们怎办呢？自己起灶，作不到，买一堆盆碗锅勺，知道哪时就又被调了走呢？再说，人家门头上要巡警原为体面好看，好，我们若是给人家弄得盆朝天碗朝地，刀勺乱响，成何体统呢？没法子，只好买着吃。

这可够别扭的。手里若是有钱，不用说，买着吃是顶自由了，爱吃什么就叫什么，弄两盅酒儿伍的，叫俩可口的菜，岂不是个乐子？请别忘了，我可是一月才共总进六块钱！吃的苦还不算什么，一顿一顿想主意可真教人难过，想着想着我就要落泪。我要省钱，还得变个样儿，不能老哨干馍馍辣饼子，像填鸭子似的。省钱与可口简直永远不能碰到一块，想想钱，我认命吧，还是弄几个干烧饼，和一块老腌萝卜，对付一下吧；想到身子，似乎又不该如此。想，越想越难过，越不能决定；一直饿到太阳平西还没吃上午饭呢！

我家里还有孩子呢！我少吃一口，他们就可以多吃一口，谁不心疼孩子呢？吃着包饭，我无法少交钱；现在我可以自由的吃饭了，为什么不多给孩子们省出一点来呢？好吧，我有八个烧饼才够，就硬吃六个，多喝两碗开水，来个"水饱"！我怎能不落泪呢！

看看人家宅门里吧，老爷挣钱没数儿！是呀，只要一打听就能打听出来他拿多少薪俸，可是人家绝不指着那点固定的进项，就这么说吧，一月挣八百块的，若是干挣八百块，他怎能那么阔气呢？这里必定有文章。这个文章是这样的，你要是一月挣六块钱，你就死挣那个数儿，你兜儿里忽然多出一块钱来，都会有人斜眼看你，给你造些谣言。你要是能挣五百块，就绝不会死挣这个数儿，而且你的钱越多，人们越佩服你。这个文章似乎一点也不合理，可是它就是这么作出来的，你爱信不信！

报纸与宣讲所里常常提倡自由；事情要是等着提倡，当然是原来没有。我原没有自由；人家提倡了会子，自由还没来到我身上，可是我在宅门里看见它了。民国到底是有好处的，自己有自由没有吧，反正看见了也就得算开了眼。

你瞧，在大清国的时候，凡事都有个准谱儿；该穿蓝布大褂的就得穿蓝布大褂，有钱也不行。这个，大概就应叫作专制吧！一到民国来，宅门里可有了自由，只要有钱，你爱穿什么，吃什么，戴什么，都可以，没人敢管你。所以，为争自由，得拼命的去搂钱；搂钱也自由，因为民国没有御史。你要是没在大宅门待过，大概你还不信我的话呢，你去看看好了。现在的一个小官都比老年间的头品大员多享着点福：讲吃的，现在交通方便，山珍海味随便的吃，只要有钱，吃腻了这些还可以拿西餐洋酒换换口味；哪一朝的皇上大概也没吃过洋饭吧？讲穿的，讲戴的，讲看的听的，使的用的，都是如此；坐在屋里你可以享受全世界最好的东西。如今享福的人才真叫作享福，自然如今搂钱也比从前自由的多。别的我不敢说，我准知道宅门里的姨太太擦五十块钱一小盒的香粉，是由什么巴黎来的；巴黎在哪儿？我不知道，反正那里来的粉是很贵。我的邻居李四，把个胖小子卖了，才得到四十块钱，足见这香粉贵到什么地步了，一定是又细又香呀，一定！

好了，我不再说这个了；紧自贫嘴恶舌，倒好像我不赞成自由似的，那我哪敢呢！

我再从另一方面说几句，虽然还是话里套话，可是多少有点变化，好教人听着不俗气厌烦。刚才我说人家宅门里怎样自由，怎样阔气，谁可也别误会了人家作老爷的就整天的大把往外扔洋钱，老爷们才不这么傻呢！是呀，姨太太擦比一个小孩还贵的香粉，但是姨太太是姨太太，姨太太有姨太太的造化与本事。人家作老爷的给姨太太买那么贵的粉，正因为人家有地方可以抠出来。你就这么说吧，好比你作了老爷，我就能按着宅门的规矩告诉你许多诀窍：你的电灯，自来水，煤，电话，手纸，车马，天棚，家具，信封信纸，花草，都不用花钱；最后，你还可以白使唤几名巡警。这是规矩，你要不明白这个，你简直不配作老爷。告诉你一句到底的话吧，作老爷的要空着手儿来，满膛满馅的去，就好像刚惊蛰后的臭虫，来的时候是两张皮，一会儿就变成肚大腰圆，满兜儿血。这个比喻稍粗一点，意思可是不错。自由的搂钱，专制的省钱，两下里一合，你的姨太太就可以擦巴黎的香粉了。这句话也许说得太深奥了一些，随便吧！你爱懂不懂。

这可就该说到我自己了。按说，宅门里白使唤了咱们一年半载，到节了年了的，总该有个人心，给咱们哪怕是顿犒劳饭呢，也大小是个意思。哼！休想！人家作老爷的钱都留着给姨太太花呢，巡警算哪道货？等咱被调走的时候，求老爷给"区"里替我说句好话，咱都得感激不尽。

你看，命令下来，我被调到别处。我把铺盖卷打好，然后恭而敬之的去见宅上的老爷。看吧，人家那股子劲儿大了去啦！带理不理的，倒仿佛我偷了他点东西似的。我托咐了几句：求老爷顺便和"区"里说一声，我的差事当得不错。人家微微的一抬眼皮，连个屁都懒得放。我只好退出来了，人家连个拉铺盖的车钱也不给；我得自己把它扛了走。这就是他妈的差事，这就是他妈的人情！

十二

机关和宅门里的要人越来越多了。我们另成立了警卫队，一共有五百人，专作那义务保镖的事。为是显出我们真能保卫老爷们，我们每人有一杆洋枪，和几排子弹。对于洋枪——这些洋枪——我一点也不感觉兴趣：它又沉，又老，又破，我摸不清这是由哪里找来的一些专为压人肩膀，而一点别的用处没有的玩艺儿。我的子弹老在腰间围着，永远不准往枪里搁；到了什么大难临头，老爷们都逃走了的时候，我们才安上刺刀。

这可并非是说，我可以完全不管那枝破家伙；它虽然是那么破，我可得给它支使着。枪身里外，连刺刀，都得天天擦；即使永远擦不亮，我的手可不能闲着。心到神知！再说，有了枪，身上也就多了些玩艺儿，皮带，刺刀鞘，子弹袋子，全得弄得利落抹腻，不能像猪八戒挎腰刀那么懈懈松松的，还得打裹腿呢！

多出这些事来，肩膀上添了七八斤的分量，我多挣了一块钱；现在我是一个月挣七块大洋了，感谢天地！

七块钱，扛枪，打裹腿，站门，我干了三年多。由这个宅门串到那个宅门，由这个衙门调到那个衙门；老爷们出来，我行礼；老爷进去，我行礼。这就是我的差事。这种差事才毁人呢：你说没事作吧，又有事；说有事作吧又没事。还不如上街站岗去呢。在街上，至少得管点事，用用心思。在宅门或衙门，简直永远不用费什么一点脑子。赶到在闲散的衙门或汤儿事的宅子里，连站门的时候都满可以随便，拄着枪立着也行，抱着枪打盹也行。这样的差事教人不起一点儿劲，它生生的把人耗疲了。一个当仆人的可以有个盼望，哪儿的事情甜就想往哪儿去，我们当这份儿差事，明知一点好来头没有，可是就那么一天天的穷耗，耗得连自己都看不起了自己。按说，这么空闲无事，就应当吃得白白胖胖，也总算个体面呀。哼！我们并蹲不出膘儿来。我们一天老绕着那七块钱打算盘，穷得揪心。心要是揪上，还怎么会发胖呢？以我自己说吧，我的孩子已到上学的年岁了，我能不教他去吗？上学就得花钱，古今一理，不算出奇，可是我上哪里找这份钱去呢？作官的可以白占许多许多便宜，当巡警的连孩子白念书的地方也没有。上私塾吧，学费节礼，书籍笔墨，都是钱。上学校吧，制服，手工材料，种种本子，比上私塾还费的多。再说，孩子们在家里，饿了可以掰一块窝窝头吃；一上学，就得给点心钱，即使咱们肯教他揣着块窝窝头去，他自己肯吗？小孩的脸是更容易红起来的。

我简直没办法。这么大个活人，就会干瞪着眼睛看自己的儿女在家里荒荒着！我这辈无望了，难道我的儿女应当更不济吗？看着人家宅门的小姐少爷去上学，喝！车接车送，到门口还有老妈子丫环来接书包，抱进去，手里拿着橘子苹果，和新鲜的玩具。人家的孩子这样，咱的孩子那样；孩子不都是将来的国民吗？我真想辞差不干了。我楞当仆人去，弄俩零钱，好教我的孩子上学。

可是人就是别入了辙，入到哪条辙上便一辈子拔不出腿来。当了几年的差事——虽然是这样的差事——我事事入了辙，这里有朋友，有说有笑，有经验，它不教我起劲，可是我也仿佛不大能狠心的离开它。再说，一个人的虚荣心每每比金钱还有力量，当惯了差，总以为去当仆人是往下走一步，虽然可以多挣些钱。这可笑，很可笑，可是人就是这么个玩艺儿。我一跟朋友们说这个，大家都摇头。有的说，大家混的都很好的，干吗去改行？有的说，这山望着那山高，咱们这些苦人干什么也发不了财，先忍着吧！有的说，人家中学毕业生还有当"招募警"的呢，咱们有这个差事当，就算不错；何必呢？连巡官都对我说了：好歹混着吧，这是差事；凭你的本事，日后总有升腾！大家这么一说，我的心更活了，仿佛我要是固执起来，倒不大对得住朋友似的。好吧，还往下混吧。小孩念书的事呢？没有下文！

不久，我可有了个好机会。有位冯大人哪，官职大得很，一要就要十二名警卫；四名看门，四名送信跑道，四名作跟随。这四名跟随得会骑马。那时候，汽车还没出世，大官们都讲究坐大马车。在前清的时候，大官坐轿或坐车，不是前有顶马，后有跟班吗？这位冯大人愿意恢复这点官威，马车后得有四名带枪的警卫。敢情会骑马的人不好找，找遍了全警卫队，才找到了三个；三条腿不大像话，连巡官都急得直抓脑袋。我看出便宜来了：骑马，自然得有粮钱哪！为我的小孩念书起见，我得冒下子险，假如从马粮钱里能弄出块儿八毛的来，孩子至少也可以去私塾了。按说，这个心眼不甚好，可是我这是卖着命，我并不会骑马呀！我告诉了巡官，我愿意去。他问我会骑马不会？我没说我会，也没说我不会；他呢，反正找不到别人，也就没究根儿。

　　有胆子，天下便没难事。当我头一次和马见面的时候，我就合计好了：摔死呢，孩子们入孤儿院，不见得比在家里坏；摔不死呢，好，孩子们可以念书去了。这么一来，我就先不怕马了。我不怕它，它就得怕我，天下的事不都是如此吗？再说呢，我的腿脚利落，心里又灵，跟那三位会骑马的瞎扯巴了一会儿，我已经把骑马的招数知道了不少。找了匹老实的，我试了试，我手心里攥着把汗，可是硬说我有了把握。头几天，我的罪过真不小，浑身像散了一般，屁股上见了血。我咬了牙。等到伤好了，我的胆子更大起来，而且觉出来骑马的快乐。跑，跑，车多快，我多快，我算是治服了一种动物！

　　我把马治服了，可是没把粮草钱拿过来，我白冒了险。冯大人家中有十几匹马呢，另有看马的专人，没有我什么事。我几乎气病了。可是，不久我又高兴了：冯大人的官职是这么大，这么多，他简直没有回家吃饭的工夫。我们跟着他出去，一跑就是一天。他当然喽，到处都有饭吃，我们呢？我们四个人商议了一下，决定跟他交涉，他在哪里吃饭，也得有我们的。冯大人这个人心眼还不错，他很爱马，爱面子，爱手下的人。我们一对他说，他马上答应了。这个，可是个便宜。不用往多里说。我们要是一个月准能在外边白吃半个月的饭，我们不就省下半个月的饭钱吗？我高了兴！

　　冯大人，我说，很爱面子。当我们去见他交涉饭食的时候，他细细看了看我们。看了半天，他摇了摇头，自言自语的说："这可不行！"我以为他是说我们四个人不行呢，敢情不是。他登时要笔墨，写了个条子："拿这个见总队长去，教他三天内都办好！"把条子拿下来，我们看了看，原来是教队长给我们换制服：我们平常的制服是斜纹布的，冯大人现在教换呢子的；袖口、裤缝，和帽箍，一律要安金绦子。靴子也换，要过膝的马靴。枪要换上马枪，还另外给一人一把手枪。看完这个条子，连我们自己都觉得不合适：长官们才能穿呢衣，镶金绦，我们四个是巡警，怎能平白无故的穿上这一套呢？自然，我们不能去教冯大人收回条子去，可是我们也怪不好意思去见总队长。总队长要是不敢违抗冯大人，他满可以对我们四个人发发脾气呀！

　　你猜怎么着？总队长看了条子，连大气没出，照话而行，都给办了。

你就说冯大人有多么大的势力吧！喝！我们四个人可抖起来了，真正细黑呢制服，镶着黄登登的金绦，过膝的黑皮长靴，靴后带着白亮亮的马刺，马枪背在背后，手枪挎在身旁，枪匣外搭拉着长杏黄穗子。简直可以这么说吧，全城的巡警的威风都教我们四个人给夺过来了。我们在街上走，站岗的巡警全都给我们行礼，以为我们是大官儿呢！

当我作裱糊匠的时候，稍微讲究一点的烧活，总得糊上匹菊花青的大马。现在我穿上这么抖的制服，我到马棚去挑了匹菊花青的马，这匹马非常的闹手，见了人是连啃带踢；我挑了它，因为我原先糊过这样的马，现在我得骑上匹活的；菊花青，多么好看呢！这匹马闹手，可是跑起来真作脸，头一低，嘴角吐着点白沫，长鬃像风吹着一垄春麦，小耳朵立着像俩小瓢儿；我只须一认镫，它就要飞起来。这一辈子，我没有过什么真正得意的事；骑上这匹菊花青大马，我必得说，我觉到了骄傲与得意！

按说，这回的差事总算过得去了，凭那一身衣裳与那匹马还不值得高高兴兴的混吗？哼！新制服还没穿过三个月，冯大人吹了台，警卫队也被解散；我又回去当三等警了。

十三

警卫队解散了。为什么？我不知道。我被调到总局里去当差，并且得了一面铜片的奖章，仿佛是说我在宅门里立下了什么功劳似的。在总局里，我有时候管户口册子，有时候管铺捐的账簿，有时候值班守大门，有时候看管军装库。这么二三年的工夫，我又把局子里的事情全明白了个大概，加上我以前在街面上，衙门口和宅门里的那些经验，我可以算作个百事通了，里里外外的事，没有我不晓得的。要提起警务，我是地道内行。可是一直到这个时候，当了十年的差，我才升到头等警，每月挣大洋九元。

大家伙或者以为巡警都是站街的，年轻轻的好管闲事。其实，我们还有一大群人在区里局里藏着呢。假若有一天举行总检阅，你就可以看见些稀奇古怪的巡警：罗锅腰的，近视眼的，掉了牙的，瘸着腿的，无奇不有。这些怪物才真是巡警中的盐，他们都有资格有经验，识文断字，一切公文案件，一切办事的诀窍，都在他们手里呢。要是没有他们，街上的巡警就非乱了营不可。这些人，可是永远不会升腾起来；老给大家办事，一点起色也没有，平生连出头露面的体面一次都没有过。他们任劳任怨的办事，一直到他们老得动不了窝，老是头等警，挣九块大洋。多嗜你在街上看见：穿着洗得很干净的灰布大褂，脚底下可还穿着巡警的皮鞋，用脚后跟慢慢的走，仿佛支使不动那双鞋似的，那就准是这路巡警。他们有时候也到大"酒缸"上，喝一个"碗酒"，就着十几个花生豆儿，挺有规矩，一边往下咽那点辣水，一边叹着气。头发已经有些白的了，嘴巴儿可还刮得很光，猛看很像个太监。他们很规则，和蔼，会作事，他们连休息的时候还得穿着那双不得人心的鞋！

跟这群人在一处办事，我长了不少的知识。可是，我也有点害怕：莫非我也就这样下去了吗？他们够多么可爱，又多么可怜呢！看着他们，我心中时常忽然凉那么一下，教我半天说不上话来。不错，我比他们都年岁小，也不见得比他们不精明，可是我有希望没有呢？年岁小？我也三十六了！

这几年在局子里可也有一样好处，我没受什么惊险。这几年，正是年年春秋准打仗的时期，旁人受的罪我先不说，单说巡警们就真够瞧的。一打仗，兵们就成了阎王爷，而巡警头朝了下！要粮，要车，要马，要人，要钱，全交派给巡警，慢一点送上去都不行。一说要烙饼一万斤，得，巡警就得挨着家去到切面铺和烙烧饼的地方给要大饼；饼烙得，还得押着清道夫给送到营里去；说不定还挨几个嘴巴回来！

要单是这么伺候着兵老爷们，也还好；不，兵老爷们还横反呢。凡是有巡警的地方，他们非捣乱不可，巡警们管吧不好，不管吧也不好，活受气。世上有糊涂人，我晓得；但是兵们的糊涂令我不解。他们只为逞一时的字号，完全不讲情理；不讲情理也罢，反正得自己别吃亏呀；不，他们连自己吃亏不吃亏都看不出来，你说天下哪里再找这么糊涂的人呢。就说我的表弟吧，他已当过十多年的兵，后来几年还老是排长，按说总该明白点事儿了。哼！那年打仗，他押着十几名俘虏往营里送。喝！他得意非常的在前面领着，仿佛是个皇上似的。他手下的弟兄都看出来，为什么不先解除了俘虏的武装呢？他可就是不这么办，拍着胸膛说一点错儿没有。走到半路上，后面响了枪，他登时就死在了街上。他是我的表弟，我还能盼着他死吗？可是这股子糊涂劲儿，教我也没法抱怨开枪打他的人。有这样一个例子，你也就能明白一点兵们是怎样的难对付了。你要是告诉他，汽车别往墙上开，好啦，他就非去碰碰不可，把他自己碰死倒可以，他就是不能听你的话。

在总局里几年，没别的好处，我算是躲开了战时的危险与受气。自然啰！一打仗，煤米柴炭都涨价儿，巡警们也随着大家一同受罪，不过我可以安坐在公事房里，不必出去对付大兵们，我就得知足。

可是，在局里我又怕一辈子就窝在那里，永没有出头之日，有人情，可以升腾起来；没人情而能在外边拿贼办案，也是个路子，我既没人情，又不到街面上去，打哪儿升高一步呢？我越想越发愁。

十四

到我四十岁那年，大运亨通，我补了巡长！我顾不得想已经当了多少年的差，卖了多少力气，和巡长才挣多少钱；都顾不得想了。我只觉得我的运气来了！

小孩子拾个破东西，就能高兴的玩耍半天，所以小孩子能够快乐。大人们也得这样，或者才能对付着活下去。细细一想，事情就全糟。我升了巡长，说真的，巡长比巡警才多挣几块钱呢？挣钱不多，责任可有多么大呢！往上说，对上司们事事得说出个谱儿来；往下说，对弟兄们得又精明又热诚；对内说，差事得交得过去；对外说，得能不软不硬的办了事。这，比作知县难多了。县长就是一个地方的皇上，巡长没那个身份，他得认真办事，又得敷衍事，真真假假，虚虚实实，哪一点没想到就出蘑菇。出了蘑菇还是真糟，往上升腾不易呀，往下降可不难呢。当过了巡长再降下来，派到哪里去也不吃香：弟兄们咬吃，喝！你这作过巡长的，……这个那个的扯一堆。长官呢，看你是刺儿头，故意的给你小鞋穿，你怎么忍也忍不下去。怎办呢？哼！由巡长而降为巡警，顶好干脆卷铺盖家去，这碗饭不必再吃了。可是，以我说吧，四十岁才升上巡长，真要是卷了铺盖，我干吗去呢？

真要是这么一想，我登时就得白了头发。幸而我当时没这么想，只顾了高兴，把坏事儿全放在了一旁。我当时倒这么想：四十作上巡长，五十——哪怕是五十呢！——再作上巡官，也就算不白当了差。咱们非学校出身，又没有大人情，能作到巡官还算小吗？这么一想，我简直的拼了命，精神百倍的看着我的事，好像看着颗夜明珠似的！

作了二年的巡长，我的头上真见了白头发。我并没细想过一切，可是天天揪着心，唯恐哪件事办错了，担了处分。白天，我老喜笑颜开的打着精神办公；夜间，我睡不实在，忽然想起一件事，我就受了一惊似的，翻来覆去的思索；未必能想出办法来，我的困意可也就不再回来了。

公事而外，我为我的儿女发愁：儿子已经二十了，姑娘十八。福海——我的儿子——上过几天私塾，几天贫儿学校，几天公立小学。字吗，凑在一块儿他大概能念下来第二册国文；坏招儿，他可学会了不少，私塾的，贫儿学校的，公立小学的，他都学来了，到处准能考一百分，假若学校里考坏招数的话。本来吗，自幼失了娘，我又终年在外边瞎混，他可不是爱怎么反就怎么反啵。我不恨铁不成钢去责备他，也不抱怨任何人，我只恨我的时运低，发不了财，不能好好的教育他。我不算对不起他们，我一辈子没给他们弄个后娘，给他们气受。至于我的时运不济，只能当巡警，那并非是我的错儿，人还能大过天去吗？

福海的个子可不小，所以很能吃呀！一顿胡搂三大碗芝麻酱拌面，有时候还说不很饱呢！就凭他这个吃法，他再有我这么两份儿爸爸也不中用！我供给不起他上中学，他那点"秀气"也没法考上。我得给他找事作。哼！他会作什么呢？

从老早，我心里就这么嘀咕：我的儿子楞可去拉洋车，也不去当巡警；我这辈子当够了巡警，不必世袭这份差事了！在福海十二三岁的时候，我教他去学手艺,他哭着喊着的一百个不去。不去就不去吧,等他长两岁再说；对个没娘的孩子不就得格外心疼吗？到了十五岁，我给他找好了地方去学徒，他不说不去，可是我一转脸，他就会跑回家来。几次我送他走，几次他偷跑回来。于是只好等他再大一点吧，等他心眼转变过来也许就行了。哼！从十五到二十，他就愣荒荒过来，能吃能喝，就是不爱干活儿。赶到教我给逼急了："你到底愿意干什么呢？你说！"他低着脑袋，说他愿意挑巡警！

他觉得穿上制服，在街上走，既能挣钱，又能就手儿散心，不像学徒那样永远圈在屋里。我没说什么，心里可刺着痛。我给打了个招呼，他挑上了巡警。我心里痛不痛的，反正他有事作，总比死吃我一口强啊。父是英雄儿好汉，爸爸巡警儿子还是巡警，而且他这个巡警还必定跟不上我。我到四十岁才熬上巡长，他到四十岁，哼！不教人家开革出来就是好事！没盼望！我没续娶过，因为我咬得住牙。他呢，赶明儿个难道不给他成家吗？拿什么养着呢？

是的，儿子当了差，我心中反倒堵上个大疙疸！

再看女儿呀，也十八九了，紧自搁在家里算怎回事呢？当然，早早撮出去的为是，越早越好。给谁呢？巡警，巡警，还得是巡警？一个人当巡警，子孙万代全得当巡警，仿佛掉在了巡警阵里似的。可是，不给巡警还真不行呢：论模样，她没什么模样；论教育，她自幼没娘，只认识几个大字；论陪送，我至多能给她作两件洋布大衫；论本事，她只能受苦，没别的好处。巡警的女儿天生来的得嫁给巡警，八字造定，谁也改不了！

唉！给了就给了啵！撮出她去，我无论怎说也可以心净一会儿。并非是我心狠哪；想想看，把她撂到二十多岁，还许就剩在家里呢。我对谁都想对得起，可是谁又对得起我来着！我并不想唠里唠叨的发牢骚，不过我愿把事情都撂平了，谁是谁非，让大家看。

当她出嫁的那一天，我真想坐在那里痛哭一场。我可是没有哭；这也不是一半天的事了，我的眼泪只会在眼里转两转，简直的不会往下流！

十五

儿子有了事作，姑娘出了阁，我心里说：这我可能远走高飞了！假若外边有个机会，我楞把巡长搁下，也出去见识见识。什么发财不发财的，我不能就窝囊这么一辈子。

机会还真来了。记得那位冯大人呀，他放了外任官。我不是爱看报吗？得到这个消息，就找他去了，求他带我出去。他还记得我，而且愿意这么办。他教我去再约上三个好手，一共四个人随他上任。我留了个心眼，请他自己向局里要四名，作为是拨遣。我是这么想：假若日后事情不见佳呢，既省得朋友们抱怨我，而且还可以回来交差，有个退身步。他看我的办法不错，就指名向局里调了四个人。

这一喜可非同小喜。就凭我这点经验知识，管保说，到哪儿我也可以作个很好的警察局局长，一点不是瞎吹！一条狗还有得意的那一天呢，何况是个人？我也该抖两天了，四十多岁还没露过一回脸呢！

果然，命令下来，我是卫队长；我乐得要跳起来。

哼！也不知是咱的命不好，还是冯大人的运不济；还没到任呢，又撤了差。猫咬尿泡，瞎欢喜一场！幸而我们四个人是调用，不是辞差；冯大人又把我们送回局里去了。我的心里既为这件事难过，又为回局里能否还当巡长发愁，我脸上瘦了一圈。

幸而还好，我被派到防疫处作守卫，一共有六位弟兄，由我带领。这是个不错的差事，事情不多，而由防疫处开我们的饭钱。我不确实的知道，大概这是冯大人给我说了句好话。

在这里，饭钱既不必由自己出，我开始攒钱，为是给福海娶亲——只剩了这么一档子该办的事了，爽性早些办了吧！

在我四十五岁上，我娶了儿媳妇——她的娘家父亲与哥哥都是巡警。可倒好，我这一家子，老少里外，全是巡警，凑吧凑吧，就可以成立个警察分所！

人的行动有时候莫名其妙。娶了儿媳妇以后，也不知怎么我以为应当留下胡子，才够作公公的样子。我没细想自己是干什么的，直入公堂的就留下胡子了。小黑胡子在我嘴上，我捻上一袋关东烟，觉得挺够味儿。本来吗，姑娘聘出去了，儿子成了家，我自己的事又挺顺当，怎能觉得不是味儿呢？

哼！我的胡子惹下了祸。总局局长忽然换了人，新局长到任就检阅全城的巡警。这位老爷是军人出身，只懂得立正看齐，不懂得别的。在前面我已经说过，局里区里都有许多老人们，长相不体面，可是办事多年，最有经验。我就是和局里这群老手儿排在一处的，因为防疫处的守卫不属于任何警区，所以检阅的时候便随着局里的人立在一块儿。

当我们站好了队，等着检阅的时候，我和那群老人们还有说有笑，自自然然的。我们心里都觉得，重要的事情都归我们办，提哪一项事情我们都知道，我们没升腾起来已经算很委屈了，谁还能把我们踢出去吗？上了几岁年纪，诚然，可是我们并没少作事儿呀！即使说老朽不中用了，反正我们都至少当过十五六年的差，我们年轻力壮的时候是把精神血汗耗费在公家的差事上，冲着这点，难道还不留个情面吗？谁能够看狗老了就一脚踢出去呢？我们心中都这么想，所以满没把这回事放在心里，以为新局长从远处瞭我们一眼也就算了。

局长到了，大个子胸前挂满了徽章，又是喊，又是蹦，活像个机器人。我心里打开了鼓。他不按着次序看，一眼看到我们这一排，他猛虎扑食似的就跑过来了。岔开脚，手握在背后，他向我们点了点头。然后忽然他一个箭步跳到我们跟前，抓起一个老书记生的腰带，像摔跤似的往前一拉，几乎把老书记生拉倒；抓着腰带，他前后摇晃了老书记生几把，然后猛一撒手，老书记生摔了个屁股墩。局长对准了他就是两口唾沫，"你也当巡警！连腰带都系不紧？来！拉出去毙了！"

我们都知道，凭他是谁，也不能枪毙人。可是我们的脸都白了，不是怕，是气的。那个老书记生坐在地上，哆嗦成了一团。

局长又看了看我们，然后用手指划了条长线，"你们全滚出去，别再教我看见你们！你们这群东西也配当巡警！"说完这个，仿佛还不解气，又跑到前面，扯着脖子喊："是有胡子的全脱了制服，马上走！"

有胡子的不止我一个，还都是巡长巡官，要不然我也不敢留下这几根惹祸的毛。

二十年来的服务，我就是这么被刷下来了。其实呢，我虽四十多岁，我可是一点也不显着老苍，谁教我留下了胡子呢！这就是说，当你年轻力壮的时候，你把命卖上，一月就是那六七块钱。你的儿子，因为你当巡警，不能读书受教育；你的女儿，因为你当巡警，也嫁个穷汉去吃窝窝头。你自己呢，一长胡子，就算完事，一个铜子的恤金养老金也没有，服务二十年后，你教人家一脚踢出来，像踢开一块碍事的砖头似的。五十以前，你没挣下什么，有三顿饭吃就算不错；五十以后，你该想主意了，是投河呢，还是上吊呢？这就是当巡警的下场头。

二十年来的差事，没作过什么错事，但我就这样卷了铺盖。

弟兄们有含着泪把我送出来的，我还是笑着；世界上不平的事可多了，我还留着我的泪呢！

十六

　　穷人的命——并不像那些施舍稀粥的慈善家所想的——不是几碗粥所能救活了的；有粥吃，不过多受几天罪罢了，早晚还是死。我的履历就跟这样的粥差不多，它只能帮助我找上个小事，教我多受几天罪；我还得去当巡警。除了说我当巡警，我还真没法介绍自己呢！它就像颗不体面的痣或瘤子，永远跟着我。我懒得说当过巡警，懒得再去当巡警，可是不说不当，还真连碗饭也吃不上，多么可恶呢！

　　歇了没有好久，我由冯大人的介绍，到一座煤矿上去作卫生处主任，后来又升为矿村的警察分所所长；这总算运气不坏。在这里我很施展了些我的才干与学问：对村里的工人，我以二十年服务的经验，管理得真叫不错。他们聚赌，斗殴，罢工，闹事，醉酒，就凭我的一张嘴，就事论事，干脆了当，我能把他们说得心服口服。对弟兄们呢，我得亲自去训练。他们之中有的是由别处调来的，有的是由我约来帮忙的，都当过巡警；这可就不容易训练，因为他们懂得一些警察的事儿，而想看我一手儿。我不怕，我当过各样的巡警，里里外外我全晓得；凭着这点经验，我算是没被他们给撅了。对内对外，我全有办法，这一点也不瞎吹。

　　假若我能在这里混上几年，我敢保说至少我可以积攒下个棺材本儿，因为我的饷银差不多等于一个巡官的，而到年底还可以拿一笔奖金。可是，我刚作到半年，把一切都布置得有个大概了，哼！我被人家顶下来了。我的罪过是年老与过于认真办事。弟兄们满可以拿些私钱，假若我肯睁着一只闭着一只眼的话。我的两眼都睁着，种下了毒。对外也是如此，我明白警察的一切，所以我要本着良心把此地的警务办得完完全全，真像个样儿。还是那句话，人民要不是真正的人民，办警察是多此一举，越办得好越招人怨恨。自然，容我办上几年，大家也许能看出它的好处来。可是，人家不等办好，已经把我踢开了。

　　在这个社会中办事，现在才明白过来，就得像发给巡警们皮鞋似的。大点，活该！小点，挤脚？活该！什么事都能办通了，你打算合大家的适，他们要不把鞋打在你脸上才怪。这次的失败，因为我忘了那三个宝贝字——"汤儿事"，因此我又卷了铺盖。

这回，一闲就是半年多。从我学徒时候起，我无事也忙，永不懂得偷闲。现在，虽然是奔五十的人了，我的精神气力并不比那个年轻小伙子差多少。生让我闲着，我怎么受呢？由早晨起来到日落，我没有正经事作，没有希望，跟太阳一样，就那么由东而西的转过去；不过，太阳能照亮了世界，我呢，心中老是黑糊糊的。闲得起急，闲得要躁，闲得讨厌自己，可就是摸不着点儿事作。想起过去的劳力与经验，并不能自慰，因为劳力与经验没给我积攒下养老的钱，而我眼看着就是挨饿。我不愿人家养着我，我有自己的精神与本事，愿意自食其力的去挣饭吃。我的耳目好像作贼的那么尖，只要有个消息，便赶上前去，可是老空着手回来，把头低得无可再低，真想一跤摔死，倒也爽快！还没到死的时候，社会像要把我活埋了！晴天大日头的，我觉得身子慢慢往土里陷；什么缺德的事也没作过，可是受这么大的罪。一天到晚我叼着那根烟袋，里边并没有烟，只是那么叼着，算个"意思"而已。我活着也不过是那么个"意思"，好像专为给大家当笑话看呢！

好容易，我弄到个事：到河南去当盐务缉私队的队兵。队兵就队兵吧，有饭吃就行呀！借了钱，打点行李，我把胡子剃得光光的上了"任"。

半年的工夫，我把债还清，而且升为排长。别人花俩，我花一个，好还债。别人走一步，我走两步，所以升了排长。委屈并挡不住我的努力，我怕失业。一次失业，就多老上三年，不饿死，也憋闷死了。至于努力挡得住失业挡不住，那就难说了。

我想——哼！我又想了！——我既能当上排长，就能当上队长，不又是个希望吗？这回我留了神，看人家怎作，我也怎作。人家要私钱，我也要，我别再为良心而坏了事；良心在这年月并不值钱。假若我在队上混个队长，连公带私，有几年的工夫，我不是又可以剩下个棺材本儿吗？我简直的没了大志向，只求腿脚能动便去劳动；多咱动不了窝，好，能有个棺材把我装上，不至于教野狗们把我嚼了。我一眼看着天，一眼看着地。我对得起天，再求我能静静的躺在地下。并非我倚老卖老，我才五十来岁；不过，过去的努力既是那么白干一场，我怎能不把眼睛放低一些，只看着我将来的坟头呢！我心里是这么想，我的志愿既这么小，难道老天爷还不睁开点眼吗？

来家信，说我得了孙子。我要说我不喜欢，那简直不近人情。可是，我也必得说出来：喜欢完了，我心里凉了那么一下，不由的自言自语的嘀咕："哼！又来个小巡警吧！"一个作祖父的，按说，哪有给孙子说丧气话的，可是谁要是看过我前边所说的一大片，大概谁也会原谅我吧？有钱人家的儿女是希望，没钱人家的儿女是累赘；自己的肚中空虚，还能顾得子孙万代，和什么"忠厚传家久，诗书继世长"吗？

我的小烟袋锅儿里又有了烟叶，叼着烟袋，我顺摸着将来的事儿。有了孙子，我的责任还不止于剩个棺材本儿了；儿子还是三等警，怎能养家呢？我不管他们夫妇，还不管孙子吗？这教我心中忽然非常的乱，自己一年比一年的老，而家中的嘴越来越多，哪个嘴不得用窝窝头填上呢！我深深的打了几个嗝儿，胸中仿佛横着一口气。算了吧，我还是少思索吧，没头儿，说不尽！个人的寿数是有限的，困难可是世袭的呢！子子孙孙子子孙孙，万年永实用，窝窝头！

风雨要是都按着天气预测那么来，就无所谓狂风暴雨了。困难若是都按着咱们心中所思虑的一步一步慢慢的来，也就没有把人急疯了这一说了。我正盘算着孙子的事儿，我的儿子死了！

他还并没死在家里呀！我还得去运灵。

福海，自从成家以后，很知道要强。虽然他的本事有限，可是他懂得了怎样尽自己的力量去作事。我到盐务缉私队上来的时候，他很愿意和我一同来，相信在外边可以多一些发展的机会。我拦住了他，因为怕事情不稳，一下子再教父子同时失业，如何得了。可是，我前脚离开了家，他紧随着也上了威海卫。他在那里多挣两块钱。独自在外，多挣两块就和不多挣一样，可是穷人想要强，就往往只看见了钱，而不多合计合计。到那里，他就病了；舍不得吃药。及至他躺下了，药可也就没了用。

把灵运回来，我手中连一个钱也没有了。儿媳妇成了年轻的寡妇，带着个吃奶的小孩，我怎么办呢？我没法再出外去作事，在家乡我又连个三等巡警也当不上，我才五十岁，已走到了绝路。我羡慕福海，早早的死了，一闭眼三不知；假若他活到我这个岁数，至好也不过和我一样，多一半还许不如我呢！儿媳妇哭，哭得死去活来，我没有泪，哭不出来，我只能满屋里打转，偶尔的冷笑一声。

以前的力气都白卖了。现在我还得拿出全套的本事，去给小孩子找点粥吃。我去看守空房；我去帮着人家卖菜；我去作泥水匠的小工子活；我去给人家搬家……除了拉洋车，我什么都作过了。无论作什么，我还都卖着最大的力气，留着十分的小心。五十多了，我出的是二十岁的小伙子的力气，肚子里可是只有点稀粥与窝窝头，身上到冬天没有一件厚实的棉袄，我不求人白给点什么，还讲仗着力气与本事挣饭吃，豪横了一辈子，到死我还不能输这口气。时常我挨一天的饿，时常我没有煤上火，时常我找不到一撮儿烟叶，可是我决不说什么；我给公家卖过力气了，我对得住一切的人，我心里没毛病，还说什么呢？我等着饿死，死后必定没有棺材，儿媳妇和孙子也得跟着饿死，那只好就这样吧！谁教我是巡警呢！我的眼前时常发黑，我仿佛已摸到了死，哼！我还笑，笑我这一辈的聪明本事，笑这出奇不公平的世界，希望等我笑到末一声，这世界就换个样儿吧！

注释

1. 嚼谷：指生活费，口粮。
2. 二五眼：意思就是不着调。

导读

老舍出身城市贫民家庭，他不仅对底层民众的生活有着切身的体验，而且也能广泛地接触这一群体，了解他们的情感与苦难。这为老舍的文学创作提供了宝贵的经验，使他对城市底层的描写真实而贴切。对社会底层的关注是现代文学的传统，现代作家用文学表达对弱势群体的关怀。老舍的独特之处在于，他以自身对城市贫民的熟悉展现了挣扎在社会底层的小人物的愁苦与伤痛，诸如对车夫的描写，对妓女的描写。在《我这一辈子》中，老舍所选择的描写对象更为独特——巡警，这在同时代文学中是独一无二的，显示出了老舍底层关注的丰富性。

《我这一辈子》通过"我"的生命历程与体验来展示时代的黑暗，始终用"我"的眼光来审视这个畸形的社会。小说中，主人公经历了四个人生阶段，即学徒、裱糊匠、巡警,与最后的失业。虽然不论面对什么样的工作,"我"都能认真面对、兢兢业业,但是最终也没有避免被这个社会所淘汰的命运。无法生存像一个宿命,一直在静静地等待着"我"。这个宿命不是来自冥冥之中,而是黑暗社会强加给"我"的。小说以此批判了旧有制度的不合理性,无法给人民提供生活保障的时代是野蛮的。

　　小说主人公小时候也是读过一些书的,他心中有过关于前途的梦想,"凭我认字与写的本事,我本该去当差",但是无奈出身底层,只好屈从命运的安排。对于贫民家庭的孩子来说,去做学徒可能是最常见的一条出路,"我"于是开始做裱糊匠的生涯,做官当差的梦想不得不终止了。当学徒并不容易,而是完全要做师傅家几年的免费劳动力,挨打受骂是免不了的,自然还不能反抗,否则将会前功尽弃。作者以"我"的言语叙述了学徒生涯的受益,是谓"动心忍性,增益其所不能",但是却也从另外一个角度展现了学徒生涯的"苦"。在三年中,"我""低三下四的伺候人,饥寒劳苦都得高高兴兴的受着,有眼泪往肚子里咽","一个学徒的脾性不是天生带来的,而是被板子打出来的",以至于,"在当时正挨打受气的那一会儿,我真想去寻死,那种气简直不是人所受得住的!"在这个磨砺的过程中,"我"不仅学会了手艺,而且自己的性格也变得顺从、忍耐与善于控制自己的情绪。从"我"自身来讲,没有嫌弃裱糊匠的身份,穷人出身不做这个又能做什么呢?而且这份职业虽不能大富大贵,"可是它让我活的很有趣;穷,但是有趣,有点人味儿"。主人公的乐天知命可能是性格所致,但包含了更多的对命运的无奈。

　　在裱糊行业还有营生的时候,是"我"人生最得意的时候,"我成了街面上的人,年轻,利落,懂得场面"。娶妻生子,度过美好的几年之后,命运对我的打击接踵而至,从此"我"的人生开始走了下坡路。先是妻子跟自己的师哥私奔了,"我"不仅没有伴侣,而且受到人们的侮辱和轻视。"我"开始自暴自弃,吸烟喝酒,也不再信神佛。这次事件使"我"的感情世界坍塌了,"心中有个空儿",从此之后对任何事情"我"都打不起兴趣来了,哀莫大于心死,"我"体验的就是这种感觉。社会尚未开化,妻子跟人私奔的事情使"我"在舆论面前抬不起头来,尤其是面对熟人的时候,为了活得能顺心一点,"我"不得不改行。当然,改行也是因为"年头的改变教裱糊匠们的活路越来越狭",但这并不是主要原因。放弃了熟悉的职业,又不得不去寻找谋生的办法,苦于没有门路,也没有其他技能,只好去做巡警了。小说到此,把"我"当巡警之前的生涯做了描述,也为下文"我"的言行与性格发展做了充分的铺垫。

　　在旧中国,巡警是受人轻贱的一种职业,在"我"看来,当巡警与丢老婆一样是命运对"我"善于说话的一种惩罚,因为,在此之前"我"十分鄙视这个行当，"我"管巡警们叫作"马路行走"、"避风阁大学士"和"臭脚巡"。这个职业收入太过低微，一个月六块钱的收入使巡警的生活只能处于温饱水平，而且还"谁也不许生病，不许生小孩，不许吸烟，不许吃点零碎东西"。在经历过之后，"我"对巡警行当更是痛彻心扉的恨，"这玩艺儿整个的是丢人，是欺骗，是杀人不流血！"巡警职业的艰辛与不易，展现了旧时代人非人道的悲惨境遇。

在"我"当上巡警后，更加深入地接触了这个社会，作品通过"我"的眼睛，描绘了一个官员腐败，军队涣散，达官显贵骄奢淫逸的世界。苟活在这个世界中的底层人，被剥夺了做人的资格和尊严。在"我"目睹并亲身经历的兵变中，这个世界的荒唐淋漓尽致地展现了出来。那些当兵的似强盗一样打劫商户，社会的混乱也激发人性之恶，百姓们也纷纷趁乱抢夺物品，火光照耀下的城市，似乎变成了人间地狱，怎一个乱字了得。兵乱之后则更加荒诞而残忍，那些夜间抢劫的兵们，一转眼成了维护秩序的人；而那些百姓们却成了兵乱的直接牺牲品。一个孩子的鲜血让"我"充满了悲愤，也让"我"心中已有的"空儿"，变得更大了。见怪不怪、习惯了社会的不公与非正义之后，"我"的心能够"松松通通的能容下许多玩艺儿"。处在这样的一个社会，"我"的情感麻木、冷酷，实属情理之中。

巡警往往是政府表现维持治安意图的一种摆设，因为如文中所说，社会上并不需要真正的巡警。"在这么个以蛮横不讲理为荣，以破坏秩序为增光耀祖的社会里，巡警简直是多余"。所以，巡警们做的只能是形式上的工作，不敢管那些街头地痞；不敢管坐车不给钱还打车夫的大兵；对于失窃的人家，只能劝他们加强防范，等等，保命要紧，巡警工作认真不得，必须得过且过。虽然"大清国"改为中华民国了，但改朝换代却一点都没有改变"我"的生活境遇，依然还是这个社会的"摆设"。不同的是，巡警们从大街上的摆设变成了官员家门口的摆设，政府的巡警成了官员私人的保镖。这个工作让"我"近距离接触了官员，让"我"对穷富差距有了更直接的对比，并且对这个因民国的"自由"而疯狂的世界有了更清楚的认识，"为争自由，得拼命的去搂钱；搂钱也自由，因为民国没有御史"。一边是穷凶极恶的搜刮，一边是水深火热的挣扎；一边是穷奢极欲的享受，一边是卖儿鬻女的无奈。改朝换代对社会底层来说无异于雪上加霜，它的正向价值在这里遭到了极其深刻的否定。

做巡警收入低，被轻视，所以"我"一直宁可让儿子去拉洋车，也不让他当巡警，但是最终儿子还是干上了这行。为女儿找个夫家，还是得找做巡警的，"我"陷入深深的悲哀，"巡警的女儿天生来得嫁给巡警，八字造定，谁也改不了！"而娶进门的儿媳妇，"她的娘家父亲与哥哥都是巡警"。老舍通过这种"门当户对"的联姻表达的依然是巡警职业的低微。低下的社会地位与卑微的职业一样是可以世袭的，这与作者在《月牙儿》中表述的"女人的职业是世袭的"非常一致。

"我"最终还是被赶出了巡警队伍，即使"我"想继续这份低微的职业也不可能了，几十年的巡警生涯，除了委屈什么都没有留下。为了生活，"我"只能重新谋生，之后，"我"做过煤矿的卫生处主任、矿村的警察分所所长，但都好景不长，最后四十多岁的"我"去当了盐务缉私队的队兵。儿子福海的意外去世打乱了"我"的谋生计划，只能放弃工作为他运灵，处理后事。五十岁的"我"手里没钱，还要养活新寡的儿媳妇和嗷嗷待哺的孙子，为了活命，还得挣扎。"我去看守空房；我去帮着人家卖菜；我去作泥水匠的小工子活；我去给人家搬家"，但"我"依然无法摆脱穷困潦倒的处境。"这世界就换个样儿吧！""我"在濒临饿死之际发出了对这个社会深深的诅咒。

生活在黑暗腐败的社会中，"我"的这一辈子一直游走在饥饿与温饱的边缘，理想与幸福被旧时代无情地毁灭与剥夺了，剩下的只是一具苟活的行尸走肉。不仅如此，"我"儿子虽然短寿，但他的这一辈子也与"我"几乎毫无二致。除非这个世界换个样子。否则，这些社会底层的人绝无见到美好生活的可能。

不成问题的问题

　　任何人来到这里——树华农场——他必定会感觉到世界上并没有什么战争，和战争所带来的轰炸、屠杀，与死亡。专凭风景来说，这里真值得被称为乱世的桃源。前面是刚由一个小小的峡口转过来的江，江水在冬天与春天总是使人愿意跳进去的那么澄清碧绿。背后是一带小山。山上没有什么，除了一丛丛的绿竹矮树，在竹、树的空处往往露出赭色的块块儿，像是画家给点染上的。

　　小山的半腰里，那青青的一片，在青色当中露出一两块白墙和二三屋脊的，便是树华农场。江上的小渡口，离农场大约有半里地，小船上的渡客，即使是往相反的方向去的，也往往回转头来，望一望这美丽的地方。他们若上了那斜着的坡道，就必定向农场这里指指点点，因为树上半黄的橘柑，或已经红了的苹果，总是使人注意而想夸赞几声的。到春暖花开的时候，或遇到什么大家休假的日子，城里的士女有时候也把逛一逛树华农场作为一种高雅的举动，而这农场的美丽恐怕还多少地存在一些小文与短诗之中咧。

　　创办一座农场必定不是为看着玩的：那么，我们就不能专来谀赞风景而忽略更实际一些的事儿了。由实际上说，树华农场的用水是没有问题的，因为江就在它的脚底下。出品的运出也没有问题。它离重庆市不过三十多里路，江中可以走船，江边上也有小路。它的设备是相当可观的：有鸭鹅池、有兔笼、有花畦、有菜圃、有牛羊圈、有果园。鸭蛋、鲜花、青菜、水果、牛羊乳……都正是像重庆那样的都市所必需的东西。况且，它的创办正在抗战的那一年：重庆的人口，在抗战后，一天比一天多；所以需要的东西，像青菜与其他树华农场所产生的东西，自然的也一天比一天多。赚钱是没有问题的。

　　从渡口上的坡道往左走不远，就有一些还未完全风化的红石，石旁生着几丛细竹。到了竹丛，便到了农场的窄而明洁的石板路。离竹丛不远，相对的长着两株青松，松树上挂着两面粗粗刨平的木牌，白漆漆着"树华农场"。石板路边，靠江的这一面，都是花；使人能从花的各种颜色上，慢慢地把眼光移到碧绿的江水上面去。靠山的一面是许多直立的扇形的葡萄架，架子的后面是各种果树。走完了石板路，有一座不甚高，而相当宽的藤萝架，这便是农场的大门，横匾上刻着"树华"两个隶字。进了门，在绿草上，或碎石堆花的路上，往往能看见几片柔软而轻的鸭鹅毛，因为鸭鹅的池塘便在左手方。这里的鸭是纯白而肥硕的，真正的北平填鸭。对着鸭池是平平的一个坝子，满种着花草与菜蔬。在坝子的末端，被竹树掩覆着，是办公厅。这是相当坚固而十分雅致的一所两层的楼房，花果的香味永远充满了全楼的每一角落。牛羊圈和工人的草舍又在楼房的后边，时时有羊羔悲哀地啼唤。

这一些设备，教农场至少要用二十来名工人。可是，以它的生产能力，和出品销路的良好来说，除了一切开销，它还应当赚钱。无论是内行人还是外行人，只要看过这座农场，大概就不会想象到这是赔钱的事业。

然而，树华农场赔钱。

创办的时候，当然要往"里"垫钱。但是，鸡鸭、青菜、鲜花、牛羊乳，都是不需要很长的时间就可以在利润方面有些数目字的。按照行家的算盘上看，假若第二年还不十分顺利的话，至迟在第三年的开始就可以绝对地看赚了。

可是，树华农场的赔损是在创办后的第三年。在第三年首次股东会议的时候，场长与股东们都对着账簿发了半天的楞。

赔点钱，场长是绝不在乎的，他不过是大股东之一，而被大家推举出来作场长的。他还有许多比这座农场大的多的事业。可是，即使他对这小小的事业赔赚都不在乎，即使他一走到院中，看看那些鲜美的花草，就把赔钱的事忘得一干二净，他现在——在股东会上——究竟有点不大好过。他自信是把能手，他到处会赚钱，他是大家所崇拜的实业家。农场赔钱？这伤了他的自尊心。他赔点钱，股东他们赔点钱，都没有关系：只是，下不来台！这比什么都要紧！

股东们呢，多数的是可以与场长立在一块儿呼兄唤弟的。他们的名望、资本、能力，也许都不及场长，可是在赔个万儿八千块钱上来说，场长要是沉得住气,他们也不便多出声儿。很少数的股东的确是想投了资,赚点钱,可是他们不便先开口质问,因为他们股子少,地位也就低,假若粗着脖子红着筋地发言,也许得罪了场长和大股东们——这,恐怕比赔点钱的损失还更大呢。

事实上,假若大家肯打开窗子说亮话,他们就可以异口同声地,确凿无疑地,马上指出赔钱的原因来。原因很简单,他们错用了人。场长,虽然是场长,是不能、不肯、不会、不屑于到农场来监督指导一切的。股东们也不会十趟八趟跑来看看的——他们只愿在开会的时候来作一次远足,既可以欣赏欣赏乡郊的景色,又可以和老友们喝两盅酒,附带地还可以露一露股东的身份。除了几个小股东,多数人接到开会的通知,就仿佛在箱子里寻找迎节当令该换的衣服的时候,偶然的发现了想不起怎么随手放在那里的一卷钞票——"呕,这儿还有点玩艺儿呢!"

农场实际负责任的人是丁务源,丁主任。

丁务源,丁主任,管理这座农场已有半年。农场赔钱就在这半年。

连场长带股东们都知道,假若他们脱口而出地说实话,他们就必定在口里说出"赔钱的原因在——"的时节,手指就确切无疑地伸出,指着丁务源!丁务源就在一旁坐着呢。但是,谁的嘴也没动,手指自然也就无从伸出。

他们,连场长带股东,谁没吃过农场的北平大填鸭,意大利种的肥母鸡,琥珀心的松花,和大得使儿童们跳起来的大鸡蛋鸭蛋?谁的瓶里没有插过农场的大枝的桂花、蜡梅、红白梅花,和大朵的起楼子的芍药,牡丹与茶花?谁的盘子里没有盛过使男女客人们赞叹的山东大白菜,绿得像翡翠般的油菜与嫩豌豆?

这些东西都是谁送给他们的?丁务源!

再说,谁家落了红白事,不是人家丁主任第一个跑来帮忙?谁家出了不大痛快的事故,不是人家丁主任像自天而降的喜神一般,把大事化小,小事化无?

是的,丁主任就在这里坐着呢。可是谁肯伸出指头去戳点他呢?

什么责任问题,补救方法,股东会都没有谈论。等到丁主任预备的酒席吃残,大家只能拍拍他的肩膀,说声"美满闭会"了。

丁务源是哪里的人？没有人知道。他是一切人——中外无别——的乡亲。他的言语也正配得上他的籍贯，他会把他所到过的地方的最简单的话，例如四川的"啥子"与"要得"，上海的"唔啥"，北平的"妈啦巴子"……都美好的联结到一处，变成一种独创的"国语"；有时候也还加上一半个"孤得"，或"夜司"，增加一点异国情味。

四十来岁，中等身量，脸上有点发胖，而肉都是亮的，丁务源不是个俊秀的人，而令人喜爱。他脸上那点发亮的肌肉，已经教人一见就痛快，再加上一对光满神足，顾盼多姿的眼睛，与随时变化而无往不宜的表情，就不只讨人爱，而且令人信任他了。最足以表现他的天才而使人赞叹不已的是他的衣服。他的长袍，不管是绸的还是布的，不管是单的还是棉的，永远是半新半旧的，使人一看就感到舒服；永远是比他的身材稍微宽大一些，于是他垂着手也好，揣着手也好，掉背着手更好，老有一些从容不迫的气度。他的小褂的领子与袖口，永远是洁白如雪；这样，即使大褂上有一小块油渍，或大襟上微微有点折绉，可是他的雪白的内衣的领与袖会使人相信他是最爱清洁的人。他老穿礼服呢厚白底子的鞋，而且裤脚儿上扎着绸子带儿；快走，那白白的鞋底与颤动的腿带，会显出轻灵飘洒；慢走，又显出雍容大雅。长袍，布底鞋，绸子裤脚带儿合在一处，未免太老派了，所以他在领子下面插上了一支派克笔和一支白亮的铅笔，来调和一下。

他老在说话，而并没说什么。"是呀"，"要得么"，"好"，这些小字眼被他轻妙地插在别人的话语中间，就好像他说了许多话似的。到必要时，他把这些小字眼也收藏起来，而只转转眼珠，或轻轻一咬嘴唇，或给人家从衣服上弹去一点点灰。这些小动作表现了关切、同情、用心，比说话的效果更大得多。遇见大事，他总是斩钉截铁地下这样的结论——没有问题，绝对的！说完这一声，他便把问题放下，而闲扯些别的，使对方把忧虑与关切马上忘掉。等到对方满意地告别了，他会倒头就睡，睡三四个钟头；醒来，他把那件绝对没有问题的事忘得一干二净。直等到那个人又来了，他才想起原来曾经有过那么一回事，而又把对方热诚地送走。事情，照例又推在一边。及至那个人快恼了他的时候，他会用农场的出品使朋友仍然和他和好。天下事都绝对没有问题，因为他根本不去办。

他吃得好，穿得舒服，睡得香甜，永远不会发愁。他绝对没有任何理想，所以想发愁也无从发起。他看不出彼此敷衍有什么不对的地方。他只知道敷衍能解决一切，至少能使他无忧无虑，脸上胖而且亮。凡足以使事情敷衍过去的手段，都是绝妙的手段。当他刚一得到农场主任的职务的时候，他便被姑姑老姨舅爷，与舅爷的舅爷包围起来，他马上变成了这群人的救主。没办法，只好一一敷衍。于是一部分有经验的职员与工人马上被他"欢送"出去，而舅爷与舅爷的舅爷都成了护法的天使。占据了地上的乐园。

没被辞退的职员与园丁，本都想辞职。可是，丁主任不给他们开口的机会。他们由书面上通知他，他连看也不看。于是，大家想不辞而别。但是，赶到真要走出农场时，大家的意见已经不甚一致。新主任到职以后，什么也没过问，而在两天之中把大家的姓名记得飞熟，并且知道了他们的籍贯。"老张！"丁主任最富情感的眼，像有两条紫外光似的射到老张的心里，"你是广元人呀？乡亲！硬是要得！"丁主任解除了老张的武装。

"老谢！"丁主任的有肉而滚热的手拍着老谢的肩膀，"呕，恩施？好地方！乡亲！要得么！"于是，老谢也缴了械。

多数的旧人们就这样受了感动，而把"不辞而别"的决定视为一时的冲动，不大合理。那几位比较坚决的，看朋友们多数鸣金收兵，也就不便再说什么，虽然心里还有点不大得劲儿。及至丁主任的胖手也拍在他们的肩头上，他们反觉得只有给他效劳，庶几乎可以赎出自己的行动幼稚、冒昧的罪过来。"丁主任是个朋友！"这句话即使不便明说，也时常在大家心中飞来飞去，像出笼的小鸟，恋恋不忍去似的。

大家对丁主任的信任心是与时俱增的。不管大事小事，只要向丁主任开口，人家丁主任是不会眨眨眼或愣一愣再答应的。他们的请托的话还没有说完，丁主任已说了五个"要得"。丁主任受人之托，事实上，是轻而易举的。比方说，他要进城——他时常进城——有人托他带几块肥皂。在托他的人想，丁主任是精明人，必能以极便宜的价钱买到极好的东西。而丁主任呢，到了城里，顺脚走进那最大的铺子，随手拿几块最贵的肥皂。拿回来，一说价钱，使朋友大吃一惊。"货物道地，"丁主任要交代清楚，"你晓得！多出钱，到大铺子去买，吃不了亏！你不要，我还留着用呢！你怎样？"怎能不要呢，朋友只好把东西接过去，连声道谢。

大家可是依旧信任他。当他们暗中思索的时候，他们要问：托人家带东西，带来了没有？带来了。那么人家没有失信。东西贵，可是好呢。进言无二价的大铺子买东西，谁不会呢，何必托他？不过，既然托他，他——堂堂的丁主任——岂是挤在小摊子上争钱讲价的人？这只能怪自己，不能怪丁主任。

慢慢地，场里的人们又有耳闻：人家丁主任给场长与股东们办事也是如此。不管办个"三天"，还是"满月"，丁主任必定闻风而至，他来到，事情就得由他办。烟，能买"炮台"就买"炮台"，能买到"三五"就是"三五"。酒，即使找不到"茅台"与"贵妃"，起码也是绵竹大麯。饭菜，呕，先不用说饭菜吧，就是糖果也必得是冠生园的，主人们没法挑眼。不错，丁主任的手法确是太大；可是，他给主人们作了脸哪。主人说不出话来，而且没法不佩服丁主任见过世面。有时候，主妇们因为丁主任太好铺张而想表示不满，可是丁主任送来的礼物，与对她们的殷勤，使她们也无从开口。她们既不出声，男人们就感到事情都办得合理，而把丁主任看成了不起的人物。这样，丁主任既在场长与股东们眼中有了身分，农场里的人们就不敢再批评什么；即使吃了他的亏，似乎也是应当的。

及至丁主任作到两个月的主任，大家不但不想辞职，而且很怕被辞了。他们宁可舍着脸去逢迎谄媚他，也不肯失掉了地位。丁主任带来的人，因为不会作活，也就根本什么也不干。原有的工人与职员虽然不敢照样公然怠工，可是也不便再像原先那样实对实地每日作八小时工。他们自动把八小时改为七小时，慢慢地又改为六时，五小时。赶到主任进城的时候，他们干脆就整天休息。休息多了，又感到闷得慌，于是麻将与牌九就应运而起；牛羊们饿得乱叫，也压不下大家的欢笑与牌声。有一回，大家正赌得高兴，猛一抬头，丁主任不知道什么时候人不知鬼不觉地站在老张的后边！大家都愣了！

"接着来，没关系！"丁主任的表情与语调顿时教大家的眼都有点发湿。"干活是干活，玩是玩！老张，那张八万打得好，要得！"

大家的精神，就像都刚胡了满贯似的，为之一振。有的人被感动得手指直颤。

大家让主任加入。主任无论如何不肯破坏原局。直等到四圈完了，他才强被大家拉住，改组。"赌场上可不分大小，赢了拿走，输了认命，别说我是主任，谁是园丁！"主任挽起雪白的袖口，微笑着说。大家没有异议。"还玩这么大的，可是加十块钱的望子，自摸双？"大家又无异议。新局开始。主任的牌打得好。不但好，而且牌品高，打起牌来，他一声不出，连"要得"也不说了。他自己胡牌，轻轻地好像抱歉似的把牌推倒。别人胡牌，他微笑着，几乎是毕恭毕敬地送过筹码去。十次，他总有八次赢钱，可是越赢越受大家敬爱；大家仿佛宁愿把钱输给主任，也不愿随便赢别人几个。把钱输给丁主任似乎是一种光荣。

不过，从实际上看，光荣却不像钱那样有用。钱既输光，就得另想生财之道。由正常的工作而获得的收入，谁都晓得，是有固定的数目。指着每月的工资去与丁主任一决胜负是作不通的。虽然没有创设什么设计委员会，大家可是都在打主意，打农场的主意。主意容易打，执行的勇气却很不易提起来。可是，感谢丁主任，他暗示给大家，农场的东西是可以自由处置的。没看见吗，农场的出品，丁主任都随便自己享受，都随便拿去送人。丁主任是如此，丁主任带来的"亲兵"也是如此，那么，别人又何必分外的客气呢？

于是，树华农场的肥鹅大鸭与油鸡忽然都罢了工，不再下蛋，这也许近乎污蔑这一群有良心的动物们，但是农场的账簿上千真万确看不见那笔蛋的收入了。外间自然还看得见树华的有名的鸭蛋——为孵小鸭用的——可是价钱高了三倍。找好鸭种的人们都交头接耳地嘀咕："树华的填鸭鸭蛋得托人情才弄得到手呢。"在这句话里，老张、老谢、老李都成了被恳托的要人。

在蛋荒之后，紧接着便是按照科学方法建造的鸡鸭房都失了科学的效用。树华农场大闹黄鼠狼，每晚上都丢失一两只大鸡或肥鸭。有时候，黄鼠狼在白天就出来为非作歹，而在它们最猖獗的时间，连牛犊和羊羔都被劫去；多么大的黄鼠狼呀！

鲜花、青菜、水果的产量并未减少，因为工友们知道完全不工作是自取灭亡。在他们赌输了，睡足了之后，他们自动地努力工作，不是为公，而是为了自己。不过，产量虽未怎么减少，农场的收入却比以前差的多了。果子、青菜，据说都闹虫病。果子呢，须要剔选一番，而后付运，以免损害了农场的美誉。不知道为什么那些落选的果子仿佛更大更美丽一些，而先被运走。没人能说出道理来，可是大家都喜欢这么作。菜蔬呢，以那最出名的大白菜说吧，等到上船的时节，三斤重的就变成了一斤或一斤多点；那外面的大肥叶子——据说是受过虫伤的——都被剥下来，洗净，另捆成一把一把的运走，当作"猪菜"卖。这种猪菜在市场上有很高的价格。

这些事，丁主任似乎知道，可没有任何表示，当夜里闹黄鼠狼子的时候，即使他正醒着，听得明明白白，他也不会失去身份地出来看看。及至次晨有人来报告，他会顺口答音地声明："我也听见了，我睡觉最警醒不过！"假若他高兴，他会继续说上许多关于黄鼬[1]和他夜间怎样警觉的故事，当被黄鼬拉去而变成红烧的或清燉的鸡鸭，摆在他的面前，他就绝对不再提黄鼬，而只谈些烹饪上的问题与经验，一边说着，一边把最肥的一块鸭夹起来送给别人："这么肥的鸭子，非挂炉烧烤不够味；清燉不相宜，不过，汤还看得！"他极大方地尝了两口汤。工人们若献给他钱——比如卖猪菜的钱——他绝对不肯收。"咱们这里没有等级，全是朋友；可是主任到底是主任，不能吃猪菜的钱！晚上打几圈儿好啦！要得吗？"他自己亲热地回答上，"要得！"把个"得"字说得极长。几圈麻将打过后，大家的猪菜钱至少有十分之八，名正言顺地入了主任的腰包。当一五一十的收钱的时候，他还要谦逊地声明："咱们的牌都差个多，谁也说不上高明。我的把弟孙宏英，一月只打一次就够吃半年的。人家那才叫会打牌！不信，你给他个司长，他都不作，一个月打一次小牌就够了！"

秦妙斋从十五岁起就自称为宁夏第一才子。到二十多岁，看"才子"这个词儿不大时行了，乃改称为全国第一艺术家。据他自己说，他会雕刻、会作画、会弹古琴与钢琴、会作诗、小说，与戏剧：全能的艺术家。可是，谁也没有见过他雕刻，画图，弹琴，和作文章。

在平时，他自居为艺术家，别人也就顺口答音地称他为艺术家，倒也没什么。到了抗战时期，正是所谓国乱显忠臣的时候，艺术家也罢，科学家也罢，都要拿出他的真正本领来报效国家，而秦妙斋先生什么也拿不出来。这也不算什么。假若他肯虚心地去学习，说不定他也许有一点天才，能学会画两笔，或作些简单而通俗的文字，去宣传抗战，或者，干脆放弃了天才的梦，而脚踏实地地去作中小学的教师，或到机关中服务，也还不失为尽其在我。可是他不肯去学习，不肯去吃苦，而只想飘飘摇摇地作个空头艺术家。

他在抗战后，也曾加入艺术家们的抗战团体。可是不久便冷淡下来，不再去开会。因为在他想，自己既是第一艺术家，理当在各团体中取得领导的地位。可是，那些团体并没有对他表示敬意。他们好像对他和对一切好虚名的人都这么说：谁肯出力作抗战工作，谁便是好朋友；反之，谁要是借此出风头，获得一点虚名与虚荣，谁就乘早儿退出去。秦妙斋退了出来。但是，他不甘寂寞。他觉得这样的败退，并不是因为自己的浅薄虚伪，而是因为他的本领出众，不见容于那些妒忌他的人们。他想要独树一帜，自己创办一个什么团体，去过一过领导的瘾。这，又没能成功，没有人肯听他号召。在这之后，他颇费了一番思索，给自己想出两个字来：清高。当他和别人闲谈，或独自呻吟的时候，他会很得意地用这两个字去抹杀一切，而抬高自己："而今的一般自命为艺术家的，都为了什么？什么也不为，除了钱！真正懂得什么叫作清高的是谁？"他的鼻尖对准了自己的胸口，轻轻地点点头。"就连那作教授的也算不上清高，教授难道不拿薪水么？……"可是"你怎么活着呢？你的钱从什么地方来呢？"有那心直口快的这么问他。"我，我，"他有点不好意思，而不能回答："我爸爸给我！"

是的，秦妙斋的父亲是财主。不过，他不肯痛快地供给儿子钱花。这使秦妙斋时常感到痛苦。假若不是被人家问急了，他不肯轻易的提出"爸爸"来。就是偶尔地提到，他几乎要把那个最有力量的形容字——不清高——也加在他的爸爸头上去！

按照着秦老者的心意，妙斋应当娶个知晓三从四德的老婆，而后一扑纳心地在家里看守着财产。假若妙斋能这样办，哪怕就是吸两口鸦片烟呢，也能使老人家的脸上纵起不少的笑纹来。可是，有钱的老子与天才的儿子仿佛天然是对头。妙斋不听调遣。他要作诗，画画，而且——最使老人伤心的——他不愿意在家里蹲着。老人没有旁的办法，只好尽量地勒着钱。尽管妙斋的平信，快信，电报，一齐来催钱，老人还是毫不动感情地到月头才给儿子汇来"点心费"。这点钱，到妙斋手里还不够还债的呢。我们的诗人，是感受着严重的压迫。挣钱去吧，既不感觉趣味，又没有任何本领；

不挣钱吧，那位不清高的爸爸又是这样的吝啬！金钱上既受着压迫，他满想在艺术界活动起来，给精神上一点安慰。而艺术界的人们对他又是那么冷淡！他非常的灰心。有时候，他颇想摹仿屈原，把天才与身体一齐投在江里去。投江是件比较难于作到的事。于是，他转而一想，打算作个青年的陶渊明。"顶好是退隐！顶好！"他自己念道着。"世人皆浊我独清！只有退隐，没别的话好讲！"

高高的个子，长长的脸，头发像粗硬的马鬃似的，长长的，乱七八糟的，披在脖子上。虽然身量很高，可好像里面没有多少骨头，走起路来，就像个大龙虾似的那么东一扭西一躬的。眼睛没有神，而且爱在最需要注意的时候闭上一会儿，仿佛是随时都在作梦。

作着梦似的秦妙斋无意中走到了树华农场。不知道是为欣赏美景，还是走累了，他对着一株小松叹了口气，而后闭了会儿眼。

也就是上午十一点钟吧，天上有几缕秋云，阳光从云隙发出一些不甚明的光，云下，存着些没有完全被微风吹散的雾。江水大体上还是黄的，只有江岔子里的已经静静地显出绿色。葡萄的叶子就快落净，茶花已顶出一些红瓣儿来。秦妙斋在鸭塘的附近找了块石头，懒洋洋地坐下。看了看四下里的山、江、花、草，他感到一阵难过。忽然地很想家，又似乎要作一两句诗，仿佛还有点触目伤情……这时候，他的感情极复杂，复杂到了既像万感俱来，又像茫然不知所谓的程度。坐了许久，他忽然在复杂混乱的心情中找到可以用话语说出来的一件事来。"我应当住在这里！"他低声对自己说。这句话虽然是那么简短，可是里边带着无限的感慨。离家，得罪了父亲，功未成，名未就……只落得独自在异乡隐退，想住在这静静的地方！他呆呆地看着池里的大白鸭，那洁白的羽毛，金黄的脚掌，扁而像涂了一层蜡的嘴，都使他心中更混乱，更空洞，更难过。这些白鸭是活的东西，不错；可是它们干吗活着呢？正如同天生下我秦妙斋来，有天才，有志愿，有理想，但是都有什么用呢？想到这里，他猛然的，几乎是身不由己的，立了起来。他恨这个世界，恨这个不叫他成名的世界！连那些大白鸭都可恨！他无意中地、顺手地将下一把树叶，揉碎，扔在地上。他发誓，要好好地，痛快淋漓地写几篇文字，把那些有名的画家、音乐家、文学家都骂得一个小钱也不值！那群不清高的东西！

他向办公楼那面走，心中好像在说："我要骂他们！就在这里，这里，写成骂他们的文章！"

丁主任刚刚梳洗完，脸上带着夜间又赢了钱的一点喜气。他要到院中吸点新鲜空气。安闲地，手揣在袖口里，像采菊东篱下的诗人似的，他慢慢往外走。

在门口，他几乎被秦妙斋撞了个满怀。秦妙斋，大龙虾似的，往旁边一闪；照常往里走。他恨这个世界，碰了人就和碰了一块石头或一株树一样，只有不快，用不着什么客气与道歉。

丁主任，老练，安详，微笑地看着这位冒失的青年龙虾。"找谁呀？"他轻轻问了声。

秦妙斋稍一愣，没有答理他。

丁主任好像自言自语地说，"大概是个画家。"

秦妙斋的耳朵仿佛是专为听这样的话的，猛地立住，向后转，几乎是喊叫地，"你说什么？"

丁主任不知道自己的话是说对了，还是说错了，可是不便收回或改口。迟顿了一下，还是笑着："我说，你大概是个画家。"

"画家？画家？"龙虾一边问，一边往前凑，作着梦的眼睛居然瞪圆了。

丁先生不晓得怎样回答才好，只啊啊了两声。

妙斋的眼角上汪起一些热泪，口中的热涎喷到丁主任的脸上："画家，我是——画家，你怎么知道？"说到这里，他仿佛已筋疲力尽，像快要晕倒的样子，摇晃着，摸索着，找到一只小凳，坐下，闭上了眼睛。

丁主任还笑着，可是笑得莫名其妙，往前凑了两步。还没走到妙斋的身边，妙斋的眼睛睁开了。"告诉你，我还不仅是画家，而且是全能的艺术家！我都会！"说着，他立起来，把右手扶在丁主任的肩上。"你是我的知己！你只要常常叫我艺术家，我就有了生命！生我者父母,知我者——你是谁？"

"我？"丁主任笑着回答。"小小园丁！"

"园丁？"

"我管着这座农场！"丁主任停住了笑。"你姓什么！"毫不客气地问。

"秦妙斋，艺术家秦妙斋。你记住，艺术家和秦妙斋老得一块儿喊出来；一分开，艺术家和我就都不存在了！"

"呕！"丁主任的笑意又回到脸上，进了大厅，眼睛往四面一扫——壁上挂着些时人的字画。这些字画都不甚高明，也不十分丑恶。在丁主任眼中，它们都怪有个意思，至少是挂在这里总比四壁皆空强一些。不过，他也有个偏心眼，他顶爱那张长方的，石印的抗战门神爷，因为色彩鲜明，"真"有个意思。他的眼光停在那片色彩上。

随着丁主任的眼，妙斋也看见了那些字画，他把眼光停在了那张抗战画上。当那些色彩分明地印在了他的心上的时候，他觉到一阵恶心，像忽然要发痧似的，浑身的毛孔都像针儿刺着，出了点冷汗。定一定神，他扯着丁先生，扑向那张使他恶心的画儿去。发颤的手指，像一根挺身作战的小枪似的，指着那堆色彩："这叫画？这叫画？用抗战来欺骗艺术，该杀！该杀！"不由分说，他把画儿扯了下来，极快地撕碎，扔在地上，用脚狠狠地揉搓，好像把全国的抗战艺术家都踩在了泥土上似的。他痛快地吐了口气。

来不及拦阻妙斋的动作，丁主任只说了一串口气不同的"唉"！

妙斋犹有余怒，手指向四壁普遍的一扫："这全要不得！通通要不得！"

丁主任急忙挡住了他，怕他再去撕毁。妙斋却高傲地一笑："都扯了也没有关系，我会给你画！我给你画那碧绿的江、赭色的山、红的茶花、雪白的大鸭！世界上有那么多美丽的东西，为什么单单去画去写去唱血腥的抗战？混蛋！我要先写几篇文章，臭骂，臭骂那群污辱艺术的东西们。然后，我要组织一个真正艺术家的团体，一同主张——主张——清高派，暂且用这个名儿吧，清高派的艺术！我想你必赞同？"

"我？"丁主任不知怎样回答。

"你当然同意！我们就推你作会长！我们就在这里作画、治乐、写文章！"

"就在这里？"丁主任脸上有点不大得劲，用手摸了摸。

"就在这里！今天我就不走啦！"妙斋的嘴犄角直往外溅水星儿，"想想看，把这间大厅租给我，我爸爸有钱，你要多少我给多少。然后，我们艺术家们给你设计，把这座农场变成最美的艺术之家，艺术乐园！多么好！多么好！"

丁主任似乎得到一点灵感。口中随便用"要得""不错"敷衍着，心中可打开了算盘。在那次股东会上，虽然股东们对他没有什么决定的表示，可是他自己看得清清楚楚，大家对他多少有点不满意。他应当把事情调整一下，教大家看看，他不是没有办法的人。是呀，这里的大厅闲着没有用，楼上也还有三间空房，为什么不租出去，进点租钱呢？况且这笔租金用不着上账；即使教股东们知道了，大家还能为这点小事来质问吗？对！他决定先试一试这位艺术家。"秦先生，这座大厅咱们大家合用，楼上还有三间空房，你要就得都要，一年一万块钱，一次交清。"

妙斋闭了眼，"好啦，一言为定！我给爸爸打电报要钱。""什么时候搬进来？"丁主任有点后悔。交易这么容易成功，想必是要少了钱。但是，再一想，三间房，而且在乡下，一万元应当不算少。管它呢，先进一万再说别的！"什么时候搬进来？"

"现在就算搬进来了！"

"啊？"丁主任有点悔意了。"难道你不去拿行李什么的？"

"没有行李，我只有一身的艺术！"妙斋得意地哈哈地笑起来。

"租金呢？"

"那，你尽管放心：我马上打电报去！"

秦妙斋就这样的侵入了树华农场。不到两天，楼上已住满他的朋友。这些朋友，有男有女，有老有少，都时来时去，而绝对不客气。他们要床，便见床就搬了走；要桌子，就一声不响地把大厅的茶几或方桌拿了去。对于鸡鸭菜果，他们的手比丁主任还更狠，永远是理直气壮地拿起就吃。要摘花他们便整棵的连根儿拔出来。农场的工友甚至于须在夜间放哨，才能抢回一点东西来！

可是，丁主任和工友们都并不讨厌这群人。首要的因为这群人中老有女的，而这些女的又是那么大方随便，大家至少可以和她们开句小玩笑。她们仿佛给农场带来了一种新的生命。其次，讲到打牌，人家秦妙斋有艺术家的态度，输了也好，赢了也好，赌钱也好，赌花生米也好，一坐下起码二十四圈。丁主任原是不屑于玩花生米的，可是妙斋的热情感动了他，他不好意思冷淡地谢绝。

丁主任的心中老挂念着那一万元的租金。他时常调动着心思与语言，在最适当的机会暗示出催钱的意思。可是妙斋不接受暗示。虽然如此，丁主任可是不忍把妙斋和他的朋友撵了出去。一来是，他打听出来，妙斋的父亲的的确确是位财主；那么，假若财主一旦死去，妙斋岂不就是财产的继承人？"要把眼光放远一些！"丁主任常常这样警戒自己。二来是，妙斋与他的友人们，在实在没有事可干的时候，总是坐在大厅里高谈艺术。而他们的谈论艺术似乎专为骂人。他们把国内有名的画家、音乐家、文艺作家，特别是那些尽力于抗战宣传的，提名道姓地一个一个挨次咒骂。这，使丁主任闻所未闻。慢慢地，他也居然记住了一些艺术家的姓名。遇到机会，他能说上来他们的一些故事，仿佛他同艺术家们都是老朋友似的。这，使与他来往的商人或闲人感到惊异，他自己也得到一些愉快。还有，当妙斋们把别人咒腻了，他们会得意地提出一些社会上的要人来，"是的，我们要和他取得联络，来建设起我们自己的团体来！那，我可以写信给他；我要告诉明白了他，我们都是真正清高的艺术家！"……提到这些要人，他们大家口中的唾液都好像甜蜜起来，眼里发着光。"会长！"他们在谈论要人之后，必定这样叫丁主任，"会长，你看怎样？"丁主任自己感到身量又高了一寸似的！他不由地怜爱了这群人，因为他们既可以去与要人取得联络，而且还把他自己视为要人之一！他不便发表什么意见，可是常常和妙斋肩并肩地在院中散步。他好像完全了解妙斋的怀才不遇，妙斋微叹，他也同情地点着头。二人成了莫逆之交！

丁主任爱钱，秦妙斋爱名，虽然所爱的不同，可是在内心上二人有极相近的地方，就是不惜用卑鄙的手段取得所爱的东西。因此，丁主任往往对妙斋发表些难以入耳的最下贱的意见，妙斋也好好地静听，并不以为可耻。

眨眨眼，到了阳历年。

除夕，大家正在打牌，宪兵从楼上抓走两位妙斋的朋友。

丁主任口里直说"没关系"，心中可是有点慌。他久走江湖，晓得什么是利，哪是害。宪兵从农场抓走了人，起码是件不体面的事，先不提更大的干系。

秦妙斋丝毫没感到什么。那两位被捕的人是谁？他只知道他们的姓名，别的一概不清楚。他向来不细问与他来往的人是干什么的。只要人家捧他，叫他艺术家，他便与人家交往。因此，他有许多来往的人，而没有真正的朋友。他们被捕去，他绝对没有想到去打听打听消息，更不用说去营救了。有人被捕去，和农场丢失两只鸭子一样无足轻重。本来嘛，神圣的抗战，死了那么多的人，流了那么多的血，他都无动于衷，何况是捕去两个人呢？当丁主任顺口搭音地盘问他的时候，他只极冷淡地说："谁知道！枪毙了也没法子呀！"

丁主任，连丁主任，也感到一点不自在了。口中不说，心里盘算着怎样把妙斋赶了出去。"好嘛，给我这儿招来宪兵，要不得！"他自己念道着。同时，他在表情上，举动上，不由地对妙斋冷淡多了。他有点看不起妙斋。他对一切不负责任，可是他心中还有"朋友"这个观念。他看妙斋是个冷血动物。

妙斋没有感觉出这点冷淡来。他只看自己，不管别人的表情如何，举动怎样。他的脑子只管计划自己的事，不管替别人思索任何一点什么。

慢慢地，丁主任打听出来：那两位被捕的人是有汉奸的嫌疑。他们的确和妙斋没有什么交情，但是他们口口声声叫他艺术家，于是他就招待他们，甚至于允许他们住在农场里。平日虽然不负责任，可是一出了乱子，丁主任觉出自己的责任与身份来。他依然不肯当面告诉妙斋："我是主任，有人来往，应当先告诉我一声。"但是，他对妙斋越来越冷淡。他想把妙斋"冰"了走。

到了一月中旬，局势又变了。有一天，忽然来了一位有势力、与场长最相好的股东。丁主任知道事情要不妙。从股东一进门，他便留了神，把自己的一言一笑都安排得像蜗牛的触角似的，去试探，警惕。一点不错，股东暗示给他，农场赔钱，还有汉奸随便出入，丁主任理当辞职。丁主任没有否认这些事实，可也没有承认。他说着笑着，态度极其自然。他始终不露辞职的口气。

股东告辞，丁主任马上找了秦妙斋去。秦妙斋是——他想——财主的大少爷，他须起码教少爷明白，他现在是替少爷背了罪名。再说，少爷自称为文学家，笔底下一定很好，心路也多，必定能替他给全体股东写封极得体的信。是的，就用全体职工的名义，写给股东们，一致挽留丁主任。不错，秦妙斋是个冷血动物；但是，"我走，他也就住不下去了！他还能不卖气力吗？"丁主任这样盘算好，每个字都裹了蜜似的，在门外呼唤："秦老弟！艺术家！"

秦妙斋的耳朵竖了起来，龙虾的腰挺直，他准备参加战争。世界上对他冷淡得太久了，他要挥出拳头打个热闹，不管是为谁，和为什么！"宁自一把火把农场烧得干干净净，我们也不能退出！"他喷了丁主任一脸唾沫星儿，倒好像农场是他一手创办起来似的。

丁主任的脸也增加了血色。他后悔前几天那样冷淡了秦妙斋，现在只好一口一个"艺术家"地来赎罪。谈过一阵，两个人亲密得很有些像双生的兄弟。最后，妙斋要立刻发动他的朋友："我们马上放哨，一直放到江边。他们假若真敢派来新主任，我就会教他怎么来，怎么滚回去！"同时，他召集了全体职工，在大厅前开会。他登在一块石头上，声色俱厉地演说了四十分钟。

妙斋在演说后，成了树华农场的灵魂。不但丁主任感激，就是职员与工友也都称赞他："人家姓秦的实在够朋友！"

大家并不是不知道，秦先生并不见得有什么高明的确切的办法。不过，闹风潮是赌气的事，而妙斋恰好会把大家感情激动起来，大家就没法不承认他的优越与热烈了。大家甚至于把他看得比丁主任还重要，因为丁主任虽然是手握实权，而且相当地有办法，可是他到底是多一半为了自己；人家秦先生呢，根本与农场无关，纯粹是路见不平，拔刀相助。这样，秦先生白住房、偷鸡蛋，与其他一切小小的罪过，都变成了理所当然的事。他，在大家的眼中，现在完全是个侠肠义胆的可爱可敬的人。

丁主任有十来天不在农场里。他在城里，从股东的太太与小姐那里下手，要挽回他的颓势。至于农场，他以为有妙斋在那里，就必会把大家团结得很坚固，一定不会有内奸，捣他的乱。他把妙斋看成了一座精神堡垒！等到他由城中回来，他并没对大家公开地说什么，而只时常和妙斋有说有笑地并肩而行。大家看着他们，心中都得到了安慰，甚至于有的人喊出："我们胜利了！"

农场糟到了极度。那喊叫"我们胜利了"的，当然更肆无忌惮，几乎走路都要模仿螃蟹；那稍微悲观一些的，总觉得事情并不能这么容易得到胜利，于是抱着干一天算一天的态度，而拼命往手中搂东西，好像是说："滚蛋的时候，就是多拿走一把小镰刀也是好的！"

旧历年是丁主任的一"关"。表面上，他还很镇定，可是喝了酒便爱发牢骚。"没关系！"他总是先说这一句，给自己壮起胆气来。慢慢地，血液循环的速度增加了，他身上会忽然出点汗。想起来了：张太太——张股东的二夫人——那里的年礼送少了！他愣一会儿，然后，自言自语地说："人事，都是人事；把关系拉好，什么问题也没有！"酒力把他的脑子催得一闪一闪的，忽然想起张三，忽然想起李四，"都是人事问题！"

新年过了，并没有任何动静。丁主任的心像一块石头落了地。新年没有过好，必须补充一下；于是一直到灯节，农场中的酒气牌声始终没有断过。

灯节后的那么一天，已是早晨八点，天还没甚亮。浓厚的黑雾不但把山林都藏起去，而且把低处的东西也笼罩起来，连房屋的窗子都像挂起黑的帘幕。在这大雾之中，有些小小的雨点，有时候飘飘摇摇地像不知落在哪里好，有时候直滴下来，把雾色加上一些黑暗。农场中的花木全静静地低着头，在雾中立着一团团的黑影。农场里没有人起来，梦与雾好像打成了一片。

大雾之后容易有晴天。在十点钟左右，雾色变成红黄，一轮红血的太阳时时在雾薄的时候露出来，花木叶子上的水点都忽然变成小小的金色的珠子。农场开始有人起床。秦妙斋第一个起来，在院中绕了一个圈子。正走在大藤萝架下，他看见石板路上来了三个人。最前面的是一位女的，矮身量，穿着不知有多少衣服，像个油篓似的慢慢往前走，走得很吃力。她的后面是个中年的挑伕，挑着一大一小两只旧皮箱，和一个相当大的、风格与那位女人相似的铺盖卷，挑伕的头上冒着热汗。最后，是一位高身量的汉子，光着头，发很长，穿着一身不体面的西服，没有大衣，他的肩有些向前探着，背微微有点弯。他的手里拿着个旧洋磁的洗脸盆。

秦妙斋以为是他自己的朋友呢，他立在藤萝架旁，等着和他们打招呼。他们走近了，不相识。他还没动，要细细看看那个女的，对女的他特别感觉兴趣。那个大汉，好像走得不耐烦了，想赶到前边来，可是石板路很窄，而挑伕的担子又微微的横着，他不容易赶过来。他想踏着草地绕过来，可是脚已迈出，又收了回去，好像很怕踏损了一两根青草似的。到了藤架前，女的立定了，无聊地，含怨地，轻叹了一声。挑伕也立住。大汉先往四下一望，而后挤了过来。这时候，太阳下面的雾正薄得像一片飞烟，把他的眉眼都照得发光。他的眉眼很秀气，可是像受过多少什么无情的折磨似的，他的俊秀只是一点残余。他的脸上有几条来早了十年的皱纹。他要把脸盆递给女人，她没有接取的意思。她仅"啊"了一声，把手缩回去。大概她还要夸赞这农场几句，可是，随着那声"啊"，她的喜悦也就收敛回去。阳光又暗了一些，他们的脸上也黯淡了许多。

那个女的不甚好看。可是，眼睛很奇怪，奇怪得使人没法不注意她。她的眼老像有什么心事——像失恋，损伤了儿女或破产那类的大事——那样的定着，对着一件东西定视，好久才移开，又去定视另一件东西。眼光移开，她可是仿佛并没看到什么。当她注意一个人的时候，那个人总以为她是一见倾心，不忍转目。可是，当她移开眼光的时节，他又觉得她根本没有看见他。她使人不安、惶惑，可是也感到有趣。小圆脸，眉眼还端正，可是都平平无奇。只有在她注视你的时候，你才觉得她并不难看，而且很有点热情。及至她又去对别的人，或别的东西愣起来，你就又有点可怜她，觉得她不是受过什么重大的刺激，就是天生的有点白痴。

现在，她扭着点脸，看着秦妙斋。妙斋有点兴奋，拿出他自认为最美的姿态，倚在藤架的柱子上，也看着她。

"哪个叫？"挑佚个耐烦了："走不走吗？"

"明霞，走！"那个男人毫无表情地说。

"干什么的？"妙斋的口气很不客气地问他，眼睛还看着明霞。

"我是这里的主任。"那个男的一边说，一边往里走。

"啊？主任？"妙斋挡住他们的去路。"我们的主任姓丁。"

"我姓尤，"那个男的随手一拨，把妙斋拨开，还往前走，"场长派来的新主任。"

秦妙斋愕住了，闭了一会儿眼，睁开眼，他像条被打败了的狗似的，从小道跑进去。他先跑到大厅。"丁，老丁！"他急切地喊。"老丁！"

丁主任披着棉袍，手里拿着条冒热气的毛巾，一边擦脸，一边从楼上走下来。

"他们派来了新主任！"

"啊？"丁主任停止了擦脸，"新主任？"

"集合！集合！教他怎么来的怎么滚回去！"妙斋回身想往外跑。

丁主任扔了毛巾，双手撩着棉袍，几步就把妙斋赶上，拉住。"等等！你上楼去，我自有办法！"

妙斋还要往外走，丁主任连推带搡，把他推上楼去。而后，把钮子扣好，稳重庄严地走出来。拉开门，正碰上尤主任。满脸堆笑地，他向尤先生拱手："欢迎！欢迎！欢迎新主任！这是——"他的手向明霞高拱。没有等尤主任回答，他亲热地说："主任太太吧？"紧跟着，他对挑伕下了命令："拿到里边来吗！"把夫妻让进来，看东西放好，他并没有问多少钱雇来的，而把大小三张钱票交给挑伕——正好比雇定的价钱多了五角。

尤主任想开门见山地问农场的详情，但是丁务源忙着喊开水，洗脸水；吩咐工友打扫屋子，丝毫不给尤主任说话的机会。把这些忙完，他又把明霞大嫂长大嫂短地叫得震心，一个劲儿和她扯东道西。尤主任几次要开口，都被明霞给截了回去；乘着丁务源出去那会儿，她责备丈夫："那些事，干吗忙着问，日子长着呢，难道你今天就办公？"

第一天一清早，尤主任就穿着工人装，和工头把农场每一个角落都检查到，把一切都记在小本儿上。回来，他催丁主任办交代。丁主任答应三天之内把一切办理清楚。明霞又帮了丁务源的忙，把三天改成六天。

一点合理的错误，使人抱恨终身。尤主任——他叫大兴——是在英国学园艺的。毕业后便在母校里作讲师。他聪明，强健，肯吃苦。作起"试验"来，他的大手就像绣花的姑娘的那么轻巧、准确、敏捷。作起用力的工作来，他又像一头牛那样强壮，耐劳。他喜欢在英国，因为他不善应酬，办事认真，准知道回到祖国必被他所痛恨的虚伪与无聊给毁了。但是，抗战的喊声震动了全世界；他回了国。他知道农业的重要，和中国农业的急应改善。他想在一座农场里，或一间实验室中，把他的血汗献给国家。

回到国内，他想结婚。结婚，在他心中，是一件必然的，合理的事。结了婚，他可以安心地工作，身体好，心里也清静。他把恋爱视成一种精力的浪费。结婚就是结婚，结婚可以省去许多麻烦，别的事都是多余，用不着去操心。于是，有人把明霞介绍给他，他便和她结了婚。这很合理，但是也是个错误。

明霞的家里有钱。尤大兴只要明霞，并没有看见钱。她不甚好看，大兴要的是一个能帮助他的妻子，美不美没有什么关系。明霞失过恋，曾经想自杀；但这是她的过去的事，与大兴毫不相干。她没有什么本领，但在大兴想，女人多数是没有本领的；结婚后，他曾以身作则地去吃苦耐劳，教育她，领导她；只要她不瞎胡闹，就一切不成问题。他娶了她。

明霞呢，在结婚之前，颇感到些欣悦。不是因为她得到了理想爱人——大兴并没请她吃过饭，或给她买过鲜花——而是因为大兴足以替她雪耻。她以前所爱的人抛弃了她，像随便把一团废纸扔在垃圾堆上似的。但是，她现在有了爱人；她又可以仰着脸走路了。

在结婚后，她的那点欣悦和婚礼时戴的头纱差不多，永远收藏起去了。她并不喜欢大兴。大兴对工作的努力，对金钱的冷淡，对三姑六姨的不客气，都使她感到苦痛。但是，当有机会夫妇一道走的时候，她还是紧紧地拉着他，像将被溺死的人紧紧抓住一把水草似的。无论如何，他是一面雪耻的旗帜，她不能再把这面旗随便扔在地上！

大兴的努力、正直、热诚，使自己到处碰壁。他所接触到的人，会慢慢很巧妙地把他所最珍视的"科学家"三个字变成一种嘲笑。他们要喝酒去，或是要办一件不正当的事，就老躲开"科学家"。等到"科学家"天天成为大家开玩笑的用语，大兴便不能不带着太太另找吃饭的地方去！明霞越来越看不起丈夫。起初，她还对他发脾气，哭闹一阵。后来，她知道哭闹是毫无作用的，因为大兴似乎没有感情；她闹她的气，他作他的事。当她自己把泪擦干了，他只看她一眼，而后问一声："该作饭了吧？"她至少需要一个热吻，或几句热情的安慰；他至多只拍拍她的脸蛋。他决不问闹气的原因与解决的办法，而只谈他的工作。工作与学问是他的生命，这个生命不许爱情来分润一点利益。有时候，他也在她发气的时候，偷偷弹去自己的一颗泪，但是她看得出，这只是怨恨她不帮助他工作，而不是因为爱她，或同情她。只有在她病了的时候，他才真像个有爱心的丈夫，他能像作试验时那么细心来看护她。他甚至于坐在床边，拉着她的手，给她说故事。但是，他的故事永远是关于科学的。她不爱听，也就不感激他。及至医生说，她的病已不要紧了，他便马上去工作。医生是科学家，医生的话绝对不能有错误。他丝毫没想到病人在没有完全好了的时候还需要安慰与温存。

她不能了解大兴，又不能离婚，她只能时时地定睛发呆。

现在，她又随着大兴来到树华农场。她已经厌恶了这种搬行李，拿着洗脸盆的流浪生活。她作过小姐，她愿有自己的固定的，款式的家庭。她不能不随着他来。但是既来之则安之，她不愿过十天半月又走出去。她不能辨别谁好谁坏，谁是谁非，但是她决定要干涉丈夫的事，不教他再多得罪人。她这次须起码把丈夫的正直刚硬冲淡一些，使大家看在她的面上原谅了尤大兴。她开首便帮忙了丁务源，还想敷衍一切活的东西，就连院中的大鹅，她也想多去喂一喂。

尤主任第一个得罪了秦妙斋。秦妙斋没有权利住在这里，请出！秦妙斋本没有任何理由充足的话好说，但是他要反驳。说着说着，他找到了理由："你为什么不称呼我为艺术家呢？"凭这个污辱，他不能搬走！"咱们等着瞧吧，看谁先搬出去！"

尤主任只知道守法讲理是当然的事。虽然回国以后，已经受过多少不近情理的打击，可是还没遇见这么荒唐的事。他动了气，想请警察把妙斋捉出去。这时候，明霞又帮了妙斋的忙，替他说了许多"不要太忙，他总会顺顺当当地搬出去"……

妙斋和丁务源开了一个秘密会议。妙斋主战，丁务源主和，但是在妙斋说了许多强硬的话之后，丁务源也同意了主战。他称赞妙斋的勇敢，呼他为侠义的艺术家。妙斋感激得几乎晕了过去。

事实上，丁务源绝对不想和尤主任打交手战。在和妙斋谈过话之后，他决定使妙斋和尤大兴作战，而他自己充好人。同时，关于他自己的事，他必定先和明霞商议一下，或者请她去办交涉。他避免与尤主任作正面冲突。见着大兴，他永远摆出使人信任的笑脸，他知道出去另找事作不算难，但是找与农场里这样的舒服而收入又高的事就不大容易。他决定用"忍"字对付一切。假若妙斋与工人们把尤主任打了，他便可以利用机会复职。即使一时不能复职，他也会运动明霞和股东太太们，教他作个副主任。他这个副主任早晚会把正主任顶出去，他自信有这个把握，只要他能忍耐。把妙斋与明霞埋伏在农场，他进了城。

尤主任急切地等着丁务源办交代，交代了之后，他好通盘地计划一切。但是，丁务源进了城。他非常着急。拿人一天的钱，他就要作一天的事，他最恨敷衍与慢慢地拖。在他急得要发脾气的时候，明霞的眼又定住了。

半天，她才说话："丁先生不会骗你，他一两天就回来，何必这么着急呢？"

大兴并不因妻的劝告而消了气，但是也不因生气而忘了作事。他会把怒气压在心里，而手脚还去忙碌。他首先贴出布告：大家都要六时半起床，七时上工。下午一点上工，五时下工。晚间九时半熄灯上门，门不再开。在大厅里，他贴好：办公重地，闲人免进。而后，他把写字台都搬了来，职员们都在这里办事——都在他眼皮底下办事。办公室里不准吸烟，解渴只有白开水。

命令下过后，他以身作则地，在壁钟正敲七点的时节，已穿好工人装，在办公厅门口等着大家。丁务源的"亲兵"都来得相当的早，因为他们知道自己毫无本事，而他们的靠山能否复职又无把握，所以他们得暂时低下头去。他们用按时间作事来遮掩他们的不会作事。有的工人迟到，受了秦妙斋的挑拨，他们故意和新主任捣乱。

尤主任忍耐地等着。等大家都来齐，他并没发脾气，也没说闲话。开门见山地，他分配了工作，他记不清大家的姓名，但是他的眼睛会看，谁是有经验的工人，谁是混饭吃的。对混饭吃的，他打算一律撤换，但在没有撤换之前，他也给他们活儿作——"今天，你不能白吃农场的饭，"他心里说。

"你们三位，"他指定三个工人，"去把葡萄枝子全剪了。不打枝子，下一季没法结葡萄。限两天打完。"

"怎么打？"一个工人故意为难。

"我会告诉你们！我领着你们去作！"然后，他给有经验的工人全分配了工作，"你们三位给果木们涂灰水，该剥皮的剥皮，该刻伤的刻伤，回来我细告诉你们。限三天作完。你们二位去给菜蔬上肥。你们三位去给该分根的花草分根……"然后，轮到那些混饭吃的："你们二位挑沙子，你们俩挑水，你们二位去收拾牛羊圈……"

混饭吃的都撅了嘴。这些事，他们能作，可是多么费力气，多么肮脏呢！他们往四下里找，找不到他们的救主丁务源的胖而发光的脸。他们祷告："快回来呀！我们已经成了苦力！"

那些有经验的工人，知道新主任所吩咐的事都是应当作的。虽然他所提出的办法，有和他们的经验不甚相同的地方，可是人家一定是内行。及至尤主任同他们一齐下手工作，他们看出来，人家不但是内行，而且极高明。凡是动手的，尤主任的大手是那么准确，敏捷。凡是要说出道理的地方，尤主任三言五语说得那么简单，有理。从本事上看，从良心上说，他们无从，也不应当，反对他。假若他们还愿学一些新本事，新知识的话，他们应该拜尤主任为师。但是，他们的良心已被丁务源给蚀尽。他们的手还记得白板的光滑，他们的口还咂摸着大曲酒的香味；他们恨恶镰刀与大剪，恨恶院中与山上的新鲜而寒冷的空气。

现在，他们可是不能不工作，因为尤主任老在他们的身旁。他由葡萄架跑到果园，由花畦跑到菜园，好像工作是最可爱的事。他不叱喝人，也不着急，但是他的话并不客气，老是一针见血地使他们在反感之中又有点佩服。他们不能偷闲，尤主任的眼与脚是同样快的：他们刚要放下活儿，他就忽然来到，问他们怠工的理由。他们答不出。要开水吗？开水早送到了。热腾腾的一大桶。要吸口烟吗？有一定的时间。他们毫无办法。

他们只好低着头工作，心中憋着一股怨气。他们白天不能偷闲，晚间还想照老法，去捡几个鸡蛋什么的。可是主任把混饭的人们安排好，轮流值夜班。"一摸鸡鸭的裆儿，我就晓得正要下蛋，或是不久就快下蛋了。一天该收多少蛋，我心中大概有个数目，你们值夜，夜间丢失了蛋，你们负责！"尤主任这样交派下去。好了，连这条小路也被封锁了！

过了几天，农场里一切差不多都上了轨道。工人们到底容易感化。他们一方面恨尤主任，一方面又敬佩他。及至大家的生活有了条理，他们不由地减少了恨恶，而增加了敬佩。他们晓得他们应当这样工作，这样生活。渐渐地，他们由工作和学习上得到些愉快，一种与牌酒场中不同的，健康的愉快。

尤主任答应下，三个月后，一律可以加薪，假若大家老按着现在这样去努力。他也声明：大家能努力，他就可以多作些研究工作，这种工作是有益于民族国家的。大家听到民族国家的字样，不期然而然都受了感动。他们也愿意多学一点技术，尤主任答应下给他们每星期开两次晚班，由他主讲园艺的问题。他也开始给大家筹备一间游艺室，使大家得到些正当的娱乐。大家的心中，像院中的花草似的，渐渐发出一点有生气的香味。

不过，向上的路是极难走的。理智上的崇高的决定，往往被一点点浮浅的低卑的感情所破坏。情感是极容易发酒疯的东西。有一天，尤大兴把秦妙斋锁在了大门外边。九点半锁门，尤主任绝不宽限。妙斋把场内的鸡鹅牛羊全吵醒了，门还是没有开。他从藤架的木柱上，像猴子似的爬了进来，碰破了腿，一瘸一点的，他摸到了大厅，也上了锁。他一直喊到半夜，才把明霞喊动了心，把他放进来。

由尤主任的解说，大家已经晓得妙斋没有住在这里的权利，而严守纪律又是合理的生活的基础。大家知道这个，可是在感情上，他们觉得妙斋是老友，而尤主任是新来的，管着他们的人。他们一想到妙斋，就想起前些日子的自由舒适，他们不由地动了气，觉得尤主任不近人情。他们一一地来慰问妙斋，妙斋便乘机煽动，把尤大兴形容得不像人。"打算自自在在地活着，非把那个猪狗不如的东西打出去不可！"他咬着牙对他们讲。"不过，我不便多讲，怕你们没有胆子！你们等着瞧吧，等我的腿好了，我独自管教他一顿，教你们看看！"

他们的怒气被激起来，大家都不约而同地留神去找尤大兴的破绽，好借口打他。

尤主任在大家的神色上，看出来情势不对，可是他的心里自知无病，绝对不怕他们。他甚至于想到，大家满可以毫无理由地打击他，驱逐他，可是他决不退缩，妥协。科学的方法与法律的生活，是建设新中国的必经的途径。假若他为这两件事而被打，好吧，他愿作了殉道者。

一天，老刘值夜。尤主任在就寝以前，去到院中查看，他看见老刘私自藏起两个鸡蛋。他不能睁着一只眼，闭着一只眼地敷衍。他过去询问。

老刘笑了："这两个是给尤太太的！"

"尤太太？"大兴仿佛不晓得明霞就是尤太太。他愣住了。及至想清楚了，他像飞也似的跑回屋中。

明霞正要就寝。平平的黄圆脸上没有任何表情，坐在床沿上，定睛看着对面的壁上——那里什么也没有。

"明霞！"大兴喘着气叫，"明霞，你偷鸡蛋？"

她极慢地把眼光从壁上收回，先看看自己拖鞋尖的绣花，而后才看丈夫。

"你偷鸡蛋？"

"啊！"她的声音很微弱，可是一种微弱的反抗。

"为什么？"大兴的脸上发烧。

"你呀，到处得罪人，我不能跟你一样！我为你才偷鸡蛋！"她的脸上微微发出点光。

"为我？"

"为你！"她的小圆脸更亮了些，像是很得意。"你对他们太严，一草一木都不许私自动。他们要打你呢！为了你，我和他们一样地去拿东西，好教他们恨你而不恨我。他们不恨我，我才能为你说好话，不是吗？自己想想看！我已经攒了三十个大鸡蛋了！"她得意地从床下拉出一个小筐来。

尤大兴立不住了。脸上忽然由红而白。摸到一个凳子，坐下，手在膝上微颤。他坐了半夜，没出一声。

第二天一清早，院里外贴上标语，都是妙斋编写的。"打倒无耻的尤大兴！""拥护丁主任复职！""驱逐偷鸡蛋的坏蛋！""打倒法西斯的走狗！""消灭不尊重艺术的魔鬼！"……

大家罢了工，要求尤大兴当众承认偷蛋的罪过，而后辞职，否则以武力对待。

大兴并没有丝毫惧意，他准备和大家谈判。明霞扯住了他。乘机会，她溜出去，把屋门倒锁上。

"你干吗？"大兴在屋里喊，"开开！"

她一声没出，跑下楼去。

丁务源由城里回来了，已把副主任弄到手。"喝！"他走到石板路上，看见剪了枝的葡萄，与涂了白灰的果树，"把葡萄剪得这么苦。连根刨出来好不好！树也擦了粉，硬是要得！"

进了大门，他看到了标语。他的脚踵上像忽然安了弹簧，一步催着一步地往院中走，轻巧，迅速；心中也跳得轻快，好受；口里将一个标语按照着二黄戏的格式哼唧着。这是他所希望的，居然实现了！"没想到能这么快！妙斋有两下子！得好好的请他喝两杯！"他口中唱着标语，心中还这么念道。

刚一进院子，他便被包围了。他的"亲兵"都喜欢得几乎要落泪。其余的人也都像看见了久别的手足，拉的，扯他的，拍他肩膀的，乱成一团；

大家的手都要摸一摸他，他的衣服好像是活菩萨的袍子似的，挨一挨便是功德。他们的口一齐张开，想把冤屈一下子都倾泻出来。他只听见一片声音，而辨不出任何字来。他的头向每一个人点一点，眼中的慈祥的光儿射在每一个人的身上，他的胖而热的手指挨一挨这个，碰一碰那个。他感激大家，又爱护大家，他的态度既极大方，又极亲热。他的脸上发着光，而眼中微微发湿。"要得！""好！""呕！""他妈拉个巴子！"他随着大家脸上的表情，变换这些字眼儿。最后，他向大家一举手，大家忽然安静了。"朋友们，我得先休息一会儿，小一会儿；然后咱们再详谈。不要着急生气，咱们都有办法，绝对不成问题！""请丁主任先歇歇！让开路！别再说！让丁主任休息去！"大家纷纷喊叫。有的还恋恋不舍地跟着他，有的立定看着他的背影，连连点头赞叹。

丁务源进了大厅，想先去看妙斋。可是，明霞在门旁等着他呢。

"丁先生！"她轻轻地，可是急切地，叫，"丁先生！"

"尤太太！这些日子好吗？要得！"

"丁先生！"她的小手揉着条很小的，花红柳绿的手帕。"怎么办呢？怎么办呢？"

"放心！尤太太！没事！没事！来！请坐！"他指定了一张椅子。

明霞像作错了事的小女孩似的，乖乖地坐下，小手还用力揉那条手帕。

"先别说话，等我想一想！"丁务源背着手，在屋中沉稳而有风度地走了几步。"事情相当的严重，可是咱们自有办法，"他又走了几步，摸着脸蛋，深思细想。

明霞沉不住气了，立起来，追着他问："他们真要打大兴吗？"

"真的！"丁副主任斩钉截铁地回答。

"那怎么办呢？怎么办呢？"明霞把手帕团成一个小团，用它擦了擦鼻洼与嘴角。

"有办法！"丁务源大大方方地坐下。"你坐下，听我告诉你，尤太太！咱们不提谁好谁歹，谁是谁非，咱们先解决这件事，是不是？"

明霞又乖乖地坐下，连声说"对！对！"

"尤太太看这么办好不好？"

"你的主意总是好的！"

"这么办：交代不必再办，从今天起请尤主任把事情还全交给我办，他不必再分心。"

"好！他一向太爱管事！"

"就是呀！教他给场长写信，就说他有点病，请我代理。""他没有病，又不爱说谎！"

"在外边混事，没有不扯谎的！为他自己的好处，他这回非说谎不可！"

"呕！好吧！"

"要得！请我代理两个月，再教他辞职，有头有脸地走出去，面子上好看！"

明霞立起来："他得辞职吗？"

"他非走不可！"

"那，"

"尤太太，听我说！"丁务源也立起来。"两个月，你们照常支薪，还住在这里，他可以从容地去找事。两个月之中，六十天工夫，还找不到事吗？"

"又得搬走？"明霞对自己说，泪慢慢地流下来。愣了半天，她忽然吸了一吸鼻子，用尽力量地说："好！就是这么办啦！"她跑上楼去。

开开门一看，她的腿软了，坐在了地板上。尤大兴已把行李打好，拿着洗面盆，在床沿上坐着呢。

沉默了好久，他一手把明霞挽起来，"对不起你，霞！咱们走吧！"

院中没有一个人，大家都忙着杀鸡宰鸭，欢宴丁主任，没工夫再注意别的。自己挑着行李，尤大兴低着头向外走。他不敢看那些花草树木——那会教他落泪。明霞不知穿了多少衣服，一手提着那一小筐鸡蛋，一手揉着眼泪，慢慢地在后面走。

树华农场恢复了旧态，每个人都感到满意。丁主任在空闲的时候，到院中一小块一小块地往下撕那些各种颜色的标语，好把尤大兴完全忘掉。

不久，丁主任把妙斋交给保长带走，而以一万五千元把空房租给别人，房租先付，一次付清。

到了夏天，葡萄与各种果树全比上年多结了三倍的果实，仿佛只有它们还记得尤大兴的培植与爱护似的。

果子结得越多，农场也不知怎么越赔钱。

注释

1. 鼬（yòu）：黄鼬，黄鼠狼。

导读

　　老舍在文学中一直对不合理的旧体制进行讽刺批判，促其迅速灭亡，同时也在积极探讨如何重构一个新社会。为此，他在创作中不停地追问什么样的人，什么样的精神，什么样的价值观才能够撑起民族崭新的未来，也在不断地用对比的方式否定那些社会的积弊。《不成问题的问题》可以看成是《铁牛与病鸭》的姊妹篇，两者揭示的是同样一个问题。在这篇小说中，作者采用了近乎寓言式的写作，通过两个人物、两种行为模式与价值取向的对比，展现了人情社会对科学精神的压抑。

　　树华农场是个风景如画、充满着诗意的地方，但是，创办这样一个农场不是为了观赏，股东们投资建设是为了追求收益的。他们也相信这样一个有着优越自然条件，又有市场需要的农场，"赚钱是没有问题的"。然而，树华农场超出了所有人的想象，它恰恰是赔钱的，问题出在管理者身上。主任丁务源虽然不善于经营农场，但显然非常善于做主任，他熟悉人情社会的种种规则。他知道他的职位取决于股东们，所以便尽其所能地讨好他们。他把农场出产的好东西，直接送到场长股东的家里，没有谁家没享用过他的"供奉"。虽然羊毛出在羊身上，但是农场主任能殷勤地把东西送上门，股东们心中还是喜欢的。股东家里但凡有些大事小情，丁务源肯定出现并替他们去解决问题。所以他们明知道农场经营中的问题症结所在，但是都觉得欠着丁务源的人情，而不去说破，事情也就不了了之，丁务源继续做他的主任。丁务源的神情语态、穿着打扮、办事风格，完全适合这个重视人情关系的世俗社会，他能够与任何人攀上乡亲，使人对他充满好感与信任，这使他在这个社会、这个农场混得如鱼得水。

　　"他看不出彼此敷衍有什么不对的地方。他只知道敷衍能解决一切，……凡足以使事情敷衍过去的手段，都是绝妙的手段"，这是丁务源的工作理念，这也决定了他是一个没有理想的人，他从来不会为经营农场而发愁，只会用尽心机去把人际关系处理好。他对上讨好股东们，对下则把农场中有经验的职员与员工换成了自家的亲戚。那些没被辞退却想走的员工，在他动听的言辞下改变了主意。老于世故的丁务源，以处理人情关系为手段，最大程度地获取利益，在他心中没有公心，只有私利。树华农场在他的管理下，陷入了一片混乱。农场的工人本来每天要干八小时活，但是看到主任亲戚不会干活而心生不满，虽然没有公然怠工，却以偷偷减少劳动时间来消极工作，"赶到主任进城的时候，他们干脆就整天休息"。由此，农场又兴起了打麻将，甚至是在工作的时间。丁主任不仅不予干涉，而且还乐意于与他们"同乐"。于是，农场里出现这样的情况，职工们私下去贩卖农场的产品，而后又将得来的钱输一部分给纵容他们的丁主任，对他们来说，这是"双赢"的结果，而那些股东们则做了彻头彻尾的冤大头。不仅如此，以"艺术家"自居的秦妙斋，在丁务源的首肯下，带着朋友住进了农场，大吃大喝之后，连一个钱都没有给农场。股东们忍无可忍，终于要丁务源辞职了，但是丁务源没有因此反省自己，而是急忙着手去缓解自己的信任危机，"人事，都是人事；把关系拉好，什么问题也没有！"

代替丁务源的是尤大兴，是作者所喜爱的正面形象，他在英国学的园艺，毕业后在英国做了教师，本不想回国，但是为抗战，他回国投身农业，试图为拯救民族危亡贡献自己的全部能力。但是他也有着自己的担心，"准知道回到祖国必被他所痛恨的虚伪与无聊给毁了"，事实证明，国内的氛围确实是不适合这种单纯而有理想的人物的，"大兴的努力、正直、热诚，使自己到处碰壁。他所接触到的人，会慢慢很巧妙地把他所最珍视的'科学家'三个字变成一种嘲笑"。

尤大兴来到农场后，马上就开始按照自己的规则来改变这个农场。他对业务相当熟悉，而且他亲自参加劳动，很快就使农场的面貌焕然一新。尤大兴初步取得了成功，但是"向上的路是极难走的。理智上的崇高的决定，往往被一点点浮浅的低卑的感情所破坏"。秦妙斋无理取闹的煽动，使尤大兴与职工本来缓和的关系又陷入紧张、对立，其实这也是职工们试图恢复到过去"自由"生活的一种心理表现，只是一直没有机会而已。已经准备好了为了事业而殉道的尤大兴没有想到，农场的人已经把他的妻拉下了水，这显然是他们为了驱逐他而准备的借口。随之，农场中开始驱赶尤大兴，而且明确提出了要求丁主任复职。此时已经拿到副主任头衔回来的丁务源使职工们看到了未来的"希望"。只图私利的丁务源终于战胜了一心为公的尤大兴，这不是尤大兴的悲哀，而是这个民族的悲哀。尤大兴走后，"树华农场恢复了旧态，每个人都感到满意"。小说在这里结束了，没有对树华农场的未来进行描述，但是按目前的状态来看，破产是一定的了，破产之后这些混日子的员工们将必然面临失业的局面。也许只有到了那个时候，他们才会分辨出丁务源与尤大兴的优劣了。

　　《不成问题的问题》不仅有着现实的针对性，而且作者也写出了中国人的劣根性，有着强烈的批判锋芒。几十年过去了，作者所批判的东西在当下的中国人身上依然可以看到，反映了作者对国民性认知的深刻。

老舍年表（1899—1966）

1899 年 2 月 3 日

老舍出生于北京西城护国寺附近小羊圈胡同内（现为小杨家胡同 8
号）一个满族护军家庭。

1908 年

老舍离开私塾后就读于京师公立第二等小学堂。

1912 年

老舍在南草厂小学（即京师第十三小学）就读。

1913 年 1 月至 6 月

老舍在京师第三中学第四班就读。它是北京最早的中学之一。

1913 年

老舍考取北京师范学校预科，1914 年入本科，1918 年 6 月毕业。在
校期间，老舍受到了良好的古典文学和各种新学科的教益，并初步展示了
他的文学才华。

1918 年 7 月至 1920 年 9 月

老舍在京师公立第十七高等级国民小学校任校长。

1920 年 9 月至 1922 年 9 月

老舍任郊外北区劝学员。民国初年京师劝学办公室下设职员，负责掌
理地方设学事务。

1922 年

老舍加入基督教会。通过教会，他做了许多普及大众文化教育的

工作。

1922 年 9 月至 1923 年 2 月

老舍在天津南开学校中学部，担任初中国文教员兼初级二年七组辅导员。

1923 年 1 月

在《南开季刊》发表了短篇小说《小铃儿》。

1923 年 8 月至 1924 年夏

老舍在北京一中任教，讲授国文、修身、音乐等课程。

1924 年夏

老舍经推荐赴英任教。

1924 年 9 月至 1929 年 6 月

老舍于伦敦大学东方学院华语学系任华语讲师，教授古文、官话口语、翻译、历史文选、道教和佛教文选、作文等课程。

1924 年冬

老舍开始创作《老张的哲学》。

1925 年春至 1928 年春

老舍完成了《老张的哲学》、《赵子曰》的创作。

1926 年 8 月

《小说月报》开始连载《老张的哲学》,作品署用笔名老舍,直至晚年。

1928 年

老舍创作并完成《二马》。

1929 年秋至 1930 年 2 月底

老舍离开伦敦后曾在新加坡滞留。其间担任中学教师，并着手进行《小坡的生日》的创作。

1930 年 7 月起至 1934 年 7 月

老舍任齐鲁大学国学研究所文学主任兼文学院文学教授，讲授《文学概论》、《小说作法》等课程。

1930 年 7 月至 1931 年暑假

老舍完成了长篇小说《大明湖》的创作；与胡洁青结婚。

1932 年 7 月至 1934 年 9 月

其间，老舍写下了长篇小说《猫城记》、《离婚》、《牛天赐传》，短篇小说集《赶集》等作品，还编写了《文学概论讲义》。

1934 年秋至 1936 年 7 月

老舍在山东大学中国文学系任教授，主讲欧洲文艺思潮、外国文学史、高级作文等课程。

1935 年春至 1936 年冬

老舍完成了短篇小说集《樱海集》的创作。

1935 年底至 1937 年 8 月

老舍完成了长篇小说《骆驼祥子》和短篇小说集《蛤藻集》等作品的创作。

1937 年 8 月

老舍回齐鲁大学任教。

1937 年 11 月

为奔赴国难，老舍离开济南的妻小奔赴武汉，从事宣传抗战的通俗文艺创作。

1938 年 3 月

中华全国文艺界抗敌协会成立大会在汉口召开。会议通过了中华全国文艺界抗敌协会的会章和成立宣言，标志着中国文艺界抗日民族统一战线的最终形成。老舍是大会主席团成员和理事选举的监票人。在会上，老舍宣读了他与吴组湘起草的《中华全国文艺界抗敌协会宣言》。

1938 年 4 月

中华全国文艺界抗敌协会第一次理事会在武昌举行。会议推举了中华全国文艺界抗敌协会的十五名常务理事并确定了总务部、组织部、研究部、出版部的正副主任。会上，老舍被推为常务理事和总务部主任，从此主持文协工作直至抗战胜利。

1938 年 7 月

武汉撤退后，文协迁往重庆。老舍离开武汉，抵达重庆。

1939 年 7 月至 12 月

作家战地访问团北路慰劳团，是中华全国文艺界抗敌协会总会组织的慰劳团，分南北两路奔赴前方劳军。老舍参加的北路慰劳团于 1939 年 7 月 28 日从重庆出发，途经八省，路程近两万里。

1940 年夏天

老舍开始创作长诗《剑北篇》、话剧《张自忠》等。

1941 年 8 月至 11 月

老舍在昆明代表中华全国文艺界抗敌协会总会，对文协云南分会的活动进行了考察和指导，在西南联大进行了总题为《抗战以来文艺发展的情形》的四次讲演，完成了话剧歌舞混合剧《大地龙蛇》的写作。

1942 年 4 月

老舍完成了话剧《归去来兮》等作品。

1943 年 11 月

老舍夫人携子女赴重庆与老舍团聚。老舍开始创作长篇小说《四世同堂》。

1944 年 4 月

重庆抗战文化界举行老舍创作 20 周年纪念会。《新华日报》《新蜀报》、《抗战文艺》《大公报》等报刊均开辟专栏配合这次活动，并对纪念活动予以充分报道。郭沫若、茅盾、胡风等人纷纷撰文对老舍的人格魅力、文学成就，尤其是对抗战文艺的贡献进行了充分的肯定。

1946 年 3 月

应美国国务院之邀，老舍和曹禺赴美讲学，老舍逗留至 1949 年 11 月。此间，老舍在美国各地的讲演中对中国的现代文学等进行了介绍，并对美国的文学、社会现状进行了考察，创作完成了长篇小说《四世同堂》的第三部《饥荒》和长篇小说《鼓书艺人》,协助译者将《四世同堂》《鼓书艺人》等作品译成英文。

1949 年 10 月

老舍因接到国内文艺界冯乃超、夏衍等的邀请信，启程离开美国旧金山市，坐船经由檀香山、日本、菲律宾、香港、朝鲜等地，于 12 月抵达大沽口，回到刚刚成立的中华人民共和国。

1951 年 12 月

为表彰老舍创作《龙须沟》对教育人民和政府干部的贡献，北京市人民政府授予老舍"人民艺术家"的称号。

1951 年底至 1952 年夏

老舍为配合"反贪污，反浪费，反官僚主义"的"三反运动"，创作了话剧《春华秋实》。

1953 年 9 月 23 日至 10 月 16 日

全国文联召开中国文学艺术工作者第二次代表大会。老舍当选为全国文联主席团成员和中国作家协会副主席。

1953 年 10 月

老舍作为副团长随中国人民第三届赴朝慰问团离京赴朝，次年 4 月初回到北京。嗣后老舍创作了长篇报告文学《无名高地有了名》。

1956 年

老舍响应毛泽东提出的"百花齐放、百家争鸣"的文艺政策，改编创作了京剧《十五贯》，并创作出话剧《茶馆》。

1956 年底

老舍作为中国作家代表团副团长，参加了在印度新德里召开的亚洲作家会议。

1962 年

全国话剧、歌剧、儿童剧创作座谈会在广州召开，会议又称"广州会议"。老舍参加了这次会议，在会上作了题为《戏剧语言》的报告，并因深受会议精神鼓舞，在会后加紧投入小说《正红旗下》的创作。

1963 年 1 月

柯庆施在上海文艺界迎春茶话会上提出"写十三年"的极左文艺理论，后发展到"不写十三年就不看"，从而否定了一大批优秀文艺作品。文艺界人士曾对这个口号进行过抵制，老舍也参与其中，但终于未能如愿。因为当时的文艺空气，老舍停止了长篇小说《正红旗下》的创作，并希冀通过下乡"体验生活"寻找新的创作素材。

1964 年夏

老舍赴密云县城关公社杻营大队体验生活，调查访问达三个月。

1964 年 10 月

老舍赴海淀区四季青公社门头村大队体验生活。

1965 年 3 月

老舍作为团长率领中国作家代表团访问日本。

1966 年春

老舍赴顺义县木林公社陈各庄大队体验生活。在三次下乡的基础上，老舍创作完成了话剧《在红旗下》。

1966 年 8 月 23 日

　　老舍和三十余位北京的文化艺术界人士，在国子监孔庙、北京市文联大院先后惨遭红卫兵的毒打和精神凌辱。

1966 年 8 月 24 日午夜

　　老舍在北京西北郊太平湖投湖自尽。